BASTEI
LÜBBE

Von Claire Rayner erschien bei Bastei Lübbe:

14177 Roter Fingerhut
14281 Höhere Gewalt

Claire Rayner

BLUTIGE SPUREN

Ein Thriller aus der Welt der Gerichtsmedizin

Aus dem Englischen von Michael Kubiak

BASTEI LÜBBE

BASTEI LÜBBE TASCHENBUCH
Band 14425

1. Auflage: Oktober 2000

Vollständige Taschenbuchausgabe

Bastei Lübbe Taschenbücher ist ein Imprint der
Verlagsgruppe Lübbe

Deutsche Erstveröffentlichung
Titel der englischen Originalausgabe:
THIRD DEGREE

Umschlaggestaltung: CCG, Köln
Titelillustration: Photonica/ZEFA
Satz: hanseatenSatz-bremen, Bremen
Druck und Verarbeitung: Elsnerdruck, Berlin
Printed in Germany
ISBN 3-404-14425-2

Für Jackie Malton, den Lieblingsbullen vieler
Schriftsteller und Schriftstellerinnen
und der Verfasserin dieser Zeilen ganz besonders.
Voller Dankbarkeit und Zuneigung

Dank für Ratschläge und Informationen zu Tod, Ermittlungsarbeit, Lumpen, Feuer und diversen anderen Themen gebührt Dr. Trevor Betteridge, Pathologe von Yeovil, Somerset; Dr. Rufus Crompton, Pathologe am St. George's Hospital, Tooting, London; Dr. Azeel Sattah, Pathologe am Queen Elizabeth II Hospital, Welwyn Garden City, Hertfordshire; Detective Chief Inspector Jackie Malton, Metropolitan Police; Dr. Hillary Howells, Anästhesistin von Totteridge, Hertfordshire; Mr. Laurence Barry und Mr. Leo Collins von L. M. B. Co Ltd., Kleiderverwerter von Canning Town, London, und vielen anderen, die hier namentlich zu nennen den Rahmen sprengen würde, und wird an dieser Stelle von der Autorin ausgesprochen.

1

Geräusche. Das leise Plätschern, das Ruder in schnell fließendem Wasser erzeugen, das Lecken winziger Wellen über rauhen Kies, Scharren von Holz auf Stein, während ein Boot an Land gezogen wird, Schritte, die auf einem Strand knirschen.

Kurz darauf ein Keuchen, als ziehe jemand vor Überraschung oder Entsetzen die Luft ein, gefolgt von mehreren unregelmäßigen Atemzügen, als erneut Schritte einsetzen, die sich eilig entfernen, um schließlich im Gewirr der Straßen von Limehouse Reach zu verschwinden. Dann strömt die Themse wieder friedlich dahin. Aus dem tiefen Blau der Nacht taucht ein opalisierender Himmel auf, und an die lauschenden Ohren dringt lediglich das ferne Murmeln des Verkehrs auf der Westferry Road im Norden und, etwas leiser, auf der Grove Street im Süden.

Es dürfte ein heißer Tag werden. Die Kühle in der Luft und der Geruch der See, den die einströmende Flut mit sich führt, sind trügerisch. Vielleicht noch eine Dreiviertelstunde, und die Sonne geht auf, um die Londoner vor einem weiteren drückenden Junitag zu warnen. Sie werden schwitzen und schimpfen und sich übellaunig anschnauzen, während sich in den Straßen die Abgase stauen und mit Touristen gefüllte Vergnügungsboote mehr und mehr das Bild des Flusses bestimmen.

Wenig später hält ein Wagen neben der Telefonzelle am Ende der mit Kutscherlampen gesäumten Gaverick Street.

Ohne die geringste Rücksicht auf die Leute, die in den vorderen Zimmern der eleganten neuen Häuser schlafen, werden seine Türen zugeschlagen. Schritte – weitaus mehr als zuvor – nähern sich dem Strand. In den Stimmen, die nun zu vernehmen sind, schwingen weder Schreck noch Entsetzen mit. Nur eine hört sich abwechselnd laut und ganz und gar nicht fest und selbstsicher, sondern winselnd und ängstlich und dann wieder versöhnlich und polternd an. Sie klingt unangenehm.

»Warum soll ich nich' so zeitig hier sein? Hab' ich denn nich' das Recht, für meinen Lebensunterhalt zu sorgen, so gut ich kann? Die Scheißer sagen einem, schwing dich auf deinen Bock und sieh zu, daß du zu etwas kommst, und genau das tue ich. Nur ist mein Bock ein Boot.«

»Demnach machst du hier die Nachtschicht, oder?« Eine der lauten Stimmen ist von ätzendem Spott gefärbt. »Damit du besser gucken kannst, eh?«

Der alte Mann – er ist jetzt, da das Licht zugenommen hat, zu erkennen – schnieft ausgiebig und mustert den anderen, einen massigen Mann in einem dunklen Anzug und mit sorgfältig gebundener Krawatte, der bereits seit Stunden hellwach und auf den Beinen zu sein scheint.

»Das zeigt nur, wie wenig Ahnung Sie haben«, antwortet er. »Ich war noch ein Dreikäsehoch, als ich zum ersten Mal mit meinem Dad in diesem Schlamm rumwühlte. Während des Krieges hatten wir den Fluß verdammt noch mal fast für uns alleine. Von ihm weiß ich, wie man seine Augen benutzt, um sofort zu sehen, was zu sehen ist. Und was mitgenommen werden muß. Es gibt nich' viel, das mir entgeht. So was erst recht nich'!«

»Nun, dann sollten wir auch mal einen Blick darauf werfen«, knurrt der massige Mann. »Und uns vergewissern, daß die Polizei deinetwegen keine Zeit vergeudet. Ich reiß dir die Gedärme raus, wenn du uns umsonst hergeholt hast – hmph ...« Er verstummt schlagartig, als die beiden Männer in seiner Begleitung, der eine in zerknautschtem Anzug sowie Regenmantel und erheblich weniger wach wirkend als der massige Mann und der andere in Uniform, neben ihn treten und alle vier zum Flußufer hinunterschauen.

Der Himmel ist mittlerweile hellblau, und die Männer können ihre Umgebung viel leichter ausmachen – sogar die Farben: den braunen Glanz der Schuhe des massigen Mannes; die rote Offiziersjacke, die der alte Mann trägt; und den dunkelbraunen Schuh und die gelbe Socke, in denen der Gegenstand steckt, den sie alle betrachten.

Ein menschlicher Unterschenkel, dicht unterhalb des Knies abgetrennt: er verströmt einen penetranten Geruch. Die Muskeln sind gräulich, das Fettgewebe schmutzig gelb. Die beiden Knochenstücke, die aus ihm herausragen, sind gleich lang, jedoch unterschiedlich dick. Nur der alte Mann bemüht sich nicht, seinen Ekel zu verbergen. Er hält sich Mund und Nase zu und sagt mit einem gedämpften, leicht triumphierenden Unterton: »Sehen Sie? Ist es nich', wie ich sagte? Menschliche Überreste, oder ich will nich' mehr Sid Martin heißen.«

*

Als die Wasserschutzpolizei endlich eintraf, war Sid Martin rechtschaffen wütend. Nicht nur weil der Gestank des Beines infolge der steigenden Temperatur zunahm und er eine bleierne Müdigkeit verspürte. Sondern auch, weil er sein Frühstück wollte und er wußte, daß er von den anderen Schlickrutschern, die vorbeiruderten und ihm höhnische Bemerkungen zuriefen, sobald sie ihn erkannten, ausgetrickst wurde.

»Es ist eine Sünde und ein Verbrechen«, beschwerte er sich lautstark. »Ich bin so anständig und erzähl' euch alles über dieses verdammte Ding, und was ist der Dank dafür? Ihr denkt nich' mal im Traum daran, daß die jede Menge

Zeug aus dem Fluß holen, das eigentlich mir gehört, weil ich so früh aus dem Bett gekrochen bin, und zu allem Übel spielt auch noch mein Magengeschwür verrückt.« Er preßte die Hände mitleiderregend auf seinen Leib und warf dem massigen Mann giftige Blicke zu.

»Geben Sie ihm ein Rennie, Michael«, wies dieser seinen Begleiter im zerknautschten Anzug an, der inzwischen seinen Regenmantel ausgezogen, zusammengerollt und am oberen Rand des Uferstreifens, in sicherer Entfernung vom Wasser, abgelegt hatte. »Sorgen Sie irgendwie dafür, daß er endlich den Mund hält.«

»Das tue ich in dem Moment, in dem ihr mich laufen laßt!« rief Martin, worauf sich der massige Mann umdrehte und ihn drohend anschaute.

»Paß mal auf, es fehlt nicht viel, und wir nehmen dich mit aufs Revier, um dir eine ganze Menge unangenehmer Fragen zu stellen. Beispielsweise, was du zum Teufel noch mal so zeitig hier verloren hattest oder warum du, der ach so fleißige Sammler, den Schuh nicht rausgefischt hast. Er ist, wie jeder sehen kann, nicht der billigste, und ich wette, daß du gewöhnlich nicht so empfindlich bist.«

»Hängen Sie mir bloß nix an!« Martin war erschrocken. »Ich hab' doch nur meine Pflicht getan. Wie gesagt, ich hielt das Ding für was Brauchbares und hab' es mir aus der Nähe angeschaut. Zuerst dachte ich, es wär' ein Stück Fleisch, ein Schweinefuß oder so was, das hier vor sich hinfault. Mir wurde speiübel, als ich den Schuh sah. Im übrigen müssen Sie mir mal verraten« – plötzlich hörte er sich vernünftig an – »was ich mit einem einzelnen Schuh anfangen sollte? Und das Bein ...«

»Halt die Klappe«, befahl der jüngere Beamte in Zivilkleidung, während sein Vorgesetzter Martin zornig anfunkelte, und reichte ihm ein Röhrchen Rennie-Magentabletten. »Inspektor Dudley läßt dich bestimmt so bald wie möglich laufen.« Die weiche kehlige Aussprache der Schotten verlieh seiner Zusicherung einen versöhnlichen Klang. »Niemand glaubt ernsthaft, daß du irgend etwas damit zu tun hast«, fügte er etwas leiser hinzu. Dudley wandte sich ab, um ein paar Worte mit dem Sergeanten der Wasserschutzpolizei zu wechseln, der neben dem Bein in die Hocke gegangen war. »Er will dir nur ein wenig Angst machen. Daß du uns gerufen hast, war völlig okay.«

»Hat mir auch verdammt viel eingebracht«, stellte Sid Martin trübsinnig fest. »Möchte nich' wissen, wieviel gutes Zeug mir wegen dieser beschissenen Angelegenheit durch die Lappen gegangen ist.«

»Gibt's denn hier soviel zu holen?« Detective Constable Michael Urquhart schien interessiert. »Ich hätte niemals gedacht ...«

»Ob es hier viel zu holen gibt?« Sid saß auf einem Stück Treibholz, das hochkant im Kies steckte, und starrte ihn an. »Holz, zum Beispiel, ist sehr gefragt, vorausgesetzt es eignet sich zum Verbrennen. Da unten in den feudalen Hütten« – er nickte flußabwärts – »hausen Typen, die lassen sich das Feuerholz für ihre viktorianischen Kamine einiges kosten.« Er lachte voller Verachtung. »Und wenn es auch noch irgendwie seltsam geformt ist, dann blättern einige Idioten – Künstler in den Studios in Wapping – sogar ein Vermögen auf den Tisch. Sie säubern und polieren den Schrott, nennen ihn *objets trouvés* und verscheuern ihn für teures Geld.« Er schüttelte den Kopf. »Es gibt schon verrückte Typen!«

»Kann man davon leben?«

»Davon alleine nich'. Aber es kommt einiges zusammen, klar? Von den Touristenbooten fällt immer mal was ins Wasser. Es ist erstaunlich, was alles angetrieben wird. Ich hab' Ferngläser in wasserdichten Taschen gefunden, in denen sich genügend Luft befand, so daß sie schwammen, auch Kameras und jede Menge schicker Jacken. Die laß ich für ein paar Schillinge reinigen, und schon sind sie wieder so gut wie neu. Ich verkauf' sie dann in der Wentworth Street oder auf dem Markt in der Watney Street. Wenn sie nich' mehr so toll in Schuß sind, bring' ich sie zu Connie in der St. Saviour Church und krieg' von ihm noch was dafür.«

»Und wer ist diese Connie, wenn ich mal fragen darf?« erkundigte sich der Polizist, worauf Sid ihn mit kaum verhohlenem Spott musterte.

»Du meine Güte, Sie ham diesen Job aber noch nich' sehr lange, oder? Jeder hier in der Gegend kennt Connie.«

»Das mag ja sein,« räumte Mike leicht verärgert ein, »ich kenne sie trotzdem nicht. Und auf dem Revier in der Ratcliffe Street bin ich schon seit vier Jahren. Die St. Saviour's am anderen Ufer gehört schließlich nicht zu meinem Zuständigkeitsbereich. Insofern kann keiner von mir erwarten, daß ich ...«

Der alte Mann kicherte. »Connie iss'n Kerl. Constantine Georgio-oder-so. Er kauft mir immer was von den Klamotten ab, das heißt, falls man mir gestattet, meinen Geschäften nachzugehen.« Und er drehte sich um und schaute den verantwortlichen Beamten, der sich nach wie vor mit dem Sergeanten der Flußpolizei unterhielt, finster an.

»Ich werd' mal nachhören, ob du dich verdrücken kannst«, erbot sich der andere. »Halt nur deine verdammte Klappe und sei ein guter Junge. Er regt sich sonst unnötig auf.«

»Nun, das tu' ich auch«, meinte Sid düster. »Sie sind ja okay, aber er ist ein echter Scheißkerl.«

»Wem sagst du das«, erwiderte der junge Mann.

Sid musterte ihn prüfend, dann lachte er, wobei sein fast zahnloser Mund wenig ansprechend wirkte. »Sie sind okay«, wiederholte er. »Wie heißen Sie?«

»Michael Urquhart, wenn du es unbedingt wissen willst. Jetzt halt aber endlich die Klappe, und ich sorge dafür, daß du dich schnellstmöglich verziehen kannst.«

Während Sid beobachtete, wie sich der Polizist zu seinen Kollegen gesellte, lutschte er an einem seiner verbliebenen Zähne und stieß gelegentlich, wenn die eine oder andere Fliege, angelockt von dem durchdringenden Gestank um seinen Kopf summte, einen verhaltenen Fluch aus.

Als Mike zurückkam, leuchteten seine Augen zuversichtlich auf. »Keine gute Nachricht«, erklärte der Polizist. »Jemand von der Spurensicherung ist hierher unterwegs. Sobald er sich Klarheit verschafft hat, kannst du abhauen. Hoffentlich dauert es nicht zu lange. Ich wäre nämlich auch lieber woanders ...« Und er deutete über die Schulter auf den Gegenstand, der im Mittelpunkt des allgemeinen Interesses stand.

»Kripo?« Sid sah sich erschrocken um.

»Das ist nun mal Vorschrift, auch wenn es sich nur um einen ungewöhnlichen Fund handelt«, erklärte Mike. »Er muß Fotos schießen und so weiter. In einer Stunde dürfte er alles erledigt haben.«

»Oh, Scheiße«, entfuhr es Sid, ehe er sich in weiteren wortreichen und offenbar tröstlichen Flüchen erging. Mike trat wieder an Dudleys Seite, der gerade sein Mobiltelefon verstaute und höchst selbstzufrieden wirkte.

»Kann ich irgend etwas tun?« erkundigte sich Mike.

»Absolut nichts«, antwortete Dudley beinahe fröhlich. »Wir können lediglich warten, bis sie hier sind.« Dann kicherte er, was Mike, angesichts seiner üblichen Griesgrämigkeit, seltsam fand. »Das dürfte denen eine Lehre sein.«

»Wem eine Lehre?« wollte der Sergeant der Flußpolizei wissen.

»Nun, eigentlich ihr«, präzisierte Dudley und grinste ihn an. »Der Ärztin.«

»Ach so.« Die Aufmerksamkeit des Sergeanten schien geweckt. Er war ein großer, dünner Mann, hatte ein junges Gesicht, war fast völlig kahl und hieß Slavin. »Meinen Sie

Dr. Barnabas? Von der habe ich schon gehört. Eine ziemliche Nervensäge, nicht wahr?«

»Das können Sie zweimal sagen«, bestätigte Dudley etwas grimmig. »Ziemlich von sich eingenommen, wie die meisten Feministinnen, so würde ich sie beschreiben. Das kotzt einen manchmal richtig an.«

»Ist sie eine Lesbierin?« Slavins Frage klang gleichermaßen mitfühlend und sensationslüstern.

Mike wollte protestieren, fing Dudleys Blick auf und entschied, nicht den Helden zu spielen, gestattete sich jedoch, eine mürrische Miene aufzusetzen.

»Leider nein. Wir hätten bestimmt weniger Ärger, wenn sie eine wäre«, räumte Dudley ein. »Bei denen weiß man zumindest, woran man ist.« Er schaute Mike von der Seite an und registrierte dessen mißbilligenden Gesichtsausdruck. »Nun, Sie werden es noch früh genug feststellen, Slavin. Auf jeden Fall dürfte ich sie aus ihrem Bett gescheucht haben. Oder aus einem fremden!« Er blickte wieder zu Mike und sagte im Befehlston: »Sehen Sie mal nach, ob jemand in einem der Häuser da drüben bereit ist, für ein paar müde Bullen Kaffee zu kochen.«

Mikes Unmut verstärkte sich. »Es ist gerade sechs Uhr morgens. Da wird noch niemand auf den Beinen sein, glauben Sie nicht?«

»Ein Versuch lohnt sich allemal«, beharrte Dudley, worauf Mike kehrtmachte und davonstapfte. Seine Haltung zeigte unmißverständlich, was er von diesem Auftrag hielt. Dudley wandte sich erneut dem Sergeanten zu.

»Ich muß mich etwas zurückhalten«, meinte er. »Zumindest vor dem Jungvolk.«

»Sprechen Sie von diesem DC?« Slavin hob überrascht die Augenbrauen. »Er scheint doch ein ganz netter Typ zu sein.«

»Ja, aber er ist mit dem Chef ganz dick befreundet, müssen Sie wissen. Für meine Begriffe zu dicke. Schließlich hat er es gerade mal zum Detective Constable gebracht. Gleiches trifft übrigens auch auf das Verhältnis zwischen dem Chef und dieser Ärztin zu.«

»Nein!« Der Sergeant war offensichtlich fasziniert. »Ist das Ihr Ernst?«

»Klar, es ist eine Tatsache!« betonte Dudley. »Ich würde sogar wetten, daß sie nicht weniger Zeit in seinem Bett verbringt als in ihrem eigenen.«

»Sind sie denn verheiratet? Mit anderen Partnern, meine ich natürlich.« Slavin konnte seine Vorliebe für Tratsch nicht verbergen.

Dudley verneinte. Bedauern schwang in seiner Stimme mit. »Beide sind ungebunden. Der Chef hat mit seinem Job und den Fish-and-Chips-Läden zuviel am Hals, um sich eine feste Freundin zuzulegen, soweit ich es beurteilen kann, und sie ...« Er zuckte die Achseln. »Sie scheint für Männer was übrig zu haben. Vielleicht sogar zuviel. Wenn ich an ihren ersten Fall denke – na ja, ich erzähl's Ihnen mal in aller Ruhe bei einem Bier. Es ist eine lange Geschichte.« Er zog die Stirn in Falten. »In einem anderen Fall hat sie sich massiv eingemischt und dafür gesorgt, daß ich wie ein Trottel dastand. Aber wie soll ich mich beim Chef beschweren, wenn sie das reinste Liebespaar sind?«

»Ist so was überhaupt zulässig?« hakte der Sergeant der Flußpolizei nach und machte ein skeptisches Gesicht. »Eine Ärztin und ein hoher Polizeioffizier! Könnte das nicht zu Problemen im Revier führen?«

»Hören Sie, die da oben nehmen mehr als genug Einfluß auf unser Privatleben. Mit wem wir unsere Nächte verbringen, prüfen Sie allerdings noch nicht nach! Zumindest ist mir nichts davon bekannt. Solange es nicht die Frau eines Verbrechers oder eines Kollegen ist, können sie uns nichts anhaben.« Dudley reckte das Kinn streitlustig vor. »Mein Bedarf an Ärger ist gedeckt. Aber von dieser Tante habe ich mittlerweile die Schnauze voll.«

»So ist das nun mal mit den Frauen.« Slavins Feststellung klang äußerst tiefsinnig. »Brauchen Sie uns denn noch? Eigentlich bleibt für uns nichts mehr zu tun. Wir haben uns den Fundort angesehen und in etwa berechnet, an welcher Stelle das Bein ins Wasser geworfen wurde. Wenn Sie hier fertig sind, können wir uns ja schon mal auf die Suche nach dem Rest des armen Teufels machen.«

»Ich habe auch jemanden von der Spurensicherung angefordert«, erklärte Dudley. »Möglicherweise werden Sie gebraucht. Er möchte bestimmt Genaues über die Gezeiten wissen.«

»Okay, dann warten wir«, sagte Slavin. »Hey, konnten Sie Tee auftreiben?« rief er, als Mike wieder auf dem Uferstreifen erschien.

»Nein. Wie ich vermutet hatte, schlafen die Leute noch«, antwortete dieser.

Dudley warf ihm einen wütenden Blick zu. »Alles klar. Sie haben natürlich nicht allzu heftig geklopft, um sie nur ja nicht zu wecken.«

»Genau, Sir«, bestätigte Mike und sah ihm direkt in die Augen. »Beschwerden über unser Auftreten in der Öffentlichkeit sollen wir doch tunlichst vermeiden, oder?«

Dudley erinnerte sich an Superintendent Whitmans letzte Gardinenpredigt über dieses Thema und schaute noch finsterer drein, worauf der Sergeant der Flußpolizei, der die feindselige Stimmung wahrnahm, grinste.

»Ich sehe mich mal an Bord um«, sagte er und entfernte sich Richtung Fluß. Der flache Rumpf der Polizeibarkasse schaukelte auf dem Flutwasser, das nach wie vor stromaufwärts drückte und bald den Höchststand erreichen würde. »Hoffentlich beeilen sie sich«, rief er über die Schulter zurück. »Der Heini von der Spurensicherung und die Ärztin. In spätestens zwei Stunden ist dieses Uferstück dicht. Kurz nach neun erreicht die Flut die London Bridge, und jetzt haben wir schon nach sechs. Das könnte ... nun ...« Seine zusammengekniffenen Augen wanderten zum Bein, das unweit auf dem Strand lag. »Innerhalb der nächsten Stunde muß es abtransportiert sein, soll es nicht wieder weggeschwemmt werden.« Damit kletterte er in das Boot.

»Verstehen Sie jetzt, was ich meinte?« sagte Dudley laut zu Mike. »Diese verdammte Frau macht einem immer das Leben schwer. Wahrscheinlich wird es zu spät sein, wenn sie endlich hier auftaucht.«

»Sie haben doch gerade erst angerufen«, sagte Mike mit ausdrucksloser Stimme. »Dr. Barnabas wird jeden Moment eintreffen. Sie ist gewöhnlich ziemlich schnell. Das können auch Sie nicht bestreiten.«

»Tatsächlich? Nun, nicht schnell genug ...« Er verstummte, als ein grüner Kleinwagen in die Straße hinter ihm einbog und an deren Ende anhielt. Der verbeulte Citroën war von ihrem Standort aus gut sichtbar, und Mike winkte, als die Fahrerin ausstieg. Sie trug eine Jeans und eine weite weiße Bluse, deren Schöße sie in der Taille zusammengebunden hatte. Ihre braungebrannten Füße steckten in blauen Espadrillen. Sekundenlang schaute sie auf den Fluß, den Kopf stolz erhoben, und blinzelte, als die ersten Sonnenstrahlen von den kleinen Wellen reflektiert wurden. Dann erwiderte sie Mikes Gruß und holte ihren Arztkoffer aus dem Wagen.

»Das ist doch nicht zu fassen«, schimpfte Dudley angewidert. »Sie glaubt offenbar, hier Ferien zu machen!«

»Vorsicht, Sir«, warnte Mike, dem sehr wohl klar war, daß er wieder mal mit dem Feuer spielte. »Man kann Ihre Reißzähne sehen.« Und er ging Dr. George Barnabas entgegen, um sie zu dem Leichenteil zu bringen.

2

George Barnabas eilte den schmalen Strand entlang, ihre kleine Instrumententasche unter einen Arm geklemmt und beide Hände in den Jeanstaschen vergraben. Sie wirkte so fröhlich und unbeschwert, als treffe sie sich mit Freunden auf einen Drink. Ihr lockiges und üppiges Haar war zu einem Knoten hochgesteckt. Einige störrische Strähnen, die sich gelöst hatten und in der sanften Brise um ihre Ohren flatterten, ließen sie sehr jung aussehen. Auffällig war ihre große Brille mit dunkler Fassung. Sie hatte sich nicht die Zeit genommen, mit den Kontaktlinsen herumzuhantieren, sondern ihre Wohnung in Bermondsey schnellstmöglich verlassen, denn eine Beschwerde Dudleys war das letzte, was sie sich an diesem Morgen wünschte.

»Guten Morgen, Roop«, sagte sie mit einem sonnigen Lächeln, das Rupert Dudley mit einem finsteren Blick belohnte, denn die Verniedlichung seines Namens war ihm fast genauso verhaßt wie der Zusatz »der Bär«, den viele Kollegen diesem hinzufügten. Die erneute Bestätigung dafür, daß er George ebensowenig daran hindern konnte, seinen Spitznamen zu gebrauchen, wie seine Untergebenen, Privatgespräche zu führen, trug wenig dazu bei, seine Laune an diesem Morgen zu heben.

»Da drüben«, meinte er statt eines Grußes und ging voraus. Sergeant Slavin folgte, Michael Urquhart, der uniformierte Constable und Sid Martin schlossen sich an.

»Kein schöner Anblick«, stellte sie aufgeräumt fest und holte die Kamera aus ihrer Tasche, denn, wie immer, wollte sie möglichst viele Aufnahmen machen. Eines Tages würde ihr die Veröffentlichung eines Lehrbuches über forensische Pathologie ein Vermögen einbringen. Je gräßlicher die Illustrationen, desto wertvoller der Text! Sogar Akademiker und Studenten liebten es, geschockt zu werden, wie sie Gus Hathaway stets versicherte, wenn er – was er häufig tat – ihre fotografische Nebentätigkeit belächelte.

»Nicht nötig«, wehrte Dudley ab, der in ihre Falle getappt war. »Das erledigt der Kollege von der Spurensicherung – und achten Sie darauf, nichts zu berühren. Ich möchte nicht, daß irgendwelche Spuren verwischt werden.«

»Erzählen Sie das doch Ihrer Großmutter«, sagte George, allerdings ohne Groll. »Bis er eintrifft, gebrauche ich nur meine Augen, großes Pfadfinder-Ehrenwort!« Und sie zwinkerte Michael zu. Daß Dudley es sah, schien sie nicht zu stören. »Meine Knipserei wird schon keinen Schaden anrichten. Ich hätte gerne eigene Fotos.« Sie konzentrierte sich auf ihr Motiv, löste den Verschluß aus, stellte die Entfernung und die Blende ein und schoß in schneller Folge ein halbes Dutzend Bilder. »Mein Gott, das riecht aber streng, nicht wahr? Genau das Richtige auf nüchternen Magen. An Ihrer Stelle würde ich mich in der Kantine nachher mit Eiern begnügen und auf den Speck verzichten. Das Ding hier kann einem echt den Appetit verderben.«

Sid Martin kicherte, aber Dudley entschied, den Beleidigten zu spielen. »Wir bemühen uns, menschlichen Überresten die angemessene Ehre zu erweisen«, erklärte er steif. »Wenn Sie sich auf das Nötige beschränken, Doktor, können wir das Bein ins Revier schicken, sobald der Mann von der Spurensicherung grünes Licht gibt.«

»Haben Sie etwas dagegen, es ins Old East bringen zu lassen?« George betrachtete gerade die Schnittfläche des Beines und wurde stutzig. »Das ist aber seltsam ...«

»Was?« fragte Michael und ging neben ihr in die Knie. Der Gestank konnte von nahem nicht viel schlimmer sein als ein paar Schritte entfernt. »Etwas Nützliches?«

»Er ist so sauber«, wunderte sich George. »Er hat nicht nur die Muskeln – sie sind sehr dick und verdammt hart –, sondern auch den Knochen glatt und beinahe ohne Splitter durchtrennt.« Sie griff nach einem starken Vergrößerungsglas und beugte sich dabei so dicht zu dem Bein hinunter, daß ihre Nase es fast berührte. Mike staunte über ihre Kaltblütigkeit. Hatte die Frau keinen Geruchssinn? Oder war sie nur durch ihren Job abgehärtet?

»Mein Gott, das ist ja ekelhaft.« Sie lehnte sich zurück und fächelte sich frische Luft zu. »Ich habe im Laufe meiner Tätigkeit gewiß mit einigen üblen Sachen zu tun gehabt, aber das hier übertrifft wirklich ... Wie auch immer, die Verletzung dürfte nicht von einer Schiffsschraube erzeugt worden sein. Genaueres kann ich allerdings erst nach eingehender Untersuchung sagen.« Damit schaute sie hoch. »Ist jemand von der Wasserschutzpolizei hier?«

Slavin trat etwas wichtigtuerisch vor. »Guten Morgen, Doktor.«

»Verkehren zur Zeit größere Boote auf dem Fluß?« erkundigte sich George, nachdem sie seinen Gruß erwidert hatte. »Sie müßten allerdings mit verdammt großen Schrauben ausgestattet sein, um einen solchen Schnitt ausführen zu können.«

Slavin schüttelte den Kopf. »Stromaufwärts fahren nicht viele große Pötte. Touristenkähne, natürlich, jede Menge sogar, aber selbst die dürften dafür nicht in Frage kommen. Außerdem hätten sie bemerkt, wenn sie auf etwas so Großes wie einen menschlichen Körper getroffen wären.«

»Das denke ich auch.« George wandte ihre Aufmerksamkeit wieder dem Bein zu und runzelte die Stirn. »Werden eigentlich alle Unfälle gemeldet? Auch solche, bei denen die Schraube beschädigt wird und man annimmt, irgend etwas sei hineingeraten?«

»Nein – aber wir sind ständig unterwegs. Viel entgeht uns nicht!« Er warf sich geziert in die Brust. »Insofern bin ich überzeugt, wenn stromaufwärts irgendein Schiff mit einer Leiche kollidiert wäre, hätten wir davon erfahren.«

»Und wie sieht es stromabwärts aus?«

»Das meiste, das hier angeschwemmt wird, fällt stromaufwärts ins Wasser«, schaltete Sid sich unerwartet ein und schob sich in einer Pose großer Überlegenheit nach vorne. Zweifelsohne hielt er sich in dieser Angelegenheit für den einzigen sachverständigen Zeugen. »Man muß schon bis zur Mündung, um das Zeug, das weiter unten in den Fluß fällt, rauszufischen.« Er deutete mit dem linken Daumen nach Osten. »Aus diesem Grund beginne ich meine Tour immer weiter stromabwärts.«

Slavin schaute ihn an, schniefte und nickte. »Er hat recht«, räumte er widerwillig ein. Höchstwahrscheinlich wurde dieser Bursche irgendwo stromaufwärts ins Wasser geworfen. Selbstverständlich spielen auch die Windgeschwindigkeit und die Höhe der Flut eine Rolle. Daß sein Bein jedoch bei Ebbe im Fluß landete und mit der nächsten Flut stromaufwärts getragen wurde, kann ich mir beim besten Willen nicht vorstellen.«

»Hmm«, machte George und musterte erneut den Unterschenkel. »Wo bleibt denn der Mann von der Spurensicherung? ...«

»Ich bin schon da«, murmelte jemand, und die kleine Gruppe öffnete sich, um dem Neuankömmling, einem großen, hageren Mann mit einem Haarschopf, der zerzaust über einem Gesicht mit vereinzelten Pockennarben hochstand, Platz zu machen. »Tut mir leid, daß ich mich verspätet habe. Mein Wagen ist nicht angesprungen.«

Mike grinste, weil er die lahme Entschuldigung dafür, daß er gleich nach dem Anruf wieder eingeschlafen war, als solche erkannte.

»Ich beeile mich«, murmelte der Mann, löste seinen Blick von Dudley, der ihn drohend fixierte, und alle traten zurück, damit er mit seiner Arbeit anfangen konnte. Es war keine große Aktion: Er schoß Fotos, nahm Proben der Erde unter dem Bein und maß seine Entfernung zum Wasser sowie zur Ufermauer. (»Das hat nicht viel Sinn«, sagte Sid laut. »Schließlich steigt die Flut noch. Das Wasser muß einen Fuß höher gewesen sein, als das Ding dort angeschwemmt wurde.« Niemand beachtete seinen Einwand.) Weniger als fünfzehn Minuten später hatte er seine Aufgabe erledigt.

Perverserweise entschied sich George, die Socke und den Schuh gleich an Ort und Stelle zu untersuchen. Die dafür notwendige Ausrüstung – eine Kunststoffmatte, um alle Fremdkörper und sonstigen vom Unterschenkel herabfallenden Teile aufzufangen, sowie Plastikbeutel, um diese zu verpacken – hatte sie bei sich. Gewiß wäre es einfacher gewesen, dem Mitarbeiter der Kripo die Sicherstellung und den Abtransport des Fundes zu überlassen, doch Dudleys stärker als üblich zur Schau getragene Feindseligkeit hatte offenbar ihren Trotz geweckt, und sie war entschlossen, ihm einen Denkzettel zu verpassen. Sein Gesicht hatte bereits eine leicht grüne Verfärbung angenommen, die sich vertiefen dürfte, sobald sie den bereits leicht verwesten Unterschenkel bewegt hätte. Sollte sich Dudley daraufhin übergeben müssen, geschähe ihm das nur recht. Sie amüsierte sich über sich selbst, weil sie so kindisch war, während sie sich betont gemütlich auf das Ufergeröll kniete und ihre Instrumente ausbreitete. Bereits nach wenigen Minuten war sie jedoch so vertieft, daß sie Dudley völlig vergessen hatte. »Die Socke dürfte aus Seide sein«, meinte sie. »Bestimmt teuer. Ziemlich ramponiert und durchlöchert, aber ...«

»Fische«, sagte Dudley laut. »Wasserratten. Es gibt eine Menge Tierzeug, das solche Schäden verursacht.«

»Ja«, bestätigte George ruhig. »Das mag stimmen. Ich hatte es nur der Vollständigkeit halber erwähnt.« Sie schaute mit hochgezogenen Brauen zu dem kleinen Kassettenrecorder, der ihre Kommentare aufzeichnete. »Weiter«, fuhr sie fort. »Der Schuh. Mal sehen ...«

Vorsichtig berührte sie das mit Wasser vollgesogene Leder und tastete mit einem gummibehandschuhten Finger das Fußbett ab. »Ich glaube ... ja, er ist tatsächlich von Harrods! Ein anspruchsvoller Zeitgenosse.« Sie drehte den Schuh um. »Ein eleganter Schnitt. Finden Sie nicht?«

»Ziemlich auffällig«, meinte Mike.

George pflichtete ihm bei, steckte den Schuh in einen Plastikbeutel, den sie verschloß und mit einem Etikett versah. Dann wandte sie sich dem entblößten Unterschenkel zu.

»Die Fußnägel.« Sie betrachtete sie genauer. »So, so, unheimlich gepflegt, weiche Haut, wenn auch ein wenig aufgequollen. Der Fuß eines reichen Mannes, würde ich sagen.« Sie sprach noch einige Details über die Haut auf Band, bevor sie sich der Schnittfläche widmete.

Da sie diese nun berühren konnte und zudem Instrumente benutzte, war sie in der Lage, bestimmte Merkmale erheblich deutlicher zu erkennen. Sie bat Michael, das Vergrößerungsglas zu halten, damit sie die Wundränder untersuchen konnte, ohne den grünlichen Schimmer um seine Lippen und seine Nasenlöcher zu bemerken.

»Es muß ein einziger Schnitt gewesen sein«, stellte sie nach einer Weile fest. »Trotzdem werde ich ihn unter einer stärkeren Vergrößerung noch mal überprüfen und ein paar Bilder machen, aber es ist mir schon jetzt ziemlich klar. Die Haut und die Ränder des subkutanen Gewebes haben sich nach innen gebogen. Vermutlich lag er auf dem Bauch, als sein Bein, womit auch immer, attackiert wurde, und zwar genau von oben. Sehen Sie?«

Niemand antwortete, und sie deutete Mike mit knappen Bewegungen ihres Kinns an, wie er das Vergrößerungsglas drehen sollte, damit sie eine bessere Sicht hatte. Er konzentrierte sich auf ihr Gesicht, biß die Zähne zusammen und schaffte es, seine Übelkeit unter Kontrolle zu halten. Ihm entging keines ihrer Zeichen.

»Das belegt die Form der Wunde. Es muß sehr schnell und mit so großer Wucht erfolgt sein, daß er sich gar nicht bewegen konnte. Das heißt, falls sein Zustand dies überhaupt erlaubt hätte. Aber das kann ich erst definitiv beurteilen, nachdem wir den Rest gefunden haben. Oder wenigstens andere Teile von ihm.«

Sie richtete sich auf. »Auch die Knochen muß ich mir unter einer höheren Vergrößerung anschauen, doch ich wette, daß ich zum gleichen Ergebnis gelange. Okay, Roop. Das Ding kann jetzt in die Leichenhalle. Meinen Bericht erhalten Sie so bald wie möglich. Sofern heute nacht nicht irgend etwas Schlimmes passiert – aber das wüßten Sie sicherlich –, kann ich mich gleich heute morgen darum kümmern.«

»Nicht alle Ihre Leichen kommen über uns zu Ihnen«, erklärte Dudley. »Oder etwa doch? Im übrigen möchte ich Sie noch daran erinnern, daß man mich gewöhnlich mit Inspector anspricht, *Doktor*.«

»Ach, Sie können mich ruhig George nennen«, erwiderte sie lächelnd. »Oder Dr. B., wie Gus es tut. Ich habe absolut nichts dagegen.«

Dudley wies den uniformierten Polizisten barsch an, im Revier anzurufen und den Transporter anzufordern, damit er den Fund abholte und ins Old East brachte. Dankbar eilte der junge Mann den Uferstreifen hinauf. Er war sichtlich froh, den Schauplatz verlassen zu können, denn er zog es vor, die Ankunft des Wagens auf der Straße zu erwarten. Alle standen untätig herum und beobachteten, wie der Mann von der Spurensicherung schließlich seine Ausrüstung einpackte und abfuhr. In diesem Moment war Sids Geduld erschöpft.

»Sie müssen mich jetzt laufen lassen«, sagte er kampflustig. »Oder etwa nicht? Habe ich denn keine Rechte? Es ist schon fast sieben, und auf dem Fluß herrscht ein Betrieb wie in der Hyde Park Corner, und ich verdiene heute morgen deswegen bestimmt nicht einen Penny. Sie müssen mich jetzt laufen lassen, sonst ist es, na was denn wohl?« Er legte eine kurze Pause ein. »Reine Schikane!« fügte er in übertriebenem amerikanischen Akzent hinzu, worauf George ihn anlächelte.

»Sie haben wohl zu viele Folgen von *New York Cops* gesehen«, meinte sie. »Die englische Polizei schikaniert niemanden, nicht wahr, Roop? Inspector Roop?«

»Nein«, fauchte Dudley. »Im Gegenteil, die Polizei ist es, die schikaniert wird. Hey, Urquhart!«

Mike, der wußte, daß Dudley Nachnamen ausschließlich benutzte, wenn er vor Wut schäumte, seufzte und wandte sich zu seinem Vorgesetzten um. »Sir?«

»Besorgen Sie sich eine schriftliche Aussage von diesem Mann, und dann prüfen Sie jede Einzelheit nach. Haben Sie verstanden? Jedes noch so winzige Detail, denn ich will sicher sein, daß er uns die Wahrheit erzählt hat.«

»Bei meinem Leben!« kreischte der alte Mann. »Bei meinem verdammten Leben ...«

»Genau das wird es sein – verdammt –, wenn du gelogen hast«, drohte Dudley. »Los, Urquhart. Machen Sie sich auf den Weg!«

»Das erledige ich gleich hier«, meinte Michael nach einem kurzen Blick zu Sid Martin. »Das geht schneller als auf dem Revier.«

»Sie können seine Aussagen doch nicht von hier aus

überprüfen, Sie verdammter Narr! Befolgen Sie gefälligst meine Anweisung! Und erkundigen Sie sich bei der Vermißtenstelle nach eventuellen Hinweisen. Dalli, dalli!« Damit drehte er sich auf dem Absatz um und marschierte zu Sergeant Slavin zurück, den er eindeutig als die einzige Person betrachtete, mit der zu reden er bereit war.

Während Michael Urquhart dem nach wie vor lauthals protestierenden Sid half, sein Boot auf den schmalen Strand zu ziehen, um es an einem Betonpfosten zu Füßen der Garrick Street festzubinden, schlenderte George hinter Dudley her. Sie würde sich nicht von ihm überfahren lassen, nahm sie sich vor. Weder an diesem noch an einem anderen Morgen!

Seine Feindseligkeit, so schien es ihr, hatte, seitdem sie ihren vom Innenministerium bestätigten Posten als Gerichtsmedizinerin im Old East bekleidete, noch zugenommen. Es war ein harter Job, wie sie festgestellt hatte. Verhielt sich Rupert Dudley ihr gegenüber deshalb so unangenehm und abweisend? Sie bezweifelte es. Sein Boß, Gus Hathaway, hatte sie nie unfreundlich behandelt. Gewiß, er war schwierig, in der Regel stur, manchmal sogar ziemlich grob, aber bösartig und gemein? Nein, niemals.

Ihre Lippen verzogen sich ein wenig, als sie an ihn dachte. Gus, der ungewöhnlichste Polizist, den sie sich vorstellen konnte. Detective Chief Inspector im Revier in der Ratcliffe Street und gleichzeitig Fast-Millionär. Keiner seiner Kollegen hatte nachvollziehen können, warum er nach dem Tod seines Vaters, der ihm eine sehr einträgliche, über das gesamte East End verteilte Kette von Fish-and-Chips-Buden und Restaurants hinterlassen hatte, bei der Polizei geblieben war, aber er hatte es tatsächlich getan. Er liebe seinen Job viel zu sehr, hatte er ihnen – und George – erklärt. Also kümmerte er sich um seine Läden in der Zeit, in der er nicht im Einsatz war, und genoß ansonsten sein Leben in vollen Zügen.

Zu diesem Leben gehörte George. Sie waren vor – sie überlegte, während sie auf Slavin zuging – achtzehn Monaten ein Paar geworden. An Weihnachten vor anderthalb Jahren, nachdem sie die Affäre mit den toten Babys gemeinsam aufgeklärt hatten, an der, wie sie sich jetzt erinnerte, auch Dudley beteiligt gewesen war. Nicht sehr erfolgreich! Sie hatte ihm, auch bei anderen Fällen, den Ruhm sozusagen vor der Nase weggeschnappt, und Dudley, das war ihr klar, besaß ein gutes Gedächtnis.

Ach was, warum sollte sie besorgt sein? Gus Hathaway als Freund und Liebhaber gewonnen zu haben, war das weitaus befriedigendere Ergebnis ihrer Zusammenarbeit. Früher oder später würde sich Dudleys Groll gegen sie schon legen. Sie mußte ihn nur in Ruhe lassen. »Blödmann, Roop«, murmelte sie leise und strahlte den Mann an, als sie ihn einholte.

Mit einem einnehmenden Lächeln wandte sie sich an den Sergeanten, mit dem er sich gerade halblaut unterhielt. »Erzählen Sie mir doch mal etwas über die Gezeiten in diesem Bereich. Ich lebe hier zwar schon eine Weile, aber ich muß gestehen, daß ich bisher lediglich festgestellt habe, daß es welche gibt.«

Slavin grinste. »Die Themse ist ein sehr lebhafter Fluß. Jemand, der wie wir direkt am Fluß wohnt, könnte sie nur schwer übersehen. Nun, ihr Abstand beträgt circa zwölfeinhalb Stunden. Im Laufe des Jahres wandern sie kontinuierlich ein paar Minuten weiter. Zur Zeit haben wir ... mal sehen.« Er zog ein zerschlissenes Notizbuch hervor und blätterte darin. »Hochstand bei Flut ist an der London Bridge heute morgen um Viertel nach neun, Tiefstand bei Ebbe um Viertel nach drei am Nachmittag. Das Wasser wechselt die Richtung – gegen zehn, würde ich sagen – um heute nachmittag gegen vier wieder stromaufwärts zu fließen. Folglich dürfte das Hochwasser um etwa zehn Uhr abends die Bridge erreichen, und ...«

»Ich verstehe«, unterbrach sie hastig, aus Angst, daß er nun die Daten sämtlicher Gezeiten bis zum Weltuntergang herunterrasselte. »Demnach sind sie ziemlich stabil.«

Er klappte das Notizbuch zu und verstaute es wieder in seiner Tasche. »Ziemlich. Selbst wenn man den jeweiligen Wind, den Wechsel zwischen Sommer- und Winterzeit und einiges mehr berücksichtigt.«

»Seinem Verwesungszustand nach zu urteilen – ich gebe nur meinen allerersten Eindruck wieder – hat der Unterschenkel etwa eine Woche im Wasser gelegen. Demnach müßte er am ...«

»Darüber brauchen Sie sich nicht den Kopf zu zerbrechen, Doktor.« Dudley konnte sich nicht länger beherrschen. »Das ist unser Job. Sie brauchen wirklich nicht ...«

»Na los, sprechen Sie's doch aus!« forderte George ihn amüsiert auf. »Sie brauchen sich wirklich nicht Ihren süßen kleinen Kopf zu zerbrechen.«

»Sie nehmen mir geradezu die Worte aus dem Mund«, schnappte Dudley. Er warf ihr einen vernichtenden Blick zu, ehe er auf den Wagen zustapfte, um dem Polizisten, der schon eine Weile untätig herumstand, die Leviten zu lesen.

Slavin schaute ihm nach und lachte. »Ihm fehlt nicht nur sein Morgenkaffee, oder? Nun, so ist das nun mal. In jeder Truppe gibt es verstockte Burschen – außer in unserer. Wir von der Wasserschutzpolizei sind natürlich in Ordnung.«

»Natürlich sind Sie das«, stimmte sie zu und klopfte ihm auf die Schulter. Dann überlegte sie, ob sie nicht diejenige war, die etwas herablassend auftrat, aber er erwiderte nur ihr Grinsen. »Könnten Sie etwas für micht tun?« fragte George. »Ich weiß, daß dies nicht zu den Aufgaben einer Gerichtsärztin gehört, aber an diesen komplizierten Fällen habe ich schon immer gerne mitgearbeitet. Es macht mir Spaß. Würden Sie deshalb besonders aufmerksam Ausschau nach weiteren Leichenteilen halten? Ich möchte mich wirklich darauf verlassen können, daß ich alles, was Sie finden, sofort und noch vor dem Coroner zu sehen bekomme. Inspector Dudley bringt es glatt fertig, den Fall McCulloch von der Gerichtsmedizin in Greeenwich zu übertragen.«

»Schon kapiert«, meinte Slavin. Nun war er an der Reihe, ihr auf die Schulter zu klopfen, was er auch mit kaum verhohlenem Vergnügen tat. »Ich gebe Ihnen Bescheid. Sie sind doch im Old East, nicht wahr?«

Sie bestätigte es. »Sollte ich selbst nicht anwesend sein, wird einer meiner Mitarbeiter ihre Nachricht entgegennehmen. Lassen Sie sich aber nicht mit der Terminabsprache, sondern direkt mit der Pathologie verbinden, ja?«

»Verstanden«, antwortete er und musterte sie dann mit einem hinterhältigen Grinsen von der Seite. »Trotzdem sollten Sie lieber auch den Chef fragen, oder? Zumal er Sie erheblich freundlicher behandelt als dieser Dudley.«

Dem scharfen Blick, den sie ihm daraufhin zuwarf, hielt Slavin stand. »Nein«, sagte sie. »Mit dem DCI komme ich tatsächlich sehr gut zurecht, aber er hat im Moment mit anderen Fällen zu tun. Da Dudley für diesen hier zuständig sein wird, habe ich mich an Sie gewandt. Wollen Sie mir helfen?«

Er zögerte und schaute über die Schulter zu Dudley, der ihm winkte und zurief, daß sie aufbrechen wollten. Der Unterschenkel, verpackt und mit einem Etikett versehen, wurde gerade in den Transporter verstaut, der ihn zwei Meilen flußaufwärts zu Georges Leichenhalle bringen sollte. »Gerne sogar. Ich melde mich.«

»Das weiß ich«, sagte George und zwinkerte ihm zu. Dann eilte sie zu ihrem Citroen, um für eine Dusche und ein Frühstück nach Hause und anschließend ins Krankenhaus zu fahren.

Der schmale Strandstreifen hinter ihr wartete auf die

letzten Ausläufer der Flut, die ihn zudecken und jeglichen Hinweis auf den grausamen Fund und die Anwesenheit der Polizei mit sich nehmen würde.

3

Die erste Stunde ihres Arbeitstages mochte George am liebsten. Das Old East, eine Anhäufung schlecht zusammenpassender Gebäude auf einem Shadwell-Grundstück zwischen dem Fluß und dem Highway, wirkte am ordentlichsten und saubersten, ehe sich in den Innenhöfen, der Wartezone der Notaufnahme und in sämtlichen Verbindungsgängen leere Cola-Dosen, Bonbonpapiere und sonstiger Müll sammelten und solange das Personal und die Patienten noch einigermaßen frisch aussahen. Vor allem an diesen heißen Sommertagen waren nämlich die meisten Mitarbeiter bis zum Nachmittag erschöpft und übellaunig – selbst die jüngeren hatten fettig glänzende Haut und Tränensäcke unter den Augen –, während die Patienten forschen oder schwerfälligen Schrittes zwischen den langen Korridoren und den Ambulanzen hin und her wanderten. Der Geruch von Toast und Speck, ja sogar Kaffee, der durch die Abteilungen zog, munterte jedermann auf. Er war mit Sicherheit angenehmer als der von gekochtem Fisch, Minze und püriertem Rosenkohl, der den Mittagsmenüs vorauseilte. Ein schwacher Hauch von Desinfektionsmitteln, mit denen nachts die Fußböden und Wände gereinigt wurden, mochte zwar eine leicht drohende Wirkung auf jene Patienten ausüben, für die Krankenhäuser nichts anderes als abschreckende Örtlichkeiten darstellten, war jedoch um einiges erträglicher als der Gestank von schwitzenden kranken Menschen sowie Blut und Medikamenten, der die Luft im Laufe des Tages mehr und mehr beherrschte.

An diesem Morgen, es war besonders früh, genoß George die Ruhe auf dem Weg in ihr Büro ganz besonders. Einer der Rosensträucher in den Blumenbeeten in der Mitte des großen Hofes, der die Hauptverkehrsader des Krankenhauses darstellte und den die Hausmeisterei mühsam in Schuß hielt, hatte früh durchgetrieben. George blieb stehen, um eine der Blüten zu berühren und daran zu riechen. Sie war noch zu klein und fest, um irgendwelchen Duft zu verströmen. Da sie bis zur Mittagszeit, wenn ich wieder hier vorbeikomme, bestimmt ein Besucher gepflückt hat, kann auch ich sie mitnehmen, dachte George. Schließlich bin ich hier beschäftigt. Sie brach sie ab, um sie in ein Reagenzglas zu stecken, das sie auf ihren Schreibtisch stellte.

Dieser war glücklicherweise leer, und sie betrachtete ihn zufrieden. Die Menge an Papierkram, den ihr Job mit sich brachte, war erdrückend, erzählte sie Gus des öfteren, der dann lediglich geringschätzig das Gesicht verzog. Sein Hinweis darauf, wieviel mehr davon in seinem Revier anfalle, war nur ein schwacher Trost. Die meisten Tage begannen mit dem Kampf, die dringendsten Angelegenheiten zu bearbeiten, und endeten mit dem Versuch, auch die weniger wichtigen zu erledigen. Gewöhnlich gelang ihr dies bis auf einen Rest, der geradezu danach schrie, ebenfalls bewältigt zu werden, aber nicht an diesem Morgen, und dafür war sie dankbar. Um zwei Uhr mußte sie vor dem Gericht in Old Bailey als Zeugin aussagen. Ein Mann war nach einer Schlägerei am letzten Wochenende in einem Pub in der Leeman Street seinen schweren Verletzungen erlegen. Sollte es, was sie bezweifelte, tatsächlich noch so etwas wie Gerechtigkeit geben, müßten die drei Männer, die ihm diese zugefügt hatten, für mehrere Jahre ins Gefängnis wandern. Mittlerweile beurteilte sie die milden

Strafen der Verbrecher, deren Tätigkeit sie aufdeckte, mit genausoviel Zynismus wie Gus und seine Kollegen. Folglich blieb ihr ausreichend Zeit, um das Bein, das sie soeben am Flußufer gesehen hatte, genau zu untersuchen.

Roop, dachte sie und grinste, während sie das Kaffeepulver in den Filter löffelte und in ihrem Wandschrank nach Keksen und einer Tasse suchte. Er meint wohl, er hätte mir eins ausgewischt. Aber nicht diesmal! Ihr war sehr wohl bewußt, daß Rupert Dudley sie überhaupt nicht leiden konnte und ihre Beziehung zu Gus sein Mißtrauen und das Gefühl, ausgeschlossen zu sein, nur noch verstärkte. An diesem Mann war überhaupt nichts Anrüchiges – das bestätigte die Tatsache, daß er verheiratet war und drei Kinder im Teenageralter hatte –, aber als Arbeitskollegen mochte er keine Frauen. Jede Polizistin, die sich in seine Truppe verirrte, bekam seine Abneigung zu spüren, was dafür sorgte, daß sie ebenso schnell wieder verschwand, wie sie versetzt werden konnte. Zu ihr selbst war er, seitdem sie ihren männlichen Vorgänger abgelöst hatte, äußerst unfreundlich gewesen. Daß sie sich davon nicht hatte abschrecken lassen – um die Wahrheit zu sagen, war es ihr erst nach einer Weile aufgefallen –, hatte er nur schwer verkraften können, aber nachdem sie seinem Chef, Gus Hathaway, emotional nähergekommen war, hatte Dudley beinahe panisch reagiert. Sie wußte es, und er wußte, daß sie es wußte, wodurch sich ihr Verhältnis noch verschlimmerte. Was steckte hinter seiner Aversion berufstätigen Frauen gegenüber? Die schlichte Unfähigkeit zu begreifen, daß diese die gleichen Tätigkeiten wie Männer ausüben können? Eine Art verquere Eifersucht, die auf tief verborgenen und – für George – unverständlichen Komplexen beruhte? Oder war es diese altmodische Haltung des Er-ist-mein-Kumpel-und-ich-war-zuerst-hier? Sie hatte keine Ahnung, und offen gestanden, interessierte es sie auch nicht. Sein Verhalten ihr gegenüber war schlicht und ergreifend albern, gelegentlich ermüdend, aber immer lästig und reine Zeitverschwendung.

Wie dem auch sei, seine Tricks waren an diesem Morgen nicht erfolgreich gewesen. Er hatte versucht, sie unter Gus' Privatnummer zu erreichen. Sie war zwar aus dem Schlaf geschreckt, hatte aber trotzdem ihre fünf Sinne beisammengehabt. Gus war bereits unterwegs gewesen. Sein Team hatte zur Aufklärung einer Reihe raffiniert eingefädelter Einbrüche, die den gesamten Londoner Osten seit einigen Monaten in Unruhe versetzten, eine großangelegte Überwachungsaktion organisiert. Keiner der daran Beteiligten wäre auf die Idee gekommen, ihn zu Hause anzurufen – außer, um festzustellen, ob sie sich dort aufhielt.

Sie hatte nicht abgenommen, und, wie vermutet, war wenige Minuten nach dem letzten Klingelzeichen das ihres Mobiltelefons ertönt. Sie hatte sich leicht benommen gemeldet, Rupert Dudley versprochen, sich so schnell wie möglich am Tatort einzufinden, und die Verbindung anschließend höchst zufrieden unterbrochen. Es war sein sehnlichster Wunsch gewesen, uns in flagranti zu überraschen, dachte sie. Dieser Bastard!

Ulkigerweise hätte es ihnen absolut nicht geschadet. Es gab keinen Grund, weshalb sie und Gus nicht die heißeste Liebesaffäre haben sollten, wenn sie das wollten. Beide waren ungebunden, und auf ihre Jobs wirkte sie sich gewiß nicht nachteilig aus. Warum also sollte sie beunruhigt sein? Tatsächlich war die Situation, in der Dudley sie gerne ertappt hätte, eine ohne jegliche Leidenschaft und Innigkeit gewesen.

Sie hatte am Vorabend in Gus' Wohnung gewartet, um ihm nach seiner Heimkehr das Abendessen zuzubereiten, was sie gelegentlich tat, wenn keiner von ihnen Lust hatte, eines seiner Restaurants aufzusuchen, und war auf dem Sofa eingeschlafen. Nach dem Essen, sie hatten sich statt der geplanten Steaks mit Omelettes begnügt, da er erst um

Mitternacht eingetroffen war, hatte es sich für George nicht mehr gelohnt, nach Bermondsey zurückzufahren.

Daher waren sie unter seine Decke gekrochen, hatten, eng aneinandergeschmiegt, das Zusammensein genossen, und waren, wie ein lange verheiratetes Ehepaar, wenig später eingeschlafen. Sie hatte zwar keine prickelnde Erregung verspürt, dachte sie jetzt, als sie sich auf ihrem Drehstuhl niederließ und genußvoll an ihrem Kaffee nippte, dennoch war es nett gewesen.

Ob es weiterhin so nett bliebe, war fraglich. Seit nunmehr einem Monat führte Gus weder ein eigenes Leben, noch nahm er an ihrem teil. Er war beinahe rund um die Uhr beschäftigt, was allmählich deutliche Spuren hinterließ: Seine Haut war grau, er hatte abgenommen und, wenngleich er seinen Humor nicht verloren hatte, war er – die wenigen Male, die sie ihn zu Gesicht bekommen hatte – äußerst erschöpft und gelegentlich völlig geistesabwesend gewesen. Sie hatten kaum über private Dinge gesprochen, geschweige denn über dienstliche. Das bedauerte sie sehr, denn dieses Vergleichen von Fakten und Theorien in schwierigen Fällen bereitete ihr beinahe mehr Vergnügen als Sex, obgleich dieser auch während ihrer Zusammenarbeit nie zu kurz gekommen war. Irgendwie hatten sie immer noch genügend Zeit und Energie für sich selbst gefunden. Doch im Moment konnte sie nichts weiter tun, als in seiner Wohnung auf ihn zu warten und ihn daran zu erinnern, daß es sie noch gab, und sich selbst klarzumachen, daß sie ihn brauchte.

Aber ihre Geduld würde sich letztendlich auszahlen. Das hoffte sie. Trotz seiner finanziellen Sicherheit und der geplanten Ausdehnung seiner neun Fish-and-Chips-Läden und Restaurants in umsatzträchtige Gegenden, wie Islington und Dalston, in denen sich zunehmend erfolgreiche junge Angestellte und Manager der Medienbranche niederließen, war Gus ehrgeizig wie eh und je.

Während sie die Kaffeetasse leerte, malte sich George die möglicherweise auch für sie selbst berauschenden Aussichten seiner demnächst bevorstehenden Beförderung aus: Gus, der als Befehlshaber über ein Area Major Investigation Team die Verantwortung für all die großen Fälle trug, die aus zehn Revieren gemeldet wurden. Sie, die, als seinem AMIT zugewiesene Gerichtsärztin, ständig mit ihm zusammenarbeitete und nie wieder Routineaufgaben für die Pathologie des Old East erledigen mußte. Sie reckte und streckte sich geschmeidig wie eine Katze. Herrlich! Einfach wundervoll!

Es ist nur eine Frage der Zeit, hatte er ihr seinerzeit versichert. »Sobald diese Geschichte abgeschlossen und die ganze verdammte Bande hinter Gittern ist, melde ich mich zu meiner Leistungsbewertung an, und dann sollst du mal sehen!«

»Ist das dein Ernst?« fragte sie überrascht. »Mein Gott, Gus, was mußt du denn noch beweisen? Bist du nicht schon lange genug als erfolgreicher Cop tätig?«

»Einige Jährchen«, räumte Gus ein. »Zwanzig oder mehr. Aber das spielt keine Rolle. Hundert von uns werden ins Hendon Leistungszentrum geschickt. Nach zwei wirklich intensiven Tagen weiß man ganz sicher, ob man drin ist oder nicht. Ich werde drin sein, keine Frage, und danach heißt es nur noch, auf einen Posten zu warten.«

»Demnach bekommst du nicht gleich den Job eines Supers? Das ist nicht fair. Nachdem du diese verrückte Prüfung bestanden hast, müssen sie ...«

Er schüttelte den Kopf. »Ich will nicht irgendeinen gewöhnlichen Job, Liebling. Ich will einen AMIT in diesem Bezirk leiten. Und ich will meine Dienstwohnung behalten! Aber das ist kein Problem, nicht das geringste. Old Cumberland wird sofort in den Ruhestand treten, sobald er erfährt, daß ich alle Voraussetzungen erfülle. Er kann es kaum erwarten, sich endlich um seine geliebten Anthurien zu kümmern. Und um seine Azaleen und seine Artischokken. Sein Traum ist ein alphabetischer Garten, bis hin zu Zinnien, verstehst du? Aber bislang hat er es in zehn Jahren noch nicht mal bis zum B geschafft. Daher ist es, wie ich schon sagte, nur eine Frage der Zeit. Ich kläre diesen Fall bis zur Leistungsbewertung, und dann ... Zu Weihnachten hat sich mein Leben grundlegend geändert. Und deines vielleicht auch ...«

Sie warf ihm einen scharfen Blick zu, worauf er derart offen und unschuldig lächelte, daß sie diesen Punkt nicht weiter verfolgte.

Ihre flüchtigen Unterhaltungen, die sich andeutungsweise mit ihrer Zukunft befaßt hatten, waren seitdem nicht weniger zahlreich gewesen wie ihre Versuche, sich möglichst elegant davor zu drücken.

»Nun«, meinte sie lediglich, »ich hoffe, du schaffst es wirklich rechtzeitig! Wann mußt du denn nach Hendon?« George hatte erfahren, daß die Leistungsbewertung Mitte Oktober stattfinden sollte. Ihre Frage nach näheren Einzelheiten besagten Falles war er ausgewichen: »Oh, tu mir einen Gefallen, Schätzchen! Er umfaßt fünfzehn sehr dicke Aktenordner und weiß Gott wie viele Disketten, und du willst eben mal von mir erklärt haben, worum es geht. Alles, was ich dir auf die schnelle sagen kann, ist, daß es nicht nur mit Raubüberfällen zu tun hat, sondern auch mit Versicherungsschwindel, Schutzgelderpressung und Geldwäscherei im großen Stil. Auch ein Kerl, der Ecstasy-Pillen an Kids verkauft, ist darin verwickelt. Es ist ein regelrechter Sumpf! Viele Gauner meinen, sie könnten ihre Machenschaften wie seriöse, gesetzestreue Unternehmen durchziehen. Aber das werde ich nicht dulden. Geschäftspläne und Langzeitstrategien, ich bitte dich!« In diesem Moment hatte ein dringender Einsatz den seltenen Genuß eines gemeinsamen Mittagessens auf dem Schreibtisch seines Büros im Revier in der Ratcliffe

Street beendet. Deshalb war sie auch jetzt nicht besser über seinen Fall informiert als kurz nachdem man ihn damit beauftragt hatte.

Daß er für sie beide wichtig war, hatte sie allerdings schon lange erkannt. Vielleicht könnte er als Super und Chef eines AMIT wieder ein einigermaßen normales Leben führen. Vielleicht stünden ihm genügend Mitarbeiter zur Seite, so daß er nicht mehr völlig überlastet wäre. Vielleicht könnte er ihr sogar, sollte sie doch nicht seinem Team zugeteilt werden, noch interessantere Fälle übertragen? Das wäre doch toll!

»Prima!« George rollte das R so stark, daß es sich wie das Schnurren einer Katze anhörte. Als ein erschrockenes Gesicht durch die Tür spähte, lachte sie.

»Hallo, Sheila«, grüßte sie und entschied, deren Verwirrung zu ignorieren. »Sie sind aber früh dran. Es ist noch keine halb neun.«

»Ich habe eine Menge zu tun«, entgegnete Sheila wichtigtuerisch und setzte eine total gestreßte Miene auf. Dann trat sie ins Zimmer und schaute beiläufig zur Kaffeekanne, die nach wie vor blubbernd auf der kleinen Warmhalteplatte stand.

»Bedienen Sie sich!«

Sheila kam Georges freundlicher Aufforderung nach, ehe sie sich auf die Schreibtischkante setzte. »Es ist gewiß nicht meine Absicht, einen Wirbel zu veranstalten, Dr. B.«, begann sie, »aber ...«

»... es wird einen geben«, ergänzte George. »Wie immer, wenn Sie so anfangen!«

»Was?«

»Einen Wirbel.«

»Aber nicht meinetwegen«, sagte Sheila tugendhaft und trank ihren Kaffee, wobei sie mit traurigen Augen über den Rand ihrer Tasse hinwegblickte. »Ich bemühe mich nach Kräften, den Frieden zu wahren, doch ...«

»Was hat er denn jetzt schon wieder verbrochen?« unterbrach George sie mit resignierender Stimme.

»Doch nicht er!« stellte Sheila klar und ließ die Tasse sinken. »Es ist Jane.«

»Jane?« George runzelte die Stirn. »Aber Jane ist eine hervorragende Technikerin, eine unserer besten. Das haben Sie doch selbst mehrfach betont!«

»Ich wage zu behaupten, daß sich daran nichts geändert hätte«, erwiderte Sheila spitz. »Wäre Dr. Short nicht hier aufgetaucht. Meiner Meinung nach sollten wir schnellstens dafür sorgen, daß die beiden nicht zusammenarbeiten. Wir könnten ihr das forensische Material übertragen, um das sich Jerry gewöhnlich kümmert, und dann ...«

»Einen Moment!« Allmählich geriet George in Wut. »Das ist Unsinn, Sheila! Seit fast einem halben Jahr ist festgelegt, daß Jerry Swann dafür zuständig ist, weil er aus dem gerichtsmedizinischen Budget bezahlt wird. Er leistet hervorragende Arbeit. Zudem ist er jederzeit bereit einzuspringen, wenn die anderen unter Druck stehen. Jane wurde offiziell vom Old East Trust eingestellt, der auch ihr Gehalt übernimmt, und zwar in voller Höhe. Sie wissen ebensogut wie ich, daß ich meine Mitarbeiter nicht wahllos einsetzen kann. Ich habe keine Lust, von dieser Madame Archer wegen Mißbrauchs von Geldern aus dem Etat des Trust belangt zu werden. Sie ist nicht nur eine Nervensäge, sondern auch eine verdammt gute Direktorin und Managerin, der solche Dinge keine Minute verborgen bleiben. Das ist nicht die Lösung, Schätzchen! Sie müssen sich schon eine andere ausdenken.«

»Sie reden schon genauso wie Chief-Inspector Hathaway«, sagte Sheila, etwas mutiger geworden. »Klingt echt ulkig! Sie sollten mal darauf achten.« Sheila erhob sich und stolzierte zur Tür. »Aber machen Sie mir keine Vorwürfe, wenn der Betrieb nicht läuft, weil Jane Rose und Alan Short den ganzen Tag miteinander schäkern. Ich habe mein Bestes versucht!« Damit verschwand sie und verzichtete darauf, die Tür hinter sich zuzuknallen.

George seufzte. Ihr Job war auch ohne Sheila Keens Getue und Launen mehr als anstrengend. Nachdem ihr Professor Hunnisett und Matthew Herne, der Verwaltungschef, nach langwierigen Kämpfen einen zweiten Arzt für das pathologische Labor bewilligt hatten, war sie fälschlicherweise von einer Entlastung ausgegangen, denn nichts war besser geworden. Warum hatte sie nicht an Sheilas allgemein bekannte Neigung gedacht, sich auf jeden einigermaßen attraktiven Mann zu stürzen, der ihr in die Quere kam. Nach nur einem langen Blick auf den mehr als zwölf Jahre jüngeren Alan Short, einen Neuseeländer mit einem offenen, unschuldigen Gesicht, das ihn aussehen ließ wie ein Norman-Rockwell-Titelbild für die *Saturday Evening Post*, und einem Wust widerspenstigen blonden Haares, Sommersprossen und kräftigen weißen Zähnen unter einer kekken Nase, war es um sie geschehen gewesen: Sheila hatte sich trotz des großen Altersunterschiedes unsterblich in ihn verliebt.

Es wäre vielleicht gar nicht mal so schlecht gewesen, überlegte George traurig, während sie aufstand. Sie mußte irgend etwas unternehmen, um die alte Ordnung wiederherzustellen – denn das Leben konnte niemals einfach sein, solange ihre leitende Technikerin unglücklich war. Hätte Short doch nicht derartiges Gefallen an Jane Rose gefunden! Daß es deswegen Ärger geben dürfte, war George klargewesen, als sie zum ersten Mal beobachtet hatte, wie er seine Zeit damit vergeudete, sie quer durchs Labor anzustarren, obwohl er eigentlich die Berichte für die Krankenkartei hätte anfertigen sollen. Nun würde sie Alan in seine Schranken weisen müssen. »Wenn er mit Jane quatschen will, dann kann er es außerhalb der Arbeitszeit tun«, sagte sie sich. »Ich verspreche Sheila, daß ich das regle, und vielleicht, aber nur vielleicht, kann ich sie beruhigen und endlich mit diesem Bein weitermachen, so daß ich die Untersuchung abschließen kann, ehe ich zum Gericht muß.«

Sie eilte zum Labor, wo die Zentrifugen und die Rührapparate summten und klapperten.

4

Ihre Bemühungen als Friedensstifterin wurden durch die Tatsache, daß Jane und Jerry ihre Intention kannten, keineswegs gefördert. Jerry amüsierte sich am meisten über Sheilas geradezu groteske Versuche, sich einen Mann zu angeln – fast schon *irgendeinen* Mann. George konnte es ihm noch nicht einmal verübeln, obgleich es ihr zusehends schwerer fiel, darüber zu lächeln. Es war zu leicht, Frauen zu verachten, die sich ohne die Rückenstärkung eines Mannes minderwertig fühlten, vor allem, da sie selbst Gus an ihrer Seite wußte. Sheila war eine intelligente und in ihrem Tätigkeitsbereich durchaus erfolgreiche Frau, deren Fähigkeiten einer solchen Aufwertung gewiß nicht bedurften. Ihr Herumgehampel bewies jedoch, daß sie selbst daran zweifelte, und brachte mittlerweile auch Jane, die früher Mitgefühl und die Solidarität einer Leidensgenossin gezeigt hatte, zum Schmunzeln. Seit sich Alan Short für sie interessierte, schien ihre Selbstzufriedenheit ihre guten Eigenschaften völlig verdrängt zu haben. George spürte, wie sich beim Gedanken an ihre leitende Technikerin immer mehr Mitleid in ihren Unmut mischte. Im übrigen mußte sie ihr zustimmen: Wenn Jane und Alan Short zusammenarbeiteten, nahmen ihre Leistungen rapide ab, und das war das letzte, was George gebrauchen konnte. Ellen Archer, die Chefin des wissenschaftlichen Bereiches, dem auch die Radiologie, die Neurologie sowie die Kardiologie angehörten, war wild entschlossen, im laufenden

Rechnungsjahr mindestens drei Prozent ihres Etats einzusparen. Also verbrachte sie die nächste Stunde damit, sicherzustellen, daß ihre Abteilung weiter reibungslos und effektiv funktionierte.

»Gut gemacht, Dr. B.«, stellte Jerry fest, nachdem er den neuen Dienstplan studiert hatte. »Es ist Ihnen gelungen, ein System zu entwickeln, das Sheila ruhigstellt und Alan nicht wie ein liebeskrankes Hündchen herumschleichen läßt. Ich bin gespannt, wann Sheila das nächste Mal ausrastet.«

»Ich wünschte, Sie hätten ein klein bißchen mehr für sie übrig«, murmelte George. »Das würde uns einige Schwierigkeiten ersparen.«

»Ihnen vielleicht«, gab Jerry schnippisch zurück. »Nur, habe ich das verdient?«

»Ihre Zunge ist so spitz, daß Sie niemanden verdient haben«, erwiderte sie sarkastisch und verzog das Gesicht.

»Damit könnten Sie recht haben«, räumte er ein, und George wäre am liebsten im Erdboden versunken. Wie sie wußte, hatte Jerry in der Vergangenheit einige persönliche Probleme bewältigen müssen. Es war nicht ihre Absicht gewesen, Salz in seine Wunden zu streuen.

Er ließ sich auf seinem Hocker nieder und grinste. »Kein Grund zur Traurigkeit«, meinte er. »Glauben Sie mir, zur Zeit lebe ich wie Gott in Frankreich. Ich habe endlich die Arbeit, die ich liebe, und keine Schulden, die mir den Schlaf rauben. Was liegt also an?«

Sie war dankbar für diesen Themenwechsel und ließ sich bereitwilliger ablenken, als ihr lieb war. »Nun, Sie könnten mir helfen«, begann sie. Jerry lauschte fasziniert und pfiff durch die Zähne, nachdem sie ihm von dem Unterschenkel berichtet hatte.

»*Oh happy day*!« sagte er. »Wieder mal ein fröhliches Herumwühlen im Sumpf. Kann sich ein Mann was Schöneres vorstellen? Wann soll's losgehen?«

»Geben Sie mir noch eine halbe Stunde«, bat sie. »Bis dahin dürfte Harold Constant eingetroffen sein – obwohl, da es nur ein Leichenteil ist, könnte der Coroner auch jemand anderen schicken. Die Anwesenheit seines Vertreters ist nur bei der Untersuchung auf die Todesursache zwingend.«

»Ist denn eine solche in diesem Falle vorgesehen?« hakte Jerry nach.

George überlegte kurz und schnitt dann eine Grimasse. »Meines Wissens nur, wenn das Teil nicht identifiziert wurde.«

»Warum erscheint dann überhaupt einer seiner Abgesandten?« Jerrys Frage war absolut folgerichtig. »Oder haben Sie angedeutet, Sie könnten das Bein identifizieren?«

»Natürlich nicht. Was allerdings nicht ausgeschlossen ist. Noch habe ich mich beim Vermißtenbüro nicht erkundigt. Doch selbst wenn ich dort einen Hinweis bekäme, dürfte ich kaum in der Lage sein, eine eindeutige Aussage zu treffen. Ob jemand aus dem Büro des Coroners auftaucht, ist letztlich unerheblich. Ich erwarte Sie in dreißig Minuten unten, okay?«

»Absolut!« erwiderte er und grinste Sheila an, die gerade ins Labor zurückkehrte. »Bin ich nicht ein Glückspilz, Shee? Ich darf gleich in einem prächtigen Unterschenkel herumstochern. Hätten Sie nicht Lust ...?«

»Sie sind widerlich«, unterbrach Sheila ihn. George ergriff die Flucht, überzeugt, daß die Beschäftigung mit dem Fund mehr Abwechslung bot als die üblichen Sticheleien der beiden.

Danny Roscoe, der Leichenhallenpförtner und ihr Mädchen für alles, hockte in seinem Kabuff. Er blickte hoch, als sie eintrat und hielt ihr einladend den Teller mit Sandwiches hin. Jemand mußte sie extra für ihn zubereitet haben, denn die Rinden waren sorgfältigst entfernt worden. Sie lehnte dankend ab, obgleich sie noch nicht gefrühstückt hatte. Eine von Dannys bemerkenswerten Gaben war, in der Leichenhalle genußvoll essen und trinken zu können. Mochte sie diesen Job noch so lange ausüben, diesen Grad an Unempfindlichkeit würde sie bestimmt nie erreichen.

»Um so mehr bleibt für mich übrig – sogar Räucherlachs ist dabei!« meinte Danny. »Die Typen in der Verwaltung wissen, was gut ist.«

»Erzählen Sie«, drängte George. »Ist mein ...«

»... Bein eingetroffen? Ja, es ist.« Danny schürzte die Lippen. »Schlimm, nicht wahr?«

»Wenn Sie es sagen«, antwortete sie. »Ich hätte nicht für möglich gehalten, daß Sie etwas schlimm finden.«

»Ich bitte Sie, ich habe Gefühle wie alle anderen Menschen auch«, verteidigte sich Danny leicht gekränkt und stand auf, als sich Schritte über den Korridor näherten. »Guten Morgen, Harold.«

»Guten Morgen, Danny. Morgen, Dr. B. Heute liegt ja was ganz Seltsames an, eh? Ist mal was anderes, nur den Teil einer Leiche vor sich zu haben, nicht wahr?« Harold Constant, massig, freundlich, wie immer überpünktlich und ein wenig außer Atem, strahlte Danny an. »Sollte es sich hierbei um etwas Eßbares handeln, Danny? Schön, schön.«

»Bedienen Sie sich.« Danny war großzügig. »In der Kanne ist sicher noch eine Tasse Tee. Mittlerweile dürfte er zwar ziemlich herb sein, aber mit genügend Milch ist er durchaus genießbar. Dr. B. hat sich noch nicht umgezogen, nicht wahr, Dr. B.? Wir sind bereit.«

Sie schlüpfte in ihren Kittel und setzte eine Chirurgenmütze auf, eine Vorsichtsmaßnahme, auf die sie nie verzichtete. Es war der fruchtige Geruch von Festival, einem zähflüssigen und klebrigen Desinfektionsmittel, der sie mehr abstieß als der übliche Verwesungsgestank.

Über dem Unterschenkel in der Mitte des Seziertisches lag ein grünes Tuch, denn in einigen Dingen besaß Danny

Feingefühl. Harold, der mit der Zungenspitze seine Zähne nach Überresten seines Imbisses absuchte, lehnte an der Wand. Neben ihm stand Michael Urquhart, die Arme verschränkt und bemüht, den Gestank zu ignorieren.

»Gleich zwei Leute für nur ein einziges Bein!« staunte George.

»Der Inspektor wollte, daß ich dabei bin«, erklärte Michael etwas grimmig. »Ich hätte mich liebend gerne davor gedrückt, zumal ich ja bereits am Fundort einen Vorgeschmack bekam, aber mir blieb nichts anderes übrig. Wenn Roop seine Launen hat, ist nicht mit ihm zu reden.« Dann entspannte er sich und warf ihr ein freundliches Lächeln zu.

Sie erwiderte es, bevor sie ihre Aufmerksamkeit dem Bein zuwandte. Unterhalb des Schnittes wies die Haut dunkle Flecken auf, und sie diktierte diese Beobachtungen in das Mikrofon über dem Tisch.

Nachdem sie diverse Messungen durchgeführt und deren Ergebnisse im Kopf addiert hatte, rief sie sich die Proportionen des menschlichen Körpers ins Gedächtnis, um genauere Berechnungen anstellen zu können.

Jerry, der eingetroffen war, während sie eine erste äußerliche Beschreibung auf Band gesprochen hatte, beugte sich fasziniert über den Seziertisch. »Ich habe mir gerade den Schuh und die Socke angesehen«, berichtete er. »Natürlich nur oberflächlich. Unter dem Mikroskop schaue ich mir beides heute nachmittag an, aber der Schuh hat Größe elf.«

»M-mm«, meinte sie und maß den Fuß noch einmal nach. »Ich schätze die Körpergröße auf einsfünfundachtzig oder einsneunzig. Bestimmt kein sehr schwerer Mann. Die Gelenke weisen nicht die für übergewichtige Menschen typischen Verschleißerscheinungen auf. Und wie Sie alle bestätigen werden, befindet sich an dem Bein nicht allzuviel Fettgewebe ... Daher dürfte er zu den hageren oder zumindest schlanken Zeitgenossen gehört haben. Nun zu seinem voraussichtlichen Alter ...« Sie überlegte eine Weile. »Ich muß mir erst die Epiphyse der Tibia ansehen, aber ich würde sagen, er muß zwischen, hm, fünfundzwanzig und fünfundvierzig gewesen ...«

»Das ist aber ein verdammt weiter Bereich, Dr. B.«, meinte Michael, worauf sie ihn kurz anblickte.

»Wahrsagen geht möglicherweise schneller«, sagte sie trocken. »Ich halte mich an die Wissenschaft, und noch orientiere ich mich ausschließlich am Augenschein. Mal sehen, was mir eine genauere Untersuchung bringt.«

Vorsichtig entnahm sie eine Probe der Hautränder an der Schnittfläche und teilte anschließend die verschiedenen Muskelstränge, so daß sie die Faszien dazwischen begutachten konnte. Dann hielt sie inne und bat Jerry um einen Objektträger.

Dieser brachte einen Karton mit Glasplättchen. Langsam zog George nun mit ihrer kleinsten Pinzette etwas aus der Wunde und streifte es auf dem Objektträger ab. Die Zuschauer verrenkten ihre Hälse, um ihren Fund besser begutachten zu können.

»Einige Fasern«, erklärte sie höchst zufrieden, »die in das Gewebe gedrückt wurden.«

»Von seiner Kleidung?« fragte Michael. Seine Augen leuchteten gespannt.

George nickte. »Bestätigen kann ich es allerdings erst, wenn ich herausgefunden habe, aus welchem Material sie bestehen.«

»Falls es sich um Schurwolle mit Anzeichen von Nadelstreifen handelt, stammt es von einem eleganten Anzug, der zu dem Harrods-Schuh und der Seidensocke passen würde. Falls es sich aber um Gummi handelt, führte er irgend etwas Unanständiges im Schilde, als wer oder was auch immer ihn erwischte«, folgerte Jerry. Er grinste Michael an, der vor Lachen prustete. Harold Constant, er ignorierte beide, schien verwirrt.

»Dr. B.«, begann er zögernd, »wie wollen Sie sicher sein? Ich kann keinen Unterschied zu den Muskelfasern erkennen.«

»Aufgrund meiner Erfahrung«, entgegnete sie etwas barsch. »Selbstverständlich können Sie das nicht. Schließlich sind sie voller Blut! Aber ich weiß, daß es Stoffasern sind.« Sie schob Jerry den Objektträger zu. Dieser legte sofort ein Deckglas darauf, beschriftete es und sortierte es in ein Gestell ein.

»Das wollte ich auch nicht bezweifeln.« Harold war leicht errötet, wodurch sein rundes Gesicht einem Erdbeerpudding ähnelte. »Ich wollte vielmehr, na ja, wenn es sich eindeutig um Stoffasern handelt, könnte es nicht noch mehr davon geben, die Sie nicht gesehen haben? Wenn Sie verstehen, was ich meine.«

Sie schaute ihn lange an, dann nickte sie. »Ja, Harold, ich verstehe«, sagte sie. »Sie meinen, ich sei durch Zufall darauf gestoßen?«

Er errötete noch mehr und hob abwehrend die Hände. George rieb sich die Stirn.

»Sie haben recht. Nur werde ich jetzt genauer nachsehen, viel genauer. Damit Sie völlig beruhigt sein können. Okay?«

Harold wirkte wie am Boden zerstört. Als sich George an die Arbeit machte, trat erneut Schweigen ein. Nur das Zischen des Wassers in den Leitungsrohren sowie das ferne Summen des Kühlschranks waren zu hören und, nach einer Weile, auch die gespannten Atemzüge der Anwesenden.

Sorgfältiger hätte sie nicht zu Werke gehen können. Nachdem sie Zentimeter für Zentimeter der Muskeln von den Knochen abgelöst hatte, entfernte sie eine Stoffaser nach der anderen. Jerrys Miene erhellte sich mit jedem weiteren Objektträger ein wenig mehr.

»Mein Gott, ist der Typ ausgestopft?« platzte er schließlich heraus. »Oder entnehmen Sie alles, was nach Fasern aussieht? Könnten einige nicht auch aufgerauhtes Bindegewebe sein?«

Sie schüttelte den Kopf, ohne ihren Blick abzuwenden. »Nein, Jerry. Es sind definitiv fremde Fasern, und zwar in erstaunlicher Anzahl. Wenn alle von seinem Hosenbein stammen, muß der Stoff völlig zerfetzt worden sein. Da sie zudem tief in der Wunde stecken, dürfte der Schnitt erheblich heftiger erfolgt sein, als ich anfangs vermutet hatte. Es ist erstaunlich!«

Je weiter sie sich nach unten arbeitete, desto weniger Fasern fand sie. Im Bereich des Knöchels waren überhaupt keine mehr nachweisbar.

Nach anderthalb Stunden hatte sie alle Muskeln, das heißt, was von *popliteus gastrocnemius, soleus* und *tibialis* noch übrig war, voneinander getrennt, das Wadenbein freigelegt und detailliertere Fotos gemacht. Auch Proben der Haut und der Zehennägel stellte sie sicher. Sie könnten Aufschluß darüber geben, ob der Eigentümer des Beines in der Vergangenheit verstärkt mit Schwermetallen in Berührung gekommen war. Jerry beobachtete sie und kicherte leise.

»Dabei muß ich an diesen Feuerwehrmann denken, der seine Frau umbrachte«, sagte er. »Er gab ihr Arsen.«

Sie warf ihm einen vernichtenden Blick zu, worauf die anderen zu lachen begannen. »Oh, sehr lustig, sehr lustig«, wieherte Harold. »Erst vergiftet er sie, und dann spielt er Hobbymetzger? Wollen Sie damit sagen, daß man diesem Kerl Arsen verpaßt hat?«

»Man kann nie wissen«, antwortete George. »Es könnte auch Antimon oder Thallium gewesen sein. Letztendlich lagert sich alles im Haar und in den Nägeln ab. Mit ersterem kann ich nicht dienen, dafür hiermit.« Sie ließ das letzte halbmondförmige Stück Zehennagel in die Petrischale fallen, die Jerry ihr hinhielt. »Die Tatsache, daß sein Unterschenkel hier liegt, bedeutet nicht zwangsläufig, daß er tot ist.«

Erneut trat Schweigen ein. Dann fragte Michael ungläubig: »Nicht tot? Aber ...«

George grinste. »Nun, eigentlich zweifle ich nicht daran. Der Blutverlust muß enorm gewesen sein, und ich fand keine Anzeichen dafür, daß sich die Adern geschlossen haben, um diesen zu stoppen, was sie immer tun, wenn ein Lebender eine Verletzung dieses Ausmaßes erleidet. Alles spricht dafür, daß dieser Unterschenkel von einer Leiche abgetrennt wurde, aber eine hundertprozentige Sicherheit gibt es so gut wie nie, oder? Ein Knebelverband oberhalb des Einschnittes kann beispielsweise den Eindruck erwecken, daß der Blutkreislauf des Verwundeten bereits zusammengebrochen, er folglich nicht mehr am Leben war. Nur, woran ist er gestorben, falls er doch schon tot war? Wir müssen jeder noch so vagen Möglichkeit nachgehen, richtig?«

»Richtig!« bestätigte Michael.

»Okay, das wär's!« Sie fing an, die Papiertücher einzusammeln und einigermaßen ordentlich zu stapeln. Danny brachte ihr auf ein Zeichen hin eine Schutzhülle, und sie verpackte das nunmehr kaum noch als solches erkennbare Bein, damit es im Kühlschrank gelagert werden konnte.

»Gentlemen«, sagte sie aufgeräumt, »meinen Bericht erhalten Sie, sobald alle Proben ausgewertet sind. Unter den gegebenen Umständen sind die Chancen, die Identität sowie den Zeitpunkt und die Todesursache dieses Burschen festzustellen, äußerst gering. Insofern, Michael, liegt es jetzt an Ihnen und diesem Typen von der Wasserschutzpolizei, Slavin, so hieß er doch, oder? Ich hoffe, Sie können mir noch mehr von ihm besorgen. Diese ominöse Geschichte würde ich nämlich gerne aufklären.«

Erneut kicherte Jerry und murmelte in übertriebenem Cockney: »Oh, Dr. B., Sie sind mir vielleicht eine!« Aber sie reagierte nicht, denn mittlerweile hatte sie sich an Jerrys schwarzen Humor derart gewöhnt, daß sie ihn nur noch höchst selten wahrnahm.

»Ich rede mit Slavin, sobald ich im Revier zurück bin«, versprach Michael und ignorierte Jerry ebenfalls. »Eigentlich sollte es uns gelingen, noch einige Teile von diesem Puzzle zu finden. Ich kann mir nicht vorstellen, daß es dem Boß gefällt, wenn irgendwelche Leichenteile in seinem Zuständigkeitsbereich rumschwimmen. Und wir müssen ihn doch bei Laune halten, nicht wahr?«

»Und ob!« stimmte George ihm heiter zu.

5

Am nächsten Morgen erwachte sie schon sehr zeitig. Für einen flüchtigen Moment glaubte sie, im Haus ihrer Mutter zu sein. Wie viele Jahre war es her, seit sie die letzte Nacht aus reinem Mitleid dort zugebracht hatte? Dann dachte George, sich in Gus' Wohnung in Docklands zu befinden. Ruckartig richtete sie sich auf, um ihn zu suchen, und begriff endlich, daß sie im Schlafzimmer ihrer eigenen Wohnung in Bermondsey lag.

Sie blinzelte auf die Uhr und fluchte leise: Erst halb sieben! Viel zu früh, um aufzustehen, und nicht mehr früh genug, um noch einmal einzuschlafen, wollte sie rechtzeitig im Krankenhaus eintreffen. Daher schob sie das Kopfkissen im Nacken zusammen, streckte sich aus und schaute aus dem Fenster.

Daß sie geglaubt hatte, in Buffalo zu sein, überraschte sie jetzt nicht mehr. Sie hatte nämlich geträumt, daß sie gerade dabei gewesen war, den Inhalt einer mit Lebensmitteln gefüllten Tüte auf dem Küchentisch zu entleeren, und sich daraufhin mit Vanny gestritten hatte, weil diese verdorben gewesen waren und gestunken hatten – wie dieses tote Bein ...

Sie zog den flatternden Vorhängen, die sich in der lauen Brise sachte bauschten, eine Grimasse. Freud läßt grüßen: Eine Mutter, die die Hilfe ihrer Tochter brauchte, die ihr diese zwar zusagt, aber dabei ständig alles verkehrt macht. Sie schloß die Augen, um den morgendlichen Sonnenschein auszusperren, und bemühte sich vergeblich, an etwas anderes zu denken, denn ihr Gespräch mit Bridget am Vorabend hatte sie zu sehr beunruhigt.

Zudem war der Nachmittag sehr nervig gewesen. Als der Fall, in dem man sie als sachverständige Zeugin geladen hatte, endlich aufgerufen worden war, hatte es die Verteidigung – noch vor ihrer Aussage – geschafft, aus rein verfahrenstechnischen Gründen eine Vertagung herauszuschinden. Insofern war sie, nach mehreren Stunden sinnlosen Wartens und der Bekanntgabe des Termines für die nächste Verhandlung, wieder ins Old East gefahren.

Letztendlich hatte sie ihre Abteilung erst nach acht verlassen können und war völlig verschwitzt und weitaus abgespannter gewesen, als sie nach ihrem frühmorgendlichen Einsatz erwartet hätte. Zu allem Übel war es dann auch noch zu spät gewesen, um ein halbwegs anständiges Abendessen einzunehmen. Plötzlich verursachte der Hunger ihr bohrende Magenschmerzen, und sie nahm sich vor, sich ein kräftiges Frühstück zu gönnen. Sogar Eier würde sie braten.

Aber ihre Gedanken kehrten erneut zum Vorabend zurück: Sie versuchte gerade, unter der Dusche ihre Gereiztheit und ihre Erschöpfung abzuwaschen, als im Wohnzimmer das Telefon läutete. Wie üblich schaffte sie es nicht, hatte vergessen, ihren Anrufbeantworter einzuschalten und war nicht in der Lage, es zu ignorieren. Triefnaß, sich nur mit einem winzigen Handtuch bedeckend, da sie nach dem falschen gegriffen hatte, eilte sie an den Apparat. Das schwache Klirren in der Leitung verriet ihr, daß es sich um ein Transatlantik-Gespräch handelte. Folglich würde ihre Bitte, sich zu gedulden, bis sie sich abgetrocknet und einen Bademantel angezogen hatte, das Gespräch für den noch unbekannten Anrufer unnötig verteuern. Im nächsten Moment verspürte sie jenen Anflug von Angst, den solche Telefonate immer in ihr auslösten. Sie befürchtete permanent, der Zustand ihrer alten Mutter, die mit ihrer Freundin Bridget Connors zusammenwohnte, könnte sich verschlechtert, ja sogar zu ihrem Tod geführt haben. Sie hielt den Atem an, als sie Bridgets Stimme vernahm, wurde jedoch allmählich ruhiger. Sicher, es gab Probleme, aber bisher war nichts Dramatisches passiert.

»Sie ist überhaupt nicht gut dran, George«, teilte Bridget ihr gereizt mit. »Manchmal fällt es mir entsetzlich schwer, ihr zuzuhören. Außerdem irrt sie andauernd durch das ganze Haus und sucht an den seltsamsten Orten nach dir oder nach deinem Vater. Es würde dir das Herz brechen, wenn du sie sehen könntest. Wenn ich sie gefunden habe, bricht sie in Tränen aus, und wenn ich ihr erkläre, daß ihr Mann tot ist und du in England lebst, versichert sie mir, Bescheid zu wissen. Aber nur wenige Minuten später hat sie alles vergessen und fragt erneut nach euch beiden ...«

»Um Himmels willen!« rief George aus. »Soll ich die nächste Maschine nehmen?«

»Wie bitte?« fragte Bridget. »Was für eine unsinnige Idee! Sie würde gar nicht merken, daß du da bist, beziehungsweise hätte schon eine Minute nach deiner Abreise vergessen, daß du je da gewesen bist. Bleib du lieber, wo du bist ...«

George war fassungslos. »Mein Gott!« unterbrach sie Bridget aufgebracht. »Weshalb rufst du mich dann an, wenn du gar nicht willst, daß ich rüberkomme? Nur um mir zu einem schlechten Gewissen zu verhelfen? Ich ...«

»Damit du informiert bist«, fiel Bridget ihr ins Wort. »Nur damit du informiert bist!« wiederholte sie nach kurzem Schweigen.

»Ich – Danke, Bridget. Tut mir leid. Ich wollte dich nicht anschreien, aber ich fühle mich hier so ausgeschlossen ...«

»Glaub ja nicht, daß es mir anders geht«, erklärte Bridget gleichmütig. »Und du würdest dich bei uns noch schlimmer fühlen, denn früher oder später müßtest du nach England zurückkehren, und das wäre schrecklich. Was treibt denn dein ach so phantastischer Freund?«

Plötzlich hatte George nur noch den Wunsch zu weinen. Bridget gab sich solche Mühe. Es hatte Zeiten gegeben, in denen Mutters beste Freundin für sie eine der furchtbarsten Frauen gewesen war, die sie sich hatte vorstellen können, aber nun war sie ihr für ihre unerschütterliche Treue zu Vanny unheimlich dankbar.

»Ihm geht es prima«, antwortete sie. »Er behauptet, du und Ma hätten ihm das schönste Weihnachtsfest seines Lebens bereitet. Er läßt euch herzlich grüßen.«

»Ach, Quatsch, George! Er ahnt noch nicht mal, daß wir miteinander reden, und er verschwendet bestimmt keinen einzigen Gedanken an mich, bevor ich mich nicht bei ihm melde.«

George schmunzelte. »Okay, du alte Vogelscheuche! Das täte er aber, wenn er hier wäre. Ich fungiere nämlich als seine Vermittlerin.«

»Das klingt schon besser«, stellte Bridget fest und lachte. »Nicht nötig, auf mich sauer zu sein. Hey, George, ich glaube, es war ein Fehler, dich zu behelligen. Aber ...«

»Nein, nein«, wehrte George schnell ab. »Ich hätte mich beherrschen müssen. Es war lieb von dir. Ich wüßte nicht, was ich ohne dich anfangen sollte ...«

»Wie gesagt, es war ein Fehler, dich zu behelligen«, wiederholte Bridget, als hätte sie George gar nicht gehört. »Aber ich denke, ich habe eher meinet- als Vannys wegen angerufen. Die Vorstellung, was uns beide in der kurzen Zeit, die uns noch bleibt, erwartet, läßt mich vor Wut rasen. Geistig bin ich so jung und frisch wie ein Frühlingsküken, aber das Alter macht uns einen Strich durch die Rechnung. Mein einziger Trost ist, daß Vanny nicht mitkriegt, wie es um sie steht.«

Wieder trat ein kurzes Schweigen ein, und Bridget kicherte. »Hey, ist dir jemals so was Verrücktes zu Ohren gekommen? Wie kann man nur solchen Unsinn reden! Vielen Dank fürs Zuhören, George!«

»Wie bitte?«

»Nun, ich habe mich bedankt. Ich möchte nicht, daß du nach Buffalo fliegst, und Vanny möchte es auch nicht. Es würde sie nur furchtbar aufregen, denn sie könnte nicht verstehen, warum sie nicht in ihrem eigenen Heim ist. Und warum sollte man ihr unnötigerweise das Leben erschweren? Das würde Vanny nicht gefallen. Der richtigen Vanny, meine ich, nicht der verrückten, um die wir uns jetzt kümmern müssen. Es hat gut getan, mich bei dir ausheulen zu können, weißt du? Jetzt fühle ich mich richtig erleichtert. Ich hole gleich zwei Pakete Chop Suey und ein paar Frühlingsrollen, und Vanny und ich essen im Garten zu Mittag. Sie liebt die chinesische Küche, und mit den Stäbchen kann sie besser umgehen denn je. Alles Gute, Liebes. Paß auf dich auf!«

»Das mußt du mir auch versprechen«, trug George ihr auf, bevor sie sich, wie als kleines Mädchen von ihren Tanten und Onkel, die seinerzeit aus Boston angerufen hatten, verabschiedete, indem sie einen lauten schmatzenden Kuß durch die Leitung schickte. Bridget, dreitausend Meilen weit weg, lachte leise und meinte: »Das war aber lieb! Ich hab's richtig gespürt. Mach's gut, mein Schatz!«

Bis sich ihre Gänsehaut geglättet hatte, war George, in ihr kleines Handtuch gehüllt, vor dem Kamin gesessen, hatte vor sich hingestarrt und versucht, sich Vanny, ihre teure, aufreibende, offene, schwierige, aber stets geliebte alte Ma in dem von Bridget beschriebenen Zustand vorzustellen. Sie war, nachdem dieses Bild in ihrer Phantasie Form angenommen hatte, in Tränen ausgebrochen. Einige Minuten hatte sie still und bitterlich geweint und war, als sie sich besser gefühlt hatte, nicht gerade glücklich, aber einigermaßen gefaßt, erst unter die Dusche und anschließend zu Bett gegangen.

Nun richtete sie sich abrupt auf und schaute erneut auf die Uhr. Viertel vor sieben! Zeit aufzustehen. Eine weitere Dusche, denn sie hatte schlecht geschlafen und spürte den feuchten Schweißfilm auf ihrer Haut, während sich ein weiterer Tag mit glühendem Sonnenschein und hoher Luftfeuchtigkeit ankündigte, und danach Rühreier und Taost. Alles dürfte wieder im Lot sein, wenn sie erst einmal im Krankenhaus war. Dort erwartete sie viel zuviel Arbeit, um sich Vannys wegen den Kopf zu zerbrechen. Oder um Gus zu vermissen. Denn sie mußte zugeben, daß ihr Stimmungstief nicht zuletzt daher rührte. Vielleicht schaffte sie es im Laufe des Vormittags, ihn irgendwie ans Telefon zu bekommen. Ein kleines Schwätzchen mit Gus würde ihre Laune erheblich verbessern.

Und sie schwang die Beine aus dem Bett und trottete ins Bad.

*

Der Vormittag war wie immer sehr hektisch, und am Nachmittag stand eine dringende Autopsie an. In der Notfallambulanz war ein Mann einem schweren Myokardinfarkt erlegen und sollte, da er dem jüdischen Glauben angehört hatte, noch am gleichen Tag eingeäschert werden. George beeilte sich, damit Harold Constant die nötigen Unterlagen ausstellen und die Familie rechtzeitig das Krematorium von Golders Green aufsuchen konnte. Dabei handelte sie sich Dannys Ärger ein, der ihr schließlich jegliche Art von Mithilfe verweigerte, so daß sie eine Weile brauchte, um ihn zu besänftigen. Daher war George ziemlich angespannt, als sie am späten Nachmittag Gelegenheit fand, Gus anzurufen.

»Zum Teufel, ich wollte gerade ein wichtiges Gespräch

führen!« knurrte er, nachdem sie ihn endlich über sein Mobiltelefon erreicht hatte. »Gib mir ein paar Minuten, George, okay? Ich melde mich später.« Sie wartete, wählte erneut, und dann dauerte es eine halbe Stunde, bis sie endlich das Rufzeichen hörte. Diesmal redete er zwar mit ihr, war aber mit seinen Gedanken ganz woanders.

»Was ist?« lautete seine Gegenfrage auf ihren Vorwurf, weshalb er noch nicht angerufen hätte. »Du kannst dir gar nicht vorstellen, was sich hier tut! Es ist die absolute Hölle. Ich stecke bis zum Hals in Arbeit und ...«

»Ja, schön, ich auch, aber eine Minute müßte doch für mich übrig sein, verdammt noch mal!« schoß sie zurück und beruhigte sich dann allmählich. »Entschuldige, Gus, es ist nur so, daß ich dich vermisse.«

Das war sein Stichwort gewesen. Hätte er nur »ich dich auch« gesagt und anschließend aufgelegt, wäre sie zufrieden gewesen. Statt dessen schwieg er. »Gus?« Ihre Stimme hatte einen drohenden Ton angenommen.

»Mmm?«

»Hast du mich überhaupt gehört?«

»Was? O ja! Du vermißt mich. Tut mir leid, Kleines, ich habe gerade etwas überlegt. Weißt du was? Ich rufe dich heute abend an – vorausgesetzt, ich kann all den Schreibkram erledigen. Ob wir letztendlich vor Gericht damit durchkommen, wage ich zu bezweifeln, doch er verbessert zumindest unsere Chancen. Diese Nuß habe ich noch lange nicht geknackt. Entschuldige, wenn ich dir zur Zeit nicht sehr viel Freude bereite.«

»Das klingt schon ganz anders«, meinte sie und rang sich ein Lächeln ab, was für sie immens wichtig war, auch wenn er es nicht sehen konnte. »Ich wollte dir nicht lästig fallen. Tut mir leid, Schatz! Was hältst du von einem leckeren Abendessen? Ich könnte es dir heute abend ins Revier bringen. Gib mir Bescheid, sobald du fertig bist, und ich mache mich auf den Weg.«

Eine kurze Pause trat ein, ehe er schnell erwiderte: »Abendessen? Das gefällt mir. Ja, klar. Ich ruf' dich in der Wohnung an, ja? Oder auf deinem Handy.«

»Wie du möchtest.«

»Prima, bis nachher, wann immer das sein mag. Ich freue mich, Liebling.«

»Bis dann«, sagte sie. Aber er hatte die Verbindung bereits unterbrochen.

*

Zehn Minuten später tauchte Ellen Archer in Georges Büro auf, die hinter ihrem Schreibtisch saß, den Papierwust vor sich betrachtete und sich selbst bemitleidete.

»Haben Sie einen Moment Zeit?« fragte sie.

»Natürlich!« George bemühte sich um einen herzlichen Ton. Sie entfernte einen Stapel Unterlagen von ihrem zweiten Stuhl, damit Ellen Platz nehmen konnte.

»Probleme?« George schaute sie gespannt an.

»Da sehen Sie mal, welchen Eindruck ich auf meine Umwelt mache!« beschwerte sich diese mit gespielt kummervoller Miene. »Dabei versuche ich nur, mit allen Leuten gut Freund zu sein.«

»Na ja, haben Sie jemals gute Nachrichten überbracht? Gewöhnlich kündigt Ihr Besuch doch weitere Etatkürzungen an«, erinnerte George offen. »Ich bin mittlerweile schon so weit, daß ich die Büroklammern zähle.«

»Nun, in diesem Punkt habe ich nun mal keine Wahl«, verteidigte sich Ellen. »Aber glauben Sie mir, ich stehe auf Ihrer Seite. Und genau deshalb habe ich Sie aufgesucht.«

»Ach.« Georges Interesse war geweckt. Ellen wirkte zwar auf klassische Art und Weise elegant: cremefarbene Seidenbluse, die niemals zerknittert war oder Make-up-Flecken am Kragen aufwies, dazu dunkelblaue Röcke und entsprechende Jacken im Winter. Doch ihr freundlicher Gesichtsausdruck milderte die Steifheit ihrer äußeren Erscheinung ein wenig.

»Es mag sich zwar wie eine schlechte Nachricht anhören, aber mit gegenseitiger Unterstützung können wir den Schaden in Grenzen halten.« Ellen schlug nun einen geschäftsmäßigen Ton an. »Wie Ihnen bekannt ist, wurden, seitdem wir den Status einer Stiftung haben, mehrere Kostendämpfungsmaßnahmen in Angriff genommen.«

»Wie bitte? Davon habe ich noch nichts bemerkt!« George gab vor, völlig ahnungslos zu sein.

»Schon gut, ich weiß Bescheid! Aber das ist noch nicht alles. Wir stehen mit anderen Krankenhäusern in direkter Konkurrenz und sind Tomlinson glücklicherweise entkommen. Ich hatte nämlich schon befürchtet, das Old East würde, wie das Bart's, geschlossen.«

Georges Augen weiteten sich jetzt in echter Bestürzung. »Können sie das denn? Niemals!«

»Noch sind wir in Sicherheit; weit genug entfernt vom Royal London und auch vom Guy's, die sich natürlich auf dem absteigenden Ast befinden. Aber wir müssen den Tatsachen ins Auge sehen. Einige Krankenhausdienste sollen außer Haus gegeben werden, um die Kosten zu senken – so lautet jedenfalls die offizielle Begründung.«

George runzelte die Stirn. »Sie sprechen von der Verpflegung und dem Reinigungsdienst?

»Das wird doch schon lange gemacht«, erinnerte Ellen sarkastisch. »Ist Ihnen noch nicht aufgefallen, wieviel länger es dauert, bis die Flure gesäubert sind? Und das Essen hat ...«

George erschauerte. »Demnach sind also öffentliche Ausschreibungen geplant. Aber was ...«

»Was das mit Ihnen zu tun hat? Eine ganze Menge sogar. Gleiches wird nämlich für die Dienstleistungen der Pathologie in Erwägung gezogen.«

George starrte die andere Frau entgeistert an und schüttelte heftig den Kopf. »Das können sie nicht tun!«

»Das meinen Sie! Jemand im Verwaltungsrat – einer der externen Direktoren – hat von einem Haus in Leeds gehört, in dem etwa eine Viertelmillion bei pathologischen Dienstleistungen eingespart wurde. Ich wollte Sie nur darauf hinweisen, daß die Auslagerung bestimmter Dienstleistungen allerorts gang und gäbe ist, solange dies den Etat entlastet. Aus diesem Grund sind zahlreiche Notfallambulanzen in Erste-Hilfe-Abteilungen umgewandelt worden. Es ist günstiger, teure Geräte und qualifiziertes Personal zentral zu stationieren. Wenn es in diesem Bereich funktioniert, dann müßte es auch bei der Pathologie durchführbar sein, glaubt man allgemein. Der Transport von Proben jeglicher Art kann innerhalb von Minuten erfolgen, so daß bei entsprechender Computervernetzung, davon sind sie überzeugt, außer für grundlegende und weniger wichtige Aufgaben ein pathologisches Labor nicht mehr nötig ist.«

George hatte sich aufgerichtet und nahm eine kampfbereite Haltung ein. »Das können sie nicht tun«, wiederholte sie. »Ich werde es nicht zulassen.«

»Auf diese Reaktion hatte ich gehofft. Ich möchte ebensowenig wie Sie, daß unsere pathologische Abteilung geschlossen wird. Was mich jedoch mehr beunruhigt als der Vorschlag selbst, unsere Dienste auf dem privaten Sektor anzubieten, ist die Tatsache, daß er von einem der externen Direktoren gemacht wurde. Er ist der Ansicht, wir könnten uns die Aufgaben mit dem St. Dymphna teilen.«

»Aber das ist doch eine psychiatrische Klinik! Wie wollte das St. Dymphna das bewerkstelligen?«

»Nun, seine Entfernung ist so gering, daß Ihre Mitarbeiter problemlos dort eingesetzt werden können. Es verfügt über die entsprechenden Einrichtungen und bietet uns an, diese gegen eine entsprechende Beteiligung zu nutzen. Eine reichlich komplizierte Konstruktion, nicht wahr? Selbstverständlich will das St. Dymphna auch im allgemeinmedizinischen ambulanten Bereich tätig werden ...«

»Das ist doch völlig irrsinnig!« stellte George mit bebender Stimme fest. »Das können wir unmöglich zulassen.«

»Ich kann Ihnen nur beipflichten. Deshalb bin ich hier. Am Montag findet eine Sitzung des Verwaltungsrates statt. Werden Sie mich begleiten, um mit den Direktoren zu sprechen?«

»Davon kann mich niemand abhalten«, antwortete George. »Natürlich komme ich mit! Ich werde nicht zulassen, daß sie meine Abteilung schließen. Wie soll das Krankenhaus das verkraften?«

»Oh, das würde schon klappen«, sagte Ellen und erhob sich. »Das ist ja das Problem. Aber ich denke, diese Möglichkeit sollten wir erst gar nicht in Erwägung ziehen. Mit gefällt sie nicht, und ich brauche Ihre Hilfe, um zu gewährleisten, daß das Old East nicht überfahren wird. Irgendwie werden wir das schon hinkriegen, Sie und ich, hmmm?«

»Sie können auf mich zählen«, versicherte George und schaute der anderen Frau stirnrunzelnd nach, als diese ihr Büro verließ.

6

Die Straßen rochen ölig und metallisch, als hätten sie den ganzen Nachmittag über als Eisengießerei gedient. Die Hitze war fast greifbar. Mit fortschreitendem Abend nahm der Himmel eine immer sattere Farbe an, und die Luft kühlte ein wenig ab, so daß es einem nicht mehr so schwer fiel, sich etwas schneller fortzubewegen. George hatte sich sorgfältig geschminkt. Nicht stark, denn das war nicht ihr Stil. Im übrigen hätte es Gus nicht gefallen, aber es war ihr ein Bedürfnis gewesen. Außerdem trug sie eines ihrer neuesten Kleidungsstücke, eine Kombination, die sie im letzten Monat bei einem eiligen Abstecher ins West End gekauft hatte, als ihr ein wenig Zeit geblieben war, sich wieder einmal als Frau zu fühlen und unbeschwert zu »shoppen«. Der lange, blau-weiß gestreifte Leinenrock, zum dazupassenden Top, ließ sie deutlich größer und langbeiniger wirken. Bei jedem Schritt zeigte er ein reizvolles Stück braungebrannten Unterschenkels, als sie kurz vor acht über den Markt in der Watney Richtung Ratcliffe Street eilte.

An einem der wenigen, noch geöffneten Stände kaufte sie eine Mango. Der freundliche Verkäufer stammte von den Westindischen Inseln und hatte ein buntgemustertes Hemd sowie ausgesprochen knappe und glänzende schwarze Shorts an. Einige umstehende Mädchen brachen jedesmal, wenn er sich bewegte und seine üppigen Dreadlocks schüttelte, in beinahe hysterisches Gekicher aus. Die Mango war groß und schwer, ihr Duft überlagerte sogar den Gestank von verfaultem Fisch, der einem Stand am Ende der Straße entströmte. George drehte die reife Frucht in der Hand und stellte sich vor, zusammen mit Gus an einem Strand in der Karibik zu sitzen und den ganzen Tag Mangos zu verzehren.

»Für Sie nur fünfzig Pence, Doktor!« Der Mann grinste und zeigte strahlend weiße Zähne. George schüttelte unwillkürlich den Kopf, als sie das Geld hervorholte.

»Gibt es denn in dieser Stadt keine Geheimnisse?« fragte sie in gespielter Verzweiflung. »Ich könnte noch nicht mal einen draufmachen, ohne daß es die halbe Stadt erfahren würde.«

»Sie mußten mir mal Blut abzapfen«, erzählte er, während er die Pfundnote einsteckte, die sie ihm reichte, und nach Wechselgeld suchte. »Um es auf Sichelzellenanämie zu untersuchen. Da kein anderer es geschafft hatte und Dr. Choopani gerade in Urlaub war, hat man Sie geholt. Ich bin Gregory St. Clair.«

Nun erinnerte sie sich. Sie hatte seinerzeit für seine Aufnahme in das Old East gesorgt. Sie lächelte ihn an. »Sie sehen richtig gut aus.«

»Wie immer, sogar wenn ich mich besonders beschissen fühle«, sagte er. Als eines der Mädchen, die ihn nach wie vor aus einiger Entfernung beobachteten, etwas im westindischen Slang sagte, drehte er sich um und rief ihm etwas zu, worauf George ihren Weg fortsetzte. Nicht zum erstenmal staunte sie über die vielen verschiedenen Nationalitäten, die man in diesem Viertel antreffen konnte. Wie würden sie bei einer ähnlich schlimmen Katastrophe wie dem Krieg reagieren, als Nacht für Nacht schwerste Bombardements die Gegend heimgesucht hatten? Würden sie genauso zusammenhalten, wie sie es vor fünfzig Jahren getan hatten?

Es war eine seltsame Frage, mit der sie sich nicht weiter

beschäftigte, denn sie dachte lieber über exotische Früchte, Sprache und Gemeinschaftssinn nach. Sie hatte vergeblich auf Gus' versprochenen Anruf gewartet und war schließlich, reichlich verärgert, mit ihrem Korb losmarschiert: Tupperwarebehälter voll Salat und gegrillten Hähnchenflügeln, Stilton-Käse und Vollkornbrot sowie eine Flasche australischen Chardonnay. Die Mango vervollständigte das Abendessen. Mit etwas Glück hätte er Hunger und wäre froh, sie zu sehen.

Oder nicht? Vor den Eingangsstufen zum Revier zögerte sie kurz. Unter keinen Umständen wollte sie aufdringlich und lästig erscheinen, aber erweckte sie nicht genau diesen Eindruck, wenn sie hier auftauchte, ehe er sein Versprechen eingelöst und sich bei ihr gemeldet hatte?

Die Doppeltüren wurden aufgestoßen. Michael Urquhart kam eilig die Treppe heruntergerannt und blieb eine Stufe über ihr abrupt stehen.

»Dr. B.? Wie geht es Ihnen? Haben Sie sich von Ihrem frühen Einsatz schon erholt?«

»Zumindest konnte ich mein Defizit an Schlaf ausgleichen«, erwiderte sie und schaute zu dem Mann hoch, wozu sie aufgrund ihrer Körpergröße viel zu selten Gelegenheit hatte. Es tat gut, stellte sie fest. »Und wie haben Sie ihn verkraftet?«

»Ach, ich bin es gewöhnt, ständig durch die Gegend gescheucht zu werden. Sie möchten zum Chef, nicht wahr?«

»Hm, ja.« Sie zuckte im Geiste die Achseln. Michael Urquhart kannte sie fast genauso lange wie Gus. Sie waren gute Freunde und hatten bei einigen kniffligen Fällen zusammengearbeitet. Ihm gegenüber konnte sie ehrlich sein. »Gilt nach wie vor Sturmwarnung?«

Michael schüttelte den Kopf. »Das kann ich nicht beurteilen, Dr. B.! Wir bekommen ihn kaum noch zu Gesicht. Er ist mit irgendeiner großen Geschichte befaßt und läßt sich nicht in die Karten schauen. Das ist alles, was ich Ihnen verraten kann, denn zu seinem Team gehören ein Sergeant aus Canning Town, ein Detective Constable aus Bow und nur einer unserer eigenen DC's, und ich bin es nicht.« Er runzelte ungehalten die Stirn. »Und ich will Ihnen gar nicht erst vormachen, daß ich sonderlich begeistert davon bin. Sich ständig mit Inspector Dudley herumzuschlagen, ist nicht gerade ein Vergnügen, aber was sollen wir tun? Der Chef verkriecht sich in seinen dicken Fall, und wir anderen stehen draußen im Regen!«

»Hmm.« George warf einen Blick über seine Schulter. »Und ist – äh – Roop zur Zeit im Büro?«

Michael lachte. »Ich finde es herrlich, wenn Sie ihn so nennen! Es reizt ihn bis aufs Blut. Nein, er ist nach Hause zu seiner Familie gefahren und hat es mir überlassen, hier für Ordnung zu sorgen. Aber wofür sonst ist ein DC da, frage ich mich gelegentlich. Gehen Sie ruhig rauf, Dr. B. Er ist im großen Büro. Sie kennen sich ja aus.« Und er nickte ihr zu, ehe er verschwand.

Sie zeigte dem diensthabenden Beamten ihren Ausweis und ihren Paß und stieg langsam die Treppe hinauf. Ratcliffe Street, eine der älteren Polizeireviere, wies immer noch genügend grün- und cremefarben gestrichene Flächen und dunkelgrüne Fliesen auf, wenngleich die alten Türen durch moderne ersetzt und einige Trennwände entfernt worden waren, um großräumige Arbeitsplätze zu schaffen. Gus' Büro befand sich im dritten Stock und bot Aussicht auf ein schmuddeliges Freizeitgelände, das mehr demoliertes Spielzeug, alte Kinderwagen, Abfall und betrunkene Streuner als Bäume und Gras zierten. Unschlüssig schaute George durch die Tür. Die insgesamt sechs Schreibtische waren mit Papieren übersät und verfügten über Monitore sowie Tastaturen. Die Wände waren mit diversen Diagrammen beklebt. Im Vergleich zu den Aufnahmen der Toten oder Schwerverletzten, die in den meisten Revieren aushingen, stellten die Fahndungsfotos am Schwarzen Brett eine erfreuliche Abwechslung dar. An drei Schreibtischen wurde konzentriert gearbeitet.

Der Beamte, der der Tür am nächsten saß, ein stämmiger Mann mit dickem Hals und sehr glattem dunklem Haar, sah hoch, als sie eintrat, und legte den Kopf leicht auf die Seite.

»Ich suche Gu ... Inspector Hathaway«, sagte sie, worauf der Mann sie sekundenlang nachdenklich anstarrte.

»Vielleicht kann ich Ihnen helfen«, bot er freundlich an. »Ich bin Sergeant Salmon.«

»Und ich bin Dr. Barnabas«, stellte sie sich vor. »Pathologin.«

»Aha!« Der Sergeant schien Bescheid zu wissen. »Dann wollen Sie wirklich zum Chef. Er ist in seinem Büro. Ich bringe Sie zu ihm.«

»Vielen Dank. Nicht nötig!« wehrte sie ab, etwas verärgert über die aalglatte Reaktion des Mannes und den eindeutigen Hinweis darauf, daß ihre Beziehung mit Gus Thema des Revierklatsches gewesen war. Am anderen Ende des großen Raumes konnte sie ein separates Büro ausmachen. Hinter der zur Hälfte verglasten Türe brannte Licht, und sie bewegte sich mit größerer Selbstsicherheit, als sie empfand, darauf zu. Sie war sich bewußt, daß Sergeant Salmon sie beobachtete. Auch die Blicke seiner beiden Kollegen spürte sie in ihrem Rücken. Sie kannte keinen von ihnen, obwohl ihr inzwischen die meisten Mitarbeiter der Ratcliffe Street vertraut waren, und sie wunderte sich, weshalb Gus plötzlich mit Fremden zusammenarbeitete. Das paßte gar nicht zu ihm. Er hatte stets ein nach seinen eigenen Bedürfnissen geschultes Team bevorzugt.

Sie drückte auf die Klinke und öffnete die Tür. Gus schaute gebannt auf seinen Monitor, dessen bläulicher Lichtschein die Falten in seinem Gesicht betonte. Er sah müde und nicht sehr gesund aus, und plötzlich ergriff sie panische Angst.

»Was ist?« fragte er, ohne hochzuschauen. Sie beruhigte sich, denn er klang selbstsicher und entschlossen wie eh und je.

»Abendessen«, antwortete sie, schloß die Tür hinter sich und ging um den Schreibtisch herum. »Da du bestimmt nicht zu Mittag gegessen hast, solltest du jetzt eine kurze Pause einlegen und dich stärken.«

»George!« Er sah sie erstaunt an. »Ich dachte, es sei Salmon.«

»Heißen Dank«, meinte sie spitz. »Das schmeichelt mir ungemein. So groß bin ich nun doch nicht. Oder glotze ich plötzlich wie ein Fisch?«

»Oh, wie lustig«, rief Gus aus, ehe er sich erneut seinem Computer zuwandte. »Tu mir einen Gefallen – keine Fischwitze in seiner Hörweite. Sie hängen ihm zum Hals raus, und wenn er sich ärgert, ist er unausstehlich.«

George, die keineswegs beabsichtigt hatte, irgendeine scherzhafte Bemerkung zu machen, runzelte die Stirn. »Ich wollte nicht auf seinen Namen anspielen, sondern auf seine Art, mich anzustarren. Schätzungsweise haben sie gerade über uns getratscht. Wirst du jetzt etwas essen oder nicht?«

»Sofort.« Er war völlig abwesend. »Laß mich das hier zu Ende bringen, solange ich es noch frisch in Erinnerung habe ...«

Sie seufzte und setzte sich. Stille kehrte ein, nur unterbrochen vom Geräusch der Tasten, auf die er gelegentlich einhämmerte. Dabei studierte sie sein Gesicht. Warum übte dieser Mann eine derartige Anziehungskraft auf sie aus? Bisher hatte sie nur Beziehungen zu äußerst attraktiven Männern unterhalten. Sie dachte an Ian. Der ehrgeizige Chirurg aus Schottland war der eigentliche Grund dafür gewesen, daß sie den Job am Old East angenommen hatte. Mit Toby Bellamy, ebenfalls Arzt und Schwarm aller Frauen, war sie während der ersten Monate in London liiert gewesen. Wieder seufzte sie. Selbst bei größtem Wohlwollen konnte Gus nicht mit den beiden konkurrieren. Sein Haar war dick und lockig, hatte sich über der Stirn bereits deutlich gelichtet, und er unternahm nicht den geringsten Versuch, es zu kämmen und zu pflegen, um sein Äußeres wenigstens ein bißchen aufzuwerten. Er hatte ein sympathisches Gesicht mit vielen Fältchen und Linien. Sein Körper war zwar gut durchtrainiert, seinen Bewegungen fehlte es allerdings an eleganter Dynamik. Er joggte gerne und besuchte, wenn er Zeit hatte, schon mal ein Fitneßstudio, um seine Muskeln zu trainieren. Dennoch konnte man Gus nicht als schönen Mann bezeichnen. Was also machten den Charme und die Faszination dieses Mannes aus?

Als er wieder hochsah und sie anlächelte, zerbrach sie sich darüber nicht länger den Kopf. Er war Gus, und das genügte ihr vollkommen.

»Bob«, rief er, worauf im Nebenraum Geräusche zu vernehmen waren. »Bob, brauchen Sie eine Extraeinladung?«

Im nächsten Moment erschien Sergeant Salmon im Türrahmen. »Fliegen kann ich noch nicht! Was gibt's?« erkundigte er sich.

»Es reicht allmählich. Wir haben fast acht Uhr.« Gus warf einen Blick auf die Uhr an der Wand vor ihm. »Warum haben Sie mir nicht Bescheid gesagt?«

»Ich dachte, Sie könnten die Uhr lesen«, verteidigte sich Salmon, und Gus grinste.

»Schluß für heute, Sie frecher Kerl«, meinte er aufgeräumt. »Genug ist genug! Schon was entdeckt?«

»Einige Ungereimtheiten, die ich gleich morgen früh weiterverfolgen werde. Es muß eine Verbindung zwischen Hampden und – Sie wissen schon – sowie der Harlow-Organisation geben. Beide sind im Companies House registriert. Die meisten ihrer Direktoren habe ich schon überprüft, und manche sind in beiden vertreten.«

»Das gefällt mir«, sagte Gus. »Selbst wenn beide so gesetzestreu sind wie das Oberhaus, könnte es eine handfeste Spur sein. Die Direktoren von McCann haben Sie doch auch gecheckt, oder?«

»Noch nicht. Ich gehe alphabetisch vor. Bis jetzt habe ich den Buchstaben H erst zur Hälfte geschafft – dabei bin ich auf die Verbindung zwischen Hampden und Harlow gestoßen. Geben Sie mir noch ein paar Tage.«

»Bei diesem Tempo sind Sie sicher noch eine Ewigkeit dran.« Gus reckte sich und gähnte. »Okay, Bob, wir sehen uns morgen früh.«

Sobald Bob Salmon verschwunden war, schob Gus seinen Monitor und die Computertastatur zurück und tippte mit Daumen und Zeigefinger an seinen unsichtbaren Hut. »Hab' für dich klar Schiff gemacht. Jetzt bist du an der Reihe.«

»Demnach hast du Hunger«, stellte sie fest und bückte sich nach ihrem Korb.

»Und wie!« Mit gierigen Blicken verfolgte er, wie sie diesen auspackte. »Hm, genau das, was ich jetzt brauche! Hast du das Huhn mit deiner Spezial-Barbecuesauce gegrillt? Prima. Dafür sterbe ich. Und die Mayonnaise – hast du sie selbst geschlagen? Nun ja, man kann nicht alles haben. Schon gut, ich weiß Bescheid. Du hast viel zu tun. Ich auch. Und was ist das? Eine Mango? Du denkst auch nur an Sex, was?«

»Wie kommst du denn darauf?« George schnitt Brot. Gus griff nach einer Scheibe, bestrich sie dick mit Butter und biß in einen Hähnchenschenkel.

»Das weiß doch jeder!« erklärte er. »Wenn man gemeinsam eine Mango verzehrt, entdeckt man bald noch ganz andere Dinge, die man gemeinsam machen kann. Und was trinken wir?«

Sie ignorierte die Frucht ganz bewußt und schenkte ihm von dem Wein ein, der dank der Thermoshülle kalt geblieben war. Dann kehrte in dem kleinen Büro eine gefräßige

Stille ein. Nach einer Weile seufzte er satt und zufrieden, griff nach der Mango und begann, sie mit seinem kleinen Taschenmesser äußerst geschickt aufzuschneiden.

»Es gibt da eine ganz spezielle Technik«, kommentierte er. »Ein ehemaliger Kollege – Patel hieß er – hat sie mir beigebracht.« Er hielt ihr einladend die offene Frucht hin, und sie nahm ein würfelförmiges Stück. »Wie steht es mit dir, mein Schatz? Es tut mir leid, daß ich soviel zu tun habe. Ich vermisse unsere gemeinsamen Abende.« Er grinste anzüglich. »Und die Nächte.«

»Du hast es so gewollt!« erinnerte sie und wischte sich die klebrigen Finger an einer Papierserviette ab. »Schon seit Wochen, wenn nicht gar Monaten, sehen wir uns kaum!«

»Und daran wird sich in den nächsten Wochen kaum was ändern«, sagte er ernst. »Es ist ein verdammt komplizierter Fall, George. Anfangs glaubte ich, ich hätte es mit einer Räuberbande zu tun – den Kerlen, die das Lagerhaus in Millwall, das Whisky-Lager, den großen Supermarkt und den Nachttresor leergeräumt haben, aber dann fand ich raus, daß sie auch an dem Buchmacherschwindel in meinem eigenen Revier beteiligt sind. Außerdem läuft noch eine Schutzgeld-Geschichte. Einer der örtlichen Marktbeschicker, offiziell nur ein einfacher Händler, muß praktisch den gesamten Marktplatz gepachtet haben und alle abkassieren. Zu allem Übel gibt es auch noch Verbindungen zu anderen Geschäften – sie veranstalten sogar richtige Direktionssitzungen. Unfaßbar! Das Ganze erinnert mich an eine riesige Krake, nur hat diese Bestie mehr als acht Arme. Wenn ich diese Nuß knacke, dürfte eines der größten Schwindelunternehmen Londons auffliegen. Aber dafür bleiben mir nur noch ein paar Wochen.« Er brütete einige Sekunden lang vor sich hin und starrte mit leerem Blick auf die gegenüberliegende Wand. »Wenn ich die Leistungsbewertung im Oktober versäume, könnte der alte Cumberland seine Siebensachen zusammenpacken und sich verabschieden, ehe ich für seinen Job beim AMIT bereit bin, und das bedeutet, daß ich weitere zwanzig Jahre warten muß – aber ich will den Job jetzt!«

»Kannst du denn diese Angelegenheit nicht jemand anderem übertragen?« Sie hatte Verständnis für ihn. »Setz die Ermittlungen bis zum Prüfungstermin fort und ...«

»Oh, man wird begeistert sein!« rief er sarkastisch aus. »Du kannst doch deine unerledigte Arbeit nicht einfach auf dem Tisch eines anderen abladen, weil du die Karriereleiter eine Sprosse höher steigen willst. Im übrigen bezweifle ich, daß das überhaupt möglich ist. Ich stecke praktisch mittendrin. Viele Dinge existieren nur in meinem Kopf. Man kann jede Menge Daten speichern« – er deutete mit dem Daumen auf den Monitor –, »aber letztendlich werden die Fälle mit den Informationen gelöst, die in menschlichen Schädeln stecken.«

»Nun, ich denke, du kennst dein Geschäft selbst am besten«, lenkte sie ein. »Aber paß bloß auf, daß du nicht zu tief hineingezogen wirst, Gus. Du mußt auch mal an deine eigene Gesundheit denken, und du siehst einfach ...«

»Schrecklich aus, nicht wahr? Komm her, Weib, und ich zeige dir, wie schrecklich ich bin.«

»Na klar!« Nun war sie an der Reihe, spöttisch zu reagieren. »Ich stelle mir geradezu vor, wie ich es mit dir mitten auf dem Schreibtisch treibe. Sehr nett, aber ich verzichte trotzdem darauf. Hilf mir lieber beim Aufräumen, und wir gehen nach Hause.«

»Das«, meinte er, »ist ein Angebot, das ich unter keinen Umständen ausschlagen kann.«

*

Gegen vier Uhr morgens schrillte das Telefon. George fuhr erschrocken aus dem Schlaf, was ungewöhnlich war. Sie hatte sich so sehr an nächtliche Anrufe gewöhnt, daß sie darüber allenfalls ungehalten war, denn sie gehörten nun mal zu ihrem Job. Warum reagierte sie nur so ängstlich?

Sie griff nach dem Hörer, lauschte und sagte gepreßt: »Okay. Wiederholen Sie die Adresse ... Oh, ich weiß. Die neuen Mietshäuser ... Hhmm. In fünf Minuten bin ich da. Was? Ein Wagen? Nein, ich fahre selbst.« Damit hängte sie ein.

Gus lag auf dem Rücken, das Kopfkissen – könnte es anders sein? – auf dem Fußboden. George beugte sich über ihn und gab ihm einen Kuß. Da er sich noch immer nicht rührte, zog sie sich an, schnappte ihren Notfallkoffer und schrieb wie üblich mit einem Stück Seife eine Nachricht für ihn auf den Badezimmerspiegel: *Bin zur Arbeit. Ein Feuer. Melde mich so bald wie möglich. In Liebe G!*

7

Knapp zehn Minuten später – noch herrschte kein nennenswerter Verkehr – rollte sie durch die Narrow Street Richtung Limehouse. Hinter ihr, im Westen, war es nach wie vor stockdunkel, während das opalfarbene Licht des Morgens das tiefe Blau vor ihr erhellte. Ein schwacher orangefarbener Schimmer, der zudem über den Himmel geisterte, verursachte ihr Magenkrämpfe. Es dürfte keinen Menschen geben, den Großfeuer nicht in Angst und Schrecken versetzten. Allein sein Anblick und sein Geruch – und sie glaubte, diesen in der kühlen Luft, die durch das offene Autofenster hereindrang, bereits wahrnehmen zu können – waren dazu angetan, Panik auszulösen.

Das Wohnhaus, das sie suchte, stand in Ropemakers' Fields. Sie bog vor dem Limehouse Pier nach Nordosten ab, und als sie das Ende der Narrow Street erreichte, sah George sie ganz deutlich: die rotierenden Blaulichter der Streifen- und Feuerwehrfahrzeuge und die Ambulanzen. Ein Großbrand, registrierte sie und klopfte gegen ihre Windschutzscheibe, um den uniformierten Constable, der ihr die Durchfahrt verweigern wollte, auf ihren Ausweis in deren Ecke hinzuweisen. Danach lenkte sie den Wagen so dicht wie möglich an das Geschehen heran.

In einiger Entfernung unterhielt sich Rupert Dudley, das Gesicht vom Widerschein des Feuers gerötet, mit einem Feuerwehrmann. Während sich George durch das Gewirr von dicken Wasserschläuchen und Stromkabeln ihren Weg zu ihnen bahnte, schaute sie an dem Gebäude hoch.

Es war eines jener eleganten Häuser, die in den idyllischen Achtzigern, als das Geld aus einer unerschöpflichen Quelle zu sprudeln schien und niemand auch nur im Traum daran dachte, daß sich daran jemals etwas ändern könnte, überall in den Docklands aus dem Boden gestampft worden waren. Damals hatten sich die Wohnungen gut verkaufen lassen, doch nun konnte sie im flackernden Licht der Rettungsfahrzeuge eine Reihe von For-Sale-Schildern verschiedener bekannter örtlicher Immobilienmakler ausmachen. Folglich standen hier wie auch anderswo im Bezirk zahlreiche Wohnungen leer. Aber mindestens eine mußte bewohnt gewesen sein, denn der anonyme Polizist hatte sich klar und unmißverständlich ausgedrückt:

»Eine Leiche mit starken Verbrennungen, soweit wir das beurteilen können. Inspector Dudley hat die Spurensicherung und das Fire Investigation Team bereits benachrichtigt, denn die Feuerwehrleute glauben, daß es sich nicht um einen Unfall handelt. Deshalb möchte er Sie auch hinzuziehen, Doktor.«

Nur eine Hälfte des Gebäudes brannte, und die Feuerwehrleute bemühten sich nach Kräften, diese zu löschen und gleichzeitig die andere vor einem Übergreifen der Flammen zu bewahren. Und sie leisteten ganze Arbeit, daran hatte George nicht den geringsten Zweifel. Die Fassade schien sich regelrecht aufzulösen: ihre Farbe und sonstige Beschichtungen waren geschmolzen und rannen über das Mauerwerk. Die Fenster waren nur noch leere Höhlen, umgeben von verkohlten Rahmen. Ein Blick durch eines von ihnen zeigte ihr und jedem, der das Bedürfnis hatte, sich über das Ausmaß der Schäden zu informieren, ein völlig ausgebranntes Zimmer in all seiner Jämmerlichkeit. Ein Feuerwehrmann stocherte dort im Schutt auf dem Fußboden herum. George, die auf eine niedrige Mauer vor dem

Haus geklettert war, um einerseits die Rettungsmannschaften nicht zu behindern und andererseits über die Köpfe der Schaulustigen hinwegsehen zu können, erkannte die Reste eines Sideboards und eines Eßtisches sowie ein Stück blauen Vorhangs auf einer Seite des Fensters, der auf wundersame Weise verschont geblieben war. Erneut verspürte sie Magenkrämpfe.

Rupert Dudley kam mit dem Feuerwehrmann im Schlepptau auf sie zu. »Dr. Barnabas, dort oben liegt ein Toter mit schwersten Verbrennungen. Wir nahmen an, er sei ein Opfer der Flammen geworden, aber Mr. Knight ist anderer Meinung.«

Der Angesprochene trat vor. Seine Stupsnase und seine runden Wangen waren mit Ruß beschmiert. In diesem Moment wirkte er auf George eher wie ein Kind, daß sich zu Halloween verkleidet hatte, als wie ein hochrangiger Feuerwehrmann. Seine folgende knappe und präzise Erklärung bewies George jedoch, daß sie einen kompetenten Mann vor sich hatte, der mit den vielfältigen Anforderungen seines Aufgabenbereiches bestens bewandert war.

»Guten Morgen, Doktor«, grüßte er. »Tut mir leid, daß wir Sie so früh aus dem Bett holen mußten, aber aufgrund meiner Beobachtungen vor Ort hielt ich dies für unvermeidbar. Wir haben etwas gefunden ...«

»Wenn ich mich kurz einschalten darf«, meldete sich Dudley zu Wort. »Oben wird es leichter nachvollziehbar sein.« Seine Handbewegung deutete an, daß er George den Vortritt überlassen wollte.

»Nach Ihnen, schließlich kennen Sie den Weg«, wehrte sie ab und folgte ihm zum Haupteingang des Wohnhauses, der ebenfalls noch nicht in Mitleidenschaft gezogen war. Sie wunderte sich über Dudleys Höflichkeit. Bei ihrem letzten Einsatz hatte er sich über seinen vermeintlichen Erfolg, mich in einer eindeutigen Situation erwischt zu haben, köstlich amüsiert. Warum ist er so verdammt charmant? Na ja, für seine Verhältnisse. Hat er möglicherweise einen Anpfiff bekommen? Vielleicht sogar ...

»Hier besteht keine Gefahr«, unterbrach Knight ihre Mutmaßungen. »Die Treppen in den oberen Etagen sind ziemlich beschädigt. Das Feuer ist nämlich nach oben gewandert.«

»Hatten Sie das erwartet?«

»Nicht ganz«, erwiderte Knight etwas grimmig, worauf sich George zu ihm umdrehte.

»Wie meinen Sie das?«

»Sie sollten sich ein Bild machen, ehe wir darüber reden«, schlug er vor, und sie stieg hinter Dudley die Treppe hinauf. Knight hielt sich dicht hinter ihr.

In den zunehmenden Brandgeruch mischte sich nun der Gestank von schmutzigem Wasser. Der erste Stock war überflutet. Der vormals vermutlich teure Teppich im Flur bot sich ihnen nun als aufgequollene schwarze Masse dar. George war dankbar für die Begleitung der beiden Männer, als sie auf einer besonders matschigen Stelle ausrutschte. Instinktiv klammerte sie sich mit beiden Händen an Rupert Dudleys Schultern, worauf ihre schwere Tasche hin und her schwang und kräftig gegen seinen Kopf schlug. Er fluchte, faßte nach seinem Ohr und warf George beinahe um, aber glücklicherweise fing Knight sie auf, so daß alle drei auf den Beinen blieben. Dudley bedachte sie mit einem wütenden Blick, der sie seltsamerweise berührte. Er war ihr gegenüber ganz und gar nicht höflich oder gar charmant gewesen. Roop in Rage zu erleben gehörte zu jenen tröstlichen Erfahrungen, die einem zeigten, woran man war.

Die Wohnung, zu der Knight sie führte, befand sich in einem erschreckenden Zustand. Er bedeutete ihr zu warten und bestand darauf, sie als erster zu betreten. Auf dem Fußboden, durch den man stellenweise die Deckenträger beziehungsweise deren Überreste ausmachen konnte, lagen dicke Bretter, die auf dem nicht verbrannten Bereich am anderen Ende abgestützt waren. Knight stieg auf eines und streckte seine Hand aus.

»Was auch immer passiert, treten Sie nicht auf den Fußboden! Er ist nicht viel stabiler als Papier und gibt sofort nach«, warnte er. »Hier entlang.«

Sie tastete sich vorsichtig hinter ihm her und konzentrierte sich darauf, wo sie ihre Füße hinsetzte, bis Knight sagte: »Okay. Wir sind da. Können Sie von hier aus alles sehen?«

Sie hatten das Fußende eines Messingbettes erreicht, das eine gefährliche Schieflage einnahm. Die Kugeln auf seinen Pfosten hatten ihre Form beibehalten, wogegen das metallene Gitterwerk von Kopf- und Fußende völlig verbogen war. Die Matratze wies große Brandlöcher auf, das Federbett, immerhin noch als solches zu identifizieren, bedeckte eine verkohlte Gestalt, den Kopf nach hinten gebogen und auf einem Kissen ruhend, das kaum mehr als ein Haufen Asche war.

»Das ist eines der schlimmsten Brandopfer, das ich jemals zu Gesicht bekommen habe«, erklärte Rupert Dudley kurz darauf mit leiser Stimme. Knight lachte.

»Oh, es gibt bedeutend schlimmere!« sagte er in normaler Lautstärke, was die bedrückende Atmosphäre etwas auflockerte. »Wenigstens kann man noch erahnen, daß es mal ein menschlicher Körper war. Manche scheinen aus dem Ofen eines Krematoriums zu kommen, haben überhaupt keine erkennbare äußere Form mehr. Sie würden staunen.«

»Sie wollten mir etwas Besonderes zeigen?« drängte George.

»Nun, ihre Leiche«, anwortete Knight, und George musterte ihn skeptisch.

»Woher wissen Sie, daß es eine Frau ist?« hakte sie nach.

»Ah, Sie kann man wirklich nicht hinters Licht führen, stimmt's?« Knight klang fröhlich. »Es ist nur eine Vermutung, allerdings eine durchaus begründete. Diese Wohnung hat eine gewisse Miss Lisa Zizi, siebenunddreißig Jahre alt, Stripteasetänzerin, gemietet.« Er warf George einen Seitenblick zu. »Und, zumindest gelegentlich, Prostituierte, wenn Sie verstehen, was ich meine. Eine – na ja ...«

»Nutte«, beendete Dudley sachlich. »Und zwar eine ziemlich teure.«

»Wie können Sie sicher sein, daß es sich um ihre Leiche handelt?« fragte George und deutete mit einer Kopfbewegung auf das Bett. »Oder daß sie Prostituierte war?«

»Ich sagte doch, daß es eine Vermutung ist. Im übrigen dürfte die Zahl jener Männer, die knapp einssechzig groß sind und in Zimmern mit rosafarbenen Vorhängen schlafen, zweifelsohne gering sein.«

»Erstaunlich«, begann Dudley, dessen Augen zwischen den Überresten der Gardine und der Leiche hin und her wanderten. »Hier die totale Zerstörung, und dort ...«

»Oh«, entfuhr es George. Erneut schaute sie auf das Bett.

»Genau!« Knight hörte sich wie ein Lehrer an, der seinen Schüler lobt. »Sie haben es entdeckt, nicht wahr, Doktor?«

Wie können dieses Bett und die Person darin derartigen Schaden nehmen, während ein Stück unversehrt bleibt?« Sie blickte durch den von der Lampe des Polizeifotografen erhellten Raum. »Das ist tatsächlich ein wenig seltsam.«

»Das ist sogar höchst seltsam!« Knight wirkte selbstzufrieden. »Es freut mich, daß es Ihnen aufgefallen ist, Doktor. Soll ich Ihnen mal verraten, was ich glaube? Ehe Sie die Leiche untersuchen? Möglicherweise hilft es Ihnen weiter.«

»Versuchen Sie mal, ihn daran zu hindern«, meinte Dudley.

Knight grinste ihn an. »Wie recht Sie haben. Wenn ich einer Sache auf der Spur bin, lasse ich mich durch nichts davon abbringen. Nun, Doktor, was tun Menschen gewöhnlich, wenn es brennt?«

»Sie versuchen zu fliehen, das Gebäude schnellstens zu verlassen«, antwortete George. »Aber erzählen Sie es mir, bitte. Mir ist nicht nach Ratespielchen zumute.«

»Wer veranstaltet hier Ratespielchen?« empörte sich Knight. »Bedenken Sie doch nur die Fakten. Hier wurde jemand eindeutig von einem Feuer überrascht. Dennoch hat er noch nicht einmal versucht, sich vor den Flammen zu schützen, geschweige denn, sich, mag dies noch so gefährlich gewesen sein, beispielsweise durch einen Sprung durch das Fenster in Sicherheit zu bringen. Nein, er ist einfach liegengeblieben.«

»Demnach glauben Sie, daß sie – oder er – schon tot war, als das Feuer ausbrach«, folgerte George. »Das wäre nicht die erste Leiche, die in Brand gesteckt wurde, um einen Mord zu vertuschen.«

»Gewiß nicht!« bestätigte Knight. »Ich habe schon viele geborgen. Aber diese hier ist ... Na ja, ich habe mich gründlich umgesehen, und es spricht einiges dafür, daß das Feuer von ihr selbst ausgegangen ist.«

»Wie bitte?« fragte Dudley. »Wollen Sie damit sagen, daß es sich um Brandstiftung handelt?«

»Völlig auszuschließen ist das so gut wie nie«, meinte Knight. »Aber eines steht für mich jetzt schon definitiv fest: Das Feuer wurde nicht durch irgendeinen elektrischen Defekt ausgelöst. An den Leitungen hat sich niemand zu schaffen gemacht. Wir konnten sie bis zum Sicherungskasten überprüfen. Und es gab weder Hinweise auf Überlastungen noch Kurzschlüsse. Darauf verwette ich meine Pension, und da ich als Oberbrandmeister in den Ruhestand treten werde, setze ich eine ganze Menge Geld aufs Spiel.«

George wunderte sich nur kurz über sein fröhliches Lachen. Schließlich gehörte diese trostlose Umgebung zu seinem Alltag. Er fühlte sich hier nicht weniger wohl als sie selbst bei einer ihrer Autopsien, was die meisten Leute ebenso ungewöhnlich fanden.

»Ich kann Ihnen noch etwas anderes verraten«, fuhr Knight fort. »Normalerweise breitet sich ein Feuer in einem solchen Gebäude in beide Richtungen aus – vom Zentrum nach außen, wenn Sie wissen, was ich meine. Dieses hier hat die Wohnungen darunter kaum in Mitleidenschaft gezogen, das Löschwasser hat dort mehr Schaden angerichtet als die Flammen. Alles in allem ein sehr ungewöhnliches Feuer!«

Sie betrachtete den ramponierten Fußboden und runzelte die Stirn. In welchem Zustand mochte der im Stockwerk darüber sein? Knight unterbrach ihre Überlegungen.

»Ich will Ihnen meine Theorie mitteilen. Lassen Sie mich wissen, wenn sie Ihnen zu gewagt erscheint. Mir ist klar, daß ich sie wissenschaftlich nicht belegen kann, aber wenn dieses Feuer nicht eine Form von Selbstentzündung war, hänge ich meinen Job sofort an den Nagel.«

Nach längerem Schweigen meinte George zweifelnd: »Selbstentzündung.« Dudley starrte den Feuerwehrmann entgeistert an.

Knight schob kampflustig das Kinn vor. »Nun, ich habe über einige Fälle nachgelesen. Zugegeben, sie sind äußerst verblüffend, aber nicht gänzlich von der Hand zu weisen.«

George bemühte sich, ihm nicht zu zeigen, wie unsinnig sie seine Idee fand. »Nun, meines Wissens beruhte der einzige anerkannte Fall auf der Ansammlung von brennbaren Gasen in einer verwesenden Leiche, die – womit auch immer – entzündet wurden. Diese weist keinerlei Spuren eines derartigen Prozesses auf. Insofern halte ich persönlich eine Selbstentzündung für unwahrscheinlich.«

Wieder trat Stille ein. Sie betrachteten die Tote auf dem Bett, während der Mitarbeiter der Spurensicherung seine letzten Fotos schoß. Kurz darauf kam er zu Dudley und meinte: »Das war's, Sir, Sie können jetzt übernehmen.«

»Danke«, sagte dieser zerstreut, worauf der Mann den Raum verließ.

»Ich schaue sie mir mal genauer an«, sagte George und stieg auf das angrenzende Bett, so daß sie den Schädel in Augenschein nehmen konnte.

Auf einer Seite entdeckte sie eine Schwellung, auf der anderen, erstaunlicherweise, Reste von schwarzem Haar: Traf die Theorie des Brandmeisters doch zu? Offenbar hatten sich die Flammen, denen diese Leiche zum Opfer gefallen war, genauso einseitig wie im Gebäude selbst ausgebreitet und hauptsächlich das Gesicht und Teile des Schädels zerstört, während der Körper vergleichsweise geringe Schäden aufwies.

Sie entschloß sich zu einer ersten allgemeinen Untersuchung, ehe die Tote bewegt wurde. Dudley beugte sich über sie, nachdem er George die Tasche gereicht hatte.

»Diese Beule am Kopf«, begann er. »Könnte sie von einem Schlag herrühren?«

Behutsam tastete George besagte Stelle ab. »Ich glaube nicht«, sagte sie. »Sicher kann ich erst nach der Obduktion sein, aber auf den ersten Blick würde ich verneinen. Hierbei dürfte es sich um ein Hitzehämatom handeln.«

»Ein was?« Dudley war fasziniert. Er hatte das Bett umrundet und stand nun auf der anderen Seite, um George besser beobachten zu können.

»Es ist ziemlich häßlich«, erklärte sie. »Bei derart starken Verbrennungen kann das Blut zu kochen anfangen und aus der Diploe und den venösen Krümmungen austreten.«

»Diploe?« fragte Dudley, und George, die nicht über die Wirkung ihrer Worte nachdachte, nickte nur.

»Hm-mm. Das schwammige Gewebe zwischen der inneren und äußeren Schicht des Schädeldaches. Und die venösen Krümmungen sind die ...« Sie hielt inne, als sie Dudleys Blässe bemerkte. »Sind Sie in Ordnung?«

»Das Blut kocht über?«

»So ähnlich«, bestätigte sie hastig. »Wie auch immer, es mag zwar wie ein Bluterguß aussehen. Sollte ihr Tod allerdings vor Ausbruch des Feuers eingetreten sein, ist die Ursache bestimmt kein Schlag auf den Kopf gewesen. Aber wie gesagt, Genaueres kann ich Ihnen erst nach der Autopsie mitteilen.«

»Sie glauben also nicht an eine Selbstentzündung?« erkundigte sich Knight.

»Ich hege gewisse Zweifel«, antwortete George diplomatisch. »Eine solche passiert, wenn überhaupt, äußerst selten und ist, um Ihre eigenen Worte zu gebrauchen, wissenschaftlich nicht nachweisbar. Mr. Knight, ich neige wie Sie zu der Ansicht, daß diese Frau gestorben ist, ehe die Flammen sie erfaßten. Dafür spricht nicht nur die Position, in der sie vorgefunden wurde, sondern auch die Tatsache, daß sich die schlimmsten Verbrennungen auf die obere Körperhälfte beschränken. Nun, mehr kann ich wirklich noch nicht sagen, obgleich ich zugeben muß, daß die Umstände etwas bizarr sind. Roop, wenn Sie es schaffen, die Leiche noch heute morgen ins Old East zu bringen, werde ich sofort mit der Obduktion beginnen.«

Weder ihr selbst noch Dudley war aufgefallen, daß sie seinen verhaßten Spitznamen benutzt hatte. »Okay, Doc, ich sorge dafür, daß hier alles Nötige veranlaßt wird. In der Wohnung drüber fanden wir einen weiteren Toten, und ...«

»Noch einen?« George schaute ruckartig hoch. »Das sagen Sie mir erst jetzt?«

»Noch bot sich keine Gelegenheit dazu«, rechtfertigte

sich Dudley. »Ein alter Mann, er hat allerdings keine Brandverletzungen erlitten. Werfen Sie einen Blick auf seine Leiche, wenn Sie hier fertig sind, okay? Wir mußten sie nach unten bringen, denn der Fußboden kann jeden Moment durchbrechen.«

»Endlich rücken Sie damit heraus!« beschwerte sich George und hob den Kopf. Die Decke wölbte sich beängstigend weit nach unten, durch jene Stellen, an denen der Fußboden völlig verbrannt war, drang Licht.

»Ich beeile mich.«

Hastig schoß sie einige Fotos von der Leiche und machte sich Notizen für den Bericht. Die Form der äußeren Geschlechtsorgane konnte sie noch deutlich ausmachen. Ihre Brüste waren zwar nicht mehr vorhanden, aber der Knochenbau bewies eindeutig, daß es sich um eine Frau handelte. Nachdenklich tastete sich George anschließend zur Tür, um sich die zweite Leiche anzusehen. Einerseits verwarf sie, durchaus wohlwollend und verständnisvoll, Knights reichlich absurde Theorie einer Selbstentzündung, andererseits mußte sie zugeben, daß sie in ihrer langjährigen Laufbahn keine seltsameren Brandverletzungen gesehen hatte.

8

Es war Danny, der, nachdem er Knights Theorie gehört und die Tote zum erstenmal gesehen hatte, eine vernünftigere Erklärung für ihre Verletzungen fand. George, die, ausnahmweise, da sie es an diesem Morgen für nötig erachtete, eine Maske trug, trennte den winzigen Haarrest vorsichtig vom Schädel und steckte diesen in eine Plastiktüte. Danny betrachtete erst ihn und anschließend das, was von dem Gesicht der Frau noch übrig war.

»Eine Inderin, nicht wahr?« sagte er. George hob den Kopf und schaute ihn an. Ebenso Norman Vale, der auf der anderen Seite des Raumes stand und Harold Constant vertrat, weil dieser – zu seinem Glück – an Migräne litt. DC Wheeler, den Dudley als Beobachter abkommandiert hatte, starrte angestrengt zu Boden. Es war die einzige Möglichkeit für ihn, so zu tun, als sei er gar nicht anwesend, um Autopsien zu überstehen.

»Wie kommen Sie darauf?« wollte George wissen.

»Nun, vor ein paar Jahren haben sie die Gegend geradezu überschwemmt. Ich kann mich noch gut daran erinnern. Eine nach der anderen, als wäre es eine ganz neue Mode.« Er legte die Plastiktüte behutsam auf einen Tisch, den er als Ablage für solche Proben bereitgestellt hatte. »Der alte Dr. Royle hatte schnell richtige Routine mit ihnen.«

»Ach, wirklich?« Die Erwähnung ihres Vorgängers, der ihr während ihrer ersten Monate am Old East einige Probleme bereitet hatte, verursachte George leichtes Unbehagen. »Ich nehme an, er kam einem Brandstifter auf die Spur.«

Norman Vale, ein ehrgeiziger Mann, spitzte sichtlich die Ohren. Eine Brandstiftung zu melden, dürfte ihm an seinem Arbeitsplatz zu einiger Prominenz verhelfen. Er schob sich näher heran.

»Ein solcher war nicht im Spiel.« Danny machte eine wegwerfende Handbewegung. »Es ging um Mitgift-Streitigkeiten, sehr heftige sogar, die Leute von der Ausländerbehörde schalteten sich ein und sorgten für eine Klärung.«

»Wie bitte?« hakte Vale nach.

»Es gab einen Riesenskandal.« An dieser Art von Klatsch schien Danny besonderen Spaß zu haben. »Indische Mädchen aus armen Familien wurden hierher gebracht und verheiratet. Ihre Eltern mußten den Bräutigamen eine große Mitgift bezahlen. Falls sie das nicht konnten oder die Familien der Ehemänner gieriger wurden, verbrannten sich die Frauen. Oder sie wurden verbrannt. Selbstopferung trug Dr. Royle immer als Todesursache ein.«

Lange herrschte Stille; dann sagte George: »Mr. Wheeler, würden Sie das Inspector Dudley überprüfen lassen? Der Name der Mieterin dieser Wohnung war ... ich glaube, ich habe ihn irgendwo aufgeschrieben. Moment mal. Doch ja, Lisa Zizi. Ich hielt ihn für eine Art Künstlernamen. Sehen Sie zu, was Sie über die Tote herausbekommen.«

Wheeler verschwand umgehend. Im Raum trat erneut Stille ein, als George die Autopsie fortsetzte. Sie gestaltete sich etwas schwierig, und George bemühte sich, sämtliche Details auf Band festzuhalten. Die schwersten Verbrennungen beschränkten sich auf die linke obere Körperhälfte. Der Unterkiefer war bis zum Gelenk, die Weichteile am Hals bis zur Wirbelsäule zerstört.

Obgleich auch die Beine Verbrennungen ersten und

zweiten Grades und stellenweise sogar dritten Grades aufwiesen, waren diese relativ unversehrt geblieben. Weder in Nase, Kehlkopf, Luftröhre und Bronchien waren Kohlenstoffpartikel eingedrungen. Zur Sicherheit beschloß George, das Blut – falls sie überhaupt welches fand – auf Karboxyl-Hämoglobin zu untersuchen, was belegen würde, daß die Frau vor ihrem Tod Kohlenmonoxid eingeatmet hatte, also ein Gas, das durch Feuersbrünste erzeugt wird.

Sie hielt inne, um sich die Worte ihres Dozenten ins Gedächtnis zu rufen: »Das Fehlen von Ruß und Kohlenmonoxid bedeutet nicht zwangsläufig, daß der Exitus des Opfers bereits vor Ausbruch des Feuers eingetreten ist. Beim Verbrennen bestimmter Stoffe, wie zum Beispiel Benzin, entstehen nur sehr geringe Mengen dieser Substanzen.«

Vor Georges geistigem Auge tauchten die verkohlten Holzbalken des Fußbodens auf. Nun war sie sich ganz sicher: Aufgrund der Tatsache, daß in ihren Atemorganen keine Rußpartikel nachweisbar waren, schied das Feuer als Todesursache aus, mochte es ihre Leiche noch so sehr geschädigt haben.

Anhand des Knochenbaus schätzte George die Frau auf Mitte Dreißig. Ihre Haut war zwar dunkel, ließ jedoch keine eindeutige Aussage über ihre Nationalität zu. George war gespannt auf das Ergebnis von Wheelers Nachforschungen.

Nach Abschluß der Obduktion sowie einer besonders ausgiebigen Dusche eilte sie in ihr Büro. Als Wheeler, der nach wie vor an ihrem Schreibtisch saß und telefonierte, Anstalten machte aufzustehen, bedeutete sie ihm fortzufahren. Daher lauschte er weiter seinem Gesprächspartner, nickte hin und wieder, sagte selbst sehr wenig und legte schließlich auf.

»Viel kann ich Ihnen nicht berichten: Die Mieterin der Wohnung ist gegen Mitternacht, einen für sie offenbar ungewöhnlich frühen Zeitpunkt, nach Hause gekommen. Sie befand sich in Begleitung eines Mannes, aber daran hatten sich die Nachbarn gewöhnt. Sie alle wußten, womit sie ihren Lebensunterhalt verdiente – ein oder zwei andere Frauen im Block gingen auch anschaffen. Die Leute in diesem Viertel sind ziemlich tolerant. Bohemiens, verstehen Sie?« Er sprach es aus wie ein Schimpfwort. »Niemand sah den Mann die Wohnung verlassen. Aber es ist sehr wahrscheinlich, daß es die Frau war, die wir gefunden haben. Der Name, den Sie mir gegeben haben, ist offenbar der einzige, unter dem sie im Haus bekannt war. Unsere Nachfragen bei den Banken und beim Einwohnermeldeamt haben folgendes ergeben: Ihr vollständiger Name lautet Zivkonek, Isabella Zivkonek. Sie war Britin und hatte einen jugoslawischen Vater. Laut Aussage ihres Arztes sollen ihre Vorfahren Zigeuner gewesen sein. Er hat uns ihren Zahnarzt benannt, damit wir sie auf diesem Weg eindeutig identifizieren können.«

»Ja, das dürfte die letzten Zweifel ausräumen. Und diesen anderen Namen hat sie ...«

»Rein geschäftlich benutzt. Genau. Es ging ihr gar nicht schlecht. Sie wissen ja, wie sich die Banken anstellen. Ohne amtlichen Beschluß rücken die doch kaum Informationen raus. Wie auch immer, sie scheint relativ wohlhabend gewesen zu sein. Ihre Wohnung war nicht gerade billig, aber wenn diese Frauen clever sind, können sie es zu einigem Wohlstand bringen, wie man mir sagte.« Er verdrehte mißbilligend die Augen, und George lächelte. Sie wußte, daß DC Wheeler Laienprediger in einer kleinen, aber sehr frommen Sekte war, und er ließ keinen Zweifel daran, daß der Lebensstil einiger besonders schillernder Persönlichkeiten im Einzugsbereich des Ratcliffe-Reviers nicht unbedingt seinem Geschmack entsprach.

»Das wird zumindest behauptet«, sagte sie sittsam. »Nun, damit wäre alles klar. Entgegen Dannys Vermutung handelt es sich also um keine Selbstopferung. Sie hat außerdem die falsche ethnische Zugehörigkeit. Folglich haben wir es mit einem Mord zu tun, nicht wahr?«

»Tatsächlich?« Er wirkte erschrocken.

»Ach ja, Sie konnten natürlich nicht hören, was ich unten im Autopsiesaal gesagt habe. Sie war schon tot, als das Feuer ausbrach.«

»Hatten Sie Dudley nicht erklärt, die Schwellung an ihrem Kopf stamme von ...« Er schluckte.

»Eine Post-mortem-Erscheinung ... hm, eine Ansammlung von Blut«, erklärte sie ausweichend. »Hervorgerufen durch das Feuer, aber nicht durch einen Schlag auf den Kopf. Umgebracht wurde sie auf andere Art und Weise.«

»Haben Sie festgestellt, auf welche?«

Sie verneinte. »Noch kann ich Ihnen keine mögliche Todesursache nennen. Dafür muß ich verschiedene Bluttests und solche für den Nachweis von Gift durchführen.«

»Das erzähle ich dem Chef«, meinte Wheeler und griff nach seinem Mantel, den er über ihren Stuhl gelegt hatte. »Er wird daraufhin bestimmt ein Ermittlungsteam zusammenstellen.«

Sie lächelte erfreut. »Kümmert sich denn Inspector Hathaway um diesen Fall? Hat man vor, ihn von dieser komplizierten Geschichte abzuziehen?«

Er schaute die Ärztin überrascht an. »O nein. Dafür ist Inspector Dudley zuständig. Schätzungsweise wird er die Nachforschungen leiten, bis wir weitere Hilfe haben. Zur Zeit scheinen jedoch alle Kollegen der Metropolitan Police ziemlich unter Druck zu stehen.«

»Oh!« George war enttäuscht, aber ihre Miene hellte sich schnell wieder auf. »Trotzdem, vielleicht möchte Gus – Chief Inspector Hathaway – diesen Fall doch übernehmen. Schließlich könnte sich dieser als genau das herausstellen, was er am liebsten bearbeitet. Ich werde ihn mal darauf ansprechen.«

»Nun, das ist Ihre Entscheidung.« Wheeler war bereits an der Tür. »Aber Inspector Dudley dürfte ... Wie gesagt, es ist Ihre Entscheidung.« Damit verschwand er.

Inspector Dudley dürfte davon nicht allzu begeistert sein, beendete sie im Geiste den Satz. Nun, Sie können mich mal, Inspector Dudley! Ich rede trotzdem mit Gus. Ganz bestimmt ist er an diesem Fall interessiert! Das aufkommende Schuldgefühl, weil sie nicht an das Schicksal der Frau dachte, sondern ihre Leiche benutzte, um Gus zur Zusammenarbeit zu überreden, verdrängte sie.

*

Gerade noch rechtzeitig fiel ihr ein, daß sie zugesagt hatte, an einer Besprechung teilzunehmen, in der das künftige Verfahren mit dringenden Aufträgen der Pathologie geregelt werden sollte. Sie hatte Hattie Clements, der leitenden Schwester und einer ihrer besten Freundinnen, versprochen, sie in ihrem ständigen Kampf mit ihrer Fachärztin Margaret Hill-Sykes gegen eine Umorganisierung der Notfallambulanz zu unterstützen.

»Sie ist wild entschlossen«, hatte Hattie ihr verbittert mitgeteilt, »die Notfallambulanz so weit herunterzuwirtschaften, daß das Department of Health sie schließen muß. Ich wette, sie tut es nur für David Delaney. Er war mal hier ihr liebster Junior, aber nun, da er die Notfallambulanz drüben am St. Chad leitet und sie sich in zwei Jahren zur Ruhe setzt, liegt ihr mehr daran, St. Chad für ihn aufzubauen, als die Interessen des Old East zu vertreten. Sie hatte schon immer ein Faible für diesen Delaney – dabei ist er gerade halb so alt wie sie!«

»Ich werde dir helfen, so gut ich kann«, hatte George ihr versichert. »Mit der Pathologischen Abteilung haben sie Ähnliches vor, und dagegen wehre ich mich auch! Du kannst auf mich zählen. Um elf Uhr, nicht wahr?«

Jetzt, um fünf nach elf, eilte sie über den Innenhof und versuchte, ihre Gedanken zu ordnen. Die Fragen, die die Autopsie aufgeworfen hatte, sowie ihr Bestreben, Gus einzuschalten, dürften ihr die Auseinandersetzung mit den Problemen der Notfallambulanz nicht gerade erleichtern.

Doch die chaotische Atmosphäre, in die sie geriet, drängte ihre eigenen Belange sofort in den Hintergrund.

»Der Polizist, der sie abgeliefert hat, sprach von irgendeinem Racket, das sie dort unten betreiben«, berichtete ihr eine vor Aufregung atemlose Angestellte, während George auf die beiden Männer mit Stichverletzungen starrte. »Insofern ging ich fälschlicherweise von einer Drogensache aus. Doch es ging darum, wer seine Drinks wo einnimmt, wer sich mit wem zusammentut und so weiter ...«

Plötzlich ertönte die Alarmglocke. Georges letzter Einsatz in einem Wiederbelebungs-Team lag zwar schon einige Zeit zurück, aber ihre Reaktionen und Reflexe waren immer noch die richtigen. Nicht weniger gespannt als in ihrem ersten Jahr als Assistenzärztin in der Notfallambulanz, hastete sie hinter Ärzten und Krankenschwestern, die aus allen Ecken und Enden auftauchten, über den Flur. Wenig später fand sie sich in einem der Behandlungszimmer am Ende des Ganges wieder. Beim Anblick der tiefen Bauchwunde des Patienten stockte ihr der Atem. Hattie, die sich über ihn beugte, hatte den Ursprung des heftigen Blutstroms bereits gefunden und drückte mit beiden Händen dagegen, um diesen zu stoppen. »Die Schlagader muß gerade erst geplatzt sein«, rief sie. Die umstehenden Ärzte, offenbar hatten sie mit einem Herzstillstand gerechnet, reagierten nicht. »Bestimmt die Blutgruppe und besorgt schnellstens einige Plasmakonserven. Dann benachrichtigt die Gefäßspezialistin und laßt den OP vorbereiten. Für eine Weile schaffe ich es noch – George!«

Hatties Augen leuchteten auf, als sie George erblickte,

die sich ihr näherte, nachdem einige Schwestern losgerannt waren, um ihre Anweisungen auszuführen. »Ich denke, ich habe sie im Griff, aber kannst du es nicht mal versuchen? Laß dir ein Paar Handschuhe geben und lös mich ab. Hier ist ein Chirurg nötig ...«

George hatte die Situation längst erfaßt und schlüpfte in einen Kittel, den eine Schwester aus der sterilen Verpakkung geholt hatte. Sie zog zwei Paar Handschuhe an, um den Grad an Keimfreiheit zu erhöhen, da sie keine Zeit hatte, sich gründlich zu waschen. Dann trat sie hinter Hattie und reichte über ihre Schulter.

»Okay«, sagte sie. »Gleich übernehme ich, Hatt. Wo ist die Stelle? Links oder rechts ...?«

Hattie schloß die Augen und konzentrierte sich. »Weiter links«, dirigierte sie. »Ja, du bist genau richtig. Jetzt drück fest zu ... So ist es gut!«

George fühlte den schwachen Pulsschlag des Mannes, der nun den Kopf drehte und einen erstickten kehligen Laut von sich gab. Er trug eine Atemmaske, und der ängstlich wirkende junge Arzt, der mit Hilfe eines Blasebalges Luft in seine Lungen pumpte, starrte ihn entsetzt an.

»Er kommt zu sich«, rief er. »Oder? Ich habe ihm nur Lachgas verabreicht. Kann er spüren, was ...«

»Alles in Ordnung«, beruhigte Hattie ihn und zog eine Spritze auf. »Die Sanitäter haben ihm schon eine gehörige Dosis an Analgetika verpaßt. Ich bezweifle, daß er etwas mitkriegt. Er kann von Glück reden, wenn er das jemals wieder kann. Na prima, das Plasma ist da.«

Das Behandlungszimmer füllte sich erneut. Vor George schloß jemand die erste Blutkonserve an, hinter ihr sagte jemand: »Ich kümmere mich jetzt um ihn.«

»Danke«, murmelte sie, während erfahrene Hände den Patienten von ihr übernahmen. Sie erkannte den hochgewachsenen Nigerianer, einen der Gefäßchirurgen am Old East, und lächelte ihn erleichtert an. »Ich war in meinem ganzen Leben noch nie so froh, jemanden neben mir zu sehen.«

»Das kann ich mir vorstellen«, sagte er. »Ich binde ihn nur notdürftig ab, damit wir ihn in den OP fahren können.« George trat zurück, als sich mehrere Leute geschäftig um die Trage drängten. »Danke, George!« rief er ihr nach, als sie bereits an der Tür war. »Ich halte Sie über seinen Zustand auf dem laufenden.«

»Bitte, tun Sie das«, erwiderte sie und verließ das Behandlungszimmer. Im Flur zog sie die Handschuhe und den Kittel aus und betrachtete die Blutflecken auf ihrem eigenen. Ich muß mir wohl oder übel einen sauberen leihen, aber die der anderen sind viel zu kurz. Verdammt noch mal, ich möchte nicht wie ein armes Waisenkind rumlaufen, fluchte sie halblaut.

Hattie legte eine Hand auf ihre Schulter und schob sie sanft zur Seite, als die Tür wieder aufging und die Trage herausgerollt und eilends Richtung OP geschoben wurde.

»Ich kann mich gar nicht oft genug bei dir bedanken«, meinte sie. »Der war wirklich schlimm dran.«

»Dabei hatte ich immer gedacht, das Leben in der Pathologie sei eines der härtesten«, gab George zu.

»So ist es nicht immer«, schränkte Hattie ein. »Aber um zu verdeutlichen, daß die Notfallambulanz weiterbestehen muß, reicht es allemal. Die Fahrt zum St. Chad hätte dieser arme Teufel auch mit Blaulicht nicht überlebt. Das müßte sogar die Hill-Sykes begreifen.« Sie schüttelte den Kopf und schaute sich dann in ihrer Abteilung um. »Laß uns ins Büro gehen. Ich will wissen, ob sie noch da ist – erstaunlich, wie hilflos sie war, als die Ader platzte, nicht wahr? Eine tolle Unfallärztin!«

»Du sagtest doch, sie würde demnächst in den Ruhestand treten«, murmelte George, die keine Lust hatte, sich erneut Hatties Beschwerden über ihre verhaßte medizinische Chefin anzuhören. »Halte einfach durch.«

»Worauf du dich verlassen kannst«, erklärte Hattie grimmig. »Übrigens, Liebes, es tut mir leid, daß ich deine Zeit vergeuden mußte. Ich hatte angenommen, dieses verdammte Weib würde die Besprechung nach dem Wirbel durchführen, aber offensichtlich hatte sie etwas Besseres vor.« Sie sah wütend auf die Uhr. »Es ist gleich zwölf Uhr – vielleicht hat sie sich um ihr leibliches Wohl gekümmert. Ich versuche, einen anderen Termin auszumachen, okay? Sollen wir nicht auch was essen? Hier werde ich vorläufig nicht gebraucht.«

Und tatsächlich war, wie so häufig in der Notfallambulanz, in der sich Phasen hektischer Aktivität und totalen Friedens manchmal im Minutentakt abwechseln, wieder Ruhe eingekehrt. George grinste Hattie an und nickte.

»Mittagessen ist eine gute Idee. Und etwas Klatsch und Tratsch auch«, fügte sie hinzu. »Dann mal los.« Die nächste Stunde saßen die beiden in der Kantine, unterhielten sich über alle möglichen Leute und tauschten die neuesten Gerüchte aus, die im Old East kursierten. George empfand es als erfrischende Pause und entspannte sich ein wenig. Dennoch vermied sie es, über Gus und darüber zu reden, wie sehr sie seine Nähe im Augenblick vermißte, denn tief in ihrem Inneren war sie äußerst besorgt. Die Erinnerung an die schreckliche, in eindeutiger Todesabsicht zugefügte Stichwunde, die sie soeben versorgt hatte, jagte ihr jetzt noch einen kalten Schauer über den Rücken. Zudem hatte sie Hatties Bestätigung, daß das Opfer tatsächlich in eine Schutzgelderpressung großen Stils verwickelt war, auf den Gedanken gebracht, diese könnte mit dem Fall zusammenhängen, in dem Gus gerade ermittelte, ihre Angst um ihn nur noch verstärkt. Würden diese Leute Gus auf die gleiche Art und Weise angreifen? Sie verspürte Übelkeit, als sie diese Möglichkeit in Erwägung zog.

Aber dann ärgerte sie sich über sich selbst. Gus war schon lange genug Polizist, um auf sich selbst aufpassen zu können. Gegen wie viele gewalttätige Kriminelle hatte er sich schon erfolgreich zur Wehr gesetzt! Es würde ihm auch diesmal gelingen. Oder nicht?

Als sie kurz vor zwei in ihre Abteilung zurückkehrte, hatte sie jegliche Zweifel ausgeräumt. Sie war erleichtert und brannte darauf, einige ihrer eigenen Pläne zu verwirklichen. Sie würde Gus aufspüren! Hatte sie ihm erst einmal von ihrem neuen Fall erzählt, würde er diesen übernehmen und sich nicht mehr so großen Gefahren aussetzen müssen – was ihre Ängste erheblich mindern dürfte. Sheila erwartete sie bereits ungeduldig.

»Dr. B., erinnern Sie sich noch an den Unterschenkel? Nun, Sergeant Slavin von der Wasserschutzpolizei hat sich gemeldet. Er sagte, er hätte ein weiteres Leichenteil gefunden. Er ist unterwegs hierher. Was halten Sie davon?«

»Eine ganze Menge!« George ließ sich von Sheilas Begeisterung anstecken. »Wann wollte er hier sein?«

»Er meinte in zehn Minuten – und das war vor einer Viertelstunde«, antwortete Sheila und blickte auf die Uhr. »Ich will mal nachschauen. Vielleicht ist er sofort in die Leichenhalle marschiert.«

»Nicht nötig«, sagte George. »Ich muß gleich nach unten.« Sie eilte an ihren Schreibtisch, um nach weiteren Nachrichten zu sehen. Wheeler hatte um einen Termin für den Zahnarzt der Polizei gebeten, damit dieser Gebißabdrücke von der verbrannten Frau nehmen konnte. George betrachtete die Notiz, überlegte kurz und griff dann zum Hörer.

»Inspector Dudley?« fragte sie, sobald sie mit ihm verbunden war. Es hatte sie einige Mühe gekostet, da die Leute in der Telefonzentrale normalerweise nur auswärtige Anrufer zu ihm durchstellten, die sie kannten. »Na endlich. Ich glaube, wir haben einen weiteren Fall für Sie.«

»Noch einen?« Er klang total gelangweilt. »Ist das denn die Möglichkeit? Worum geht es denn diesmal?«

»Das Bein, Sie erinnern sich bestimmt. Sergeant Slavin ist auf dem Weg ins Old East. Er hat ein weiteres Leichenteil gefunden. Ich weiß weder, wo, noch worum es sich handelt, aber es könnte uns entscheidende Hinweise liefern, und das würde bedeuten, daß Sie ...«

»Daß ich genau das gleiche habe wie vorher. Einen schwierigen Fall mit einer unbekannten Leiche.«

Sie spürte, wie sie bei dem leicht spöttischen Unterton in seiner Stimme rot wurde. »Ich wollte nur andeuten, daß sich damit unter Umständen ihre Identität feststellen läßt, was zur Folge hätte, daß Sie zwei Fälle lösen müssen. Den der verbrannten Frau und den dieser Leiche. Ist das nicht ein bißchen viel für Sie alleine?«

»Wollen Sie mir vielleicht erklären, wie ich meine Arbeit zu erledigen habe, Doktor?« Er hörte sich so ruhig an, daß sie gar nicht bemerkte, wie aufgebracht er war, und weiterplapperte.

»Nein, natürlich nicht, Roop. Ich dachte nur, daß Sie möglicherweise Gus brauchen, um ...«

»Dr. Barnabas«, unterbrach er sie, und nun bebte seine Stimme beinahe vor Wut. »Ich wäre Ihnen sehr verbunden, wenn Sie mich mit meinem Dienstgrad sowie meinem vollen Namen ansprechen würden. Und noch etwas: Machen Sie Ihren Job, und lassen Sie mich meinen machen, okay? Ich werde zusammen mit meinem leitenden Beamten überlegen, ob ich für diesen Fall Unterstützung benötige. Ansonsten wäre es mir sehr lieb, wenn Sie sich um Ihre eigenen Angelegenheiten kümmern könnten!«

»Oh, Mist!« entfuhr es George. »Jetzt bin ich wohl richtig ins Fettnäpfchen getappt, nicht wahr? Zum Teufel, Roo – Inspector Dudley, regen Sie sich doch nicht dermaßen auf. Ich wollte Ihnen wirklich nicht zu nahe treten. Ich war nur etwas voreilig, weil ... Na ja, ich dachte, mit einem festen Anhaltspunkt für eine Identifizierung des Beines könnte ...«

»Ich weiß, was Sie gedacht haben«, fiel er ihr scharf ins Wort. »Sie dachten, ich käme nicht alleine zurecht. Nun, Doktor, das hat Sie absolut nicht zu interessieren. Alles, was ich von Ihnen erwarte, sind Ihre Berichte. Guten Tag.« Es klickte in der Leitung, noch während sie verzweifelt rief: »Das war doch nicht gegen Sie gerichtet, ich meinte nur, daß Gus vielleicht ...« Aber sie verstummte, als das Summen in ihrem Ohr zu laut wurde, um es zu ignorieren, und hängte langsam ein.

Du Närrin, schalt sie sich selbst. Du dämliche gottverdammte Närrin! Warum legst du dich ständig mit ihm an? Natürlich ist er entsetzlich. Natürlich geht er einem furchtbar auf die Nerven, aber du mußt diesen Kerl doch nicht ständig reizen.

Aber sie hatte es sich wieder einmal nicht verkneifen können, und das einzige, was ihr jetzt zu tun blieb, war, das Beste aus dieser Situation zu machen. Unter Umständen, sagte sie sich auf dem Weg in den Autopsiesaal, komme ich mit diesem neuen Leichenteil ein Stück weiter. Das sollte ihn doch beruhigen – und ihm beweisen, daß ich ihm nichts Böses will. Zumindest glaube ich, daß ich ihm nichts Böses will. Ich möchte doch nur, daß Gus diesen Fall übernimmt, und ...

Sergeant Slavin saß steif auf einem Hocker, als sie den Autopsiesaal betrat.

»Bitte sagen Sie mir, daß Sie den Kopf des Burschen gefunden haben«, bettelte sie. »Damit wird es erheblich einfacher sein, den armen Teufel zu identifizieren«, fügte sie hinzu, als sie in ihren schweren Stiefeln auf den Tisch zustapfte, auf den er den Fund gelegt hatte.

Er verzog bedauernd das Gesicht. »Tut mir leid, Doc. Daß es nur ein großes Stück Fleisch und wahrscheinlich ohne jeglichen Nutzen ist, habe ich allerdings schon der Frau am Telefon gesagt.«

Georges Miene verfinsterte sich.

»Das waren Ihre Worte?« hakte George nach und starrte auf den Tisch, während Sheilas vor Erregung zitternde Stimme in ihren Ohren hallte: *»Dr. B., erinnern Sie sich noch an den Unterschenkel? Sergeant Slavin von der Wasserschutzpolizei hat sich gemeldet. Er sagte, er hätte ein weiteres Leichenteil gefunden.«* George biß sich auf die Unterlippe. »Sind Sie sicher, daß das alles war, was Sie gesagt haben?«

Er schaute sie verwirrt an. »Hmm, ja. Ich kann Ihnen nicht folgen.«

»Nun, Sie hätten ihr auch erklären können, es handele sich eindeutig um ein Teil derselben Leiche wie das Bein.«

Er runzelte die Stirn. »Wie hätte ich auf diese Idee kommen sollen? Sehen Sie sich den Fund doch mal an!«

George seufzte. »Ich fürchte, meine Assistentin war etwas zu optimistisch, Sergeant«, gestand sie. »Sie hatte den Eindruck, Sie gingen von einer klaren Verbindung aus.«

»Hm? Ach so!« Seine Züge glätteten sich. »Jetzt verstehe ich. Da sie meine Frage, ob sie über den angetriebenen Unterschenkel Bescheid wisse, bejahte, teilte ich ihr mit, daß ich Sie in dieser Angelegenheit in der Pathologie aufsuchen wollte. Sie meinte prima, fahren Sie gleich los, und ich ...«

»Es ist schon gut«, unterbrach George ihn lustlos, wobei sie sich mit Schrecken an ihr Telefonat mit Rupert Dudley erinnerte. Warum hatte sie noch nicht einmal darüber nachgedacht, bevor sie ans Telefon geeilt war. Einzig und allein Gus wegen hatte sie sich zu dieser Übereifrigkeit hinreißen lassen. Ihr Wunsch, daß er aus diesem großen Fall ausstieg, war so groß, daß sie alles versucht hätte. Das war die Wahrheit, und dieser mußte sie sich stellen. Sie wollte nicht, daß er sich derart in seine Arbeit vergrub, daß er keine Zeit mehr für andere Menschen hatte. Sie wollte nicht, daß er riskierte, niedergestochen zu werden wie der Mann, den man in die Notambulanz eingeliefert hatte. Und sie wollte ihn dort haben, wo sie ihn sehen konnte. Verdammt noch mal, allmählich verwandelte sie sich in jenen Typ Frau, den sie am meisten haßte. Besitzergreifend und ...

»Eigentlich hielt ich es für meine Pflicht.« Sergeant Slavin holte sie in die Realität zurück. »Ich schaute mir das Ding an, nachdem wir es aus dem Wasser gefischt hatten – es hing an einer Ankerkette unten bei Limehouse Reach – und entschied, es könnte etwas sein, wofür sich Doktor Barnabas interessiert. Mir fiel Ihre Äußerung über das Bein ein, wissen Sie, und ich meinte gewisse Ähnlichkeiten zu entdecken. Derart glatte Schnitte durch Knochen bekommt man nicht allzu häufig zu Gesicht, oder?«

»Ja«, pflichtete sie ihm bei. Sie war zwar hellhörig geworden, machte jedoch keinerlei Anstalten, das Fleisch zu untersuchen. Es war ein ziemlich großes Stück aus der Hüfte und tatsächlich ebenso sauber vom Körper abgetrennt worden wie besagter Unterschenkel, der in einem Schuh von Harrods gesteckt hatte.

»Trotzdem«, begann sie, »vielen Dank, daß Sie es mir gezeigt haben. Mir ist nicht klar, was es beweisen soll, aber ...«

»Daß, wer auch immer das Bein abgetrennt hat, auch hier am Werke war«, sagte Sergeant Slavin geduldig. »Wer zum Teufel macht so etwas mit lebendigen Wesen?«

Sie zuckte die Achseln. »Na ja, ich gebe zu, daß es seltsam ist. Aber ich bin Pathologin und beschäftige mich mit menschlichen Überresten, Sergeant Slavin. Und dies hier stammt von einem Hund. Oder vielleicht auch von irgendeinem exotischen Tier, das aus einem Zoo ausgebrochen ist.«

»Meinen Sie, ich wüßte das nicht?« empörte sich Sergeant Slavin. »Sie wollen mir doch nicht unterstellen, ich hätte diese Schweinerei angeschleppt, weil ich Sie für *menschliche* Überreste hielt? Wie gesagt, es war die gleiche Schnittechnik, die mich dazu veranlaßt hat.«

Für einen Moment schwiegen beide, dann meinte sie: »Sie haben natürlich recht. Und es tut mir leid, Sergeant. Bedauerlicherweise habe ich sofort nach Erhalt Ihrer Nachricht Himmel und Hölle in Bewegung gesetzt und ...«

Er musterte sie prüfend von der Seite. »Ihre Assistentin hat – es handelt sich um ein Mißverständnis, nicht wahr?«

»Das kann man wohl sagen«, bestätigte George mit Nachdruck. »Ich muß mich bei Ihnen entschuldigen.«

»Es ist nicht Ihre Schuld.«

»Das mag sein, trotzdem ... Nun, ich nehme es wieder mit. Außer, Sie haben eine Möglichkeit, es zu entsorgen. Gibt es hier einen Verbrennungsofen?«

»Selbstverständlich. Wir erledigen das schon. Ihre Einschätzung war richtig, Sergeant. Ich möchte mir alle weiteren Stücke, die Sie finden, anschauen. Sie könnten uns Hinweise darauf liefern, wie dieses Bein abgetrennt wurde, was uns wiederum zu dessen Eigentümer führen könnte. Daher werde ich einige Fotos schießen. Tut mir leid, weil ich so ...«

»Das ist schon in Ordnung«, sagte er freundlich, während er zur Tür ging. »Vielen Dank, Dr. Barnabas. Wir halten weiterhin die Augen offen. Ich hoffe, wir sehen uns bald wieder. Und dann bringe ich Ihnen vielleicht den Kopf, der zu dem Bein gehört, was meinen Sie?«

»Einen größeren Gefallen könnten Sie mir nicht erweisen«, rief George ihm nach, bevor sie sich auf die Suche nach Danny machte. Dieser nicht besonders appetitliche Überrest Hundefleisch mußte schnellstens weggeschafft werden, und ihr blieb, verdammt noch mal, nichts anderes übrig, als Dudley alles zu erklären und sich bei ihm zu entschuldigen. Manchmal konnte das Leben echt beschissen sein.

9

Es wurde eine der unangenehmsten Unterhaltungen, die sie je geführt hatte. Dudley brauchte einige Sekunden, um ihren Worten zu folgen und brach anschließend, was er so gut wie nie tat, in schallendes Gelächter aus. Normalerweise hätte sie sofort eingehängt. Da sie jedoch, was sie sehr wohl wußte, völlig im Unrecht war, mußte sie ertragen, wie er die Situation auskostete.

Die Nachsicht und die Freundlichkeit, die er an den Tag legte, nachdem er sich beruhigt hatte, empfand sie allerdings noch schlimmer. Sie biß die Zähne zusammen, während er pausenlos redete. Als er Luft holen mußte, nutzte sie ihre Chance.

»Trotzdem ist der Fund durchaus interessant«, begann sie. »Seine Untersuchung dürfte sich lohnen, denn er wurde auf die gleiche Art und Weise abgeschnitten wie das Bein. Ich habe Photos von beiden gemacht und werde sie miteinander vergleichen. Sie könnten uns Hinweise darauf liefern, wie der Mann zu Tode gekommen ist, und seine Identifizierung erleichtern.«

Nun wurde Dudley ungehalten. »Von *wir* und *uns* kann keine Rede sein, Doktor«, herrschte er George an. »Sie haben die Autopsie des Unterschenkels durchgeführt, und ich freue mich schon auf Ihre Berichte. Ihre Anmerkungen werden selbstverständlich zur Kenntnis genommen. Aber die Ermittlungen in diesem wie auch im Fall der verbrannten Frau sind einzig und allein meine Angelegenheit, nicht Ihre. Haben Sie mich verstanden? *Nicht Ihre.*«

»Klar, natürlich«, stotterte sie und versuchte es mit Diplomatie. »Aber bei derart schwierigen Fällen ermuntert Gus mich immer ...«

»Das ist mein Fall.« Dudleys Stimme war erneut leise und granithart geworden. »Nicht der des Chief Inspectors.«

»Sicher«, pflichtete sie ihm geradezu verzweifelt bei. »Aber er wird ihn bestimmt interessieren. Er ist schwierig, sehr schwierig sogar. Beide Fälle sind es. Sie müssen sich doch wünschen, daß er ...«

»Alles, was ich mir wünsche, Doktor, ist, den Job machen zu können, für den ich bezahlt werde, und sicherzustellen, daß auch meine Mitarbeiter dies tun. Nicht weniger und ganz gewiß nicht mehr. Daher vielen Dank für Ihren Anruf, Doktor. Ich habe noch jede Menge zu erledigen.« Das folgende Summen bot ihr Gelegenheit, sich neue Flüche und Beschimpfungen auszudenken.

Sie durfte Dudleys Entscheidung unter keinen Umständen akzeptieren, nahm sich George vor, nachdem ihre Wut etwas verraucht war. In Fällen wie diesem hatte sie mit Gus immer eng zusammengearbeitet, und selbst in weniger bedeutenden war er für ihre Anregungen stets dankbar gewesen. Wofür hielt sich diese Witzfigur von Inspector eigentlich? Mit welcher Berechtigung wollte er derart erfolgreiche Praktiken ändern? Sie mußte umgehend mit Gus darüber reden. Sobald er Bescheid wußte, was hier im Gange war – sie vermutete, daß er nicht die geringste Ahnung hatte –, würde er sich vielleicht über Dudley hinwegsetzen und diese beiden Fälle an sich ziehen ...

Ihre Laune besserte sich schlagartig. Noch heute abend würde sie ihn in seiner Wohnung erwarten und für Klarheit sorgen. Sie überlegte, was sie ihm, notfalls auch noch spät abends, kochen sollte und wann sie die dafür nötigen Zutaten bei Bloom's in Aldgate besorgen könnte. Dieser Feinkostladen hatte glücklicherweise lange geöffnet, und Gus liebte Delikatessen, vor allem wenn er zu müde war, um auszugehen oder sich selbst etwas zuzubereiten. Bloom's war zweifellos eine gute Idee. Hatte er sich erst einmal gestärkt, würde er sich nur zu gerne auf Rupert Dudley stürzen und ihn in den Boden stampfen. Dieses kleine Würstchen, dachte sie und grinste zufrieden.

Sheila gegenüber deutete sie nur an, daß sie Sergeant Slavins Nachricht nicht ganz wahrheitsgetreu wiedergegeben habe. Diese verzog daraufhin beleidigt das Gesicht und zuckte die Achseln. »Na schön«, sagte sie. »Wenn irgend etwas daran nicht gestimmt hat, müssen Sie sich bei ihm beschweren.« George ersparte sich die Mühe, ihrer leitenden Technikerin zu widersprechen. Die Sache war es einfach nicht wert.

Als sie das Labor betrat, wurde ein Grund für deren Schmollen offenbar. Alan Short saß neben Jane Rose, und obgleich sich beide auf die Proben konzentrierten, die Jane gerade untersuchte, konnte auch dem ahnungslosesten Betrachter nicht verborgen bleiben, wie sehr sie die Nähe des anderen genossen. George bemerkte den mißbilligenden Zug um Sheilas Mund und bat Alan, nicht ohne scharfen Unterton, sie zu einer kurzen Besprechung in ihr Büro zu begleiten.

Er folgte ihr bereitwillig. »Was Sie die letzten Tage auf den Tisch bekamen, war nicht besonders appetitlich, nicht wahr?« sagte er mitfühlend, nachdem George die Tür hinter sich geschlossen hatte. Sein blondes Haar fiel ihm lausbubenhaft in die Stirn, und sein Lächeln schien den ganzen Raum zu erfüllen. »Ich hätte gerne einen Blick darauf geworfen, aber ich steckte bis zum Hals in Routinearbeiten.«

»Wenn das mal alles war«, erwiderte George ein wenig schärfer. »Für meinen Geschmack treiben Sie sich etwas zu häufig um Jane Rose herum. Ich habe die Dienstpläne geändert, damit es weniger – sagen wir mal – Überschneidungen der verschiedenen Aktivitäten gibt. Mir ist daran gelegen, daß die Anforderungen zügig erledigt werden, Alan, und das ist nicht gewährleistet, wenn Sie zuviel Zeit mit einer meiner Mitarbeiterinnen verbringen und alle anderen dadurch verärgern.«

Er errötete so schnell und heftig, daß sie erschrak und sich sofort schämte. Es war nicht ihre Absicht gewesen, den Mann in Verlegenheit zu bringen, nur weil sie von Dudley einiges hatte einstecken müssen.

»Verdammt noch mal«, sagte sie. »Jetzt sind Sie gekränkt. Hören Sie, das wollte ich nicht, aber Sheila Keen sitzt mir im Nacken. Sie behauptet, Sie würden Jane von der Arbeit abhalten, und ich selbst, nun ja, ich habe Schwierigkeiten mit dem Inspector, auf dessen Tisch die Fälle gelandet sind, mit denen ich mich bisher befaßt hatte. Deshalb war meine Reaktion ein bißchen heftig. Entschuldigen Sie!«

Allmählich nahm Alans Gesicht wieder seine normale Farbe an. »Schon gut«, murmelte er. »Halb so wild!«

»Ist es doch!« Ich finde es unverzeihlich, daß ich Sie unnötigerweise derart angefahren habe.« Sie schnitt eine Grimasse, in der Hoffnung, ihn zu einem Lächeln zu animieren, aber er blieb ernst.

»Eigentlich«, begann er nach einer Weile, »habe ich nichts anderes gemacht, als Jerrys Hilfsdienst zu übernehmen. Er ist mit den gerichtsmedizinischen Untersuchungen so überlastet, daß er, was er gewöhnlich tut, Jane nicht unter die Arme greifen konnte. Es wäre nicht so schlimm – ich meine Jerrys Arbeitspensum –, wenn Sie nicht ihn, sondern mich gebeten hätten, Ihnen bei der Obduktion des abgetrennten Unterschenkels zu assistieren. Schließlich bin ich der Arzt in Ihrer Abteilung ...«

Er ließ die Feststellung im Raum stehen. George biß sich verlegen auf die Unterlippe, denn sie mußte ihm zustimmen. Als zweiter Arzt im Labor hatte er das Recht, bei interessanten Fällen hinzugezogen zu werden, falls sie Unterstützung brauchte. Jerry an seiner Stelle darum gebeten zu haben, kam einer Beleidigung gleich, die sie keineswegs beabsichtigt hatte. Sie war einfach noch nicht daran gewöhnt, daß ihr ein Arzt zur Seite stand, dessen Privilegien und Gefühle sie zu berücksichtigen hatte.

Sie erklärte es ihm, worauf er, ein meist gutgelaunter Mensch, lächelte: »Das ist schon in Ordnung, Dr. B., ich weiß, wie es ist, und ich kann nicht bestreiten – ich arbeite wirklich gerne mit Jane zusamen.« Die Röte, die seine Wangen erneut überzog, ließ seine Sommersprossen etwas verblassen. »Ich werde in Zukunft ein bißchen vorsichtiger sein. Es ist nicht leicht, wenn man – wenn man jemanden mag, nicht wahr? Man denkt pausenlos an ihn, sucht ständig nach einer Möglichkeit, ihm nahe zu sein.«

Sie dachte an sich selbst und Gus und verspürte eine tiefe Sympathie für ihren jungen Kollegen. »Ja«, bestätigte sie. »Es ist schwierig. Und vielen Dank, ich weiß Ihr Verständnis zu schätzen. Aber ...« Sie mußte schnell das Thema wechseln. »Wie sieht es denn sonst bei Ihnen aus? Kommen Sie mit Ihrem Job hier gut zurecht?«

Sie unterhielten sich über das Arbeitsaufkommen im Labor und die verschiedenen Tätigkeiten, die er ihr hatte abnehmen können. Bislang war sie hauptsächlich mit Aufgaben beschäftigt gewesen, die nicht unbedingt von einem Abteilungsleiter erledigt werden mußten. George versicherte ihm, welch große Erleichterung es sei, diese einem jungen Arzt übertragen zu können.

Zehn Minuten später verabschiedete er sich zufrieden und glücklich. George selbst war nicht nur erleichtert, sondern auch entschlossen, künftig zu verhindern, daß die Sorge um Gus ihre Konzentration derart nachhaltig beeinflußte. Die Erfüllung ihrer beruflichen Pflichten hatte darunter gelitten, und das durfte nicht wieder passieren.

Dennoch würde sie Gus an diesem Abend aufsuchen –

allerdings nur, weil sie Roop für absolut unfähig hielt, die beiden Fälle zu lösen. Je öfter sie über die mögliche Todesursache des Brandopfers nachdachte, desto überzeugter wurde sie, daß es Gus' überlegener Fähigkeiten bedurfte, um diese zu klären. Mochte Dudley noch so gut sein, Gus konnte er nicht das Wasser reichen, sagte sie sich voller Stolz. Gegen halb sechs, sie hatte gerade die letzten Diktate erledigt, klopfte Jerry an ihr Büro.

»Dr. B., ich hab' diese Fasern untersucht«, berichtete er. »Es sind nicht viele, aber sie reichen aus, um festzustellen, daß alles sehr seltsam ist.«

»Seltsam?« Sie hob ruckartig den Kopf. Es gab nichts, das sie lieber mochte als unvorhergesehene Entdeckungen. Sie konnten die entscheidenden Hinweise liefern. »Wie seltsam?«

Er schloß die Tür und setzte sich auf die Schreibtischkante. Während er erzählte, legte sie die beantworteten Briefe auf einen Stapel und nahm die Tonbandkassette aus dem kleinen Handgerät, um sie später in den Schreibsaal bringen zu lassen.

»Es ist die Vielfalt, die mich stutzig gemacht hat«, sagte er. »Mal schauen, was es alles war ...« Er zog einen Zettel aus seiner Hosentasche. »Ich habe mir ein paar Notizen gemacht. Den Rest diktiere ich morgen, damit der Bericht sofort abgetippt werden kann. Bisher habe ich folgendes gefunden ... hm, Wolle. Nun, das ist eigentlich völlig normal. Wer sich solche Schuhe und solche Socken leisten kann, gibt sich bei Anzügen nicht unter hundertprozentiger Schurwolle zufrieden. Da es sehr leichte Fasern sind, dürften sie von der Hose stammen. Sie könnten braun gewesen sein. Das ist allerdings nur eine Vermutung, denn sie sind voller Blut. Polyester und Baumwolle sind ebenfalls darunter. Dann etwas, das billiger Filz zu sein scheint. Und Rayon. Als hätte er zwei lange Unterhosen getragen, und zwar aus unterschiedlichem Stoff, wovon einer sehr billig und rauh gewesen sein dürfte. Verrückt, nicht wahr?«

Sie schob die Briefe beiseite, faltete die Hände und überlegte. »Nun, das wäre tatsächlich erstaunlich«, sinnierte sie. »Was meinten Sie? Wolle, Polyester ...«

»Baumwolle, Filz und Rayon«, zählte Jerry weiter auf. »Beim Filz bin ich mir nicht ganz sicher. Es könnte sich genausogut um zusammengepreßte Wolle handeln, doch Seilmaterial war definitiv dabei – rauhe Hanffasern.«

»Könnten diese von einem Strick stammen?«

»Das habe ich mich auch schon gefragt, aber die Fasern sind so kurz, daß es ein ziemlich zerschlissener Strick gewesen sein muß.« Er zuckte die Achseln.

»Man könnte ihn gefesselt haben, so daß der Schnitt den Strick glatt durchtrennte und kurze Fasern ins Fleisch gedrückt wurden ...« Sie sprach ihre Gedanken aus. »Oder das Bein ist erst später mit ihnen in Berührung gekommen, weil man es anschließend irgendwo festgebunden hat.« Nach einigen Sekunden nickte sie. »Im Wasser. Es ist gegen Boote gestoßen, aus denen Seile hingen. Das dürfte die Lösung sein.«

»Das erklärt die anderen Fasern aber immer noch nicht«, wandte Jerry ein. »Zumal ich noch weitere entdecken konnte. Die Wolle ist klar. Ebenso die Baumwolle, aus der wahrscheinlich die Unterwäsche bestand, obgleich ich mir nicht vorstellen kann, wer im Sommer lange Unterhosen tragen sollte. Aber aus den Rayon- und den Polyesterfasern werde ich absolut nicht schlau.«

»Hmm«, machte sie abwesend. Jerry sah sie erwartungsvoll an. Nach gut einer Minute erhob er sich von der Schreibtischkante und ging zur Tür.

»Nun, das wär's dann. Meinen vollständigen Bericht erhalten Sie, sobald eine Schreibkraft für mich Zeit hat. Aber ich würde wer weiß was darum geben, andere Dinge zu untersuchen, die man aus dem Wasser gefischt hat. Es wäre bedeutend einfacher, wenn ich Vergleiche anstellen könnte.«

»Was?« fragte sie, hob den Kopf und fixierte ihn. »Was haben Sie gesagt?«

»Ich sagte«, wiederholte er geduldig, »meinen Bericht ...«

»Nein. Danach«, unterbrach sie ihn aufgeregt.

»Wie bitte?« Er starrte sie verblüfft an.

»Alles okay«, beruhigte sie ihn und sprang auf. »Sie würden gerne Fasern von anderen Teilen untersuchen – o mein Gott!« Ihre Miene spiegelte Entsetzen wider. »Ich habe Danny angewiesen, es zu beseitigen!«

»Was beseitigen?« rief er ihr beinahe verzweifelt hinterher, denn sie rannte bereits Richtung Treppe, die zur Leichenhalle und zum Autopsiesaal hinunterführte. Er folgte ihr.

»Danny!« brüllte sie, als sie den Keller erreichte. »Wo stecken Sie? Verdammt noch mal! Sie dürfen noch nicht weg sein. Ich brauche Sie, Danny! Danny?«

Absolute Stille. Dann öffnete sich langsam die Tür der Herrentoilette am Ende des Flurs, und Danny kam heraus, damit beschäftigt, den Reißverschluß seiner Hose hochzuziehen. »Zum Teufel, Dr. B., vor Ihnen ist man aber nirgendwo sicher«, beschwerte er sich und musterte sie ungehalten. »Man kann noch nicht mal in Ruhe ...«

»Danny! Dieses Stück von dem Tier, das Sergeant Slavin angebracht hat. Was ist damit geschehen?«

»Ich sollte es doch vernichten«, antwortete Danny. »Es zu verbrennen erschien mir am sinnvollsten. Das spart mir eine Menge Ärger.« Er hatte sich den halben Tag mit Mitarbeitern von diversen Beerdigungsinstituten auseinandergesetzt, die seinen lässigen Umgang mit Leichen ebenso ablehnten, wie er das, was er als bigottes Geschwätz bezeichnete.

»Oh, Scheiße!« George schlug die Hände über dem Kopf zusammen. »O verdammte Scheiße und ...«

»Das haben Sie mir aber aufgetragen«, beharrte Danny. »Ich kümmere mich gleich morgen früh darum. Vorbereitet habe ich schon alles.«

Georges Augen strahlten plötzlich. »Sie – es ist noch nicht verbrannt?«

»Ich war zu beschäftigt!« verteidigte sich Danny zutiefst gekränkt. »Schließlich habe ich auch nur zwei Hände, oder? Erst sollte ich diese Fotos machen, und dann gab es Wichtigeres zu erledigen.« Er verzog verächtlich das Gesicht. »Beispielsweise mich mit diesen verfluchten Totengräbern herumzustreiten!«

»Sie sind ein Goldstück, Danny!« rief George dankbar aus. »Los, Jerry, wir suchen das Teil. Wo genau ist es, Danny?«

Danny blickte ihr nach, als sie durch den langen Korridor zur Kühlkammer eilte. »Nummer siebzehn!« rief er. »Ganz am Ende. Können Sie sich nicht eher überlegen, was Sie wollen?« fügte er so leise hinzu, daß sie es unmöglich hören konnte, denn er wußte ganz genau, wie weit er gehen konnte, ohne sich Nachteile einzuhandeln.

George hatte die betreffende Schublade gefunden und betrachtete erleichtert das in Plastikfolie eingewickelte Paket.

»Dem Himmel sei Dank für Polyäthylen«, sagte sie. »Dadurch dürften keine frischen Fasern hinzugekommen sein.«

»Würden Sie sich etwas präziser ausdrücken?« Jerry klang ein wenig vorwurfsvoll. »Wenn es von der gleichen Leiche wie das Bein stammt, haben Sie das verdammt geheimhalten können.«

»Nein«, erwiderte sie zerstreut. »Wahrscheinlich stammt es von einem Hund – oder aber von einem Wolf, der einem Zoo entlaufen ist. Das würde ich ohne Haut oder Fell allerdings nicht beschwören.«

Jerry starrte sie an. »Ich habe verstanden«, begann er matt, »jetzt ist mir die Sache völlig klar.«

George lachte. Während sie ihm alles erklärte, hellte sich seine Miene zusehends auf.

»Die Schnittfläche soll also auf Fasern untersucht werden«, rekapitulierte er.

»Sie haben es erfaßt.« George überschlug sich beinahe vor Eifer. »Wir bestimmen die Fasern und können einen Vergleich anstellen.«

»Dann nichts wie an die Arbeit«, meinte Jerry. »Ich ziehe mich eben um.« Er wandte sich zum Gehen.

»Jetzt?« Sie sah ihn zweifelnd an.

Er zögerte kurz, ehe er in reserviertem Tonfall antwortete. »Ich nehme an, Sie haben noch einen Termin.«

»Nicht vor Mitternacht«, sagte sie. »Und selbst das ist noch fraglich. Sie haben recht. Wir erledigen es sofort. Danny? Können Sie noch eine Stunde bleiben? Eine Überstunde, Danny! Was halten Sie davon?«

*

Sie traf gegen halb zwölf in Gus' Wohnung ein. Der Tüte mit dem Rindfleisch, den sauren Gurken und dem Vollkornbrot entströmte ein köstlicher Duft. Ähnlich zufrieden mit sich selbst war George seit Monaten nicht mehr gewesen, denn für einen so guten Zweck hatte sie noch nie länger gearbeitet. Sie bedankte sich im stillen bei Jerry, als sie die Stufen in den dritten Stock hinaufeilte. Hätte er nicht darauf bestanden, die Untersuchung sofort durchzuführen, wäre ihr gewiß nichts Besseres eingefallen, als sich den ganzen Abend über Dudleys Unverschämtheit zu ärgern und über Möglichkeiten nachzudenken, wie sie Gus erreichen konnte. Statt dessen hatte sie auf dem Stück Hundekadaver genug Fasern gefunden, um Jerrys Augen zum Glänzen zu bringen. »Damit werde ich noch einige Tage beschäftigt sein«, hatte er gemeint. »Aber passen Sie auf! Ich löse den Fall sicherlich in einem Viertel der Zeit, die jemand anderer dafür brauchen würde!«

Sie hatte lachen müssen. Autopsien mit ihm waren ein Vergnügen, entschied sie. Sie mußte sich zwar abermals mit Alan Short auseinandersetzen, da sie erneut zugunsten des Technikers auf seine Mitarbeit verzichtet hatte, aber das würde sie schon schaffen. Entscheidende Fortschritte im vorliegenden Fall waren es allemal wert, ihm ein wenig Honig ums Maul zu schmieren. Sie pfiff leise vor sich hin, während sie die Wohnungstür aufschloß. Gus würde sofort erkennen, daß dessen Aufklärung erheblich mehr ermittlerische Fähigkeiten erforderte, als Rupert Dudley zu bieten hatte.

Sie verspürte eine tiefe innere Genugtuung, während sie ein wenig aufräumte und das Abendessen so weit vorbereitete, daß sie es nur noch aufwärmen müßte, sobald Gus zur Tür hereinkäme. Dem Himmel sei Dank für die Erfindung des Mikrowellenherdes, dachte sie. Sie summte eine Melodie und schaute auf die Uhr. Er würde gewiß kurz nach Mitternacht eintrudeln. Wunderbar!

10

Er kam weder um Mitternacht noch vor zwei – Gus kam überhaupt nicht. Sie erwachte steif, vollständig bekleidet und zutiefst besorgt auf seinem Sofa und blinzelte auf die Uhr. Halb neun Uhr morgens. Im Licht der Morgensonne wirkte die Wohnung müde und staubig, genauso ungepflegt und unerwünscht, wie George sich selbst fühlte. Sie schleppte sich ins Bad. Ihr Versuch, durch eine ausgedehnte Dusche ihr Wohlbefinden wenigstens andeutungsweise wiederherzustellen, hatte nur mäßigen Erfolg.

Sie ärgerte sich über Gus, obgleich ihr durchaus klar war, daß sie nicht voraussetzen konnte, daß er jeden Abend seine Wohnung aufsuchte. Gerade bei schwierigen Fällen war es überhaupt nicht ungewöhnlich, daß er die ganze Nacht im Revier blieb. Für gelegentliche Nickerchen konnte er das Sofa in seinem Büro nutzen. Vielleicht stand auch eines im zentralen Einsatzzimmer im obersten Stockwerk, auf dem er die vergangene Nacht geschlafen hatte! Warum auch nicht? War es nicht trotz allem sein gutes Recht?

Eigentlich hätte er gestern die Wache abschließen müssen, dachte sie mürrisch, während sie sich trocken frottierte, um danach in die zerknitterten Kleider vom Vortag zu schlüpfen. Sehnsüchtig, mit Tränen in den Augen, erinnerte sie sich an das letzte, lange zurückliegende Wochenende, an dem sie für zwei wundervolle Tage nach Brighton gefahren waren und sich die Zeit mit Einkaufen, Schlafen, Schwimmen und Lieben vertrieben hatten.

Am Vormittag säuberte sie gründlich seine Wohnung und versorgte seine bemitleidenswerten Grünpflanzen, indem sie sie in der Badewanne unter Wasser setzte, was sie zu ihrer Überraschung sichtlich aufleben ließ. Anschließend kehrte sie in ihre Wohnung zurück, um den Nachmittag mit genau den gleichen Aktivitäten auszufüllen. Gegen neun Uhr duschte sie, todmüde, ehe sie nach einem der langweiligsten Samstage ihres Lebens zu Bett ging. Die Gewißheit, daß alles um sie herum blitzsauber war, tröstete sie zwar, erinnerte sie jedoch an Vannys Behauptung, die Tätigkeit einer Hausfrau könne Befriedigung vermitteln, was ihr wiederum ein schlechtes Gewissen verursachte. Sollte sie nicht bei ihrer Mutter in Buffalo sein? Aber würde ihre Anwesenheit etwas ändern? Bridget hatte sich ziemlich klar ausgedrückt. Absolut nichts!

Zu ihrer eigenen Überraschung schlief sie einigermaßen gut. Weitere Bemühungen, Gus zu erreichen, beschloß sie zu unterlassen. Nach seiner Heimkehr müßte er wissen, wer seine Wohnung aufgeräumt hatte, und sie eigentlich sofort anrufen. Deshalb machte sie sich auf den Weg in die Schwimmhalle in der Grange Road, drehte dort einige zügige Runden und aß in einem freundlichen afro-karibischen Restaurant, das sie in der Jamaica Road entdeckte, zu Mittag. Dann ging sie wieder nach Hause, um sich in Channel Four einen alten Schwarzweißfilm anzusehen. Das Telefon klingelte immer noch nicht, und irgendwie schaffte sie es, seine Nummer nicht zu wählen.

Gegen acht Uhr konnte sie es nicht mehr ertragen und griff zum Hörer, doch es meldete sich nur sein Anrufbeantworter. Sie legte sofort auf und starrte durch ihre blitzsauberen Fenster, über die sie sich gar nicht mehr freuen konnte. Sie tat sich selbst leid. Und das war nicht besonders erbaulich.

Am Montagmorgen fühlte sie sich geradezu erleichtert und fuhr schon früh ins Krankenhaus. Jerry erwartete sie bereits. Er saß vor seinem alten Lieblingsmikroskop und hatte einen Stapel Bücher neben sich liegen, alle an Seiten aufgeschlagen, die Vergrößerungen von Fasern zeigten. Sie brachte ihm Kaffee und beugte sich über seine Schulter.

»Wozu brauchen Sie die überhaupt?« fragte sie und deutete auf eine der Abbildungen. »Ich dachte immer, Sie seien Experte für Fasern und in der Lage, sie schon von weitem zu identifizieren.«

»Das bin ich auch«, entgegnete er knapp. »Ich will mich nur vergewissern.«

»Wie bitte?«

Er richtete sich auf, streckte sich, und sie betrachtete ihn plötzlich voller Sorge. Tiefe Falten hatten sich in sein Gesicht gegraben, seine Augen waren stark gerötet. Sie hatte ihn noch nie so müde gesehen. »Jerry, um Himmels willen, werden Sie etwa krank?« rief sie. »Sie schauen ja schrecklich aus.«

»Oh, vielen Dank für die Anteilnahme«, meinte er. »Das tut einem richtig gut. Logischerweise schaue ich schrecklich aus. Ich habe schließlich ununterbrochen gearbeitet.«

Sie runzelte die Stirn. »Doch nicht das ganze Wochenende über?«

»Was dachten Sie denn?« Er gähnte. »Am Samstag hatte ich sowieso Dienst wegen der routinemäßigen Vormittagsvisiten, und dann bat mich Jane – sie war für den Bereitschaftsdienst eingeteilt –, wegen eines wichtigen Termins mit ihr zu tauschen. Ich hatte nichts dagegen, denn dadurch konnte ich diese Untersuchungen fortsetzen. Es wurden keine Notfälle eingeliefert – anscheinend gibt es dort oben im Himmel jemanden, der mich trotz allem liebt –, und ich bin ganz gut vorangekommen.« Es gelang ihm, sie auf seine vertraute Art anzugrinsen, was ihn gleich besser aussehen ließ. »Wollen Sie hören?«

»Ich kann es kaum erwarten«, entgegnete sie. »Was haben Sie für mich?«

»Nun!« begann er und hob beide Hände wie ein Kind, das seinem Lehrer eine furchtbar wichtige Geschichte erzählen will. »Ich habe eine ganze Menge Material gefunden.«

»Auf dem Hundekadaver?«

»Auf dem Hundekadaver, genau. Wenn Sie mal einen Blick darauf werfen wollen.« Er schob ihr ein Blatt Papier über den Tisch. »Wolle«, las sie laut. »Baumwolle, Seide, Filz, Hanf, Rayon, Nylon, Terylen, Flachs ... Was ist das? Eine Liste aller Fasern, die es gibt?«

»Die wäre sicher endlos lang. Das ist nur die von der Probe, die wir am Freitagabend entnommen haben.«

»Alle?«

»Jede einzelne«, bestätigte er und grinste fröhlich. »Man kommt sich vor wie bei einer Schatzsuche. Ich habe einen ganzen Stoffladen entdeckt. Das reinste Wunder, nicht wahr?« fügte er mit übertriebenem australischen Akzent hinzu.

Sie schüttelte verwirrt den Kopf. »Wie um alles in der Welt kamen diese Fasern ... Hey, haben Sie sie mit denen vom Unterschenkel verglichen?«

Er musterte sie mit einem eulenhaften Blick. »Sie werden sich wundern«, sagte er. »Das habe ich, und nicht eine davon ist identisch.«

»Nicht eine?« frage sie ungläubig. »Sie machen einen Scherz.«

»Es ist mein voller Ernst: keine zwei Fasern passen zusammen. Was halten Sie davon?« Er begann, eine Melodie zu summen.

»Es wird Zeit, daß Sie sich etwas ausruhen«, schlug sie vor. »Sie machen einen ziemlich angeschlagenen Eindruck. Gewiß haben Sie etwas übersehen. Es muß doch Übereinstimmungen geben, verdammt noch mal, bei soviel Material ...«

Er verstummte abrupt. »Ehrlich, Dr. B., ich habe alle

mehrfach nachgeprüft und gegengecheckt. Nicht zwei Fasern sind genau gleich. Nehmen Sie alleine Baumwollfäden. Sie wissen sicher, daß sie sich erheblich voneinander unterscheiden können, selbst wenn sie aus dem gleichen Grundstoff sind. Bei Kunstfasern – Nylon, Terylen und Rayon und so weiter – ist es noch kniffliger. Ich kann nur wiederholen: keine einzige Faser vom menschlichen Bein ist mit einer vom Hundekadaver identisch.«

Beide schwiegen. »Was kann das nur bedeuten? fragte George nach einer Weile. »Es muß eine Erklärung dafür geben.«

»Vielleicht hat jemand das Stück Hundekadaver in irgend etwas eingewickelt, ehe er es in den Fluß warf«, lautete Jerrys mögliche Theorie.

»Was könnte das gewesen sein?«

»Eine Patchworkdecke zum Beispiel. Sie kennen diese Dinger doch. Sie werden aus Resten zusammengenäht. Oder ein Flickenteppich. Wir hatten einen in der Küche, als ich noch ein Kind war. Ein sehr geschmackvolles Teil. Es bestand aus alten Kleidern meiner Mum und aus Dads Arbeitshosen und so weiter.«

»Das erscheint mir durchaus möglich«, pflichtete sie ihm bei. »Aber es hilft uns nicht weiter, oder?«

»Nun, unsere Jungs in Blau müßten eigentlich eine Antwort darauf finden«, meinte Jerry und streckte sich. »Dr. B., macht es Ihnen etwas aus, wo Sie ja jetzt hier sind, wenn ich kurz nach Hause fahre, ein wenig schlafe, mich unter die Dusche stelle und eine Kleinigkeit esse? Sagen wir, um zwei bin ich zurück. Können Sie das verantworten?«

»Ja, natürlich«, antwortete sie geistesabwesend. Dann schaute sie hoch. »Aber klar doch. Sie sollten überhaupt nicht mehr wiederkommen. Immerhin haben Sie das ganze Wochenende gearbeitet. Wir schaffen es schon ohne Sie.«

»O nein, ich möchte weiterkommen.« Er begann, seinen

Arbeitsplatz in Ordnung zu bringen, räumte Objektträger und Bücher an ihren Platz. »Mir hat dieser Job großen Spaß gemacht. Ich bin Ihnen sehr dankbar, daß ich ihn ausführen durfte.« Er lächelte und wandte sich zur Tür. »Oh! Guten Morgen, Alan.«

Alan Short stand neben seinem Tisch in einer Ecke des Labors und schlüpfte gerade in seinen weißen Kittel.

»Guten Morgen, Alan«, sagte auch George. »Ich habe Sie gar nicht reinkommen hören.«

»Nein«, bestätigte Alan. »Sie waren so in Ihr Gespräch vertieft, daß ich nicht stören wollte. Hatten Sie ein schönes Wochenende?«

»Es war sehr nett, vielen Dank«, antworteten sie beide und lachten dann, als hätten sie geprobt, in bestimmten Situationen nur noch unisono zu reagieren.

»Meines war eigentlich sehr langweilig«, gab George zu. »Ich habe es mit Hausarbeit und irgendwelchem Schrott im Fernsehen verbracht.«

»Und ich habe gearbeitet«, sagte Jerry. »Ich mache mich dann mal auf die Socken. ›Bye.‹« Er grinste Alan an, zwinkerte George zu und stapfte schwerfällig davon.

»Er war das ganze Wochenende im Labor, nicht wahr?« fragte Alan beiläufig. »Gab es denn irgend etwas Dringendes, nachdem ich gegangen war?«

George schüttelte den Kopf. »Nur etwas Forensisches, Alan. Alles ist in Ordnung. Außerdem fiel es nicht in Ihren Tätigkeitsbereich.«

»Ach, ich wollte es nur wissen.« Alans Blick schweifte über die Papiere auf seinem Schreibtisch. »Sie führen weitaus mehr von diesen Untersuchungen durch, als ich gedacht hatte. Ich meine gerichtsmedizinische Fasergutachten ... Mir wurde gesagt, daß nur gerichtsmedizinische Labors der Polizei derart umfangreiche Arbeiten vornehmen.«

»Gewöhnlich ist das auch so«, räumte sie ein. »Aber

ich habe eine Art Sondervereinbarung getroffen.« Sie lachte verhalten, als sie sich an das betreffende Gespräch erinnerte. »Da ich eine staatlich geprüfte selbständige Pathologin bin, gibt es keinen Grund, jedenfalls keinen rechtlichen, weshalb ich Untersuchungen, an denen ich ein besonderes Interesse habe, nicht selbst durchführen sollte. Mittlerweile ist Jerry so gut geschult, daß er diese spielend bewältigen kann. Im übrigen sind sie eine Herausforderung und sorgen für Abwechslung, wenn Sie verstehen, was ich meine.«

»Und für Mehrarbeit, nehme ich an«, murmelte Alan.

Sie musterte ihn prüfend. »Ich hoffe, Sie wollen mir nicht unterstellen, daß ich den forensischen Untersuchungen gegenüber jenen im Auftrag des Krankenhauses den Vorrang gebe.«

Er hob abwehrend die Hände. »Natürlich nicht! Ich habe lediglich einen Sachverhalt konstatiert. Die meisten Krankenhauslabors befassen sich überhaupt nicht mehr mit kriminalistischen Untersuchungen.«

Sie entspannte sich. »Das stimmt. Kurz nach meiner Einstellung kamen Gu ... ich meine der DCI, mit dem ich am häufigsten zusammenarbeitete, Inspector Hathaway, und ich jedoch zum Schluß, daß man dadurch enorm viel Zeit und Geld einsparen kann. Auf das große Polizeilabor greifen wir nur zurück, wenn unsere technische Ausrüstung nicht ausreicht.« Sie deutete mit einer ausholenden Geste auf die Rührapparate und Zentrifugen, Heizöfen und Kühlschränke. »Nicht daß wir armselig ausgestattet sind. Ich erhalte zusätzliche Gelder für das Old East, weil wir seine Einrichtung nutzen und die Polizei dank meiner Tätigkeit bestens bedient wird.« Sie grinste ihn an. »Aber seien Sie beruhigt, Alan. Die Krankenhauspatienten müssen darunter nicht leiden. Denn sie haben sowohl Sie als auch mich, richtig?«

»Richtig«, bestätigte Alan und setzte sich.

»Ich koche uns mal Kaffee«, sagte George aufgeräumt, als Jane ins Labor eilte. Dabei gab sie sich Mühe, nicht zu Alan zu schauen, der es ebenfalls vermied, sie über Gebühr zu beachten. George amüsierte sich darüber. Die armen Kinder, dachte sie dann mitfühlend und ließ die beiden alleine, um ihnen einige private Augenblicke zu schenken. Das ist wirklich alles andere als ein geeigneter Ort für eine Romanze. Sie hatten es weiß Gott nicht leicht.

Genausowenig wie ich, erkannte sie und verzog das Gesicht. Aber das war kein Thema, mit dem sie sich jetzt beschäftigen wollte. Sie bereitete den Kaffee in ihrem Büro zu. Auf dem Rückweg ins Labor klapperte sie laut genug mit dem Tablett, um ihr Erscheinen anzukündigen. Anschließend setzte sie sich an ihren Schreibtisch und kümmerte sich um die dringendsten Angelegenheiten.

Dort fand Ellen Archer sie um elf Uhr. »Sind Sie fertig?« fragte sie, während sie durch die Tür trat. »Wir sollten schon mal rübergehen. Eigentlich wollte man uns in etwa zwanzig Minuten rufen.«

George starrte sie entgeistert an. »Wer will uns wohin rufen?«

Ellen schüttelte irritiert den Kopf. »Sie haben es doch nicht etwa vergessen, Dr. B.? Die Sitzung des Verwaltungsrates! Wir wollten ihnen doch die Absicht ausreden, diverse Dienstleistungen unserer Pathologie dem St. Dymphna zu übertragen.«

Georges Miene hellte sich auf, und sie erhob sich sofort. »Natürlich! Das ist ja heute morgen! Ich hatte es tatsächlich vergessen, aber dafür erinnere ich mich jetzt um so besser. Dann auf in den Kampf!«

Sie schritten über den Innenhof zum Hauptflügel des Krankenhauses und nutzten die Gelegenheit für eine letzte Absprache.

»Seien Sie bloß nicht zu schüchtern!« riet Ellen ihr. »Einige dieser Leute meinen, der liebe Gott zu sein, und werden ganz bestimmt versuchen, Sie zu überfahren. Lassen Sie sich nichts gefallen!«

»Ich bitte Sie, Ellen«, empörte sich George. »Sehe ich vielleicht aus wie jemand, der dazu neigt, klein beizugeben?«

Ellen kicherte leise. »Genau deshalb bat ich Sie um Unterstützung. Wäre ich nicht überzeugt, daß Sie deren unsachlichen Attacken standhalten können, hätte ich es niemals riskiert, Sie in die Sache hineinzuziehen.«

George musterte sie gespannt. »Ich glaube, Sie haben eine ganze Menge verborgene Qualitäten«, sagte sie erfreut. »Anfangs hielt ich Sie für eine lästige – nun, ich möchte nicht zu unfreundlich erscheinen, aber ...«

Ellen lächelte milde. »Eine langweilige, alte Schachtel, klar. Das bin ich aber nicht. Das Schicksal dieses Krankenhauses und seiner Patienten liegt mir wirklich sehr am Herzen. Und ich kämpfe dafür, daß niemand ihm Schaden zufügt. Aus diesem Grund habe ich den Job hier angenommen. In der freien Wirtschaft könnte ich erheblich mehr verdienen. Ich bin nämlich eine bestens ausgebildete Wirtschaftsexpertin, müssen Sie wissen.«

»Das ist mir neu«, gab George zu, als sie den Verwaltungstrakt betraten. Dabei handelte es sich um die Überreste des alten viktorianischen Baus in der Mitte zahlreicher Anbauten und Nebengebäude, die inzwischen zum Old East gehörten.

Ellen lachte und wandte sich einer hochpolierten Mahagonitreppe zu. Ihre eleganten dunkelblauen Schuhe glänzten. George folgte ihr und verspürte zum erstenmal eine gewisse Zuversicht. Im Gegensatz zu den übrigen Abteilungen roch es hier nicht nach Desinfektionsmitteln, ungewaschenen Menschen und hilfloser Not, sondern nach Bohnerwachs, Autorität und Blumen. Es herrschte Ruhe, und alles schien unter Kontrolle zu sein. George war sich nicht sicher, ob ihr diese Atmosphäre gefiel. Fest stand, daß sie diese noch nie derart bedrückend und einschüchternd empfunden hatte wie in diesem Moment. Aber sie schluckte tapfer, schob das Kinn vor und konzentrierte sich auf Ellens Rücken, der Selbstsicherheit ausstrahlte, während sie durch den Flur im ersten Stock auf das Konferenzzimmer zusteuerten. Georges letzte Zweifel waren ausgeräumt: Sie hatte eine Verbündete.

Die Sitzung war nicht sehr angenehm. Sie mußte sich einige neue Namen merken, da sie nur einige Teilnehmer kannte. Dazu gehörte der Vorsitzende, Sir Jonathan Sprue, ein hochgewachsener massiger Mann um die Sechzig. Er hatte von der Leitung eines Krankenhauses nur wenig Ahnung, obgleich er, wie sie sich hatte sagen lassen, ein Genie in Sachen Geschäftsstrategien und zudem im Bankgewerbe tätig war. Ihn hatte sie bei ein oder zwei offiziellen krankenhausinternen Veranstaltungen bereits getroffen. Als sie und Ellen zusammen mit dem Protokollführer, einem gequält dreinblickenden Mann, dessen Miene erkennen ließ, daß er alles wußte und schon jetzt davon gelangweilt war, den Raum betraten, nickte er ihnen freundlich zu und stellte ihnen dann seine Kollegen vor.

»Mit Matthew Herne, Ihrem Chef, brauche ich Sie natürlich nicht bekannt zu machen.« George lächelte, erinnerte sich, welche Stelle er auf ihrer Liste der Verdächtigen des letzten Falles eingenommen hatte, und verspürte plötzlich den beinahe unwiderstehlichen Drang zu kichern. »Professor Hunnisett, unser Dekan und Krankenhauschef«, fuhr Sprue fort, »und Margaret Cotton, unsere Chefin der Finanzen und, natürlich, Geschäftsführerin ...«

Währenddessen studierte George jene fünf Gesichter, die sie noch nie zuvor gesehen hatte. Sie gehören nicht zum Krankenhaus, dachte George. Alle sind in anderen Branchen beschäftigt und wurden ins Old East geholt, um dieses nach wirtschaftlichen Gesichtspunkten, präzise ausgedrückt, wie ein gewinnorientiertes amerikanisches Krankenhaus zu führen. Schlagartig wurde ihr klar, wie sehr sie das alte System des National Health Service jenem ihres Heimatlandes vorzog.

Sir Jonathan unterbrach ihre Überlegungen. »Dr. Barnabas, ich möchte Ihnen nun unsere externen Direktoren vorstellen: Mr. McCann, Mr. Harlow, Mr. Lester, Mrs. Broad, Miss Hammond.«

Auch sie lächelten und nickten. George erwiderte ihren Gruß. Die drei Männer waren ihrer Schätzung nach zwischen fünfzig und sechzig und machten, erwartungsgemäß, einen wohlhabenden und erfolgreichen Eindruck. Die weiblichen Kollegen erschienen ihr interessanter. Mrs. Broad war die typische Frau in den mittleren Jahren, grauhaarig und groß, ihr dunkelblaues Kostüm von klassischer Eleganz. Ich wette, sie kommt aus dem medizinischen Bereich, dachte George. Die andere Frau war erheblich jünger, ebenso attraktiv und von einer Herbheit, die George ein wenig erschreckend fand.

»Nun, Dr. Barnabas«, sagte Sir Jonathan, »wir haben Sie und Miss Archer gebeten, uns über die Arbeit der pathologischen Abteilung zu berichten. Das heißt, über jene Aufgaben, die das Krankenhaus betreffen. Soweit ich informiert bin, sind Sie auch für die Polizei als Gerichtsmedizinerin tätig.«

»Ja«, begann George vorsichtig. »Das wurde kurz nach Antritt meiner Stelle vereinbart.«

»Und darüber sind wir auch sehr froh«, meldete sich einer der externen Direktoren zu Wort, und sie drehte den Kopf, um zu sehen, wer es gewesen war. Mr. Harlow, oder? Er hatte fettig glänzende Haut und glattes Haar, das unnatürlich schwarz wirkte, und war sehr groß. Das leise pfeifende Geräusch, das gelegentlich seiner Brust entströmte, deutete auf Atemnot hin. »Ich weiß, was auf meinem Markt über Ihre Arbeit erzählt wird, Doktor, und eines kann ich Ihnen versichern: Man hält große Stücke auf Sie, auch in der Zeitung wurden Sie lobend erwähnt.« Er nickte gewichtg. »Die Leute schätzen Ihre Leistungen sehr.« Er streifte den Mann zu seiner Linken, Mr. McCann, mit einem vielsagenden Blick. »Als der hiesige Vertreter in diesem Verwaltungsrat möchte ich betonen, daß ich Ihren Beitrag zum guten Ruf des Krankenhauses außerordentlich begrüße.«

»Vielen Dank«, sagte sie etwas verblüfft. War sie prominent geworden? Das hätte sie in ihren kühnsten Träumen nicht erwartet.

»In der Tat«, pflichtete Sir Jonathan seinem Vorredner bei und schaute zu Mr. McCann, der jetzt lächelte.

Auch dieser war beinahe kahl, seine Kleidung exklusiv. »Ich halte es für unnötig, über Ihre gerichtsmedizinische Arbeit zu diskutieren, Dr. Barnabas«, meinte er. Seine ungewöhnlich hohe und dünne Stimme paßte nicht zu seiner hageren Gestalt. »Wir überlegen vielmehr, Sie von den Dienstleistungen für das Krankenhaus freizustellen. Werden Sie künftig in größerem Umfang für die Polizei tätig sein?«

»Das kann ich nicht abschätzen«, antwortete sie. »Aber das steht doch im Augenblick gar nicht zur Debatte, oder?«

»Was dann?« erkundigte sich Mrs. Broad forsch.

»Meine Arbeit für das Old East, die mit jener für die Polizei nicht das geringste zu tun hat«, erklärte George mit Nachdruck. »Hierbei handelt es sich um optimalen pathologischen Service. Dieser beinhaltet, alle nötigen Tests und Untersuchungen schnellstmöglich durchzuführen und auszuwerten. Er gewährleistet, daß die Ärzte die weitere Behandlung ihrer Patienten viel präziser und damit auch erfolgreicher planen und umsetzen können.«

Die Ideen, die sie mit Ellen Archer auf dem Weg hierher durchgesprochen hatte, formten sich zu anklagenden Worten. »Mir ist bekannt, daß die Absicht besteht, diverse

Dienstleistungen der Pathologie dem St. Dymphna zu übertragen, das offensichtlich noch Kapazitäten zur Verfügung hat. Dies scheint mir ein sehr gefährlicher Schritt zu sein. Meine medizinisch-technischen Assistenten sind bestens ausgebildet, besitzen Erfahrung auf jedwedem Gebiet und leisten erstklassige Arbeit, und ich halte es nachgerade für unwahrscheinlich, daß Ihnen anderswo die gleiche Qualität geboten wird.«

Sie bedachte Professor Hunnisett mit einem vorwurfsvollen Blick. »Hat es in den klinischen Abteilungen jemals Klagen hinsichtlich der pathologischen Dienstleistungen und der entsprechenden Berichte gegeben, Professor?«

Dieser verneinte und lächelte gütig. »Kein einziges Mal!« Er steht auf meiner Seite, ermunterte sich George. Das waren schon zwei!

Nun schaute sie Matthew Herne an.

»Und haben wir ungewöhnlich oder gar übertrieben hohe Kosten verursacht, Mr. Herne?« Er schüttelte den Kopf, und Georges Augen wanderten sofort zu Margaret Cotton, der Finanzchefin des Krankenhauses. »Miss Cotton?«

»Absolut nicht«, antwortete Margaret. »Im Gegenteil! Ich habe einige Vergleiche mit anderen Krankenhäusern angestellt, und wie ich Ihnen allen bereits darlegen konnte ...«

»Ja«, unterbrach Sir Jonathan sie. »Vielen Dank, Miss Cotton. Darüber haben Sie uns schon in aller Ausführlichkeit berichtet.«

Prima, freute sich George. Das macht vier! Sie erwärmte sich zunehmend für dieses Thema. »Ich denke, ich habe – mit Ellens Hilfe – Spitzenleistung zu einem äußerst günstigen Preis geliefert«, fuhr sie selbstbewußt fort und sah zu Ellen, deren Miene unbewegt blieb, was sie für ein gutes Zeichen hielt.

»Aber das St. Dymphna könnte dieses sogar noch unterbieten.« Das war wieder McCann. »Mir liegen Angebote vor, die ...«

Die nächste halbe Stunde erwies sich als hart. Sie wurde mit Zahlen bombardiert, doch sie zerpflückte ihre Hypothesen mit allem Geschick, das ihr zur Verfügung stand. Während sie ihre Position entschlossen verteidigte, erkannte sie, daß sie ihre Gegner mehr und mehr umstimmte. Harlow war an McCanns Zahlen ganz offensichtlich nicht interessiert. Mrs. Broad – die, wie George richtig vermutet hatte, früher Oberschwester in einem Krankenhaus gewesen war, meldete massive Zweifel an deren Richtigkeit an. Miss Hammond und auch Mr. Lester, ein kleiner rundlicher Mann in einem hervorragend geschnittenen italienischen Anzug, hörten zwar aufmerksam zu, enthielten sich allerdings jeglichen Kommentars. Und die ausübenden Direktoren, vor allem Margaret Cotton und Andrew Picless, Chef der Marketing-Abteilung – was für ein seltsamer Job in einem solchen Haus, schoß es George voller Abscheu durch den Kopf, als er seine Begeisterung über die im St. Dymphna möglichen Einsparungen äußerte – zeigten deutlich, welchen Plan sie befürworteten. Sehr zu Sir Jonathans Unmut, der irgendwann Einhalt gebietend die Hand hob.

»Ich denke, wir haben genug von Dr. Barnabas' wertvoller Zeit vergeudet, Kollegen«, mahnte er. »Wir sollten sie jetzt gehen lassen und diese Diskussion im kleinen Kreis fortsetzen. Dr. Barnabas, ich kann mich bei Ihnen nur bedanken.«

Sie zögerte kurz, blieb dann aber sitzen, obgleich Ellen sich längst erhoben hatte. »Muß ich damit rechnen, von heute auf morgen hinausgeworfen zu werden?« fragte sie mit einer Leichtsinnigkeit, nach der ihr gar nicht zumute war.

Mit einemmal wirkten alle verlegen, was sie jedoch mit einem mehr oder weniger überzeugenden Lächeln zu überspielen versuchten. »Natürlich nicht, Dr. Barnabas!« Sir

Jonathan bemühte sich vergeblich, einen herzlichen Ton anzuschlagen. »Natürlich nicht! Derartige Dinge zu beschließen und in die Praxis umzusetzen dauert sehr lange, sollte es überhaupt dazu kommen. Im Moment befinden wir uns noch im Stadium der Überprüfung. Leisten Sie weiterhin hervorragende Arbeit, und machen Sie sich keine Sorgen. Es besteht nicht der geringste Anlaß zu irgendwelchen Befürchtungen.«

»Nichts zu befürchten«, murmelte George vor sich hin, nachdem der Protokollführer sie auf den Flur hinausgeleitet hatte. »Kümmern Sie sich um Ihren Job, und zerbrechen Sie sich nicht Ihren hüschen Kopf – so hätten sie es wohl am liebsten, nicht wahr? Mein Gott, Ellen, wie soll ich das schaffen? Können Sie mir das verraten?«

11

»Das war wirklich ein toller Auftritt!« sagte sie zu Ellen, während sie in den sonnigen Innenhof hinaustraten. »Muß ich mich etwa um eine andere Stelle bemühen? Und wo finde ich eine, die mir so gut gefällt wie diese?« Gus, dachte sie, werden wir jemals wieder zusammenarbeiten können.

»Ach, noch sollten Sie nicht in Panik geraten«, empfahl Ellen nüchtern. »Sir Jonathan hat durchaus recht. Derartige Befürchtungen sind tatsächlich noch verfrüht. Selbst wenn die Mehrheit sich für Lesters Plan ausspricht, dürften noch unzählige Gespräche stattfinden, ehe sie ein Konzept präsentieren, das dann auch noch von ganz oben genehmigt werden müßte.«

»Von wem denn?«

»Vom Gesundheitsministerium. Vielleicht sogar vom Minister persönlich. Und dabei könnte es zu Protesten und sonstigen Verzögerungen kommen. Das ist eine äußerst langwierige Prozedur, das können Sie mir glauben.«

»Es ist ein schrecklicher Plan«, erklärte George wütend.

»Wem sagen Sie das! Deshalb habe ich Sie ja auch jetzt schon an die Front geschickt. Man kann mit der Gegenwehr nicht früh genug anfangen. Sie haben Ihre Sache verdammt gut gemacht. Es besteht die reelle Chance, daß Lester überstimmt wird und wir von der Angelegenheit nichts mehr hören werden.«

»Lester? Wer war das noch mal? Der kleine Mann in dem superschicken Anzug?«

Ellen lachte. »Genau der.«

»Aber er hat sich doch kaum geäußert, genauso wie diese jüngere Frau und der andere Mann – McCann? Ich frage mich schon die ganze Zeit, weshalb die überhaupt erschienen sind.«

»Oh, unterschätzen Sie die beiden nur ja nicht. Mag sein, daß sie nicht viel reden, aber sie haben großen Einfluß. Reggie Lester ist Buchmacher – einige seiner Wettbüros sind Ihnen bestimmt schon aufgefallen: *Mach dein Glück mit Lester* und so weiter.«

»Die kenne ich, klar«, bestätigte George. »Aber wie um alles in der Welt ist es möglich, daß ein Buchmacher im Verwaltungsrat eines Krankenhauses sitzt? Was weiß er denn von ...«

»Alles, was für die optimale Führung eines Betriebes notwendig ist«, unterbrach Ellen sie. »Offenbar werfen seine sechzig Wettbüros Millionen in mehrstelliger Höhe ab. Zudem ist er ein Machtfaktor. Seine politischen Verbindungen sind exzellent. Dieses St. Dymphna-Projekt war seine Idee, zumindest hat er es vorgeschlagen.«

»Ach?« George staunte. »Warum? Welche Vorteile zieht er daraus?«

»Keine. Das ist ausgeschlossen. Falls sie im Zusammenhang mit den Krankenhäusern persönliche oder geschäftliche Interessen verfolgen, müssen sie diese offenlegen. Nein, für meine Begriffe muß irgend jemand ihn dafür gewonnen haben.« Sie grinste. »Ich höre immer genau zu und schnappe alles auf, was an Gerüchten in Umlauf ist. Alles kann ich natürlich nicht mitbekommen, aber daß diese Idee von Lester vorgetragen wurde, weiß ich ganz gewiß!«

»Allzu begeistert scheint er davon aber nicht zu sein, sonst hätte er sich doch öfter zu Wort gemeldet«, stellte George fest.

»Nun, er regt irgendwelche Dinge an und überläßt es den anderen, sich darüber die Köpfe heiß zu reden, doch letztendlich ist er es, der alle auf eine Linie bringt. Cynthia Hammond scheut gewöhnlich keine Mühe, ihn aufzuhalten.«

»Hammond? Noch so eine schweigsame einflußreiche Kraft?«

»Als solche könnte man sie durchaus bezeichnen«, räumte Ellen ein. »Sie ist auf unserer Seite. Ich mag sie sehr. Rechtsanwältin und Seniorpartnerin einer großen Sozietät in der City. Diese hat sie, als Beitrag zu ihrem sozialen Engagement für solche und ähnliche Einrichtungen, für zwei Jahre in unseren Verwaltungsrat entsandt. Es handelt sich um eine dieser eher linken Gruppen, die mehr daran interessiert sind, helfend einzugreifen als ein Vermögen zu verdienen. Nicht daß sie schlecht damit fahren! Wie dem auch sei, auf unseren Reggie ist sie nicht sehr gut zu sprechen – sie mag seine politischen Freunde nicht – und mißtraut daher fast allem, was er von sich gibt. Sie bekämpft ihn, wann immer sie kann, was manchmal äußerst unterhaltsam ist.« Sie lächelte amüsiert.

Mittlerweile hatten sie das Ende des Innenhofes erreicht, an dem sich ihre Wege trennten. George blieb stehen und musterte Ellen neugierig. »Warum sind Sie über die Sitzungen des Verwaltungsrates so gut informiert?« erkundigte sie sich. »Nehmen Sie denn an allen teil?«

Ellen wurde ein wenig hektisch. »Ich? O nein. Ganz und gar nicht.«

»Woher wissen Sie dann soviel?«

»Hm ... Na ja, unter uns ...« In diesem Moment wirkte Ellen verlegen wie nie zuvor, gleichzeitig aber auch selbstzufrieden. »Ich – äh – von Tony. Tony Bentall. Wir sind, hm ... befreundet.«

»Tony Bentall? Wer war das?«

»Der Sekretär. Er hat uns rein- und wieder rausgelassen. Seine Aufgabe ist es, das Protokoll zu führen und ähnliches.«

George suchte in ihrer Erinnerung: ein dünner Mann, der leicht gebeugt ging und ziemlich gelangweilt aussah.

Sie lächelte. »Er ist Ihr Lover«, stellte sie beinahe anklagend fest. »Mein Gott, Ellen, Sie überraschen mich immer wieder. Ich hatte Sie bisher für tugendhaft und geradezu verklemmt gehalten, dabei sind Sie gerade in eine heiße Affäre verwickelt!«

»Heiß kann man sie nicht unbedingt nennen«, korrigierte Ellen sie und grinste. »Aber trotzdem schön. Wir sind jetzt seit etwa drei Monaten zusammen. Seine Frau hat ihn verlassen. Sie lebt in Australien, seit ihr gemeinsamer Sohn dort verheiratet ist. Tony war einsam. Ich auch. Also haben wir ... nun ja, warum auch nicht? Außerdem ist es interessant, stets die neuesten Neuigkeiten zu erfahren.«

»Bettgeflüster«, sagte George.

»Wie Sie und Ihr Polizist«, entgegnete Ellen, und nun war George es, die etwas hektisch reagierte.

»Nun, was spricht dagegen? Ich bin noch keine ...«

»Genau«, pflichtete Ellen bei: »Wie auch immer, für mich wird es allmählich Zeit. Ich halte Sie über alles auf dem laufenden, und seien Sie erst mal unbesorgt. Zumindest im nächsten Jahr wird die Pathologie bestimmt nicht geschlossen, glauben Sie mir.«

»Ich werde es versuchen«, versprach George wenig überzeugt. »Aber einfach dürfte es nicht sein.« Sie wandte sich zum Gehen.

»Dr. B.«, hielt Ellen sie zurück. »Eine Sache noch ... Ich würde im Labor nicht darüber reden. Ihre Mitarbeiter dürften sich nur unnötig aufregen.«

»Ich überlege es mir«, meinte George. »Obwohl das nicht verkehrt wäre. Vielleicht ermutigt es sie, sich ebenfalls zu wehren.«

»Aber doch nicht jetzt!« warnte Ellen. »Sie könnten die Entscheidung des Verwaltungsrates nachteilig beeinflussen. Die Herren und Damen Direktoren mögen es gar nicht, wenn sie das Gefühl haben, überfahren zu werden.«

»Okay«, sagte George neutral. »Das werde ich mir merken.« Nachdenklich kehrte sie in ihr Büro zurück. Vorerst würde sie ihren Leuten gar nichts sagen – Ellens Vermutung könnte sich durchaus als zutreffend erweisen. Sie dürften sich, aus Angst vor einer möglichen Schließung der Pathologie und damit verbundenen Entlassungen, sofort auf Jobsuche begeben und dadurch das Arbeitsklima stark beeinträchtigen. Ihr stand ein gutes Team zur Seite, das sie nach ihren Vorstellungen geschult hatte; allein Alan mußte noch ein wenig motiviert werden. Jetzt Unruhe zu stiften, könnte zum totalen Zusammenbruch des Betriebes führen. Aber sie mußte sich in acht nehmen: Sollten sie die Gerüchte aus einer anderen Quelle erfahren, dürften sie ziemlich ungehalten reagieren, weil sie, ihre direkte Vorgesetzte, sie nicht unterrichtet hatte. Es ist nicht einfach, dachte sie, als sie die Tür hinter sich zuschlug, eine Abteilung zu leiten und gleichzeitig in der Krankenhauspolitik mizumischen.

Während George den ersten Aktenstapel zu sich heranzog, platzte Sheila ins Büro. »Eine Autopsie heute nachmittag aus der Cloudesley-Station«, berichtete sie. »Ein Mann, der gestern abend nach einem Sturz in seiner Wohnung eingeliefert wurde und sieben Stunden später gestorben ist.«

»Bestellen Sie Alan, bitte, er möchte sich bei mir melden«, wies George sie an. »Das könnte etwas für ihn sein.«

»Okay.« Sheila strahlte zufrieden. »Dann hat jemand vom Büro des Coroners und von dem Rechtsanwalt angerufen. Es ging um den Fall, der vertagt werden mußte. Sie erinnern sich doch noch an die Fletcher-Affäre. Außerdem wollte Sie jemand von einer anderen Sozietät wegen dieses toten Kindes sprechen. Und dann habe ich noch dies hier.«

George blätterte gerade einige Notizen durch, die Sheila ihr gereicht hatte. »Was ist das?«

»Ich möchte mir nicht noch einmal vorwerfen lassen, irgend etwas falsch verstanden zu haben«, erklärte Sheila mit einem triumphierenden Unterton. »Bitte schön! Soll ich Ihnen einen Kaffee bringen?«

»Hmm? Ja, gerne«, antwortete George geistesabwesend und starrte auf den sauber getippten Text. Sheila verließ eiligst das Büro.

ANRUFER: (las George): Sind Sie das, Sheila? Wie geht es Ihnen, Schätzchen?

SHEILA: Prima, danke. Wer ist denn da?

ANRUFER: Was meinen Sie denn, Sie schlaues Kind? Gus Hathaway, der Einzigartige!

SHEILA: Oh, guten Morgen, Chief Inspector.

ANRUFER: Ist ihre Hoheit anwesend, Liebes?

SHEILA: Leider nein, Chief Inspector. Sie ist mit Miss Archer auf einer Sitzung des Verwaltungsrates.

ANRUFER: So ein Mist. Entschuldigen Sie, Schätzchen. Aber das ist – na ja, ich warte schon seit Stunden auf eine Chance, sie anrufen zu können, und jetzt hat es endlich geklappt, doch sie ist ... Schade ... Wie lange wird sie weg sein?

SHEILA: Das weiß ich wirklich nicht, Chief Inspector.

ANRUFER: Nun, dann richten Sie ihr bitte aus, daß ich angerufen habe, ja? Und daß es mir leid tut, daß ich sie verpaßt habe, und daß ich mich melde, sobald ich kann. (Gelächter.) Sagen Sie ihr, daß ich mein Wort gehalten habe, daß ich da war, aber niemand aufgemacht hat.

SHELA: Wie bitte?

ANRUFER: Ein Zitat, meine Liebe. Walter de la Mare, aber woher soll ein junges Ding wie Sie einen so alten Knacker kennen? Dr. B. soll sich nicht die Mühe machen, mich zurückzurufen. Ich werde die meiste Zeit auf Achse sein. Ich muß das Telefon abschalten, um die Heinis, mit denen ich zu tun habe, nicht zu erschrecken. Es läuft alles bestens – bestellen Sie ihr das –, aber es ist noch ein gutes Stück Arbeit, okay? Haben Sie alles?

SHEILA: Jedes Wort, Chief Inspector.

ANRUFER: Sie sind ein tolles Mädchen. Bis bald. (Er legt auf.)

Ende der Nachricht.

Wütend zerknüllte George das Blatt Papier. Sheila konnte einem furchtbar auf die Nerven gehen, und zwar auf eine Art und Weise, über die man sich noch nicht einmal beschweren konnte. George hatte ihr aufgetragen, ihren Gesprächspartnern am Telefon besser zuzuhören, und nun präsentierte sie ihr dies. Ihre leitende Technikerin, sagte sie sich, spielte viel gewagter mit dem Feuer, als sie wahrscheinlich ahnte.

Sheila kehrte mit dem Kaffee zurück. Ihre Miene sprach Bände. »Das war doch in Ordnung, oder?« säuselte sie zuckersüß. »Ich glaube nicht, daß ich irgend etwas vergessen habe.«

»Kein einziges Wort.« George fiel es schwer, ihre Wut zu verbergen. »Vielen Dank. Jetzt möchte ich Alan sprechen. Und dann sehen Sie zu, daß Sie die Unterlagen für die Kardiologie fertigstellen, ehe es wieder Beschwerden hagelt.« Damit beugte sie sich über ihre Unterlagen, so daß Sheila nicht protestieren konnte, und fühlte sich etwas wohler.

Nachdem sie verschwunden war, strich George den Zettel mit Gus' Nachricht glatt und überflog ihn noch einmal. Ruf mich nicht an, hatte er gesagt. Er würde sich melden, sobald er Gelelgenheit dazu hätte. Verdammte Hölle! Würde sie in absehbarer Zeit überhaupt noch mal mit ihm reden können? Je länger Dudley die Ermittlungen in den letzten beiden Fällen leitete, desto schwieriger dürfte es selbst für Gus sein, ihm diese zu entziehen.

Kurz darauf erschien Alan, und sie schaffte es, ihren Unmut mit einem Lächeln zu kaschieren. »Ich muß heute nachmittag eine Autopsie vornehmen ...«, begann sie. »Tod nach einem Sturz. Der Patient wurde in die Cloudesley-Station eingeliefert. Ich bezweifle, daß irgend etwas nicht mit rechten Dingen zugegangen ist, aber ich dachte, Sie hätten sicher nichts dagegen, mich zu vertreten.«

Alans Miene hellte sich auf. »Super! Meine letzte Autopsie liegt eine ganze Weile zurück. Das ist eine willkommene Abwechslung nach all diesen Blutuntersuchungen.«

Sie nickte zustimmend. »Aber erzählen Sie das niemandem. Man hält uns ohnehin schon für die reinsten Ghouls. Okay, ich unterschreibe Ihren Bericht, sobald er fertig ist. Viel Spaß!«

*

Als sie endlich zum Mittagessen kam, war es bereits zwei Uhr. Eigentlich hatte sie darauf verzichten wollen, doch ihr Magen knurrte laut und vernehmlich, so daß sie in die Kantine eilte, um sich ein Sandwich zu holen. Sie steuerte gerade auf den Ausgang zu, als jemand nach ihr rief.

»Dr. B., möchten Sie nicht mit uns essen?« Sie schaute zu dem von künstlichem Efeu verdeckten Ecktisch und zögerte. Zu lange unerreichbar zu sein, hielt sie für keine gute Idee. Schließlich konnte Gus einen Moment Zeit finden, um sein Glück erneut zu versuchen, und sie hatte keine Lust, eine weitere von Sheilas ungehörigen Nachrichten zu lesen. Aber dann fiel ihr ein, daß sie ihren Pieper in der Tasche hatte. Falls er anrief, würde Sheila sie bestimmt verständigen.

»Hallo, Mr. – äh ...«, stotterte sie, und der Mann lächelte.

»Mickey Harlow«, stellte er sich vor. »Vom Verwaltungsvorstand. Sie können mich doch nicht schon vergessen haben.« Er grinste schelmisch.

»Nein, natürlich nicht. Ich habe nur ...« Sie blickte über den Tisch. »Oh! Guten Tag, Mr. McCann.« Als der Mann mit dem fast kahlen Schädel erschrocken hochschaute, war sie erleichtert, sein Gesicht mit dem richtigen Namen verbunden zu haben.

»Guten Tag«, grüßte er zurück, und George staunte erneut über den hohen, dünnen Klang seiner Stimme. Er trank seinen Kaffee, wobei er mißbilligend den Mund verzog.

»Wir hatten gerade ein kleines Schwätzchen«, erklärte Mickey Harlow und nickte der dritten Person am Tisch, Reggie Lester, zu. »Nicht wahr, Reggie?«

Der Mann musterte George flüchtig und nickte. Komisch, dachte sie, ich habe ihn noch nie sprechen hören.

Sie setzte sich, und Harlow, eine große Portion Spaghetti vor sich, rutschte ein Stück, um ihr Platz zu machen. Er bemerkte Georges Blick auf seinen Teller und meinte offensichtlich, sich verteidigen zu müssen: »Ich wollte mal die Verpflegung Ihrer Kantine testen. Schließlich gehört es zu meinem Job, auch darüber Bescheid zu wissen. Was halten Sie vom Essen hier, Dr. B.?«

Sie fixierte ihn von der Seite. »Wie kommen Sie überhaupt dazu, mich so anzureden?« Sie bemühte sich um einen freundlichen Ton, aber er ließ sich nicht täuschen.

»Autsch! Jetzt bin ich wohl ein wenig zu dreist gewesen, oder? Entschuldigen Sie. Aber diese Miss Archer, übrigens ein nettes Ding, diese Ellen Archer, nannte Sie so, also hab' ich es auch getan. Tut mir leid, wenn ich Sie verletzt habe.«

Sie fand ihn viel zu freundlich, um ihm deswegen böse zu sein, und lächelte ihn an.

»Nein, ich bin nicht verletzt, wann hat sie mich so genannt?«

»Hm? Vergangenen Monat, nicht wahr?« Er schaute die beiden anderen Männer ratsuchend an. »War es bei der letzten Sitzung des Verwaltungsrates? Als sie zum erstenmal diese St. Dymphna-Idee vorstellten, Reggie?«

Lester rührte in seinem Kaffee, was George reichlich seltsam erschien, da die Tasse nur noch halbvoll war. »Ich kann mich nicht erinnern«, sagte er. Auch seine Stimme überraschte George. Zum einen, weil sie tief und rauh klang, und zum anderen, weil sie jenen Akzent aufwies, den die Briten als kultiviert bezeichnen. Er unterschied sich grundlegend von seinen Kollegen, wer immer er sein mochte.

»Und welche sind Ihre speziellen Fähigkeiten, Mr. Lester?« erkundigte sie sich. »Mrs. Broad war mal Oberschwester, und Miss Hammond ist Rechstanwältin, und« – sie deutete mit einem Kopfnicken auf Harlow – »Sie sind Marktbeschicker, stimmt's?« Er grinste.

»Etwas mehr als das«, korrigierte Harlow gutgelaunt. »Ich habe so viele Marktstände und -plätze, daß ich sie selbst kaum noch zählen kann. Aber ja, es ist eine ziemlich genaue Beschreibung.«

»Und Sie, Mr. Lester, sind der ...?«

»Buchmacher«, half er ihr aus. »Generaldirektor des größten Buchmacherbetriebes in diesem Teil Londons.«

»So so«, meinte sie belustigt. Aus seinem Munde hörte sich die Berufsbezeichnung eher wie ein Ehrentitel an. »Und Sie, Mr. McCann?«

»Ingenieur«, antwortete Reggie Lester, ehe McCann etwas sagen konnte. »Er baut Straßen und Brücken und ist praktischer veranlagt als wir anderen. Harlow und ich ... hantieren nur mit Geld herum.«

Sein spöttischer Unterton war George nicht entgangen, und sie betrachtete ihn genauer. Da war einmal die Art und Weise, wie er den schütteren Haarrest über seinen Schädel gekämmt hatte – wie McCann war er beinahe kahl –, die dezent gemusterte Seidenkrawatte mit ihrem breiten, sorgfältig gebundenen Knoten, das farblich darauf abgestimmte Seidentuch in der Brusttasche, der breite goldene Ring an einem kleinen Finger und – was sie feststellte, als er seine Kaffeetasse hochhob – eine sehr teure Rolex Oyster Armbanduhr. Ein eitler Mann und reich genug, um sich diesen Luxus zu gönnen.

Mickey Harlow schwatzte drauflos. »Und wie gefällt Ihnen die neue Regierung, Dr. B.? Ich meine deren Reformen?«

»Nicht besonders«, erwiderte sie. »Soweit ich das beurteilen kann, häufen sich die Proteste.«

»Aber irgend etwas muß doch getan werden.« Lester sah sie kurz an. »Der NHS hat doch eine ganze Menge Geld vergeudet. Wir – die Steuerzahler – können uns das nicht mehr leisten.«

Ihr Blick wanderte über den edel glänzenden Stoff seines Anzugs. »Nein, das liegt doch auf der Hand«, meinte sie trocken.

»Dagegen mußten wir etwas unternehmen«, warf McCann ein und blinzelte sie an. Im Schein der Nachmittagssonne leuchtete sein Schädel regelrecht. »Sie müssen zugeben, daß das unerläßlich war.«

»Mich langweilt Geld«, sagte sie verächtlich. »Ich beschäftige mich mit Patienten und ...«

»Das behaupten alle Ärzte.« Seine kultivierte Aussprache verlieh Lesters Worten einen mißbilligenden Klang, »aber irgendwer muß schließlich für Ihr Gehalt aufkommen, und das Ihrer Mitarbeiter, nicht wahr?«

Sie verzog das Gesicht. »Sie sollten niemals Ärzte über die Verwendung der Gelder des NHS befragen. Ich arbeite schon seit über zehn Jahren in diesem System, und es funktioniert hervorragend. In meiner Heimat konnte ich oft genug beobachten, wie gewinnorientierte Krankenhäuser wirtschaften. Riesenbeträge werden für überflüssigen Service verschwendet. Derartige Zustände möchte ich ...«

»Das wird nicht passieren«, fiel McCann ihr ins Wort. »Jedenfalls nicht, wenn Sie mit uns kooperieren.«

»Mit Ihnen kooperieren?« Sie runzelte die Stirn. Sein überheblicher Ton gefiel ihr gar nicht. »In welcher Form?«

»Ganz einfach, widersprechen Sie nicht, wenn wir Ihnen gute Ideen präsentieren.«

»Wie zum Beispiel die Verlagerung aller Dienstleistungen der Pathologie ins St. Dymphna?« Allmählich geriet sie in Rage. »Was könnte dieser Schritt den Patienten hier bringen? Wer außer den Geldleuten hätte ...«

»Sie sollten sich erst eingehend mit diesem Vorschlag beschäftigen, anstatt sofort zu entscheiden, daß er schlecht ist.« Lester schaute hoch, und sie bemerkte ein kaltes Funkeln in seinen dunklen Augen. »Die Art und Weise, in der sich alle gegen neue Ideen stellen, halten wir für ... etwas unklug. Durchaus möglich, daß diese Idee nicht gerade die zündendste ist, aber hören Sie sich wenigstens an, worum es sich dabei handelt.«

Sie fixierte den Mann, während sich ihr Mund zu einem spöttischen Lächeln verzog. »Könnte es sein, daß Sie mir hier aufgelauert haben? Ein Rotkäppchen und drei Wölfe!«

Mickey schüttelte heftig den Kopf. »Ganz und gar nicht. Reiner Zufall, das schwöre ich Ihnen. Es ist unfair von euch beiden, Dr. Barnabas anzugreifen. Sie hat sich und ihre Sache vor dem Verwaltungsrat gut verkauft. Belassen wir es einstweilen dabei. Essen Sie nur in Ruhe, Dr. B.« Er beugte sich vor und tätschelte ihre Hand. »Hoffentlich haben Sie eine bessere Wahl getroffen. Meine Spaghetti sind völlig zerkocht und haben zu wenig Sauce. Es scheint mir angebracht, mich mal mit dem Küchenchef darüber zu unterhalten.«

»Ich muß jetzt wirklich in meine Abteilung zurück«, erklärte George und stand auf. »Dort wartet eine Menge Arbeit auf mich. Ich muß doch dafür sorgen, daß das Old Est auch weiterhin gute Leistungen für gutes Geld liefert, nicht wahr?«

»Das haben wir davon, jetzt ist sie verärgert«, beschwerte sich Mickey. »Das war nicht unsere Absicht, oder, Freunde?« Er schaute die anderen beiden an und grinste.

Ein kurzes Schweigen trat ein, dann meinte Lester: »Natürlich nicht. Wäre mir noch nicht mal im Traum eingefallen. Eigentlich wollte ich mich nur ganz allgemein zu dieser Angelegenheit äußern.«

McCann blickte zu ihr hoch und lächelte, und zum erstenmal empfand George einen Anflug von Sympathie für den Mann. Er wirkte beinahe schüchtern. »Sie dürfen mir nicht böse sein«, begann er. »Ich gehöre gewiß nicht zu den geschicktesten Rednern. Wie ich Bilanzen zu lesen habe, weiß ich allerdings aus dem Effeff.«

»Deshalb ist er auch hier«, eklärte Mickey, der darauf bedacht zu sein schien, seine Kollegen im bestmöglichen Licht zu zeigen. »Deshalb sind wir alle hier. Um das Schiff auf Kurs und euch Ärzten und Schwestern den Rücken frei zu halten, damit ihr euch um die Patienten kümmern könnt.« Er strahlte sie an. »Was wären wir denn ohne Sie und Ihre Mitarbeiter?«

»Reicher, wahrscheinlich«, mutmaßte sie. »Verzeihen Sie mir, aber ich muß mich jetzt verabschieden. Ich habe noch eine Menge zu tun und ...«

»Hauptsache, Sie sind uns nicht böse.« Das war wieder McCann. »Ich wollte Sie bestimmt nicht kränken.«

»Sehen Sie?« Mickey schien erleichtert. »Also setzen Sie sich wieder.«

»Nein, ich kann wirklich nicht mehr bleiben.« Dennoch zögerte sie einen Moment. »Meinetwegen brauchen Sie sich keine Sorgen zu machen. Ich bin viel zu beschäftigt, um das Messer gegen Sie zu wetzen. Meine Herren, ich wünsche Ihnen noch einen schönen Tag!« Und diesmal ging sie wirklich, wobei ihr mittlerweile zerdrücktes Sandwich und das Gebäck in den Taschen ihres Kittels bei jedem Schritt gegen ihre Beine schlugen. Sie war Ärztin geworden, sagte sie sich, um die Ursachen für die Krankheiten und den Tod anderer Menschen herauszufinden und nicht um sich den Kopf über Geld zu zerbrechen. Und sie hatte die Staaten verlassen, weil der NHS für sie eine der besten Einrichtungen war, von denen sie je gehört hatte. Und nun mußte sie erleben, was damit geschah. Ihre Laune war alles andere als gut, als sie in ihrer Abteilung eintraf, und hielt den ganzen Nachmittag über an. Sie verbrachte ihn damit, die Berichte für Dudley fertigzustellen, und fügte ihnen Nahaufnahmen sämtlicher Fasern bei, die Jerry identifiziert hatte, ehe ein Bote sie in die Ratcliffe Street brachte. Sie hatte zwar in Erwägung gezogen, sie persönlich abzuliefern, nur um sich über den Stand der Dinge zu informieren, sich aber letztendlich doch dagegen entschieden. Immerhin könnte Dudley sie vor allen anderen abkanzeln, ihr den Zutritt in die Einsatzzentrale der beiden Fälle verwehren oder sich sonstige Gemeinheiten ausdenken, was zu Streitigkeiten und somit zu weiteren Problemen führen dürfte. Außerdem war Gus unterwegs, so daß sie ohnehin keine Chance hätte, ihn persönlich zu sehen.

Gegen sechs Uhr ließ sie Alan, der zufrieden seine Notizen vervollständigte, im Labor zurück. Trotz der zahlreichen seltsamen Begleitumstände war der Fall nicht interessant genug, um aus Sicht des Coroners auf eine andere als eine natürliche Todesursache zu schließen. Während sie eine Portion Nudeln aus einem italienischen Feinkostladen verzehrte, stellte sie fest, daß Essen kein allzu großer Genuß war, wenn einem niemand dabei Gesellschaft leistete. Anschließend machte sie es sich vor dem Fernseher bequem. Keines der Programme bot etwas Sehenswertes, und sie ertappte sich mehrmals dabei, wie sie in ihrer Sofaecke einnickte, wobei sie sich plötzlich furchtbar alt und spießig fühlte.

Nachdem sie sich ausgerechnet hatte, daß es in Buffalo kurz nach Mittag war, wählte sie spontan Bridgets Nummer. Sie erfuhr, daß sie außer Haus war, und erkundigte sich nach Vanny. »Oh, ihr geht es ganz gut«, antwortete die zaghafte Stimme der Haushälterin, wie George vermutete. »Sie kommt ganz gut zurecht, wenn man bedenkt ...«

»Wenn man was bedenkt?« fragte George ungeduldig.

»Nun, eigentlich fühlt sie sich nicht besonders.« Die Sprecherin konnte ihr Unbehagen nicht verbergen. »Es ist schwierig, am Telefon darüber zu reden.«

»Ich bin ihre Tochter und Ärztin«, sagte George.

»Oh.« In der Stimme schwang Erleichterung mit. »Das ist dann wohl okay. Sie kennen sicher den Verlauf von Alzheimer. Miss Connors hat es mir erklärt. Heute hat Ihre Mutter einen schlimmen Tag. Sie irrt umher und weint ständig.«

George schluckte krampfhaft. »Kann ich sie sprechen?«

»Wir können es versuchen«, meinte die Stimme zweifelnd. »Aber ich würde mir keine allzu großen Hoffnungen machen.«

Vanny kam an den Apparat. George, in ihrer kleinen Wohnung in Bermondsey, redete so fröhlich und unbeschwert wie möglich, während ihre Mutter, dreitausend Meilen entfernt, mühsam in die Sprechmuschel atmete und gar nichts sagte.

»Hi, Vanny. Geht es dir gut?« hörte George sich sagen und begriff, wie idiotisch ihre Frage war. Wie konnte es ihr verdammt noch mal gutgehen? »Kümmert sich Bridget gut um dich? Bestell ihr, daß ich angerufen habe, hm? Mom, ich wünschte, ich könnte bei dir sein.«

Ein leises Klappern ertönte, als Vanny den Hörer fallen ließ. »Wer ist da?« wiederholte sie mehrmals quengelig, und Georges Augen wurden feucht.

»Es tut mir leid«, meldete sich erneut die junge Stimme. »Wie ich schon sagte, sie hat heute einen schlimmen Tag.«

»Ja«, sagte George. »Ja, gut, auf jeden Fall vielen Dank. Wenn Mrs. Connors zurückkommt, seien Sie doch so nett und richten ihr aus, daß ich angerufen habe, okay? Dr. Barnabas. Ja, richtig. Ihre Tochter.«

Sie hängte ein und ließ ihren Tränen freien Lauf, wie nach dem letzten Telefonat mit Bridget, als sie das gleiche Schuldgefühl, die gleiche Hoffnungslosigkeit verspürt hatte. Egal, was sie unternahm, es wäre falsch. In London zu bleiben erschien ihr selbstsüchtig, aber nach Buffalo zu fliegen, wäre absolut sinnlos. Was konnte sie sonst tun, als zu weinen?

Sie schlief sehr schlecht. Als gegen Morgen das Telefon läutete und sie die Augen aufschlug, hatte sie sich so sehr daran gewöhnt, ständig hochzuschrecken, daß sie im ersten Moment glaubte, das Geräusch erklinge mitten in ihrem Kopf. Nachdem sie endlich den Hörer abgenommen hatte, wurde ihre Niedergeschlagenheit in den Hintergrund ihres Bewußtseins gedrängt.

Ein weiteres Feuer sei ausgebrochen, meldete der Polizist am anderen Ende der Leitung. Jemand habe dabei auf die gleiche Weise wie Lisa Zizi den Tod gefunden. Sie möge, bitte, sofort kommen.

12

Der Eindruck des *dejà vu* war übermächtig. Das gleiche Gefühl, sich nicht in der realen Welt aufzuhalten, während sie zu der Adresse fuhr, die der Polizist ihr am Telefon genannt hatte. Das gleiche Leuchten am nachtdunklen Himmel vor ihr, der gleiche Geruch von verbranntem Holz und brennender Farbe, vermischt mit dem des Flusses.

Sie zitterte leicht, als sie über die Narrow Street auf den Grand Union Canal zusteuerte. Mittlerweile konnte sie das Gebäude erkennen, das in Flammen stand. Es war kein Mietshaus, sondern eines der hübschen Terrassenhäuser, vor nicht mehr als zwölf Jahren erbaut, deren Fenster Blumenkästen mit dunkelroten Geranien und Lobelien zierten. Der Anblick der Flammen, die aus einem der Fenster im ersten Stock schlugen, jagte ihr einen Schauer über den Rücken. Dichte Rauchwolken wälzten sich über die von den rotierenden Blaulichtern der gleichen Streifen-, Feuerwehrwagen und Ambulanzen beherrschte Szene. Sollten diese nicht besser nur an einem der Fahrzeuge eingeschaltet sein, ging es ihr flüchtig durch den Kopf, während sie ihren Citroën an den Bordstein lenkte. Oder sind sie wie kleine Kinder, die die Gelegenheit nutzen wollen und alles aufbieten, was ihnen an Spielzeug zur Verfügung steht?

Als sie sich jetzt durch die Traube gaffender Menschen drängte, wurde sie nicht von einem Polizisten angehalten, was ihr half zu begreifen, daß dies kein Traum von ihrem letzten Einsatz war. Dudley stand etwas abseits vom hell erleuchteten Zentrum der allgemeinen Aktivitäten. Er unterhielt sich gerade mit einem seiner Männer und beobachtete, wie einige Feuerwehrleute sich Stück für Stück an den brennenden Gebäudeteil herankämpften, um dort nach eingeschlossenen Opfern zu suchen, während andere in Bademäntel und Decken eingehüllte Leute aus den benachbarten Häusern brachten. Ihre vom pulsierenden Blaulicht der Rettungsfahrzeuge und vom orange-roten Schein des Feuers grotesk verzerrten Gesichter erinnerten George absurderweise an die von Besuchern einer Diskothek.

»Oh, da sind Sie ja!« Dudley holte sie auf den Boden der schrecklichen Tatsachen zurück. »Diesmal haben Sie sich aber beeilt.«

Sie überging den kaum verhohlenen Spott und betrachtete statt dessen das Haus. »Wie beim letzten Mal«, stellte sie knapp fest.

»Ja«, knurrte er. Er drehte sich zu dem Mann neben ihm um, in dem George zu ihrer Erleichterung Michael Urquhart erkannte. »Mike, hören Sie mal nach, wann wir reinkönnen. Das ähnelt mir zu sehr dem ersten Brand, um ein Unglücksfall zu sein. Genaueres können wir natürlich erst sagen, wenn wir uns umgeschaut haben.«

Michael bahnte sich seinen Weg durch das Gewirr von Schläuchen, Kabeln und Wasserpfützen, um mit einem der Feuerwehrmänner zu sprechen, ehe er zu Dudley zurückkehrte.

»Einige von ihren Leuten sind mit ihren Spezialgeräten im Gebäude. Sie halten Funkverbindung nach draußen. Offenbar ist das Feuer von einem Bett ausgegangen. Sie versuchen, es zu bergen, was nicht gerade einfach zu sein scheint.«

»Wie beim ersten Brand. Hab' ich's nicht gleich gesagt?« Dudley tat, als sei diese Erkenntnis völlig neu und nur ihm alleine gekommen. »Es muß Brandstiftung oder etwas noch Schlimmeres sein. Mord durch Feuer. Der gleiche Modus Operandi, darauf wette ich!«

George verkniff sich jeglichen Kommentar, denn Dudley zu beleidigen, würde ihr letztendlich nur schaden. Stattdessen schaute sie zu Michael, der sie anlächelte, und fühlte sich gleich besser.

»Das ist nicht lustig«, fauchte Dudley, der den kurzen Blickwechsel bemerkt hatte. »Es gibt Menschen, die einfach keinen Anstand haben. Sie behandeln Tote wie Schlachtfleisch beim Metzger ...« Nach diesem Schuß in Georges Richtung eilte er zum Einsatzleiter, um sich über den neuesten Stand ins Bild setzen zu lassen.

»Können Sie ihn nicht einfach umbringen?« preßte George zwischen den Zähnen hervor. »So ein aufgeblasener ...«

»Ach, er ist nur müde«, verteidigte Michael ihn. »Er war fast den ganzen Tag auf den Beinen. Dann fuhr er nach Hause, um zu essen und sich von seiner Frau ein wenig verwöhnen zu lassen, und was passiert? Gegen vier Uhr holt man ihn aus dem Bett. Ich kann es dem armen Kerl nicht verübeln, wenn er ein bißchen unfreundlich reagiert.«

»Ich schon«, meinte sie. »Hören Sie, Mike ...«

Plötzlich entstand Unruhe unter den Gaffern. Der dunkle Hauseingang erhellte sich und schien sich zu bewegen. Ein Feuerwehrmann im Schutzanzug stolperte ins Freie. Er trug einen menschlichen Körper auf der Schulter.

Die Besatzung des nächsten Krankenwagens war sofort bei ihm, und gemeinsam brachten sie die Gestalt vom Haus weg. Zwei von ihnen beugten sich über sie, untersuchten sie auf Lebenszeichen und bereiteten ihr Beatmungsgerät vor, während ein dritter Sanitäter den Feuerwehrmann versorgte. George eilte auf die Gruppe zu.

»Lebt sie noch?«

Der Sanitäter hob seinen Kopf, bemerkte ihr Dienstabzeichen und sagte: »'n Morgen, Doktor. Übernehmen Sie jetzt?«

»Nein, nein«, wehrte sie ab. »Ich bin die Pathologin. Schätzungsweise dachten Sie, es gebe Leichen.«

»Womit sie recht hatten.« Der Sanitäter, der sich um die Gestalt auf der Bahre gekümmert hatte, richtete sich auf. »Der hier ist hinüber.«

»Dafür ist meine Abteilung zuständig«, erklärte George. »Lassen Sie mich zu ihr.«

»Finde ich erstaunlich, daß Sie wissen, daß es eine Frau ist«, sagte er. »Es sei denn, Sie ... Kennen Sie sie?«

George verneinte und ging neben der Trage in die Knie. »Es war nur eine Vermutung ... Vor ein paar Tagen kam bei einem ähnlichen Feuer eine Frau ums Leben, daher ... Ich möchte mich trotzdem davon überzeugen. Halten Sie die Leute fern, ja? Ich brauche keine Zuschauer.«

Der Sanitäter erhob sich, um die Neugierigen wegzuschicken, während sich sein Kollege hinter George aufbaute. Ein Federbett, oder zumindest das, was davon noch übrig war, an zahlreichen Stellen geschwärzt und mit Wasser aus den Feuerwehrschläuchen durchtränkt, bedeckte die Leiche. Mit ihrer behandschuhten Hand hob George, die die Vorbereitungen für eine erste Untersuchung längst getroffen hatte, eine Ecke an und schlug sie vorsichtig zurück.

Der Kopf war nach hinten gebogen, so daß das Kinn – vielmehr dessen Überreste – zum fleckigen Himmel zeigte. Die Zähne glitzerten gräßlich durch die von der Hitze gespannten und eingeschrumpften Lippen. Wie bei Lisa Zizi waren die Nase und die Weichteile am Hals bis auf die Knochen verbrannt. Die Sehnen erinnerten an Stricke. Der Oberkörper wies weniger Schäden auf, seine Haut wirkte in dem flackernden Licht sogar glatt.

Als George die Umrisse der Brüste sah, seufzte sie und ließ das Federbett zurückfallen. »Es ist eine Frau, und zwar eine ziemlich junge«, erklärte sie unnötigerweise. »Informieren Sie den Inspector, und bringen Sie sie anschließend ins Old East, okay? Direkt in die Leichenhalle. Da sie bereits bewegt wurde, kann ich vor Ort nichts mehr tun. Obgleich ...« Sie hielt inne, warf einen Blick auf die Trage und schüttelte den Kopf. »Eigentlich würde ich mir gerne das Bett anschauen, wenn das möglich ist. Decken Sie sie zu, dann kann sie ...«

»Nicht bevor ich es ausdrücklich anordne«, knurrte eine Stimme hinter ihr. George drehte sich um und bemerkte den Ärger im Gesicht des Mannes. Selbstverständlich war es alleine seine Entscheidung, ob die Tote abtransportiert werden konnte. Mit ihrer Anweisung hatte sie ihre Kompetenzen eindeutig überschritten. Sie reagierte blitzschnell.

»Inspector Dudley, ich habe darum gebeten, sich erst mit Ihnen abzustimmen, nicht wahr, Leute?« Die Sanitäter nickten wie Marionetten. »Diese Leiche gleicht der vom letzten Feuer. Der Brandherd befand sich im Bereich von Kopf und Gesicht. Mehr kann ich erst nach der Autopsie sagen. Für weitere Untersuchungen ist das Licht hier zu schlecht. Außerdem besteht kein Anlaß zur Eile. Wir werden schon früh genug alles Notwendige erfahren.« Sie richtete sich auf, sah Dudley direkt in die Augen und fuhr, ohne Luft zu holen, fort: »Darf ich noch einen Blick auf das Bettzeug werfen? Vielleicht finde ich irgendwelche zweckdienlichen Hinweise – ehe das Löschwasser sie endgültig vernichtet hat. Wie stehen die Chancen?«

Er wandte sich an den Einsatzleiter. »Die Ärztin will sich im Haus umsehen! Ist das okay?«

Der Feuerwehrmann schaute skeptisch drein. »Da drin ist es ziemlich heiß, Doc«, warnte er. »Auch wenn das Feuer schon erloschen ist.« Und tatsächlich hatten seine Leute in der kurzen Zeit, die George sich mit der toten Frau beschäftigt hatte, den Kampf gegen die Flammen gewonnen. Düster, naß und rußgeschwärzt stand das Haus jetzt im Lichtschein der Rettungsfahrzeuge.

»Können Sie mir einen Schutzanzug besorgen?« fragte sie, und er lächelte.

»Im Wagen liegt ein Modell Größe drei«, sagte er. »Harry!« Ein Feuerwehrmann eilte auf sie zu. »Holen Sie der Ärztin einen Schutzanzug, okay? Und dann nehmen Sie sie mit ins Gebäude.« Er blickte Dudley zweifelnd an. »Sie auch, Inspector?«

Dudley blinzelte und wich beinahe einen Schritt zurück, aber es blieb ihm nichts anderes übrig, als zuzustimmen. Der Feuerwehrmann rief noch einmal nach Harry, der kurz darauf zwei Schutzanzüge anbrachte.

George legte ihren Mantel über die Tür des nächsten Krankenwagens, schlüpfte in den Anzug und zog die schweren hitzebeständigen Stiefel an. Zu groß, aber durchaus tragbbar, ebenso der Helm, den sie aufsetzen mußte. Die Ausrüstung erschien ihr anfangs ziemlich schwer, aber nachdem sie sich daran gewöhnt hatte, fand sie sie nur noch etwas heiß. Sie begann zu schwitzen.

Das Schlafzimmer im ersten Stock bot einen traurigen Anblick. Es war mal reich dekoriert gewesen. Teure Seidentapeten hingen in Fetzen von den Wänden. Das Fenster, vor dem der Toilettentisch stand, zierten gestreifte Vorhänge aus schwerem Brokat in verschiedenen Grüntönen. »Mein Gott«, entfuhr es Harry. »Manche Leute haben schon einen seltsamen Geschmack, nicht wahr?«

»Ja«, pflichtete George ihm geistesabwesend bei und näherte sich vorsichtig dem Bett. Mittlerweile konnte sie erkennen, daß dieses Zimmer nicht so starke Schäden aufwies wie jenes, in dem sie in den frühen Morgenstunden des vergangenen Freitags gewesen war. Dort hatte die Decke durchgehangen und gedroht, jeden Moment einzustürzen, während sie hier, bis auf einen großen schwarzen Fleck direkt über dem Kopfende des Bettes, intakt war.

Das Bettzeug war mit Stickereien verziert gewesen, und sie erinnerte sich, diese auch an dem Federbett der toten

Frau gesehen zu haben. Die Ecken des nach wie vor straff gespannten Lakens waren säuberlich um die Matratze herumgezogen und festgesteckt. Darunter entdeckte sie Reste bestickter Volants, die einmal weiß gewesen sein dürften.

Sie betrachtete das Kopfkissen, das, bis auf die Ränder und den Mittelteil, kaum mehr als ein Haufen Asche war. »Unterm Kopf!« sagte sie laut.

»Wie bitte?« Sie hatte vergessen, daß Dudley hinter ihr stand, und zuckte erschrocken zusammen.

»Ich sagte, der von den Flammen verschonte Teil des Kissens befindet sich genau unter dem Kopf. Sehen Sie, was ich meine? Es ist deutlich zu erkennen, daß das Feuer zu den Rändern hin seine Kraft verloren hat. Vermutlich bringt die Untersuchung dieser Leiche, abgesehen von den weniger gravierenden Verletzungen, das gleiche Ergebnis wie bei Lisa Zizi: Schwerste Verbrennungen an Schultern, Oberarmen und im oberen Brustbereich, die zum Unterkörper hin abnehmen, während die Beine vergleichsweise geringe Schäden aufweisen.«

»Was folgt daraus?« fragte Dudley.

»Daraus folgt«, erwiderte George, »daß der Kopf dieser Frau in Brand gesetzt wurde, was allerdings nur eine Autopsie eindeutig belegen kann. Jemand hat ihn mit einer brennbaren Flüssigkeit übergossen und anschließend angezündet.«

*

George beschloß, direkt ins Krankenhaus zu fahren. Der Versuch, zu Hause etwas Schlaf nachholen zu wollen, erschien ihr sinnlos. Inzwischen war es fast fünf Uhr, und ausschlafen konnte sie später. Vielleicht.

Die Arbeit ohne Danny, ihren Assistenten, der ihr die nötigen Instrumente bereitlegte, war zwar mühsamer und zeitaufwendiger, aber sie bezweifelte nicht, alleine zurechtzukommen. Obgleich sie Dudley mitgeteilt hatte, sie brauche einen polizeilichen Zeugen, konnte sie nicht damit rechnen, daß jemand vom Büro des Coroners erschien. Nicht um fünf Uhr morgens!

»Können Sie die Autopsie nicht verschieben?« erkundigte sich Dudley, während sie draußen in der kühlen Luft standen und die Schutzkleidung auszogen. »Wenn mehr von meinen Leuten ihren Dienst angetreten haben?«

»Selbstverständlich kann ich das«, antwortete sie. »Aber möchten Sie nicht so schnell wie möglich mit gezielten Ermittlungen anfangen?«

»Hm«, machte er. »Ich glaube schon.« Er schaute zu Michael. »Könnten Sie das übernehmen, Mike?«

»Klar. Wenn Sie mir die Überstunden bezahlen, Sir«, stimmte er fröhlich zu. Dudley knurrte etwas und stapfte davon. Michael schmunzelte. »Dr. B., Sie haben es geschafft, den Inspector in seine Schranken zu verweisen. Diesmal mußte er klein beigeben«, meinte er, als beide in Georges Citroën saßen. »Sonst hätte er dieses Zimmer niemals betreten – die letzte Leiche ist ihm doch sehr an die Nieren gegangen. Insofern konnte er sich nicht noch mal mit Ihnen anlegen. Das hat mir richtig gut getan.« Er lachte auf der ganzen Fahrt zum Old East in sich hinein.

Sie brauchte etwa anderthalb Stunden, um genau festzustellen, welchen Verbrennungsgrad die einzelnen Körperteile aufwiesen. Trotz der weitaus geringeren Verletzungen war der Zustand dieser Leiche der Lisa Zizis täuschend ähnlich, auch ihr Gesicht war nahezu vollständig zerstört.

»Sie wissen, worauf das letztendlich hinausläuft, Mike?« fragte sie, während sie die Leiche zudeckte, damit Danny sie später in einem Kühlfach unterbrachte. Sie räumte ihre Proben und Objektträger zusammen und gähnte ausgiebig. »Nun, was meinen Sie?«

»Das ist nicht allzu schwierig«, antwortete Mike, der Georges Beschreibung der Frau aufmerksam verfolgt hatte:

Alter zwischen zwanzig und fünfundzwanzig, geschätzt anhand der Epiphyse auf der Rückseite der Oberschenkel. Nicht schwanger. Schamhaar braun. Beine und Achselhöhlen rasiert. Kopfhaar nicht erhalten. Augen grün ...

Mike versuchte, so gelassen wie möglich zu klingen, als sei er von ihrem Anblick nicht mehr als üblich betroffen.

»Das ist nicht allzu schwierig«, wiederholte er. »Jemand hat etwas gegen wohlhabende Frauen. Gegen alleinstehende Frauen. Vielleicht gegen Postituierte – die erste Tote ist diesem Gewerbe ja eindeutig nachgegangen. Von dieser hier wissen wir es nicht. Sie ist natürlich erheblich jünger. Wie dem auch sei, jemand hat es offenbar auf sie abgesehen. Er schüttet eine brennbare Flüssigkeit über ihre Gesichter und zündet sie an. Schätzungsweise sind sie dabei tot oder bewußtlos. Gibt es bei dieser Leiche Anzeichen für eine andere Todesursache?«

»Nein«, sagte sie. »Genauso wie bei der Lisa Zizis: Schwerste Verbrennungen und keinerlei Rückstände in den Atemorganen, die belegen, daß ihr Tod erst nach Ausbruch des Feuers eingetreten ist. Wenn ich die Körperflüssigkeit teste, werde ich noch nach Drogen und so weiter suchen, was einen Hinweis liefern könnte – eine Erklärung, warum sich das Opfer nicht gewehrt hat, als es in Brand gesetzt wurde. Aber außer einem ziemlich hohen Anteil an Blutalkohol gab es bei der ersten Frau nichts, was auf irgendwelche chemische Substanzen schließen ließ. Auf keinen Fall reichte die Alkoholmenge aus, um ein Koma auszulösen, wie ich kurz vermutet hatte. Wir werden abwarten müssen, bis feststeht, ob auch diese Frau etwas getrunken hat. Aber selbst dann ...« George schüttelte den Kopf. »Ich konnte bei beiden keinen Beweis für eine andere Todesursache als die Verbrennungen finden. Es ist ein absolutes Rätsel.«

»Hm«, machte Michael: »Vielleicht handelt es sich um das Werk eines Serienmörders mit einem besonders grauenhaften Modus Operandi? Wäre das möglich?«

George bestätigte es und blickte auf den anonymen Körper unter der Decke auf dem Autopsietisch. »Möglich wäre es. Ganz bestimmt!«

13

George schickte ihren Bericht noch vor zehn Uhr zu Dudley in die Ratcliffe Street und saß anschließend nachdenklich in ihrem Büro. Ihr war klar, daß es keinen Sinn hätte, sich weiterhin mit einem der drei Fälle zu beschäftigen. Sie hatte soviel getan, wie Dudley ihr gestattete.

Aber das zwang sie nicht aufzugeben. Es mußte doch irgendeinen Weg geben, um Gus von seinem großen Fall abzuziehen. Was könnte denn bedeutender sein als ein möglicher Serienmörder? Womit immer er sich zur Zeit befassen mochte, es mußte wichtiger sein. Der Fall, den er gerade bearbeitete, drehte sich um Geld, das war ihr bekannt, aber der letzte – beziehungsweise die letzten zwei – drehte sich um Menschenleben. Wenn sie den Mann, der diese beiden Frauen in Brand gesteckt hatte, schnell fanden, könnten sie ihn bestimmt von weiteren Verbrechen abhalten. Sie mußte die Dinge selbst in die Hand nehmen und dafür sorgen, daß Gus umgehend sämtliche Informationen erhielt. Danach würde er den Fall gewiß übernehmen.

George war begeistert von ihrem Plan. Bis sie überlegte, auf welche Art und Weise sie ihm alles mitteilen sollte. Sein Telefon war tatsächlich abgestellt. Sie wählte mehrmals seine Nummer und hörte die nervenaufreibende Roboterstimme, die ihr erklärte, der von ihr gewünschte Teilnehmer sei im Augenblick nicht zu sprechen, sie möge es doch später noch einmal versuchen. Wie sollte sie ihn erreichen, ohne auch nur zu ahnen, wo er sich aufhielt?

Es war Michael Urquhart, der ihr den entscheidenden Tip gab. Er meldete sich gegen halb elf, um wegen einer Passage in Lisa Zizis Autopsiebericht nachzufragen, die auf seiner Kopie verschmiert war. Nachdem sie diesen Punkt geklärt hatte, erkundigte sie sich aus einem plötzlichen Impuls heraus: »Mike, wissen Sie zufällig, wo der Chef sein könnte?«

»Hier, im Büro«, antwortete Mike. »Lassen Sie ihn in Ruhe, Dr. B.! Seine Laune ist mieser denn je.«

»Ich meine nicht Dudley«, betonte sie in einem abfälligen Ton. »Ich meine *unseren* Chef!«

»Aha!« Mike lachte schadenfroh. »Demnach verbringt der Meister seine Nächte nicht mehr zu Hause?«

»Mike, fangen Sie nicht auch noch an!« sagte sie heftig.

»Oh, das tut mir leid. Ich wollte Sie nicht ärgern. Sehen Sie, ich kann Ihnen nur berichten, daß er im Augenblick in irgendeiner wichtigen Sache drüben in Poplar und den östlichen Revieren ermittelt. Offenbar haben sich mehrere Gauner zu einem regelrechten Netz zusammengeschlossen, um das ganze Gebiet unter ihre Kontrolle zu bringen. Sie versuchen es genauso wie die Kray-Brüder. Buchmacher, Tankstellen, Autohändler und alle möglichen anderen Gewerbezweige sind daran beteiligt. Salmon erklärte gestern in der Kantine ...«

»Wer?« unterbrach sie.

»Sergeant Salmon. Das ist der neue Mann im Team, erinnern Sie sich? Ein seltsamer Bursche. Ich kann ihn nicht richtig einschätzen. Aber er scheint sein Geschäft zu verstehen. Soweit ich mitbekommen konnte, hat er sich in diese Fälle mächtig reingekniet.«

»Ich erinnere mich«, bestätigte sie. »Ziemlich groß. Und glatt. Ein bißchen zu sehr von sich eingenommen. So toll fand ich ihn auch nicht!«

»Nun, wie auch immer, er erklärte einem seiner Leute, daß sie Schwierigkeiten hätten herauszufinden, wer in dieser Gegend überhaupt anständig ist. Geschweige denn korrupt.«

»Poplar?« fragte sie. »Ein großes Gebiet?«

»Ziemlich«, sagte Mike. »Wohlgemerkt, der größte Teil besteht aus Docks.«

»Wo könnte er sich denn dort am wahrscheinlichsten aufhalten? In einem der Reviere?«

»Nur wenn es unvermeidbar ist«, antwortete Mike. »Nicht, solange er seinen Job in der Ratcliffe Street erledigen kann. Er hängt sehr an seiner vertrauten Umgebung, unser Chief Inspector.«

»Ja«, gab sie zu und lächelte unwillkürlich. Das tat er tatsächlich. Unter normalen Umständen hätte er seine Wohnung niemals in einen derart liederlichen Zustand geraten lassen. Das war auch der Grund, warum sie diese aufgeräumt hatte. Nicht weil der Schmutz und die Unordnung sie abstießen, sondern weil sie wußte, wie sehr er ihre Fürsorge um sein »Gerümpel«, wie er seine sorgfältig ausgewählten teuren Möbel gerne nannte, schätzte. Und um seine Pflanzen, natürlich.

»Folglich dürfte er sonstwo unterwegs sein«, sagte sie. »In seinem alten Wagen. Oder könnte es auch ein Polizeifahrzeug sein?«

»Möglich«, räumte Mike ein. »Oder in einem Restaurant oder Pub. Salmons Bemerkungen zufolge trifft er sich in Lokalen am liebsten mit seinen Spitzeln. Unser Chef hat eine ganze Reihe von Informanten.« Er schüttelte bewundernd den Kopf. »Sicher wird er irgendwo mit ihnen etwas essen oder trinken.«

»Glauben Sie?« fragte George. »Übrigens, Michael, wann ist Ihr Dienst zu Ende?«

»Seit etwa vier Stunden«, erwiderte Mike fröhlich. »Überstunden! Aber nicht mehr viele. Ich muß bald Feierabend machen und mich etwas ausruhen. Nach gestern abend kann ich mich kaum noch auf den Beinen halten.«

»Passen Sie auf ... ich habe eine Idee«, sagte George, und ein bittender Unterton schwang in ihrer Stimme mit. »Mike, Sie sind doch bereit, mich bei der Suche nach ihm zu unterstützen, nicht wahr? Fahren Sie nach Hause. Schlafen Sie sich aus, und heute abend unternehmen wir einen Ausflug nach Poplar, ziehen durch die Restaurants und Kneipen. Na, wie hört sich das an?«

»Wir sollen von einem Lokal zum anderen laufen und ihn suchen – Dr. B., es gibt unzählige in dieser Gegend!« Er hob entsetzt die Hände. »Dafür würden wir einen ganzen Monat brauchen! Und falls wir ihn finden, dürfte er nicht gerade erfreut sein, gestört zu werden.«

»Darum kümmere ich mich schon«, sagte sie voller Selbstvertrauen. »Das ist ganz einfach, Mike. Sie begleiten mich, und sollten wir ihn irgendwo entdecken, verschwinden Sie, und ich erledige den Rest alleine. Auf diese Weise erfährt er noch nicht mal, daß Sie mir geholfen haben. Wie wäre das? Ich will nur, daß er diesen Serienmörder überführt, ehe er erneut zuschlägt.«

»Wir wissen doch gar nicht, ob es ein Serienmörder ...«

»Ich weiß es!« fiel sie ihm ein wenig barsch ins Wort. »Aber Gus weiß es nicht! Und Sie arbeiten doch auch viel lieber mit ihm als mit diesem verdammten Roop!« Da Mike sich nicht äußerte, hatte sie den Eindruck, daß er schwankte, und nutzte sofort ihren Vorteil. »Holen Sie mich gegen sechs im Labor ab, okay? Bis dahin habe ich alles erledigt. Einverstanden?«

»Ich möchte nicht ...«, setzte er an, aber sie gab ihm keine Chance.

»Sie sind wirklich ein großartiger Kerl, Michael Urquhart!« rief George aus, wobei sie seinen schottischen Akzent imitierte. »Und Gus wird der gleichen Meinung sein, sobald ich ihm alles erklärt habe. Wir treffen uns um sechs.« Sie legte auf und stieß beide Daumen in die Luft. Bitte, flehte sie inbrünstig, bitte, lieber Gott, mach, daß er kommt. Und dann laß mich Gus finden. Ich muß mit ihm reden!

*

Zu ihrer unendlichen Erleichterung erschien Mike pünktlich in ihrem Büro. Er trug eine schwarze Jeans und eine Bomberjacke aus Seide zu einem sportlichen Hemd. Sie strahlte ihn an und sagte ihm, wie attraktiv er aussehe, worauf Mike errötete.

»Ach, Sie übertreiben«, wehrte er ab. »Ich wollte nur nicht gleich als Polizist erkannt werden. Schon gar nicht, wenn ich irgendwo rumschleiche, wo ich nicht unbedingt erwünscht bin. Wie zum Beispiel in Poplar.«

»Ist es denn eine so schlimme Gegend?« Sie schloß die Tür ab und eilte vor ihm durch den Innenhof.

»Mitunter schon«, antwortete er. »Und die meisten Polizisten kennen nicht nur die einheimische Prominenz sehr gut, sondern auch die Kollegen aus anderen Revieren. Wenn einer von ihnen dort auftaucht, dann wollen sie natürlich sofort den Grund dafür erfahren. Und das möchte ich vermeiden. Insofern – na ja, schaue ich nicht wie ein normaler und durchschnittlicher Bürger aus?«

George betrachtete seine dunkelgrüne Jacke und kicherte leise. »Sie sind einfach zu schick, um nicht aufzufallen.«

»Nun, Sie würde ich auch nicht gerade als Vogelscheuche bezeichnen«, entgegnete er. »Jetzt fühle ich mich etwas besser. So wie Sie zurechtgemacht sind, wird niemand auf mich achten.«

»Was ist daran nicht in Ordnung?« fragte sie und schaute an sich hinunter. Sie trug eine dunkelblaue Bluse zu weißen Baumwolleggings und Turnschuhen. »Für einen heißen Abend genau das Richtige, oder?«

Mike grinste. »Auf jeden Fall kommen Ihre extrem langen Beine vortrefflich zur Geltung«, stellte er fest.

Nun lag es an ihr zu erröten, und sie war froh, daß sie den Kopf senken konnte, während sie den Wagen aufschloß und einstieg.

»Ach, Quatsch!« sagte sie so beiläufig wie möglich und fuhr vom Parkplatz. »Wo entlang, Mister?«

Geschickt und seinen Anweisungen folgend lenkte George ihren kleinen Citroën durch den dichten Abendverkehr Richtung Osten. Glücklicherweise hatte sie die Sonne in ihrem Rücken. Sie war nach wie vor sehr grell, obgleich sie bereits dem Horizont entgegensank, und blendete sie, wenn sie von den Glasfassaden der hohen Gebäude, die mittlerweile das Bild von Docklands bestimmten, reflektiert wurde.

»Wir fahren erst mal in die Poplar High Street«, erklärte Michael. »Dort können wir genausogut wie anderswo anfangen. Ich hoffe nur, Sie haben eine gesunde Blase.«

»Hey, wie bitte?« Sie starrte ihn von der Seite an. »Was soll das denn heißen?«

»Ich denke, wir werden eine ganze Menge Flüssigkeit zu uns nehmen«, erwiderte er. »Im Gegensatz zu Ihnen möchte ich meinen Spaß haben, wenn ich schon mal hier bin.«

»Das entscheide ich zum gegebenen Zeitpunkt.«

»Man sollte sich keine Gelegenheit entgehen lassen«, murmelte er und grinste. »Das ist eine goldene Regel. Dort entlang erreichen wir die High Street. Gleich um die Ecke gibt es eine Pizzeria. Und der Chef liebt Pizzas.«

»Ich weiß«, sagte sie. »Wenn ich davor halte, könnten Sie vielleicht schnell reinspringen und nach Kleingeld fürs Telefon fragen. Und nach ihm Ausschau halten.«

»Ich ahnte es schon. Letztendlich werde ich die Taschen voller Kleingeld haben«, beschwerte er sich, stieg jedoch aus, sobald sie den Wagen zum Stehen gebracht hatte, und verschwand in dem Restaurant.

Auf der Straße herrschte reger Betrieb. Leute spazierten umher, unterhielten sich angeregt oder eilten mit gesenkten Köpfen zielstrebig an ihr vorbei zu den Bushaltestellen. Sie hoffte, Gus zwischen ihnen zu entdecken, und mußte erkennen, wie schwierig es war, sich in einer Menschenmenge auf eine bestimmte Person zu konzentrieren. Ihr Mut sank. War dies möglicherweise die dümmste Expedition, zu der sie jemals aufgebrochen war? Sie begann, es zu befürchten, was sich in den folgenden Stunden bestätigen sollte.

Mike kam mit jeder Menge Münzen zurück, nachdem ihn der Mann hinter der Theke als eine verdammte Nervensäge tituliert hatte. Ähnliche Komplimente handelte er sich in den nächsten drei Restaurants ein.

Danach wechselten sie sich ab. Hamburgerbuden, chinesische Restaurants – in denen sie um Speisekarten für eine telefonische Bestellung baten –, und sich nach Gus umsahen.

Gegen acht Uhr wurde Mike sehr einsilbig. Um neun konnte er seine Gereiztheit nicht mehr verbergen, und um halb zehn tauschten sie die ersten Unfreundlichkeiten aus. Sie waren mittlerweile in den wenigen in Frage kommenden Etablissements südlich der Poplar High Street gewesen, denn die Gegend bestand vorwiegend aus India und Millwall Docks. Auch die Gebäude zwischen der Poplar High Street im Süden und der East India Dock Road im Norden sowie jene zu beiden Seiten der West India Dock Road und der Cotton Street hatten sie sich vorgenommen.

Obgleich die Häuser offensichtlich leerstanden, hatte sich George zudem nicht davon abbringen lassen, sich auch in den Seitenstraßen umzuschauen, in der Hoffnung, Gus in einem der verschwiegenen Restaurants zu finden oder wenigstens seinen Wagen irgendwo zu entdecken.

Nachdem sie auch dort eine Niete nach der anderen gezogen und das Ende der Bazely Street, der letzten Straße vor der Cotton Street, erreicht hatten, streikte Mike.

»Das wird doch nie etwas, Dr. B.«, klagte er. »Ich gehe keinen Schritt mehr. Mir reicht es endgültig!«

»Ach, Mike, wir haben es bis hierher geschafft und können doch jetzt nicht kapitulieren. Irgendwo muß er schließlich stecken. Sie haben selbst gesagt, daß er nur in Poplar sein kann.« Sie klang, als würde sie jeden Moment in Tränen ausbrechen.

»Eigentlich nicht.« Er schüttelte energisch den Kopf. »Ich habe gemeint, daß er vielleicht in dieser Gegend anzutreffen ist, sich aber genausogut weiter östlich oder südlich aufhalten könnte. Ich denke an Blackwell und Millwall und vielleicht sogar Canning Town. Aber es ist unmöglich, das ganze East End nach ihm zu durchkämmen.«

»Das ist mir klar, aber ich habe so eine Ahnung. Ich will es weiter versuchen. Nur noch eine halbe Stunde – bitte!« Sie wußte, daß sie kindisch war, aber die Vorstellung, nach Hause zu fahren und sich ihr Scheitern einzugestehen, konnte sie nicht ertragen. Unter keinen Umständen! »Nur noch eine halbe Stunde.«

»Oh, Dr. B., welchen Sinn sollte das haben?«

Nach einer kurzen Debatte gab er sich, natürlich, geschlagen. Er war ein netter junger Mann und, wie er etwas resigniert einräumte, nicht in der Lage, sich energischen Frauen gegenüber durchzusetzen. »Meine Mutter ist genauso wie Sie. Werde ich jemals lernen zu gehorchen und meine Energie nicht mit Widerstand zu vergeuden?«

Sie lachte, streckte die Hand aus und tätschelte sein Knie, bevor sie startete. »Wohin jetzt?«

»Auf die andere Seite der High Street«, schlug er vor. »Biegen Sie am Ende der Straße nach rechts ab. Dann müßten wir zur Ida Street kommen. An der Ecke Follett Street und Susanna gibt es einen netten Pub, soweit ich mich erinnere. Dort können wir es mal probieren.«

Hatte sich ihr Schutzengel endlich erweichen lassen, nachdem sie nahe daran gewesen war, Mikes Weigerung, die Suche fortzusetzen, nachzugeben? Sie zog es vor, über die Folgen nicht nachzudenken. Selbst wenn das Ergebnis nicht rundum zufriedenstellend war, zahlte sich ihre Beharrlichkeit aus. Die mit Ornamenten versehenen Glasfenster sowie das dunkle, auf Hochglanz polierte Holz verliehen dem Pub eine altmodische Atmosphäre. Eine Band mit fragwürdigem Talent spielte laut für Gäste mit noch fragwürdigerem musikalischem Geschmack. Im ersten Moment zuckte sie innerlich zurück. Sich in ein solches Getümmel zu stürzen, hielt sie für eine zu harte Mutprobe. Dann holte sie tief Luft und faßte sich ein Herz. Wenn sie jetzt klein beigab, mußte sie sich selbst als Verliererin bezeichnen.

»Diesmal möchte ich etwas trinken«, rief Mike ihr ins Ohr. »Seit Stunden rennen wir durch die Gegend, und ich habe mehr Kleingeld in den Taschen, als ich in meinem ganzen Leben ausgeben kann; außerdem knurrt mir der Magen, und meine Kehle ist trocken, dabei war ich wegen Ihrer Blase besorgt.«

»Sie sind mein Gast«, bot George spontan an.

»Das gefällt mir schon besser.« Er grinste und bahnte sich seinen Weg zur Theke.

Es dauerte einige Zeit, bis sie den Barkeeper auf sich aufmerksam gemacht hatten, um einen halben Liter Lager für Mike und ein Bitter Lemon für George zu bestellen. »Ich muß noch fahren«, erklärte sie betont tugendhaft und kniff die Lippen zusammen, woraufhin er schallend lachte. Dann drehten sie sich um, lehnten sich mit dem Rücken an das schmale Stück Theke, das sie sich erkämpft hatten, und ließen ihre Blicke in die Runde schweifen.

Das typische East-End-Publikum, entschied George: Frauen in engen, tief ausgeschnittenen, mit glitzernden Pailletten besetzten Pullovern oder ähnlich offenherzigen, flatternden Trägerhemden, allerdings mit Satinhäschen und Schleifen verziert, und Röcken, die so kurz waren, daß sie eher aussahen wie überbreite Gürtel sowie mit den wildesten Frisuren und schrillen Make-ups. Dazwischen vereinzelte nostalgisch anmutende Punks und zahlreiche kahlgeschorene Männerschädel – einer hatte, wie sie mit beinahe akademischem Interesse zur Kenntnis nahm, eine Tätowierung, die an einen Streifencode erinnerte – und eine reichliche Kollektion an männlichen Ohrringen, Halsketten sowie exotischen Aftershaves.

»Schauen Sie sich die mal an«, murmelte Mike ihr ins Ohr. »So viele Gauner sind nur selten auf einem Haufen anzutreffen. Könnten wir uns die alle gründlich vornehmen, hätten wir die Hälfte aller Verbrechen in Poplar aufgeklärt. Und zwar auf einen Streich.«

»Und warum tun sie das nicht? Die Beamten, die hier zuständig sind, meine ich?«

»PACE!« Mike verzog säuerlich den Mund. »Der Police and Criminal Evidence Act legt uns Handschellen an, die wir ständig tragen müssen, wie Sie sehr wohl wissen. Wohlgemerkt« – er nahm einen tiefen Schluck von seinem Bier und fixierte dann das fast leere Glas – »es gibt überall korrupte Polizisten, die ohne Pace ein erheblich angenehmeres Leben führen würden, also ist er letztendlich doch nicht so schlecht.« Er trank aus. »Jetzt bin ich wohl an der Reihe.«

»Wohl bekomm's!« ermunterte sie ihn. »Ich habe damit genug.« Sie nippte an ihrem Bitter Lemon und setzte ihre Beobachtungen fort.

Als es passierte, geschah es so plötzlich, daß ihr Herz stolperte. Ihr medizinisch geschultes Bewußtsein registrierte die Reaktion, und sie überprüfte ihren Puls. Er raste. Als sie die für einen derart heftigen Adrenalinausstoß typische Leere in der Magengrube verspürte, zwang sie sich, tief und ruhig durchzuatmen.

Gus war in dem Moment zu ihrer Linken aufgetaucht, in dem sich Mike über die Frau, die dicht vor ihm stand, abfällig geäußert hatte. Sie war erschreckend dünn und hatte zerbrechlich wirkende dünne Beine. Obgleich sich ihre Rippen deutlich abzeichneten, trug sie ein Hemd mit ebenso tiefem Ausschnitt und einen extrem kurzen Rock wie die erheblich jüngeren Mädchen im Pub. George quittierte Mikes Bemerkung mit einem Kichern und drehte sich halb zur Seite, um etwas zu erwidern, als Gus' Frage in ihrem anderen Ohr dröhnte.

»Und was treibt ihr beide hier?« Trotz des extremen Geräuschpegels war der eisige Unterton seiner Stimme nicht zu überhören.

»Gus!« rief sie aus, wandte sich ihm zu und bemühte sich um ein strahlendes Lächeln. »Gus, ich habe dich überall gesucht! Es ist eine halbe Ewigkeit her, seit wir ...«

»Tatsächlich? Aber von Langeweile kann bei dir keine Rede sein!« Er musterte Mike abschätzend. Zorn blitzte in seinen Augen. Sie hatte ihn noch nie zuvor so wütend gesehen. Sie umklammerte seinen Unterarm.

»Gus? Selbstverständlich habe ich mich gelangweilt, du gefühlloser Kerl!« Sie benutzte absichtlich eines seiner Worte. »Aber es hat sich gelohnt. Wir haben dich nämlich gefunden. Schau mal, Gus, es gibt etwas, worüber ich unbedingt mit dir reden muß ...«

»Ich glaube, ich gehe jetzt lieber«, meinte Mike und ließ seinen Blick zwischen ihr und Gus und seinem halbleeren Glas Bier hin und her wandern. Er wandte sich um, stellte es auf die Theke und drängte sich Richtung Ausgang.

»Ja, das denke ich auch, und zwar schnellstens«, pflichtete Gus ihm bei. »Wir unterhalten uns ein andermal.« Mike drehte sich nicht mehr um. George fixierte Gus mit zusammengezogenen Augenbrauen und spürte, wie auch sie allmählich wütend wurde.

»Gus, was zum Teufel ist los mit dir? Er hat mir den ganzen Abend geholfen, dich ausfindig zu machen, und du behandelst ihn wie den letzten Dreck! Spinnst du?«

»Wie bitte?« Er fuhr herum und starrte sie an. »Ich spinne? Nein. Ich spinne nicht. Ich bin nur wütend, und zwar nicht zu knapp.«

»Aber warum?« Sie war zutiefst verwirrt. »Weil ich dich gesucht habe?«

»Du hast mich gesucht? Den Blödsinn kannst du deiner Großmutter erzählen. Ich nehme dir diesen Quatsch jedenfalls nicht ab!« herrschte er sie an. Dann konnte er sich nicht länger beherrschen. »Zum Teufel noch mal, George, kaum lasse ich dich alleine, schmeißt du dich einem anderen Kerl an den Hals – noch dazu ausgerechnet einem meiner eigenen DC's. Konntest du nicht wenigstens irgendwohin gehen, wo ich mit Sicherheit nicht anzutreffen war, und fällt dir keine bessere Erklärung ein als du hättest mich gesucht? Himmel Herrgott, für wie dämlich hältst du mich eigentlich?«

Sie starrte ihn entgeistert an, während ihr Zorn verrauchte. Plötzlich erfüllte sie eine innere Wärme und steigerte sich zu unbändiger Freude, die sich nur auf eine einzige Art und Weise ausdrücken ließ. Und sie tat es.

Sie hob das Kinn, schaute empor zu der dunklen, von dichten Rauchschwaden umwaberten Decke und brach in seliges Gelächter aus.

14

Oh, Gus«, brachte sie schließlich heraus. »Oh, Gus, du bist richtig süß!«

»Süß?« Er brüllte es so laut, daß einige Gäste zusammenzuckten und ihn irritiert anstarrten. »Süß nennst du das? Ich habe noch nie einen derart idiotischen ...«

»Eifersüchtig«, zwitscherte sie. »Du bist ja eifersüchtig!« Sie strahlte ihn an, war sie doch glücklich wie selten zuvor. »Das gefällt mir. Mir wird richtig warm ums Herz.«

»Ich weiß gar nicht, warum ich überhaupt noch mit dir rede«, tobte er. »Du hast ja nicht mehr Hirn als eine Eintagsfliege.«

»Und deine Manieren sind die einer Laus«, konterte sie und funkelte ihn zornig an. Allmählich ging es ihr ein wenig zu weit. »Hör endlich auf, Gus! Ich bin hierhergekommen, um dich zu suchen, und Mike hat mir dabei geholfen. Deine Eifersucht ist absolut unbegründet. Ende der Diskussion, klar?«

»Einfach so? Weshalb sollte ich mich damit zufrieden geben?«

»Weil ich es dir sage«, entgegnete sie. »Ich habe dir die Situation erklärt, und du mußt mir glauben, denn ich lüge dich nicht an.«

»O ja, das tust du sehr wohl«, schnappte er. »Während des Oxford-Falles zum Beispiel. Denk nur an deine sogenannte Geburststagsparty und ...«

»Das war keine Lüge«, wehrte sie sich ungehalten. »Das war nichts anderes als ein notwendiger – Vorwand, um einen besonders kniffligen Fall zu lösen. Und das ist mir letztendlich auch gelungen, oder etwa nicht? Worüber regst du dich also auf?«

»Über dich. Du spielst dich auf wie die Unschuld vom Lande, gibst vor, in Worten und Taten, absolut ehrlich zu sein, dabei kannst du die hinterhältigste, raffinierteste ...«

»Ich!« Jetzt geriet sie richtig in Rage. »Ich hinterhältig? Die ehrlichste und aufrichtigste ...«

»Was ist denn nun mit der Flasche, die Sie mir versprochen haben, Gus?« Die Stimme war heiser und ölig. George drehte sich um und sah hinter sich einen hochgewachsenen Mann stehen, der Gus angrinste.

Er war riesig, beinahe quadratisch, und da er – sie ging von ihren einsfünfundsiebzig aus – knapp einsneunzig groß sein dürfte, mußte er eine enorme Masse mit sich herumschleppen. Auf den ersten Blick konnte sie seine Ausmaße kaum fassen: Er hatte unglaublich breite Schultern, trug makellos glatte dunkelbraune Seide und edlen Zwirn sowie ein strahlend weißes Oberhemd. Eine locker gebundene Fliege mit gelb-braunem Paisleymuster stützte sein mächtiges Doppelkinn. Sein Gesicht war sehr breit, sehr blaß und sehr glatt. Seine großen Augen schimmerten grün und bildeten einen seltsamen Kontrast zu seinen kräftigen, aber farblosen Wimpern und Brauen. Er hatte durchaus volles, jedoch so feines und helles Haar, daß es fast unsichtbar war und er selbst aus dieser Entfernung kahl erschien. Der Mann war eine der merkwürdigsten Erscheinungen, die George je gesehen hatte.

»Nun, wo ist sie, Gus? Wollen die Scheißkerle Sie nicht bedienen? Jim! Eine Flasche Bolly, aber ein bißchen plötzlich!« Obgleich er seine Stimme nicht erhoben hatte, brach hinter der Bar sofort Hektik aus. Noch bevor sich der große Mann umdrehte, stand ein Tablett mit einer eisgekühlten

Flasche, einer großen Schüssel Salznüsse und Gläsern auf der Theke.

»Bitte sehr, Mr. Ledbetter«, sagte der Barkeeper, und Gus schaute ruckartig hoch.

»Das ist meine Bestellung«, erklärte er und griff in die Hosentasche, doch der Mann namens Ledbetter grinste und schüttelte den Kopf.

»Schreib's auf meine Rechnung, Jim«, sagte er. »Bringen Sie sie mit, Gus. Und auch Ihre kleine Freundin.« Er lächelte Gus entwaffnend an, würdigte George aber nach wie vor keines Blickes. Dann machte er kehrt und setzte sich in Bewegung, und die Menge trat unaufgefordert zur Seite.

»Komm schon«, murmelte Gus. »Und sag verdammt noch mal kein Wort, ohne mich vorher zu fragen! Hör nur zu und merk dir alles. Ich erkläre es dir später – vielleicht.« Er nahm das Tablett und folgte dem großen Mann, und George blieb nichts anderes übrig, als sich ihm anzuschließen.

Als Gus ihn einholte, hatte er es sich bereits auf einem Hocker in einer Nische bequem gemacht und redete leise auf einen Mann ein. Dieser schaute daraufhin über seine Schulter und verschwand im Getümmel. Gus stellte das Tablett auf den Tisch vor Ledbetter und schob einen Hokker für George und einen zweiten für sich selbst zurecht. George fühlte sich wie ein Kind zu Füßen eines Geschichtenerzählers, nachdem sie Platz genommen hatte. Sogar im Sitzen schien Ledbetter sie zu erdrücken.

»Wäre jetzt nicht eine Vorstellung fällig, Gus?« fragte der Mann.

»Dies ist eine alte Freundin, George Barnabas«, sagte Gus. »Dr. Barnabas, Monty Ledbetter, ein langjähriger Bekannter.«

»George?« wiederholte Monty. »Ist das eine Kurzform?« Er musterte sie jetzt, sehr direkt und berechnend, und George spürte, wie sie sich innerlich anspannte.

»Es gibt keine«, erwiderte sie knapp. »Ich heiße nur George.«

»Weshalb?« Sie blinzelte bei der Direktheit dieser Frage.

»Ihr Großvater hatte nicht viel für Frauen übrig«, schaltete sich Gus ein. »Er hatte aber nur eine Tochter. Das konnte er nicht verwinden und vererbte sein ganzes Geld dem Kind seiner Tochter, sofern es nach ihm benannt würde. Er starb vor der Geburt seiner Enkelin – hier ist sie: George!«

Monty Ledbetter grinste. Seine Zähne mußten ein Vermögen gekostet haben. »Eine Feministin, hm? Sind Sie deshalb Ärztin geworden?«

»Jein«, antwortete George. »Auf die erste Frage ja, auf die zweite mit Einschränkungen.«

»Aha!« Ledbetter freute sich über seine Scharfsinnigkeit. »Dann lag ich zumindest teilweise richtig. Ärztinnen – sie wollen immer beweisen, wie gut sie sind.« Er nickte, offensichtlich selbstzufrieden. »Mit Ärzten kenne ich mich aus. In meiner Familie gibt es mehrere.«

»Oh!« Obwohl George kein Interesse an weiteren Informationen signalisierte, war er fest entschlossen, ihr diese zu liefern.

»Zwei meiner Neffen sind Ärzte. Einer ist Chefarzt.« Er sagte es voller Stolz und betonte jede Silbe. »In Amerika. Der andere« – er strahlte – »hat sich in der Harley Street niedergelassen.«

»Oh«, wiederholte George und verkniff sich, was sie allen Leuten gegenüber tat, die diese Adresse für eine ganz besondere Qualifikation hielten, klarzustellen, daß dort jeder Quacksalber Räumlichkeiten anmieten konnte. »Tatsächlich?«

»Hm.« Mr. Ledbetter schien diese Reaktion als eine Art Gratulation zu verstehen. »Nicht schlecht, was? Er ist Chirurg.« Er fixierte sie. »Und Sie sind Feministin. Eine von denen, die am liebsten alle Büstenhalter verbrennen.«

»Nein«, widersprach George, deren Unbehagen sich verstärkte. »Nur eine praktisch orientierte Frau. Genauso wie meine Mutter.«

»Ich mag praktische Frauen. Sogar wenn sie ihre Büstenhalter verbrennen«, sagte Monty. »Vielleicht dann ganz besonders.« Er deutete auf die Flasche. »Etwas Champagner, Dr. George? Er wird Ihnen bekommen. Reinigt den Organismus.«

»Bislang konnte ich keinerlei ...«, begann George. Selten hatte sie eine alberne Bemerkung über die Auswirkung von alkoholischen Getränken derart gestört.

»Gute Idee!« unterbrach Gus sie. »Ich übernehme die Rolle des Gastgebers. Achten Sie nicht auf George, okay? Sie ist eine Freundin, wie ich gerade sagte. Eine gute Freundin.« Er grinste ein wenig anzüglich. »Wir können offen reden. Sie wird nichts weitererzählen, nicht wahr, George?« Er warf ihr einen bittenden und zugleich befehlenden Blick zu, der sie ihren Ärger über den ungeklärten Streit endgültig vergessen ließ. Dieses Treffen stand offensichtlich in Verbindung zu seinem Fall, und das bedeutete, daß sie mitspielen mußte.

»Selbstverständlich«, meinte sie und mimte die Gelangweilte. Sie lehnte sich auf ihrem Hocker zurück und griff nach dem Glas Champagner, das Gus ihr mit unbeweglicher Miene reichte.

»Nun, Monty«, fing er an. »Wie wahrscheinlich ist es, daß sie es tun? Ihre Meinung zu diesem Punkt wäre sehr nützlich für mich.«

»Das kann ich nicht beurteilen«, sagte Monty ausweichend. »Ich werde mich bemühen, sie in eine bestimmte Richtung zu drängen, aber ich bin nur eines unter mehreren Mitgliedern.«

»Immerhin der Vorsitzende«, korrigierte Gus.

»Na schön, aber ein demokratischer. Säße ich ansonsten im Rat? Ich kann Ihnen nur versichern, daß das Komitee durchaus kompetent ist. Mit Nieten habe ich mich noch nie abgegeben, das ist denen bekannt. Daher stellen sie sicher, daß ich die besten Leute bekomme, die für diesen Job aufzutreiben sind. Im übrigen überwachen sie den Verlauf des gesamten Projektes sehr sorgfältig und entscheiden über notwendige Änderungen.«

Seufzend hielt Ledbetter sein Glas hoch, um es nachfüllen zu lassen. Offenbar braucht er den Champagner dringend, dachte George. Er trinkt ihn wie Limonade.

»Ich für meinen Teil, Gus, möchte nur, daß man sich anständig um die Kinder kümmert, wenn Sie verstehen, was ich meine. Es ist schon schlimm genug, daß sie arm sind, keine Aussicht auf eine bessere Zukunft haben und ohne uns zu einem miserablen Leben verdammt sind.«

»Aber wenn es durchgeht, werden Sie dann ...«, sagte Gus, und Monty hob die Hand.

»Keine Namen, kein Strafexerzieren in voller Marschausrüstung. Würde ich so etwas vor Ihnen geheimhalten? Niemals! So gut müßten Sie mich mittlerweile kennen. Eines dürfen Sie mir glauben: Sollte es durchgehen, werde ich verdammt genau darauf achten, wer aus dieser Sache was herausholt. *Cui bono, eh? Cui bono.*«

George war verblüfft und schämte sich sofort dafür. Warum sollte dieser Mann, wer immer er war, nicht ein lateinisches Zitat anführen können? In diesem Zusammenhang schien es angebracht zu sein. *Cui bono*: Zu wessen Nutzen? Gus wollte etwas über einen Rat erfahren, dem dieser Mann vorstand und der einem Vorhaben zustimmen konnte, das Gus nicht sonderlich gefiel.

Als Monty erneut das Wort ergriff, wurde George allmählich klar, worum es sich dabei handelte.

»Bauunternehmer sind knallhart«, erklärte er ernst und mit Nachdruck. »Davon konnten Sie sich doch selbst überzeugen. Denen ist jedes Mittel recht, um den Zuschlag zu bekommen, vor allem in Zeiten, in denen das Angebot seriöser Projekte derart rückläufig ist. Wenn Sie diese Geschichte absegnen, werden umfangreiche Renovierungen und die Errichtung eines bestimmt nicht kleinen zusätzlichen Gebäudes anfallen. Logischerweise gibt es einige Leute, die einen dieser Verträge nur zu gerne abschließen würden. Ich tue im Rat, was in meiner Kraft steht, um zu verhindern, daß bei der Vergabe von Aufträgen krumme Dinger laufen, aber nicht einmal ich kann überall zugleich sein. Daher schlage ich Ihnen folgendes vor, Gus: Ich riskiere mein Leben und mache für Sie den Maulwurf, wenn Sie sich um einige von diesen Gaunern kümmern, die versuchen, meine Angestellten abzuziehen. Ist das ein fairer Handel?«

Gus lachte ungläubig. »Ich habe Probleme, mir vorzustellen, daß Sie jemand bedroht«, erklärte er. »Sie riskieren Ihr Leben? Nun übertreiben Sie mal nicht, Monty.«

»Seien Sie sich mal nicht zu sicher!« Monty schüttelte gekränkt den Kopf. »Ich bin verletzbar, wie Sie sehr wohl wissen.«

»Monty, Sie sind nicht weniger verletzbar als eine ganze Panzerdivision«, sagte Gus. »Was meinen Sie denn, wie viele Typen es wagen würden, Ihnen des Nachts aufzulauern? Die zertreten Sie doch wie lästiges Ungeziefer. Welche Größe haben Ihre Schuhe überhaupt?«

»Fünfzehn, ich lasse sie bei Lobb's anfertigen«, antwortete Monty und grinste Gus zu. »Ich bin ein ziemlich einmaliger Zeitgenosse, nicht wahr, Dr. George? Ich wiege knapp hundertfünfzig Kilo, und das sind ausschließlich Muskeln. Nicht ein Gramm Fett! Außerdem bin ich mindestens so schnell wie die Boxer unten in Christos Sporthalle, fragen Sie ihn nur. Ich finde heutzutage noch nicht einmal einen Sparringspartner, weil niemand sich an mich herantraut. Beim Militär war ich in der Schwergewichtsklasse.«

»Das glaube ich gerne«, murmelte George und betrachtete den mächtigen Arm, den Monty ihr demonstrativ hingestreckt hatte.

»Na los, fühlen Sie mal!« verlangte er. Sie gehorchte und drückte vorsichtig seinen Bizeps. »Sehen Sie, was ich meine? Ziemlich hart, nicht wahr? Und groß. Dennoch bin ich verletzbar.« Er drehte sich wieder zu Gus um. »Einige dieser Scheißkerle schrecken vor nichts zurück, wenn man ihnen in die Quere kommt. Ich habe einige Jahre auf Baustellen verbracht, erinnern Sie sich – es sind nur ein mittelgroßer Kran und eine Abrißbirne nötig, um mich plattzumachen.«

»Jetzt übertreiben Sie aber wirklich, Monty«, stellte Gus fest, »aber einverstanden: Sie informieren mich über den Beschluß des Komitees im Zu ... über die Entscheidung des Komitees«, verbesserte er sich, nachdem Monty ihm einen beschwörenden Blick zugeworfen und unmerklich in Georges Richtung genickt hatte. »Und ich halte Augen und Ohren offen, was die Aufträge betrifft. Solange ich in der Nähe bin, wird Ihnen nichts passieren. Seien Sie unbesorgt.«

»Ich bin kein ängstlicher Mensch«, erklärte Monty, während er sich erhob. Er erdrückte sie fast mit seiner Masse, und George stand, beinahe reflexartig, ebenfalls auf. »Ich muß los. Ihr beide leert in Ruhe den Champagner und beendet euren Streit, worum immer er sich dreht. Es hat keinen Sinn, sich mit seinem Freund zu zanken, Dr. George, nicht wahr? Das verdirbt einem nur den Spaß. Sie sollten sich mal bei meiner Frau erkundigen, wie man mit einem Mann umgeht. In dieser Hinsicht ist sie ein wahres Genie. Sie engagiert sich für ihren Wohltätigkeitsverein, leitet einen Laden für Second-Hand-Kleidung, versorgt die Familie und hat sogar noch Zeit für mich« – er warf Gus einen Seitenblick zu und grinste ihn lüstern an, was in George den Wunsch weckte, die beiden mit den Köpfen aneinanderzuschlagen – »und widerspricht mir niemals. Eine wunderbare Frau! Einfach göttlich! Nun, ich lasse Sie jetzt alleine. Melden Sie sich, Gus. Vergessen Sie es nicht, ich tu's nämlich ganz bestimmt nicht.« Er verließ den Pub, wobei die Gäste ihm wie zuvor bereitwillig Platz machten. George schaute ihm stirnrunzelnd nach.

»Mein Gott«, sagte sie, nachdem sich die Tür hinter ihm geschlossen hatte. »Was zum Teufel war das denn?«

»Ein Lichtblick«, antwortete Gus geistesabwesend. Er setzte sich und griff nach der Flasche. »Wir sollten sie wirklich austrinken. Hast du schon gegessen? Wir könnten uns ein Restaurant suchen ...«

George winkte ab, als er ihr nachschenken wollte. »Nein. Für mich nichts mehr. Ich muß noch fahren. Was steckt tatsächlich hinter dieser Geschichte? Und warum hat er mich so seltsam angesehen, als du ...«

»Ich war im Begriff, zuviel zu sagen«, unterbrach Gus sie und schaute sie an. »Hör mal, George, das war kein besonders günstiger Zeitpunkt. Ich ermittle gerade im härtesten Fall meiner ganzen Karriere, und du tauchst hier mit Michael Urquhart auf und läßt mich ...«

»... aussehen wie den traurigen Helden in einem Melodram?« beendete sie für ihn spöttisch den Satz. »Was fällt dir eigentlich ein, Gus, mich derart anzumachen? Mir zu unterstellen, daß ich dich mit Mike betrüge – also wirklich! Hältst du das für wahrscheinlich?«

»Ist ja gut! Ich habe mich geirrt, okay? Es war nur – ich habe nun mal nicht erwartet, dich hier zu treffen. Das hat mich etwas aus dem Gleichgewicht geworfen.«

»Und du hast das halbe Lokal mit einbezogen«, beschwerte sie sich. »Verdammt noch mal! Gus, du kannst mir vertrauen! Und nicht nur darauf, daß ich mich nicht mit anderen Kerlen vergnüge, wenn du mal nicht da bist, sondern auch, daß ich mich nicht einmische, wenn du dienstliche Angelegenheiten zu regeln hast. Ich denke, ich arbeite schon lange genug mit dir zusammnen, um genau zu wissen, wann ich den Mund halten muß. Aber du bist noch nicht einmal in der Lage, deinem Freund Monty dem Riesen zu erzählen, daß ich deine zuständige Gerichtsärztin bin. Warum nicht? Hätte es dir in irgendeiner Weise geschadet?«

»Er sollte nicht erfahren, daß du auch bei der Polizei bist«, verteidigte sich Gus. »Es war schon schwierig genug, ihn zu einem Gespräch mit mir zu überreden – er ist eine ganz große Nummer in diesem Viertel und nicht gerade die Idealbesetzung für einen Maulwurf.«

»Ein Maulwurf ...« Georges Stimme hatte einen sarkastischen Unterton.

»Ein Informant. Ich dachte, dieser Begriff sei dir geläufig.«

»Das ist er auch«, erwiderte George spitz. »Damit wollte ich nur sagen, daß er der typische Maulwurf ist. Bei der Statur, dem seltsamen Gesicht und den blonden Wimpern!«

»Kein Grund, derart ironisch zu sein. Ich sagte doch, er ist hier eine große Nummer. Im Rat sitzt er schon seit einer Ewigkeit – er ist stellvertretender Führer seiner Gruppe und mischt bei mehr Geschäften mit, als du dir vorstellen kannst. Er ist ein echter Lokalmatador. Seine alte Mutter wohnt immer noch in der Straße, in der sie geboren wurde – sie dürfte mittlerweile über neunzig Jahre alt sein – zusammen mit Montys jüngster Schwester, die sich um sie kümmert, und die ist auch schon über sechzig. Er hat noch etliche andere Geschwister, die selbst schon Großeltern sind, und er sorgt für alle. Mein Gott, mindestens die Hälfte von ihnen steht auf seiner Lohnliste.«

»Und welches Gewerbe betreibt er?«

Gus schüttelte den Kopf. »Welches Gewerbe betreibt er nicht? Er besitzt eine Immobilienagentur, die vorwiegend Büro- und Fabrikationsräume vermittelt. Außerdem gehören ihm eine Kette von Tabak- und Zigarettenläden sowie einige Fabriken. Er ist ein bemerkenswert erfolgreicher Geschäftsmann.«

»Ist er anständig?« erkundigte sich George. »Oder ist er einer von den Gaunern, denen du auf den Fersen bist?«

Gus brachte ein Lächeln zustande. »Wir haben ihn auf Herz und Nieren überprüft. Er ist der anständigste Zeitgenosse in der Gegend. Keiner einzigen Gesetzesübertretung hat er sich verdächtig gemacht. Monty ist okay, einer von den alten Londonern. Sozusagen das Salz der Erde.«

»Hast du deshalb solche Manschetten vor ihm?« wollte George wissen.

Gus starrte sie verblüfft an. »Das ist wohl ein Witz, Schätzchen! Warum sollte ich Manschetten vor ihm haben?«

»War nur eine Vermutung. Nachdem du mich angefaucht hattest, still zu sein.«

Er seufzte theatralisch. »Mir ist es wichtig, Vergnügen und Geschäft zu trennen, verstehst du? Wir beide riskieren eine ganze Menge, Monty und ich. Auf keinen Fall möchten wir die Leute aufscheuchen, hinter denen wir her sind. Außerdem finde ich es unnötig, dich in die Angelegenheiten reinzuziehen.«

»Da ihr beide nicht zusammen gesehen werden wollt, begreife ich nicht, warum ihr euch ausgerechnet hier verabredet habt«, sagte sie.

»Weil dies durchaus klug sein kann«, erwiderte er. »Überleg doch mal, George. Wenn wir uns heimlich treffen – was in diesem Viertel so gut wie unmöglich ist, weil man auf Schritt und Tritt beobachtet wird, schöpfen die örtlichen Ganoven Verdacht. Das läßt sich vermeiden, wenn man sich in aller Öffentlichkeit zeigt. Trotzdem wäre es mir lieber gewesen, du hättest dich nicht hier blicken lassen. Es wäre um einiges einfacher gewesen ... na ja, tut mir leid, daß ich mich so aufgeführt habe, aber ich war total überrascht. Stell dir vor, ich will hier einen Termin wahrnehmen, den zu arrangieren mich einige Mühe gekostet hat, und dann tauchst du auf, Arm in Arm mit Michael Urquhart. Ich fühlte mich einfach ... furchtbar. Grauenhaft.«

Sie lehnte sich an ihn. »Hast du mich vermißt, Gus?«

»Wie verrückt«, gestand er. »Es war schrecklich. Jedesmal, wenn ich Feierabend machen oder dich anrufen wollte, kam irgend etwas dazwischen. Es war eine verdammte Scheiße, wirklich!«

Sie ergriff seine Hand und streichelte sie. »Schaffst du es denn jetzt, nach Hause zu fahren? Heute, meine ich?«

Er schüttelte den Kopf. »Ich wünschte, ich könnte es, aber ich habe noch eine Verabredung. Drüben in Canning Town. Mit jemandem, der ...«, er musterte sie prüfend, »über diese Geschichte mit Montys Komitee bestens informiert ist. Vielleicht erfahre ich von ihm was Neues. Ich vermisse dich wirklich, George.«

»Schon in Ordnung«, meinte sie. »Solange es so bleibt. Übrigens, Gus, ich konnte dir noch gar nicht erzählen, weshalb ich dich überhaupt gesucht habe.«

»Ich bin ohnehin viel zu spät dran.« Er schaute auf die Wanduhr und verzog das Gesicht. »Eigentlich hätte ich schon mit Monty aufbrechen müssen.«

»Gib mir fünf Minuten, verdammt noch mal!« fuhr sie ihn an. Die reichten ihr auch, um ihm zu berichten, was er wissen mußte: Von Lisa Zizi, der bisher noch nicht identifizierten Toten aus dem zweiten Feuer, dem Bein und dem Stück Hundekadaver sowie den Fasern, die sie an beiden gefunden hatte. Er hörte zu, ohne sie ein einziges Mal zu unterbrechen, und sie war mit sich zufrieden, denn sie hatte ihm alles klar und deutlich erzählt.

»Bitte, Gus, kannst du diesen Fall nicht übernehmen? Dudley ist damit eindeutig überfordert.«

»Du weißt doch, daß er Unterstützung hat«, erinnerte Gus. »Ein Inspector, ganz gleich wie fähig er ist und wie kurz er vor der Beförderung zum Chief Inspector steht –

was auf ihn zutrifft – würde einen solchen Fall niemals ganz alleine bearbeiten. Die Gesamtverantwortung trägt Superintendent Whitman und ...«

»Whitman?« fragte sie. »Aber er hat doch nicht die gleiche Position wie du, oder? Ich meine, er trägt Uniform.«

Gus nickte. »Das stimmt. Er ist zwar kein Detective, aber das heißt noch lange nicht, daß er nicht ihr Vorgesetzter sein kann. Nun, genau das ist er, und er ist ein kompetenter Mann, George. Ich kann doch den Fall, in dem ich seit Wochen ermittle, nicht abgeben, nur weil du es von mir verlangst!«

»Nicht nur deshalb! Ich kann nicht leugnen, daß du mir fehlst, und mir ist klar, wieviel Energie du auf diese Sache verwendet hast, aber hier steht mehr auf dem Spiel. Es könnte sich um Mord, ja Serienmord handeln, der nun mal Vorrang vor jedem Verbrechen hat, in dem es um Geld geht. Das wirst du wohl nicht bestreiten, oder?«

»Es tut mir leid, Liebes«, bedauerte er. »Aber diesmal muß ich dich enttäuschen. Ich bin nicht der einzige, der in der Lage ist, den Mörder zu überführen. Sorge du nur dafür, daß Roop alle Informationen bekommt, und er wird seinen Job gut machen. Sicher, er ist manchmal ungenießbar, aber auf sein Geschäft versteht er sich. Das kannst auch du nicht leugnen. Er wird ganz bestimmt nicht rachsüchtig, nur weil er dich nicht leiden kann.«

Sie nagelte ihn sofort fest: »Dann gibst du also zu, daß er mich nicht leiden kann.«

»Er ist eifersüchtig«, erklärte Gus knapp. »Er will mich ganz für sich alleine.«

George runzelte die Stirn. »Aber, Gus, willst du damit andeuten, daß er – ich meine ...«

»Oh, George, um Himmels willen!« empörte sich Gus und schüttelte verärgert den Kopf. »Warum auf einmal so verschämt? Wenn du wissen willst, ob er schwul ist und ein Auge auf mich geworfen hat, dann lautet die Antwort nein,

nein und nochmals nein. Der Mann ist mit seiner Frau und seinen Kindern glücklich und zufrieden. In beruflicher Hinsicht ist er allerdings so etwas wie mein Ziehkind. Schließlich habe ich ihn ausgebildet. Seine momentane Situation ist etwas schwierig. Sollte er – im Gegensatz zu mir – doch nicht befördert werden, ist unsere Zusammenarbeit beendet. Und ob du es glaubst oder nicht, er befürchtet, nicht alleine zurechtzukommen. Vor allem, nachdem du hier aufgetaucht bist und ihm mehrmals demonstriert hast, daß du in seinem Job besser bist als er. Natürlich mag er dich nicht! Schon gar nicht, seitdem ihm klar ist, daß du und ich nicht nur dienstlich, sondern auch privat miteinander zu tun haben. Kapiert? Spiel nicht die Naive, Schätzchen.«

Sie schwieg kurz, dann nickte sie. »Tut mir leid, Gus«, sagte sie leise und sah ihn betreten an. »Muß ich mich damit abfinden, daß du mir definitiv nicht helfen wirst?« fragte sie.

»Das mußt du wohl. Ich könnte mir sonstwohin beißen, daß diese beiden Fälle gleichzeitig passiert sind, aber so ist das nun mal. Nicht alles läuft so, wie man es sich wünscht. Ich kann nur dafür sorgen, daß sich Roop irgendwie mit dir arrangiert.«

»Schön, dann weis ihn wenigstens an, daß er mich über seine Ermittlungen auf dem laufenden hält«, bat sie ein wenig verzweifelt. »Es gibt nichts Schlimmeres für mich, als von allem ausgeschlossen zu sein und die Dinge von weitem verfolgen zu müssen.«

»Das kann ich mir gut vorstellen, du alte Vorwitznase«, sagte er zärtlich, beugte sich vor und küßte sie. »In Ordnung, Liebes, bei der erstbesten Gelegenheit rede ich mit ihm. Aber tu mir den Gefallen und tritt ihm nicht auf die Zehen. Mach ihm keine Vorschriften, und beschwer dich nicht ständig, dir ginge alles viel zu langsam. Das bringt ruhige Typen wie Roop in Rage.«

»Und mich erst recht«, entgegnete sie mürrisch.

»Sag bloß! Hör mal, ich muß mich jetzt beeilen. Ich versuche, in ein oder zwei Tagen mal nach Hause zu kommen. Allerdings stehen die Chancen nicht sehr gut, weil ich total eingespannt bin. Wenn es irgend möglich ist, schlafe ich im Revier in Canning Town. Nachrichten kannst du, falls mein Telefon abgestellt ist, dort hinterlassen. Aber wirklich nur, wenn sie wichtig sind, okay? Und wünsch mir Glück.«

Noch bevor sie genau das tun konnte, war er verschwunden.

15

Mike rief sie in der darauffolgenden Woche in ihrem Büro an. »Wir haben das zweite Brandopfer identifiziert«, berichtete er. »Hat man Sie schon informiert«

»Nein.« Sie schüttelte verbittert den Kopf. »Ich sammle für sie die Beweise. Sie aber halten es nicht für nötig, mir ihre Ergebnisse mitzuteilen.«

»Also ich schon. Wegen Dudley entschuldige ich mich, aber er hatte die ganze Zeit furchtbar viel um die Ohren.«

»Das kann ich mir vorstellen«, meinte sie. »Ich war davon ausgegangen, Gus hätte mittlerweile mit ihm gesprochen.«

»Hm.« Mike klang unsicher. »Der Chef. Ja. Ist er – hm – ist er immer noch wütend auf mich?«

»Er ist es nie gewesen. Aber das habe ich Ihnen doch schon an dem Tag nach unserem Ausflug nach Poplar gesagt. Machen Sie sich mal keine Sorgen.«

»Das tue ich trotzdem«, erwiderte Mike düster. »Beim Chef in Ungnade gefallen zu sein, wäre mir äußerst ...«

»Wer behauptet denn so was?« unterbrach George ihn.

»Zumindest hat er nichts Gegenteiliges gesagt.«

»Um Himmels willen, Mike, wann hätte er das tun sollen? Er ist in der vergangenen Woche nicht mal in meine Nähe gekommen.« Sie reckte entschlossen das Kinn vor. »Oder etwa doch?«

Mike seufzte so schwer, daß sie meinte, seinen Atem in ihren Ohren zu spüren. Dann verneinte er. »Aber ...«

»Kein Aber!« Allmählich wurde George ungehalten.

»Glauben Sie mir, er macht Ihnen nicht die geringsten Vorwürfe. Und ich bin Ihnen dankbar, daß Sie so kurzfristig aushelfen konnten. Auch das habe ich Ihnen bereits gesagt. Hören Sie, Mike, vergessen wir die ganze Angelegenheit. Deshalb wollten Sie mich nicht sprechen, oder?«

»Sorry! Also, diese Fingerabdrücke, die wir in der Leichenhalle abgenommen haben, waren sehr aufschlußreich. Die Frau ist polizeilich bekannt.«

»War sie vorbestraft?«

»So ähnlich«, antwortete Mike. »Vor drei Jahren wurde in der Nähe der Whitechapel Road eine Prostituierte mit durchgeschnittener Kehle aufgefunden. Daraufhin machten die Kollegen dort eine Razzia, bei der sie das Brandopfer aufgriffen. Die Frau war allerdings keine gewöhnliche Nutte. Sie arbeitete in der City und bediente die großen Hotels. Sehr teuer die Kleine.«

»Fahren Sie fort.«

»Sie hieß Shirley Candrell. Alter neunundzwanzig, zumindest laut ihren Papieren.«

»Das könnte stimmen.« George kniff die Augen zusammen und überlegte. »Das hat auch die Autopsie bestätigt.«

»Okay. Hierher kam sie vor fünfzehn Jahren, und zwar aus Burnley in Lancashire. Sie war von zu Hause weggelaufen. Aber sie hat was aus ihrem Leben gemacht. Ihre Hinterlassenschaft kann sich sehen lassen, das muß ich zugeben. Der Vater – er ist ihr nächster Angehöriger, und es geht ihm nicht sehr gut – dürfte um etwa hunderttausend Pfund reicher sein – das Haus nicht mitgerechnet. Es war Eigentum, beziehungsweise wäre es nach Tilgung der Hypothek gewesen. Es dürfte noch eine ganze Menge Bares einbringen, ebenso ihre Lebensversicherung.«

George wurde wachsam. »Muß die überhaupt eintreten? Schließlich war es Brandstiftung.«

»Gute Frage. Nun, wie auch immer, er hat wenigstens hunderttausend geerbt.«

»Wir sind eindeutig im falschen Gewerbe tätig, Mike.«

»Nicht alles war der Lohn der Sünde, müssen Sie wissen. Jedenfalls nicht im engen Sinn. Sie hat in zahlreichen harten Pornofilmen mitgewirkt. Deshalb wurde sie auch bei dieser Razzia geschnappt. Das ermordete Mädchen gehörte nämlich auch zu dieser Szene. Unsere Shirley war damals auf bestem Wege, Karriere zu machen. Sie konnte ... Na ja, lassen wir das. Für die Industrie scheint sie jedenfalls einen größeren Verlust darzustellen.« Sarkasmus schwang jetzt in seiner Stimme mit. »Sie war sowohl als Produzentin wie auch als Darstellerin erfolgreich. Ihre Haupteinnahmequelle waren Tantiemen.«

»Woher wissen Sie das alles?« fragte George. »Derart detaillierte Erkenntnisse liefert einem doch nicht ein einziger Fingerabdruck, oder?«

Er kicherte. »Inspector Dudley hat ganze Arbeit geleistet. Es war seine Idee, alle Frauen zu verhören, deren Fingerabdrücke damals sichergestellt wurden. Deshalb hat es so lange gedauert – wir mußten sie erst ausfindig machen. Und einige haben bereitwillig geredet, denn ihr Geschäft läuft im Augenblick alles andere als gut. Wir haben viel von ihnen erfahren: Shirley war eine vielbeschäftigte Nutte und hat nebenbei eine Menge Geld mit Videos verdient, und ich wage zu behaupten, daß dies eines der Motive für ihre Ermordung sein könnte.«

»Und all das hat Roop veranlaßt?« fragte George ungläubig. »Er ist gar nicht so ... Donnerwetter!«

»... dumm, wollten Sie sagen? Da könnten Sie recht haben. Nun, Dr. B., ich bin etwas in Eile. Ich muß noch einige Leute verhören. Ich melde mich bei Ihnen, weil es offenbar niemand sonst tut. Natürlich nur, solange Sie mich nicht ...«

»Trauen Sie mir so etwas zu?« fragte sie. »Danke, Mike.« Sie legte auf und starrte einige Sekunden ins Leere.

Die Tatsache, nicht aktiv an den Ermittlungen beteiligt

zu sein, setzte ihr wieder einmal heftig zu. Die letzte Woche war sie vorwiegend mit wichtigen und eiligen Tätigkeiten für das Krankenhaus beschäftigt gewesen. Ellen Archer hatte sie gebeten, einen Textentwurf zu überarbeiten, in dem sie forderte, daß sämtliche pathologischen Dienstleistungen für das St. Dymphna und andere umliegende kleine Spezialkrankenhäuser, wie die St. Morwenna-Fußklinik und die Zahnklinik in Hackney, zentral vom Old East ausgeführt werden sollten. Sie hatte zwei Tage lang dafür gebraucht, und Ellen war über Georges Veränderungen hocherfreut gewesen.

»Wenn die Schreibtischtäter da oben diesen Vorschlag nicht annehmen, dann haben sie es nicht verdient, im Verwaltungsrat zu sitzen«, erklärte sie mit Nachdruck. »Es ist das Vernünftigste, was ich je zu diesem Thema gelesen habe. Die nächste Sitzung findet schon in zwei Wochen statt, glaube ich – sie wurde wegen der Ferien vorverlegt. Ich gebe Ihnen rechtzeitig Bescheid und versuche sicherzustellen, daß wir dieses Konzept selbst vorstellen, damit wir unseren Standpunkt verteidigen können. Ich werde nicht zulassen, daß sie unser Labor schließen.« Sie verschwand, um sich erneut ihren vielfältigen Aufgaben zu widmen, und überließ George ihrem täglichen Kampf gegen ihr erschöpftes, müdes Personal und dessen umfangreiches Arbeitspensum. Das Wetter tat sein übriges. Es wurde und blieb heiß, und die Luftfeuchtigkeit in der Abteilung nahm ständig zu. Was auch immer sie berührten, es fühlte sich klebrig an, und sie selbst waren verschwitzt und fühlten sich elend. Ihr Versuch, mit selbstkonstruierten Klimaanlagen für Linderung zu sorgen, scheiterte kläglich. Sie bestanden aus Ventilatoren, vor denen sie Schüsseln mit Eis stellten und fegten Papiere von den Tischen, wodurch sich ihre Stimmung keineswegs verbesserte. Am Ende der Woche wünschte sich George nur noch, dem ganzen Chaos – dem Labor, dem Personal und sogar Gus, der natürlich kein

Lebenszeichen von sich gegeben hatte – den Rücken zu kehren und an einen fernen Strand zu fliehen, wo sie schlafen und schwimmen und wieder schlafen konnte. Und zwar den ganzen lieben langen Tag.

Selbstverständlich konnte sie daran noch nicht einmal im Traum denken, denn nach und nach traten die wichtigen Leute im Old East ihren Sommerurlaub an, so daß sich die Führung der einzelnen Abteilungen erheblich komplizierter als sonst gestaltete. Fast alle Fachärzte hielten doppelt so viele Sprechstunden ab, »weil ich während der nächsten drei Wochen nicht im Hause bin«, und brachten die Mitarbeiter des pathologischen Labors an die Grenze ihrer Leistungsfähigkeit. Da auch sie ihren Urlaub nahmen, hatte George permanent zu wenig Personal.

Sheila, die erst im September in Ferien fahren wollte, steigerte ihr Arbeitstempo enorm, und zwar, ohne weniger effektiv zu sein. Sie wäre George eine große Hilfe gewesen, hätte sich dies nicht derart negativ auf ihre Laune ausgewirkt. Ständig beklagte sie sich bei allen möglichen Leuten und vor allem bei George, die ihre letzten Reserven an Selbstkontrolle aufbieten mußte, um sie nicht kurzerhand hinauszuwerfen. In diesen Tagen war Sheila nicht nur die Person, die zu verlieren sich George am wenigsten leisten konnte, sondern auch die, deren Nähe sie am wenigsten ertragen konnte.

Wieder einmal war es Alan, der die äußerst gespannte Athmosphäre lockerte, wofür George ihm unendlich dankbar war. Er lud Sheila eines Abends zum Essen ein, sehr zur Überraschung aller – und nicht ohne die wildesten Gerüchte aufkommen zu lassen –, aber offenbar mit Janes vollem Einverständnis, denn sie reagierte völlig gelassen. Als die beiden am nächsten Tag, getrennt, im Labor erschienen, wollten natürlich alle wissen, wie es gewesen war, aber weder Sheila noch Alan äußerten sich dazu. Daß Sheila jedoch glücklich und zufrieden war und sich Alan und Jane gegenüber sehr freundlich zeigte, entging ihnen nicht, und sie behandelten Alan mit erheblich mehr Respekt und Anerkennung als zuvor. Dies trug zu einer Verbesserung des Betriebsklimas bei, wenngleich alle nach wie vor unter großem Druck standen.

Während George Autopsien durchführte, Gerichtstermine wahrnahm und gegen die tägliche Flut von Papieren ankämpfte, drehten sich ihre Gedanken hauptsächlich um Gus. Sein Schweigen war zwar verständlich, aber es tat weh, und sie kehrte jeden Abend in ihre kleine Wohnung zurück, die im Sommer so stickig und ungemütlich wie sie im Winter heimelig war, um sich irgendwelche Wiederholungen im Fernsehen anzuschauen oder sich in alte Ausgaben der medizinischen Fachzeitschriften, die sich das Frühjahr über angehäuft hatten, zu vertiefen. Gegen Ende der Woche meinte sie zwar, in ihrem und dem Spezialgebiet mehrerer Kollegen auf dem neuesten Stand zu sein, vermißte jedoch jene Selbstzufriedenheit, die sie gewöhnlich empfand, wenn sie es mal wieder geschafft hatte, ihren Leserückstand aufzuholen. Sie fühlte sich einfach nur einsam und unbehaglich und reizbar.

An einem Samstagabend, fast zwei Wochen nach ihrem Zusammentreffen in Poplar, sie lag gerade in der Badewanne und überlegte, ob sie die nahe Schwimmhalle aufsuchen sollte, klingelte das Telefon im Wohnzimmer. Sie erwog kurz, nicht ranzugehen, schaffte es aber nicht. Wäre sie dazu jemals in der Lage, verdammt noch mal? Also stieg sie aus dem mittlerweile kalten Wasser und tappte mit triefnassem Haar, ohne sich in ein Badetuch zu wickeln, zum Apparat. Dabei hinterließ sie auf dem Teppich nasse Fußabdrücke.

»George?« Gus klang überglücklich, und sie hielt vor Aufregung die Luft an. »George, mein liebes altes Mädchen! Ich habe die Nuß geknackt, wirklich, ich schwör's dir! Ist das nicht eine Überraschung? Ich habe rausgekriegt, wie die Sache läuft. Ich weiß nur noch nicht genau, wer alles daran beteiligt ist, aber warte nur ab. Die schnappe ich mir, du wirst es erleben!«

»Ist das wahr?« Sie lachte wie erlöst. »Gus, das sind wunderbare Neuigkeiten. Heißt das, ich bekomme dich bald wieder zu Gesicht?«

»Aber klar doch, mein Schatz!« rief er. »Und zwar topfit und zu allen Schandtaten bereit. Oh, George, ist das nicht ein hartes Geschäft? Es ist so – ach, ich werde dir einiges erklären müssen, dafür brauche ich allerdings mindestens eine ganze Woche. Aber jetzt, Schätzchen, schmeiß dich in deine besten Klamotten und halte dich bereit, ich bin nämlich schon unterwegs.«

»Ehrlich? Du hast heute abend Zeit?«

»Ich weile wieder unter den Lebenden, mein Herz. Meine Notizen ordne ich am Montag – das dürfte früh genug sein. Ich denke, ich kann mir ein freies Wochenende leisten. Ich muß zwar noch ins Revier, aber vorher fahre ich nach Hause, mache mich für dich frisch und packe auch eine Zahnbürste ein – wenn ich darf, hm?«

Sie kicherte und spielte die Schockierte. »Sir, wie können Sie nur so dreist sein!«

»Mag sein, aber wenigstens habe ich saubere Zähne, wenn ich bei dir bin. Wie gesagt, ich schaue nur kurz im Revier vorbei, nachdem ich mich landfein gemacht habe. Wir sehen uns dann – gegen acht, schätze ich. Wie hört sich das an?«

»Wundervoll«, erwiderte sie. »Phantastisch. Super. Alles andere sage ich dir, wenn du hier bist.«

»Ich kann es kaum erwarten«, meinte er. »Hechel, hechel, mir läuft schon das Wasser im Mund zusammen. Das wird die Nacht der Nächte!«

*

Sie nahm sich viel Zeit, um sich zurechtzumachen. Es war gerade halb sieben, und sie wollte ihm etwas Besonderes bieten. Daher fönte sie ihr Haar und steckte es zu einer extravaganten Frisur hoch – diesmal legte es sich genau so, wie sie es wollte – und suchte ihre Kleidung mit Sorgfalt aus. Der hellbeige Leinenrock mit dem langen Schlitz und das weite Top waren sowohl luftig als auch sexy, entschied sie, und probierte vor dem Spiegel verschiedene verführerische Posen aus, nachdem sie beides angezogen hatte. Die Sonne war so kräftig gewesen, daß sie, ohne es zu merken, etwas Farbe bekommen hatte, und zwar ausschließlich auf dem Weg zur oder von der Arbeit, wenn ihr die Busse zu voll und zu muffig gewesen waren. Sie sah gut aus und war sich dessen auch bewußt.

Anschließend bereitete sie eine Platte mit diversen Köstlichkeiten vor: gegrillte Garnelenschwänze, Lachsröllchen, gefüllt mit Kräutercreme – sie bedankte sich im stillen bei Marks & Spencer – und Möhren- und Selleriestreifen in einem selbst zubereiteten Dip aus Schimmelkäse, Guacamole und Knoblauch – ein Rezept, das Vanny ihr gegeben hatte, als sie zu Hause ausgezogen war. Dazu sollte es die Flasche Champagner geben, die seit Wochen im Kühlschrank lag.

Sie schaffte es sogar noch, ihre Wohnung aufzuräumen und Staub zu wischen. Auch das Fleißige Lieschen, das sich schon nach zehn Minuten wieder von seiner frischesten, grünsten Seite zeigte, goß sie, ehe sie sich aufs Sofa setzte, um auf ihn zu warten. Zehn vor acht. Er mußte bald eintreffen.

Um halb neun wurde sie ärgerlich. Um neun verspürte sie leichte Unruhe. Er war so sicher gewesen, um acht Uhr bei ihr zu sein, und er hatte soeben in einem schwierigen Fall einen Durchbruch erzielt. War er dadurch in Schwierigkeiten geraten? Könnte jemand versucht haben, ihn zum Schweigen zu bringen? Ihre Phantasie ging mit ihr durch.

Vor ihrem geistigen Auge sah sie Gus in einer dunklen Gasse, sah, wie sich Leute an ihn heranschlichen und ihn zusammenschlugen. Sich selbst sah sie als Pathologin am Tatort und später bei seiner Beerdigung. Diese Bilder waren in Sekundenbruchteilen durch ihr Bewußtsein gerast. Dennoch zitterte sie am ganzen Körper und war den Tränen nahe. Wo mochte er sein? Seit Viertel nach acht hatte sie mehrmals nach ihm Ausschau gehalten. Und nun, eine Dreiviertelstunde später, stand sie wie angewachsen am Fenster.

»In fünf Minuten fahre ich ins Revier und suche ihn«, nahm sie sich vor. »Ich kann nicht anders.«

Sie scheute sich, dort anzurufen. Wenn das Gespräch mit dem Superintendenten länger als vorgesehen gedauert hatte – die Logik sagte ihr, daß dies der wahrscheinliche Grund für seine Verspätung war –, bekäme sie den größten Ärger mit ihm, weil sie ihm wie eine ängstliche Henne gefolgt war. Auf der Straße auf ihn zu warten dürfte ihn weniger aufregen, oder?

Aber sie verwarf auch diese Möglichkeit. Er fände es sicherlich entsetzlich, sie in der Ratcliffe Street anzutreffen. Er wollte zu ihr kommen, und genau das würde er auch tun. Schließlich passierte es nicht selten, daß er durch seine Arbeit aufgehalten wurde. Das gehörte nun mal zum Alltag eines Polizisten, ermahnte sie sich. Genau wie zu meinem. Sie zwang sich, wieder auf dem Sofa Platz zu nehmen.

Es war zehn nach neun, als sie endlich hörte, wie er den Schlüssel in ihr Türschloß steckte. All ihre Ängste waren mit einem Schlag verflogen. Sie sprang auf, eilte in die winzige Diele und stellte sich auf die Zehenspitzen, um ihn zu küssen.

»Oh, Gus, ich hatte schon Panik! Ich bin ja so froh, daß du endlich da bist! Komm ins Wohnzimmer, Liebling. Ich hole dir etwas zu trinken und ...«

Sie hielt inne. Erst jetzt, im letzten goldenen Lichtschein

des Sommerabends, konnte sie ihn richtig sehen. Wie versprochen, hatte er sich umgezogen und wirkte durchaus adrett. Er trug einen seiner leichten Sommeranzüge, ein schneeweißes Oberhemd und sogar eine Fliege. Ihr Knoten war allerdings gelöst, und ihre Enden baumelten gegen sein Hemd, dessen oberster Knopf geöffnet war. Sie starrte auf seine schnell und heftig pulsierende Halsschlagader, dann wanderte ihr Blick weiter. Entsetzt hielt sie den Atem an.

»Gus, um Himmels willen! Was ist geschehen? Liebling, du bist ja – Gus!«

Seine weit aufgerissenen Augen in dem kalkweißen eingefallenen Gesicht erinnerten sie an die eines Wahnsinnigen. Sie wollte ihn schütteln, damit er etwas sagte, sich aus diesem offenbar aufs höchste erregten Zustand löste. Aber sie ergriff nur seinen Arm und sah ihn eindringlich an. »Gus?« fragte sie leise.

Seine Stimme zitterte, und er mußte sich mehrmals räuspern, ehe er ein verständliches Wort herausbrachte. »Ich wurde soeben suspendiert.«

Sie blinzelte erschrocken und schüttelte ungläubig den Kopf.

»Was meinst du damit?«

»Ich wurde vom Dienst befreit, bis – bis –« Seine Züge zerfielen regelrecht, und sie zog ihn an sich und hielt ihn fest.

»Bis was, Liebling?«

»Bis sie den gegen mich erhobenen Vorwurf der Bestechung aufgeklärt haben«, sagte er heiser. »Letzte Woche wurden fünfzehntausend Pfund auf mein Konto eingezahlt. Oh, George, was um alles in der Welt soll ich jetzt tun?«

16

Sie schaffte es, ihn wieder einigermaßen zur Vernunft zu bringen. Nicht mit dem Champagner und den Appetithäppchen, die sie auf einer großen Platte arrangiert hatte, sondern mit einer Kanne Tee, stark und dunkel, wie er ihn am liebsten mochte, und einigen Scheiben reichlich gebuttertem Toast. Er hatte ihr einmal erzählt, daß Tee und Toast die nachhaltigsten Erinnerungen an seine Kindheit waren, als er sich glücklich und geborgen gefühlt hatte.

Zuerst lehnte er ab, aber sie bestand darauf, daß er sich bediente, was offenbar seinen Appetit anregte. Sie beobachtete schweigend, wie er kräftig zulangte. Nachdem er sich auf das Sofa zurückgelehnt hatte, setzte sie sich wieder neben ihn.

»Okay, Liebling«, begann sie. »Gehen wir die ganze Geschichte noch einmal durch. Was ist im Revier passiert?«

Er seufzte und legte den Kopf auf die Rückenlehne. In dem kleinen Raum wurde es dunkler, als die Sonne hinter den Mietshausreihen verschwand. »Ich war gerade dabei, meine Notizen auf dem Schreibtisch zu deponieren, als der Super hereinkam. Den Typen, den er bei sich hatte, kannte ich nicht. Dann erschien Dave Anderson. Er hat mal für uns gearbeitet. Zur Zeit ist er im Tintagel House.«

»Tintagel?«

Erneut seufzte er. »Das ist das Gebäude, in dem das Complaints Investigation Bureau untergebracht ist. In der Vauxhall Bridge Road. Ich schätze, von dort werde ich jetzt wohl des öfteren Besuch erhalten.« Er verfiel in Schweigen.

»Wie dem auch sei«, fuhr er kurz darauf fort. »Dave ging damals zum CIB, einer Art interner Dienstaufsicht, und als ich ihn sah, kapierte ich überhaupt nichts. Warum sollte ich auch, verdammt noch mal? Ich hatte nichts Unrechtes getan. Mein Gewissen ist absolut rein.« Er lachte leise. »Zum Teufel, für mich ist es einfach, sauber zu sein. Ich habe mein Auskommen, daher brauche ich keine Gefälligkeiten zu leisten, um mehr zu verdienen, oder? Aber sie haben das bezweifelt.«

Er brütete wieder eine Weile vor sich hin, dann sprudelte es aus ihm hervor. »Es war einfach unfaßbar! Ich meinte, falls das Ganze ein Witz sein sollte, dann sei es ein verdammt schlechter, und schlug meinem alten Bekannten dabei auf den Rücken. Zuerst dachte ich, sie wollten mich auf die Schippe nehmen, weil ich bisher ziemlich erfolgreich gewesen war – und dann fiel mir ein, daß sie das noch gar nicht wissen konnten. Meinen Bericht wollte ich doch erst am Montag schreiben. Wie ich vorhin sagte, ich hatte gerade meine Notizen ins Büro gebracht. Erst als Whitman ein Gesicht wie zehn Tage Regenwetter machte, Dave mir nicht mehr in die Augen schauen konnte und der dritte im Bunde mich eiskalt musterte – nun, in diesem Moment wußte ich, daß es kein Witz war. Aber ich hatte keine Ahnung, was es sonst –« Er verfiel erneut in Schweigen. Diesmal mußte sie es brechen. »Was geschah dann?« fragte sie leise.

»Hmm? Na ja, das übliche. Sie reichten mir das Formular Eins-sechs-drei. Gegen mich lag eine offizielle Beschwerde vor. Ich soll von einem Fischhändler Geld erpreßt, ausschließlich in Zwanzig-Pfund-Noten, gebrauchten natürlich, und dieses auf mein eigenes Konto eingezahlt haben. Bis zur Klärung der Angelegenheit bin ich vom Dienst suspendiert. Und so weiter und so fort.«

»Aber ...« Sie runzelte die Stirn. »Aber, Gus, weshalb regst du dich auf? Du kannst doch ganz einfach beweisen, daß das alles erlogen ist, oder? Ich meine, du brauchst ihnen doch nur deine Kontoauszüge zu zeigen und schon ...«

»Das ist ja gerade das Problem«, preßte er zwischen den Zähnen hervor, so daß George ihn kaum verstehen konnte. »Ich habe vorige Woche siebzehntausend eingezahlt. Es war Geld, das sich im letzten Monat angesammelt hat und welches ich wegen der vielen Arbeit nicht habe zur Bank bringen können. Um die Abrechnung der Stände und Restaurants muß ich mich nicht kümmern, denn meine Angestellten zahlen die Wocheneinnahmen ein, schreiben die Schecks aus und führen die Bücher. Sie erledigen einfach alles selbständig. Warum auch nicht? Sie haben schon für meinen Dad gearbeitet und sind absolut zuverlässig. Ich befasse mich nur mit Dingen außer der Reihe – wie zum Beispiel mit diesen siebzehntausend.«

»Waren es nicht fünfzehntausend«, wandte sie ein.

»Das ist ja das verdammt Raffinierte dabei. Wer immer dahintersteckt, hat herausgefunden, wieviel es tatsächlich war, und in seiner Beschwerde eine etwas kleinere Summe genannt. Aber es waren siebzehn.« Er seufzte. »Ich hatte sie Lenny Greeson geliehen. Es ist eine lange Geschichte ...«

»Dann erzähl sie«, forderte sie ihn auf. »Und zwar die ganze.«

Er holte tief Luft. »Ich weiß gar nicht, wo ich anfangen soll. Lennys Dad und mein Dad waren Freunde. Gute Freunde. Sie gingen zusammen zur Schule. Mein Dad war erfolgreich, während es der alte Ernie Greeson nie zu mehr als einem kleinen Tuchladen gebracht hat. Als Ernie vor zehn Jahren starb, bat er Dad, auf seine Jungs aufzupassen. Nun, da Dad tot ist, tue ich das.«

»Aber wie kannst du für jemanden verantwortlich sein, der ...«, begann sie, aber er schüttelte den Kopf.

»Du bist kein East-Ender. So sind wir nun mal in diesen Vierteln. Jeder sorgt sich um den anderen, weißt du? Wie dem auch sei, Lenny ist eigentlich nicht mein Freund, aber ich interessiere mich für ihn. Doch er ist nicht der einzige. Sein Bruder Don ist ein notorischer Faulenzer. Er arbeitet auch in dem Betrieb, ein hübsches kleines Ding in Canning Town, und es ist fast unmöglich, ihn daran zu hindern, in die Kasse zu greifen. Also habe ich Lenny das Geld geliehen, damit er einige Schulden bezahlen konnte. Er wollte seine Bilanzen in Ordnung bringen und den Laden anschließend abstoßen. Ich erklärte ihm, ich würde ihn kaufen und die Außenstände übernehmen, aber er war strikt dagegen. Er wollte mir jede Woche einen bestimmten Betrag in bar zurückzahlen, um mehr dafür verlangen zu können. Leider war er nicht in der Lage, seinen guten Willen in die Tat umzusetzen. Don, dieser Idiot, bediente sich, ehe die Einnahmen durch die Bücher liefen.«

»Das ist etwas kompliziert«, bemerkte sie.

»Natürlich ist es das! Und es klingt wie eine billige Entschuldigung, verflucht noch mal! Aber die Geschichte stimmt und ergibt durchaus Sinn, wenn man die beteiligten Leute kennt und versteht, wie Dad und Ernie zueinander standen. Jedenfalls sollte mir die Zeit, die er insgesamt brauchen würde, beweisen, wie gut sein Betrieb läuft. Im Gegensatz zu den meisten Kollegen seiner Branche meinte er, ihn veräußern zu können, ohne Zahlen über die Umsätze und das Gesamtvolumen vorzulegen. Buchhaltung gehörte nie zu seinen Stärken. Deshalb waren auch die Banken nicht bereit, ihm ein Darlehen zu gewähren. Lenny bettelte mich an, ihm aus der Klemme zu helfen. Also tat ich es. Und er zahlte mir in den letzten vier Wochen insgesamt siebzehntausend Pfund zurück. Bei diesem Tempo hätte er seine Schuld bei mir in zwei Monaten abgetragen. Das ist durchaus beeindruckend für einen derart kleinen Laden. Bis zum vergangenen Dienstag kam ich nicht zur Bank. Das war die Einzahlung, auf der die Beschwerde basiert.«

Plötzlich sprang er auf. Er lief im Zimmer auf und ab und stampfte bei jeder Kehrtwendung heftig mit den Füßen auf, als könne er damit seiner Wut Luft machen.

»Ich bin so anständig, es ist einfach lächerlich. Nicht der geringste Vorteil sprang für mich dabei raus, noch nicht mal die üblichen Zinsen. Ich wollte doch nur, daß Lenny einen höheren Preis für seinen Betrieb erzielt. Er schwor, daß jeder Penny direkt aus seiner Kasse stammte – beziehungsweise aus seiner Schürzentasche, in der er gewöhnlich sein Bargeld vor Don versteckt. Und jetzt schau an, wie tief ich in der Scheiße stecke.«

»Aber wo liegt das Problem?« fragte Geroge. »Warum sorgst du nicht dafür, daß die Leute, die diese Beschwerde überpüfen, mit Lenny reden?«

»Das habe ich doch versucht!« sagte er wütend. »Aber du ahnst ja gar nicht, was in deren Köpfen vorgeht. Sie glauben, Lenny und ich hätten uns abgesprochen – sollte ich tatsächlich schuldig sein, natürlich. Und genau das setzen sie voraus, das schwör' ich dir. Vielleicht werden sie irgendwann auf ihn zurückgreifen, doch erst dann, wenn es ihnen paßt. Und ich werde ganz bestimmt nicht dabei sein dürfen.«

Sie übrlegte kurz: »Aber wie hat jemand anderer davon erfahren ...« Sie biß sich auf die Unterlippe, ehe sie fragte. »Könnte dieser Lenny nicht derjenige sein, der – der dich in diese Sache hineingeritten hat?«

Er blieb stehen und sah auf sie hinunter. »Lenny? Das kann ich mir nicht vorstellen«, meinte er langsam. »Warum sollte er das tun? Oh, Scheiße!« Erneut begann er, auf und ab zu laufen. »Das ist ja das Verrückte bei so einer Sache. Er hätte es getan haben können, denke ich. Ich kenne ihn, und ich mag ihn. Seit wir Kinder waren, habe ich ihm vertraut, doch was bedeutet das schon? Möglicherweise hat er irgend jemandem von unserer Abmachung erzählt. Warum auch nicht? Schließlich war es kein Geheimnis, daß man Don kein Bargeld anvertrauen darf. Verdammt noch mal, Don weiß, daß man ihm in Geldangelegenheiten nicht traut! Selbstverständlich fordert er seinen Anteil, aber er war einverstanden, daß Lenny den Laden abstößt.«

»Welche Pläne hatte Lenny denn anschließend?« erkundigte sich George. »Könnten sie der Grund sein?«

Gus schüttelte den Kopf. »Erst mal will er wieder Fish and Chips in einem Imbißwagen verkaufen. Diesmal ohne seinen Bruder. Logischerweise nicht in meinem Bezirk. Das war Teil unseres Deals. Früher oder später hat er vielleicht genug damit verdient, um einen richtigen Laden zu eröffnen. Irgendwo südlich des Flusses, so daß wir keine Konkurrenten sind und weiterhin Freunde bleiben können. Mein Gott, Freunde! Habe ich überhaupt welche? Wie kann ich mir dessen jetzt noch sicher sein?«

»Gus, setz dich!« Sie deutete neben sich auf das Sofa. »Du machst dich nur unnötig verrückt. Bitte!« Nachdem er zögernd Platz genommen hatte, massierte sie seinen Nakken und seine Schultern. Sie spürte, wie sich die verkrampften Sehnen und Bänder allmählich lockerten und entspannten.

»Ist das angenehm!« Er klang schläfrig, und George freute sich darüber. »Danke.«

»Laß mich dir helfen«, sagte sie. »Ich könnte mich doch umhören, was hier im Gange ist ...«

Sofort verkrampften seine Muskeln sich wieder. Er sprang auf, starrte sie an und packte sie so fest an den Armen, daß sie zusammenzuckte. »Den Teufel wirst du tun, verdammt noch mal, Lady! Haben wir uns verstanden?«

»Warum?« Sie war wütend. »Bin ich so dumm, daß ich nicht einmal ...«

»Das steht nicht zur Debatte! In diesem Fall könntest

du sogar etwas zu klug sein. Es gibt gewisse Regeln, die es einzuhalten gilt. Zum Beispiel darf man sich nicht an Zeugen heranmachen. Wenn du vor dem CIB herumschnüffelst, könnte man dir vorwerfen, polizeiliche Ermittlungen zu behindern. Und da es in dieser Sache um mich geht, dürften sie mich beschuldigen, dich dazu angestiftet zu haben.«

»Aber ich wäre doch diejenige, die ...«

»Das weiß ich, und das weißt du. Aber *sie* wissen es nicht. Wenn sie einen Verdacht klären, tun sie das sehr gründlich. Und wenn sie dabei ständig auf meine Freundin oder ihre Spuren stoßen, werden sie ganz bestimmt mißtrauisch.«

»Das leuchtet mir ein«, gab sie zu. Im nächsten Moment hellte sich ihre Miene jedoch auf. »Und wenn ich ihnen folge?«

»Wie bitte?«

»Ja. Ich könnte die Leute doch auch nach dem CIB befragen. Wäre das problematisch?«

»Aber warum solltest du mehr herausbekommen? Es hätte wenig Sinn.«

»Ganz im Gegenteil! Sie suchen nach Beweisen für deine Schuld. Ich hingegen suche nach welchen für deine Unschuld.«

Er schaute sie stumm an, und sie redete sanft auf ihn ein, da sie wußte, wie leicht verletzbar er in diesem Zustand war. »Liebling, nimm doch nur mal die Einzahlung auf dein Konto. Die Typen vom CIB betrachten sie als eindeutigen Beweis gegen dich. Würden sie deine Erklärung, woher das Geld stammt und was es damit auf sich hat, genauso akzeptieren wie ich? Gewiß nicht. Sieh mal, ich liebe dich. Sie tun es nicht.«

Seine Hände glitten an ihren Armen entlang und blieben schlaff neben ihm liegen. Er starrte ins Leere, während er nachdachte. Schließlich schüttelte er erneut den Kopf.

»Es ist hoffnungslos, George. Sie werden mich rauswerfen, ist dir das klar? Ich stehe bald auf der Straße.«

Sie biß sich auf die Unterlippe. Ihr war bewußt, daß sie äußerst behutsam vorgehen mußte. »Gus, überlegen wir mal, was schlimmstenfalls passieren kann. Du verläßt zwar die Polizei, aber du wirst nicht in ... ich meine, du hast immer noch deine Geschäfte. Du hast nichts Strafbares getan, also können sie dich auch nicht verklagen, oder? Dir droht weder eine Haft – noch eine sonstige Strafe. Das dürfte wohl unmöglich sein.«

»Sicher bin ich nicht«, gestand er rauh. »Ich wünschte, ich wäre es. Wenn sie beweisen, daß ich von irgendwelchen Leuten Geld erpreßt habe, könnte es sehr gut sein, daß ich in den Knast wandere. Das wäre nämlich nicht nur ein Dienstvergehen, sondern ein Verbrechen, begreifst du? Das könnte ich ja noch verkraften, aber meine Stelle aufgeben zu müssen ...« Er schloß die Augen und riß sie gleich wieder auf, um George mutlos anzustarren. »O mein Gott, George, es ist ein heilloses Durcheinander!«

»Ein Grund mehr für mich, sofort Fakten zu erkunden. Darin bin ich gar nicht so schlecht. Schon vergessen, wie viele Dinge ich für dich in Erfahrung gebracht habe? Laß es mich versuchen, Gus!«

Er seufzte derart hilflos und verzweifelt, daß ihr beinahe die Tränen kamen. »Ich kann mir nicht vorstellen, wie du das schaffen solltest«, meinte er dann. »Woher willst du wissen, wen sie befragt haben? Wen sie sich noch vornehmen wollen? Was sie herausfinden? Du kannst entlastende Beweise doch überhaupt nicht als solche erkennen, solange du nicht weißt, welche ihnen bereits vorliegen. Und die werden sie, bis sie mich überführt haben, gewiß keinem verraten.«

»Aber im Revier sind doch bestimmt einige Leute darüber informiert, oder?« sagte sie leise. »Ganz gleich, wie sehr sie darauf achten, sich nicht in die Karten schauen zu lassen, irgend jemand müßte in der Lage sein, den Stand der Ermittlungen rauszukriegen. Soweit ich es beurteilen kann, wird in eurem Laden genauso getratscht wie in jedem anderen, wenn nicht sogar noch mehr. Da bleibt doch nichts geheim.«

»Das ist wahr. Bei Gott, und wie richtig das ist.« Seine Stimmung begann, sich etwas zu heben. »Du wärst also bereit, mit meinen Leuten zu reden? Mit wem genau?«

Selbstverständlich würde sie sich an jemanden wenden, der sich schon in vorangegangenen Fällen als Verbündeter erwiesen hatte. »Sag's mir«, verlangte George, denn er müßte ihn vorschlagen.

»Roop!« lautete seine Antwort. »Er würde wahrscheinlich alles tun, um mir zu helfen.«

Sie schwieg. Er schaute sie abwartend an, während sich sein Mund zu einem schwachen Lächeln verzog. »Er ist schon in Ordnung!«

»Solange du ihn nicht mit meinen Augen betrachtest«, stellte sie bitter fest.

»Das mag sein. Okay, folglich ist eine Zusammenarbeit zwischen dir und Roop ausgeschlossen«. Er überlegte eine Weile, und dann schien er eine Idee zu haben. »Ich könnte es aber.«

»Wie bitte?«

»Mein Gott, George! Ich sitze hier rum, als ginge die Welt unter und ich könnte nichts daran ändern. Das ist doch absoluter Quatsch, oder?«

Sie musterte ihn eindringlich, und ihre Zuversicht wuchs. Er sah schon erheblich besser aus. »Richtig«, pflichtete sie ihm bei.

»Warum sollte ich nicht an meinem eigenen Fall arbeiten? Roop wird mich unterstützen, so gut er kann, mag er mit verbrannten Leichen noch so überfordert sein.«

»Es dürfte nicht schaden, wenn er sich überwinden würde, die Kooperation mit jemandem zu akzeptieren, der ihm nützlich sein könnte«, bemerkte sie spitz.

»George, Schätzchen, sei still«, befahl er. »Ich denke nach. Ich werde mit Roop reden. Heute noch. Zu Hause. Das ist unverfänglich. Mal checken, inwiefern er sich für mich nützlich machen kann. Dann brauchst du nicht ...«

»Von wegen!« widersprach sie heftig. »Wenn du glaubst, daß ich untätig zuschaue, wie sie dich eimerweise mit Dreck bewerfen, hast du dich geschnitten.«

»Du bist klasse, George, weißt du das?« fragte er nach einigen Sekunden und ergriff ihre Hände. »Einfach klasse! In Ordnung. Dann zeig, was du kannst! Solange du Dave Anderson und diesem anderen Burschen – wie heißt er noch? – Richard Shore, meinte der Super – nicht in die Quere kommst.«

»Keine Sorge«, versicherte sie.

»Und wie ...«

»Was meinst du?«

»Wie willst du das bewerkstelligen?« Er hatte offensichtlich Mühe, ruhig zu bleiben. »Wie willst du erfahren, welche Schritte die Leute vom CIB planen, wenn du dich weigerst, mit Roop zusammenzuarbeiten?«

»Mike Urquhart«, sagte sie nach kurzem Zögern. »Er hält große Stücke auf dich. Mit ihm werde ich gut zurechtkommen.«

Hmph«, machte Gus. »Solange nur ich es bin, auf den er so große Stücke hält.«

»Geht das schon wieder los?« fauchte sie erbost. »Deine Eifersucht oder was immer du gegen Mike hast, finde ich absolut lächerlich. Er ist für mich nichts anderes als ein Kollege, ein Kumpel und eine große Hilfe. Klar? Und jetzt hör endlich mit diesem Quatsch auf!«

»Ich habe wohl keine andere Wahl«, kapitulierte er und lehnte sich zurück. »Oh, George, was für ein Chaos!« Selbstverständlich habe ich Spaß an meinen Läden. Ich freue mich über das Geld, das sie einbringen. Und logischerweise genieße ich es, in meiner Freizeit tun und lassen zu können, was ich will. Es ist Dads Verdienst, daß die Betriebe praktisch von alleine laufen, und ich habe zweifelsohne die besten Angestellten. Aber ich würde dem Geschäft sofort den Rücken kehren, wenn ich mich entscheiden müßte. Der Job bei der Polizei ist das einzige, was mir wirklich etwas bedeutet. Schon als Kind habe ich meinen alten Herrn mit meinem Berufswunsch genervt. Ich wollte der erste Polizist in unserer Familie werden, was er als enormen Abstieg empfand. Aber er hat sich damit abgefunden, weil er genau wußte, daß ich nichts anderes tun und dabei sicherlich glücklich sein würde. Und jetzt dies ...«

»Es ist okay, Gus«, beruhigte sie ihn. Sie rückte näher an ihn heran und zog seinen Arm auf ihre Schultern, so daß sie sich an ihn schmiegen konnte. »Du wirst ihn nicht verlieren. Dafür werden wir schon sorgen. Verlaß dich drauf!«

»Oh, George«, stöhnte er. »Wenn das so einfach wäre!« Er zog sie an sich und küßte sie, leidenschaftlich und fordernd, und obgleich sie den Kuß mit gleicher Heftigkeit erwiderte, konnte sie nichts anderes denken als: Angenommen, ich schaffe es nicht? Was würde aus Gus werden? Sie hatte eine Riesenverantwortung übernommen, aber sie war entschlossen, deren Folgen zu tragen.

Als er sie erneut küßte, verdrängte sie ihre Zweifel, denn es gab wichtigere Dinge, mit denen sie sich intensiv beschäftigen wollte.

17

Wir müssen froh und dankbar sein, daß es an einem Samstag passiert ist. Immerhin bleibt uns der Sonntag, an dem wir unbehelligt von Arbeit zusammen sein können – oder, verbesserte sie sich, wenigstens unbehelligt von dem Bedürfnis, irgend etwas zu tun, das im weitesten Sinne damit zusammenhängt. Dennoch überschattete es den Tag.

Er verbrachte die Nacht in ihrer Wohnung, wachte aber schon früh auf und sorgte dafür, daß auch sie wach wurde. Später, als sie in einem postkoitalen Halbschlaf nebeneinander lagen, meinte Gus, er müsse unbedingt etwas Sport treiben. Sie verkniff sich jeglichen Kommentar über ihr soeben absolviertes Maß an körperlicher Ertüchtigung und erklärte sich mit jedem Vorschlag einverstanden. Daher begaben sie sich in die nicht weit entfernte Schwimmhalle und verzehrten anschließend in einem Restaurant an der Covent Garden Piazza ein Frühstück aus frischen Croissants und heißer Schokolade. Danach schlenderten sie hinüber zum Hyde Park, um in mäßigem Tempo über die Wege zu joggen, sich anschließend auf dem Rasen auszustrecken und über die an ihnen vorbeispazierenden Leute zu lästern. Gus hatte bald genug davon und regte an, sich irgendwo ein Konzert anzuhören. George folgte ihm zum Wagen. Auf der Rückfahrt ließen sie sich im Barbican Center zwei Stunden lang von, wie George fand, nicht gerade heiterer Musik verzaubern, die ihm allerdings zu gefallen schien. Jedenfalls verfolgte er Verdis Requiem ausgesprochen ruhig und entspannt und schien am Ende wenigstens einen Teil seiner Ausgeglichenheit wiedergefunden zu haben.

Zum Abendessen wollte er wieder nach Covent Garden. Da er im Joe Allen's nicht seine übliche Menge gegrillte Rippchen mit Erbsen bestellte, wußte sie, daß er seine Nervosität nicht länger unterdrücken konnte.

»Du hast dich super gehalten«, murmelte sie, worauf er sie verblüfft anschaute.

»Hm?«

»Ich sagte, du hast dich super gehalten. Unser Programm war verdammt umfangreich.«

Er brachte ein Lächeln zustande. »Mit dir? Es war ganz toll, Liebling.«

»Bis jetzt?«

»Nein ...« Er geriet ins Stocken und ließ seine Schultern sinken. »Na ja, also ja, sicher. Erst während des Konzerts mußte ich wieder daran denken, und nun ... Du darfst es mir nicht verübeln.«

»Das tue ich auch nicht«, versicherte sie. »Und ich wiederhole, du warst großartig. Fahren wir zu dir oder zu mir?«

Er zögerte. »Sowohl als auch. Bist du mir böse, Schatz? Es wäre besser. Irgendwie muß ich einen klaren Kopf kriegen, muß mir einige Stichpunkte notieren. Ich wäre ohnehin keine besonders angenehme Gesellschaft.«

»Was mich gar nicht stören würde«, meinte sie. »Aber ich verstehe dich durchaus. Bring mich nach Hause. Dort trinkst du erst mal eine Tasse Kaffee. Hier fühlst du dich ja doch nicht sonderlich wohl.« Sie sah sich in dem Restaurant um. Es war gut besucht, seine Atmosphäre freundlich und angenehm! Die Leute unterhielten sich in gedämpfter Lautstärke, während ein Pianist einschmeichelnde Melodien spielte. »Wir machen uns hier einen schönen Abend, nachdem sich alles aufgeklärt hat und du voll und ganz rehabilitiert bist, okay?«

»Das ist ein Wort«, sagte er erleichtert und bedeutete dem Kellner, daß er bezahlen wollte. »Vielen Dank für dein Verständnis, George.« Er schnippte mit Daumen und Zeigefinger gegen seinen unsichtbaren Hut, und sie hätte weinen können, weil diese Geste so tapfer und verzweifelt zugleich wirkte.

*

Daß Gus nicht bei ihr geblieben war, sagte sie sich am nächsten Morgen auf dem Weg ins Krankenhaus, hatte auch einen Vorteil. Dadurch war sie in der Lage gewesen, intnsiv über ihre nächsten Schritte nachzudenken. Begonnen hatte sie mit den Fragen, die sie Mike Urquhart stellen wollte.

Erstens konnte er, falls er dies nicht wußte, herausfinden, was das CIB-Team im Schilde führte?

Zweitens hatten in dem großen Büro in der Ratcliffe Street, das sich Gus mit Sergeant Salmon und den beiden DC's, Bannen und Lipman, geteilt hatte, relevante Dokumente herumgelegen? Sie war richtig stolz auf sich, daß sie sich noch an ihre Namen erinnerte, und schrieb sie sofort in das Notizbuch, das sie ausschließlich für ihre Bemühungen um Gus benutzen wollte. Auf der ersten Seite hatte sie jene Mitarbeiter aufgelistet, die möglicherweise über den Fall, in dem Gus ermittelt hatte, informiert waren. George bezweifelte nicht länger, daß die Anschuldigungen gegen Gus mit seiner derzeitigen Tätigkeit zusammenhängen. Ihren diesbezüglichen Andeutungen auf der Heimfahrt hatte er, wenn auch widerstrebend, zugestimmt.

Danach war er in Schweigen verfallen. Warum sonst sollte ihm jemand möglichst viele Knüppel zwischen die Beine werfen wollen? Er mußte im Zuge seiner Nachforschungen irgendeiner wichtigen Persönlichkeit zu nahe gekommen sein.

Um Punkt halb zehn, perfekt geplant, ehe Mike das Revier in irgendwelchen dringenden Angelegenheiten wieder verlassen hätte, rief sie dort an. Sie verspürte höchste Zufriedenheit, weil sie daran gedacht hatte, daß er aufgrund seiner vielen Überstunden etwas später seinen Dienst antreten könnte.

»Hallo, Dr. B.«, meldete er sich mit gedämpfter Stimme.

»Sie haben es bereits gehört?« fragte sie.

»Hier wird im Moment über nichts anderes gesprochen«, teilte er ihr mit. »Die Nachricht hat sich wie ein Lauffeuer verbreitet. Geht es dem Chef einigermaßen?«

»Er versucht, damit fertig zu werden«, antwortete sie. »Mike, ich brauche Unterstützung.«

Er klang erschrocken. »Schon wieder?«

»Keine Sorge. Gus weiß Bescheid, daß ich mich an Sie wende.«

»Oh.«

»Also helfen Sie mir? Eigentlich nicht mir, sondern ihm selbst. Ich muß herausbekommen, wer ihn weshalb beschuldigt, so daß wir irgendeine Verteidigungsstrategie entwickeln und möglicherweise den Gang der Ermittlungen beeinflussen können.«

Er schwieg eine ganze Weile, ehe er, eindeutig beunruhigt, meinte: »Ich fürchte, das ist weder der richtige Zeitpunkt noch der richtige Ort, um darüber zu reden.«

»Sie haben wahrscheinlich recht«, pflichtete sie ihm bei. »Nun, vielleicht – ich will mal eben auf der Liste der heutigen ... Ja, ich wußte es! Gestern gab es einen Unfall mit Fahrerflucht. Zur Klärung der Schuldfrage ist festzustellen, ob das Opfer von vorne oder von der Seite angefahren wurde. Offenbar hat sich der Verursacher diesbezüglich in Widersprüche verwickelt. Können Sie nicht als Vertreter der Polizei an der Autopsie teilnehmen?«

»Ein Unfall mit Fahrerflucht? Wie lautet der Name?«

»Hm ... Leopardi, Vittorio Leopardi. Ein Mann von siebzig Jahren.«

»Ich prüf' es mal nach. Bleiben Sie dran.«

Als er wieder am Apparat war, hörte er sich ein wenig aufgeräumter an. »Eigentlich sollte Morley sich darum kümmern, aber er haßt Autopsien. Also habe ich angeboten, ihn zu vertreten, wenn er dafür einige Telefonate erledigt, die mir regelrecht unter den Nägeln brennen. Er meint jetzt zwar, ich sei völlig verrückt, aber das ist mir egal. Um welche Uhrzeit?«

»Viertel nach zehn«, antwortete sie. »Kommen Sie so früh wie möglich.«

»Sie meinen sofort?« fragte er etwas lauter. »Na schön, wenn es unbedingt sein muß, Dr. B., ich bin schon unterwegs. Tut mir leid, daß Sie jetzt warten müssen.« Er legte auf, und George grinste. Ein guter Mann, dieser Urquhart. Verschaffte sich selbst ein perfektes Alibi, falls ihn jemand belauschte, aber wer sollte das besser können als er? In aller Eile besprach sie mit Sheila die für den Tag anstehenden Arbeiten. Dann lief sie in den Keller, wo Danny bereits den Autopsiesaal für den Verkehrstoten vorbereitete.

Als sie ihre Zelle verließ, wobei ihre Gummischürze gegen ihre Beine klatschte, erwartete Mike sie bereits. George lächelte dankbar.

»Toll, daß Sie schon da sind, Mike. Wir können uns bis Viertel nach zehn in Dannys Kabuff unterhalten. Vorher sollte ich nicht anfangen. Harold Constant wird den Coroner vertreten, und er hätte bestimmt kein Verständnis dafür, wenn ich bei seinem Eintreffen schon zur Hälfte fertig wäre. Ich nehme an, Sie hatten Zuhörer, als wir miteinander telefonierten.«

»Nur am Schluß«, versicherte er ihr. »Der Inspector schaute kurz vorbei.«

»Ach der!« George seufzte schwer. »Gus hält große Stücke auf ihn.«

»Das tun wir eigentlich alle«, erklärte Mike. »Sicher, er ist verdammt launisch, und manchmal möchte man ihm kräftig in den Hintern treten, aber ansonsten ist er okay.«

»Nun ja, wir werden sehen«, sagte sie und strich Rupert Dudley einstweilen aus ihrem Gedächtnis. »Erst mal interessiert mich, was in der Öffentlichkeit und auf dem Revier geredet wird.«

Mike runzelte die Stirn. »Überall wird behauptet, daß der Chef in der Scheiße steckt, und bei jedem, der sich dazu äußert, klingt es schlimmer. Er soll jemandem gedroht haben, ihn einzubuchten, wenn er ihm kein Geld gibt.«

»Das halte ich für ausgeschlossen. Ist denn nicht allgemein bekannt, daß er davon mehr als genug zur Verfügung hat?«

»Das war auch mein Argument, aber einige Kollegen meinen, Geld sei wie eine Sucht.« Mike schüttelte weise den Kopf. »Je mehr einer davon hat, desto mehr will er!«

»Das ist doch absoluter Quatsch«, empörte sich George, »zumindest, sofern es Gus betrifft.«

»Genau das habe ich ihnen auch erklärt, doch ein paar blieben stur. Dr. B., Sie wollten wissen, was getratscht wird. Es hat keinen Sinn, wenn Sie sich mit mir streiten, weil Ihnen nicht gefällt, was ich Ihnen zu berichten habe.«

Sie beruhigte sich sofort. »Tut mir leid. Was haben Sie denn sonst noch in Erfahrung bringen können?«

»Also, Molly Ledger zufolge – sie gehört zu den zivilen Angestellten, die sowohl für Gus und sein Team als auch für die Typen vom CIB arbeiten – ist einer der Informanten ein Polizist.«

Sie starrte ihn entgeistert an. »Ein Polizist – aber wer?«

»Das wußte sie nicht. Laut einer der Aussagen, die dem

Revier zur Korrektur vorgelegt wurde, soll dem Chef das Geld in Anwesenheit eines anderen Beamten übergeben worden sein, nachdem er dem Informanten mit einer Klage gedroht hatte. Es ging um den Verstoß gegen irgendwelche Sicherheitsbestimmungen in dessen Lokal. Außerdem muß er in unsaubere Geschäfte im Zusammenhang mit einer als gestohlen gemeldeten Warenladung verwickelt sein. Mehr konnte mir Molly nicht sagen, denn sie hatte die Änderungen nicht nur in aller Eile, sondern auch unter Aufsicht des Chefs der zivilen Angestellten vorgenommen. Daraufhin habe ich versucht, mich selbst schlau zu machen. Den Namen des Polizisten konnte ich zwar nicht ermitteln, aber – nun, wie dem auch sei, ich habe einiges nachgeprüft. Es war nicht einfach. Hier sind alle mehr oder weniger aus dem Häuschen. Mein Gott! Wer hätte damit gerechnet, daß sich einer aus unserer Truppe derart ... Ich könnte nachvollziehen, wenn sich jemand mit einem zusammentut, der sich über die Regeln hinwegsetzt. Aber den Komplizen zu mimen, um den Kameraden anschließend ans Messer zu liefern ...«

Sie fror plötzlich. »Das wird ihm vorgeworfen?«

»Von einigen schon.«

»Demnach glauben sie also, Gus sei schwach geworden?«

Er verzog gequält das Gesicht. »Es gibt immer und überall Menschen, die ihren Zeitgenossen das Schlimmste unterstellen. Besonders solchen, die sich allgemeiner Beliebtheit erfreuen oder reich sind. Unser Chef hat nun mal eine scharfe Zunge. Daß er einigen Kollegen ganz schön auf die Füße getreten ist, kann selbst ich nicht bestreiten, und die sind es jetzt, die diese Affäre regelrecht auskosten. Sie berufen sich auf den alten Spruch: ›Wo Qualm ist, muß auch ein Feuer sein!‹ Wie schnell die Leute jemanden in die Pfanne hauen, ist Ihnen doch hinreichend bekannt?«

»Und ob!« bestätigte sie voller Grimm. »Passen Sie auf, Mike, ich erkläre Ihnen, welche Informationen ich brauche, und Sie sagen mir, ob Sie diese beschaffen können. Mir ist klar, daß Sie sich schon darum bemüht haben, aber ich muß unbedingt wissen, wer der zivile Informant war.«

»Wenn es weiter nichts ist?« erwiderte er, zu Georges Überraschung.

Fassungslos starrte sie ihn an. »Wie bitte? Haben Sie nicht eben angedeutet ...«

»Ich meinte, ich konnte nicht rausfinden, welcher Polizist ihn belastet hat. Die Zivilperson heißt Lenny Greeson.«

»Lenny – gütiger Himmel! Das darf nicht wahr sein!«

Nun war er es, der sie fassungslos anstarrte. »Sie kennen ihn?«

»Namentlich, ja, doch er kann die Beschwerde unmöglich eingereicht haben. Er war es, der Gus das Geld gegeben hat, klar, nur ...«

Mike wurde totenblaß. »Heißt das, Gus ist tatsächlich dieser Mann – mein Gott!«

»Das ist völlig okay«, beruhigte sie ihn. »Dafür gibt es eine absolut unverfängliche Erklärung«. Er hörte aufmerksam zu, während sie den Inhalt ihres Gespräches mit Gus wiederholte, dann schüttelte er langsam den Kopf.

»Es klingt, nun ja, etwas weit hergeholt«, gab er zu bedenken. »Zumindest für jemanden, der unseren Chef nicht kennt.«

»Richtig. Jeder andere würde ihm nämlich genau das zutrauen: Jemandem Geld zu leihen, damit dieser ihm beweisen kann, daß er für sein Geschäft erheblich mehr hinblättern muß, als es eigentlich wert ist. Gewiß, ein Geschäftsmann kann sich keine größeren Fehler erlauben, doch Gus würde ihn, um der Familie eines langjährigen Bekannten zu helfen, wissentlich und, ohne zu zögern, in

Kauf nehmen. Und jetzt behauptet Greeson, jemand habe ihn erpreßt und ein Polizist sei auch noch dabei gewesen? Etwas Verrückteres ist mir noch nie zu Ohren gekommen.«

»Es stand im Protokoll. Okay, es war nicht für meine Augen bestimmt, aber manche Dinge sind gar nicht schwierig zu erfahren, wenn man sich geschickt anstellt.«

»Ich werde mal mit dem Mann reden«, erklärte George entschlossen. »Aber das kann ich erst, nachdem die Leute vom CIB ihn verhört haben. Können Sie für mich in Erfahrung bringen, wann sie zu ihm wollen?«

»Heute morgen«, antwortete Mike. »Das hatten sie wenigstens vor. Sie unterhielten sich kurz vor ihrem Aufbruch darüber. Ich – wir – ich war im Büro nebenan. Und ...«

»Das Revier ist sehr hellhörig, nicht wahr?« Ihre Augen funkelten belustigt.

Mike reagierte sehr würdevoll. »Das ist es tatsächlich. Auf jeden Fall wollten sie heute zu ihm und ihm einige Fragen stellen.«

»Dann dürfte nichts dagegen einzuwenden sein, daß ich ihm heute nachmittag einen Besuch abstatte«, sagte sie und erhob sich. »Seine Adresse ist mir allerdings ...«

»Die besorge ich Ihnen«, versprach er. »Sonst noch was?« Sie überlegte, ehe sie antwortete. »Alles über die Leute, die mit Gus zusammenarbeiten: über Sergeant Salmon, Bob Salmon. Und Bannen, diesen anderen. Er heißt Doug, wenn ich mich recht entsinne.«

»Ich glaube auch, ja.«

»Und über einen gewissen Lipman. Seinen Vornamen habe ich vergessen.«

»Peter«, sagte Mike. »Mit den beiden war ich mehrmals essen. Sie scheinen in Ordnung zu sein. Gil Morley war Bannens Auszubildender; er hält ihn für einen anständigen Kerl. Und einige Kollegen erinnern sich an Lipman, als er noch in Hammersmith gearbeitet hat.«

»Gibt es jemanden, der Näheres über Salmon berichten kann?«

Mike verneinte. »Er ist älter als die meisten«, erklärte er, »und paßt nicht so richtig zu den anderen Teams in der Ratcliffe Street. Meidet den Umgang mit ihnen und spielt lieber den Einzelgänger. Wie dem auch sei, ich werde mir Mühe geben. War's das?

»Ich bezweifle es. Falls mir noch etwas einfällt, melde ich mich.« Auf dem Weg zur Tür blickte sie auf die Uhr. Es war schon spät. Als Harold Constants Stimme auf dem Flur ertönte, kam sie zu Mike zurück. »Um eines möchte ich Sie noch bitten«, begann sie.

»Tun Sie sich keinen Zwang an, Dr. B.«

»Hmm.« Sie musterte ihn eindringlich. »Dieser Mann, mit dem sich Gus in diesem Pub in Poplar getroffen hat. Laut Gus kennt er jeden, und jeder kennt ihn. Nun, er könnte uns vielleicht weiterhelfen. Sollten die Leute vom CIB von ihm wissen, was ich nicht glaube, dürften sie sich kaum für ihn interessieren. Schließlich scheint er mit der Anzeige in keinerlei Verbindung zu stehen. Nützlich könnte er trotzdem sein. Darum brauche ich auch seine Adresse. Haben Sie eine Ahnung, wo sich sein Geschäft befindet?«

Er lachte. »Ich nicht, aber einer meiner Bekannten.«

»Na prima. Sie warten, bis ich mir den Kerl da drin vorgenommen habe, und anschließend beschaffen Sie mir die beiden Adressen so schnell Sie können.«

»Wie schnell?« Er schlenderte neben ihr den Korridor entlang.

George zögerte. »Vor zwei Uhr komme ich heute bestimmt nicht von hier weg. Eine halbe Stunde vorher wäre prima. Dann könnte ich besser planen und möglicherweise telefonisch einen Termin vereinbaren.«

»In drei Stunden schon? Ich bitte Sie, Dr. B., machen Sie mich nicht schwach.«

»Keine Panik!« lenkte sie ein. »Hetzen will ich Sie nicht. Ich kann mich auch bis halb drei gedulden, wenn es sich nicht vermeiden läßt. Aber länger auf keinen Fall.«

Er folgte ihr in den Autopsiesaal. Mit George zusammenzuarbeiten, stellte er fest, konnte ziemlich aufregend sein.

18

Es nennt sich Chargeable Chippy und befindet sich in der Barking Road«, gab Mike ihr um fünf nach halb drei telefonisch durch. »Wegen seines Standortes. Diese Information ist eigentlich eine Anerkennung wert.«

»Muß ich davon ausgehen, den Leuten vom CIB zu begegnen?«

»Keine Ahnung«, gestand er. »Meines Wissens wollten sie zu Lenny Greeson, aber nicht unbedingt in den Fish-and-Chips-Laden. Man kann schließlich nicht alles rausbekommen.«

»Mist«, murmelte sie halblaut, aber als Mike »Wie bitte?« fragte, meinte sie lauter: »Nichts. Ich glaube, ich muß es einfach wagen. Gus befürchtete, die Polizei könnte mir vorwerfen, sie bei ihren Ermittlungen zu behindern.«

»Damit müssen Sie allerdings rechnen, wenn man Sie beim Rumschnüffeln ertappt«, bestätigte Mike.

»Ihre Art, mich zu beruhigen, ist wirklich nett. Aber ich habe eine Idee. Welchen Wagen benutzen diese Leute?«

»Hm? Oh, einen Volvo. Kombi. Sie schleppen Laptops und mobile Faxe mit sich rum. Eine erstaunliche Menge an Geräten.«

»Beschreiben Sie ihn mir. Farbe und so weiter.«

»Moment, ich schau mal nach.« Sie wartete ungeduldig, nachdem er den Hörer abgelegt hatte.

»Er ist metallicgrau«, teilte er ihr kurz darauf mit. »Seine Nummer lautet 330 XOY.«

»Demnach kein Polizeifahrzeug.«

»Das könnte sein. Nicht alle sind schwarz-weiß und mit Blaulicht ausgestattet.«

»Nun, ich werde darauf achten. Sollte er irgendwo dort rumstehen, verschwinde ich wieder. Ansonsten riskiere ich es. Danke, Mike. Hinterlassen Sie weitere Informationen auf meinem Anrufbeantworter, okay? Ich mache mich jetzt auf den Weg. Und ... Mike?«

»Hm?«

»Wünschen Sie mir Glück.«

»Sie werden es brauchen«, meinte er und hängte ein.

Im Gegensatz zu Gus' ziemlich eleganten Etablissements mit ihren chromblitzenden Armaturen und kunstvoll verzierten Fenstern erschien ihr Lennys Laden ausgesprochen schäbig. Die Farbe der pflaumenblauen Fassade und der giftgrünen Aufschrift blätterte bereits ab, die Fenster waren beschlagen und blind vor Fett. Einen leistungsfähigen Ventilator, der für einigermaßen erträgliche Luft im Innneren sorgte, konnte sie nirgends entdecken. Aufgrund seiner geringen Entfernung zur Chargeable Lane erschien ihr der Name durchaus passend. Sie beobachtete das Lokal eine Weile von ihrem Wagen aus.

Obwohl es mittlerweile fast drei Uhr war, hatte es noch geöffnet, um die Mittagsgäste zu bedienen. Es roch durchaus appetitlich, und George dachte, es sieht zwar nicht besonders einladend aus, aber die Speisen sind wahrscheinlich in Ordnung. Dabei wurde ihr bewußt, daß sie noch nichts gegessen hatte. Kurz entschlossen startete sie und bog in die Chargeable Lane ein.

Sie spähte in die kleinen Nebenstraßen und inspizierte alle Wagen, die sie passierte, aber der metallicgraue Volvo war nicht unter ihnen. Nachdem sie sich überzeugt hatte, daß sich niemand für sie und ihre Aktivitäten interessierte, parkte sie vor einem Kleinbus und lief zu Lennys Laden zurück. Sie stieß einen Fluch aus, denn dieser war bereits geschlossen. Hatte sie ihre Chance vertan? Hinter der hohen Theke machte sich allerdings noch jemand zu schaffen, der hochblickte, als sie fordernd an der Tür rüttelte, nickte und zum Eingang schritt.

»Bin ich zu spät dran?« fragte sie unschuldig, nachdem er sie eingelassen hatte. »Ich bin gerade vorbeigefahren und glaubte ...«

»Kabeljau hätte ich noch da – ein schönes Schwanzstück. Möchten Sie Pommes frites dazu?«

Alles an dem Mann war rund: sein Bauch, seine Schultern, sein dunkelhäutiges Gesicht, seine tiefbraunen Augen. Er hatte schwarzes Haar, und sein Akzent wies auf griechisch-zypriotische Abstammung hin.

Während er den Fisch in eine Papiertüte steckte und zwei Löffel ziemlich schlaff wirkender Pommes frites darauf verteilte, schaute sie sich um. Das Ladeninnere erweckte keinen schlechten Eindruck. Gäste, die ihre Mahlzeit an Ort und Stelle verzehren wollten, fanden auf Hockern vor einem langen, mit roter Plastikfolie beklebten Eßbord an der hinteren Wand Platz. In einer Ecke summte ein Computerspiel, unterbrochen von hektischem Piepen. Neben Bildern von Fischen und Plakaten, die für Tizer und Whit's Lemonade warben, hing eine Liste der angebotenen Speisen: Gebratener Kabeljau, Gebratener Schellfisch, Gebratene Scholle, Gebratener Rochen, Bratwurst, Gebratenes Huhn ... und so weiter und so fort mit allen möglichen cholesterinhaltigen Spezialitäten bis hin zu der letzten Beilage: *Silberzwiebeln fünfzig Pence*. Es hätte George nicht überrascht, wenn auch diese in gebratenem Zustand zu haben gewesen wären.

In den beheizten Glasvitrinen vor den Friteusen lag der bereits fertig zubereitete Speisenüberschuß des Tages teilnahmslos herum. Darauf standen Flaschen mit verdünntem Essig und große zerbeulte Aluminiumsalzstreuer. Die Regale an den gefliesten Wänden dahinter waren mit bunten

Getränkedosen und -flaschen sowie Mayonnaise in häßlichen kleinen Plastiktüten vollgestopft. Auf das handgemalte und ziemlich verruchte Bild einer Meerjungfrau, das darüber angebracht war, hatte jemand gekritzelt: *Maße, achtunddreißig, sechsundzwanzig, sechsundsiebzig das Pfund.*

»Das ist aber nett.« Sie deutete auf das Bild, worauf der Mann – er wickelte ihre Mahlzeit gerade in gelbliches Papier – über seine Schulter blickte.

»Wir reißen bald ab. Nächste Woche, wenn wiederkommen, alles sauber und schön.« Er schniefte. »Jetzt nicht so schön. Nächste Woche, Sie sehen, wir machen alles gut.«

»Ach?« Sie zögerte, als er das Päckchen, an dem sich die ersten Fettflecken zeigten, auf die Theke legte. »Will Lenny den Laden renovieren lassen?«

»Wer?« Er musterte sie mißtrauisch, ehe er ihr den Preis nannte.

»Lenny«, begann sie erneut und kramte nach dem Portemonnaie in ihrer Schultertasche. »Lenny Greeson. Der Besitzer.«

»Meine Mama ist Besitzer.«

Sie zog die Brauen hoch. »Mir hat man gesagt, das sei Lenny Greeson.«

»Hier kein Lenny«, verkündete er. »Zwei neunzig, bitte. Haben Sie Kleingeld? Wenn nicht, ich kann rausgeben.« Er streckte ihr verlangend eine große gerötete Hand entgegen und starrte sie auffordernd an.

George fuhr erschrocken herum, als eine dünne Stimme fragte: »Kann ich Ihnen helfen?«

Die Frau, die sich ihr genähert hatte, war genauso rundlich wie der Mann, sah jedoch erheblich älter aus. Ihre Augen blickten stechend und wachsam. Beim Sprechen blitzte eine Goldkrone in ihrem linken Mundwinkel auf. »Suchen Sie jemanden?«

»Nun ...« George legte drei Pfund auf die Theke. Der

Mann griff beinahe erleichtert danach und tippte den Preis in die Kasse ein. »Es ist nicht so wichtig. Ich meine, ich dachte nur ... Ein Freund erzählte mir, in diesem Laden gebe es die besten Fish and Chips weit und breit, und da ich zufällig in der Gegend zu tun hatte ... Außerdem behauptete er, der Besitzer sei ein Freund von ihm. Ich sollte ihn grüßen.«

»Sie sind Amerikanerin«, stellte die kleine Frau vorwurfsvoll fest.

»Nun ja, stimmt.« George lächelte entwaffnend. »Mein Freund aber nicht. Er ist Engländer.«

»Ich hab' mal in Ameika gewohnt. In Pittsburgh. Hab' dort ganz gut Englisch gelernt.« Die Frau hatte tatsächlich einen vertraut klingenden Akzent. »Ihr Freund irrt sich. Dieses Restaurant gehört mir und meinem Sohn Nick. Ich bin Agabe. Meine Familie nennt mich Eppy, außer Nicky. Er nennt mich Mama.«

George blinzelte. Warum erzählte sie einem Laufkunden so etwas? Vielleicht weil sie Angst hat, beantwortete sie die Frage in Gedanken selbst und fühlte sich sofort stärker.

»Oh? Nun, sehr schön«, meinte sie und betrachtete das Päckchen in ihrer Hand. Sie verspürte kaum noch Hunger. Der Geruch, den sie kurz zuvor noch als angenehm empfunden hatte, verursachte ihr plötzlich Ekel.

»Sagen Sie Ihrem Freund, daß wir die Besitzer sind. Hier wird alles richtig schön, ganz bestimmt. Wir renovieren nächste Woche. Neue Geräte haben wir auch bestellt. Große Friteusen, keinen Schrott!« Voller Verachtung schlug sie auf den Glasdeckel der Vitrine. »Bald werden wir den besten Fisch im ganzen East End haben. Nicht so schlechte Ware wie anderswo!« Eppy schnaubte verächtlich. »Großer Gastraum, Glasfenster, sehr elegant, aber ganz lausiger Fisch.«

George, der klar war, auf welchen Laden sich die Frau bezog, entwickelte sofort Loyalität und hätte sich am liebsten auf sie gestürzt. »Also das kann ich nicht bestätigen«, entgegnete sie neutral. »Der Fisch, den ich neulich in Aldgate gegessen habe, war mindestens ebenso köstlich. Dafür hätte ich sterben können.«

Die Frau starrte sie an, dann kicherte sie. »Sie hätten dafür sterben können? Ja, das stimmt. Man bekommt davon so schlimme Bauchschmerzen, daß man glaubt, man würde sie nicht überleben!«

George verzichtete auf jeden weiteren Kommentar. Eine Diskussion über die Qualität der Speisen in Schnellrestaurants war gewiß nicht der Zweck ihres Besuches.

»Wann genau haben Sie den Betrieb von Lenny übernommen?« fragte sie beiläufig. Dabei beobachtete sie Eppy verstohlen und lächelte gleichzeitig Nick zu, der sie schon die ganze Zeit anstarrte. Das lüsterne Funkeln in seinen Augen kannte sie nur zu gut und zog daraus ihre Vorteile.

»Vor zwei Wochen«, antwortete er wie aus der Pistole geschossen. »Vor zwei Wochen. Ist gut, nicht wahr? Wir machen, daß besser aussieht, daß elegant ist.«

»Nicky, halt den Mund«, wies ihn die Frau zurecht und blitzte George wütend an. »Warum stellen Sie so viele Fragen? Sind Sie von der Polizei?«

George runzelte die Stirn. »Ach, war die schon hier?« hakte sie nach.

»Aus welchem Grund sollte sie hier auftauchen?« fragte Eppy. Sie blähte sich auf, wie jene Frösche, die George an gelegentliche Angelausflüge in ihrer Kindheit erinnerten. »Sie können uns nichts Ungesetzliches nachweisen, habe ich ihnen versichert, hier ist alles in Ordnung.«

»Dann verraten Sie mir mal, wo Lenny jetzt ist«, verlangte George, die sich für den direkten Weg entschieden hatte. Die sanfte Tour brachte sie keinen Schritt weiter, verärgerte sie allenfalls. »Ich soll ihm von meinem Freund etwas ausrichten. Wo finde ich ihn?« Sie fixierte Nick.

»Keine Ahnung«, sagte dieser. »Er will niemanden sehen!« erklärte seine Mutter bestimmt.

»Ach?« George drehte sich zu ihr um. »Hat er Ihnen das ausdrücklich gesagt?«

»Ich weiß es.« Eppy schlug sich so heftig gegen die Brust, daß George unwillkürlich zusammenzuckte. »Er hat verkauft, er ist weg, er fertig. Sie nehmen Ihren Fisch, Sie veschwinden, Sie fertig.«

»Das glaube ich nicht«, entgegnete George. »Dieser Fisch scheint nicht sehr frisch zu sein.« Sie begann wild zu improvisieren. »Ich komme vom Gesundheitsamt, müssen Sie wissen. Meine Aufgabe ist es, die Einhaltung der Lebensmittelverordnung zu überprüfen. Und ich glaube, daß sowohl die Aufbewahrung als auch die Zubereitung ihres Fisches gegen die Hygienebestimmungen verstoßen. Vielleicht sollte ich dafür sorgen, daß sich ein offizieller Inspektor darum kümmert. Am besten jemand, der Strafen verhängen und Bußgelder kassieren kann.«

Die Augen der Frau traten beinahe aus ihren Höhlen. »Ich, nicht sauber? Wo ich doch jede Woche Unmengen an Lauge und Desinfektionsmittel verbrauche! Und mir die Finger wundscheuere! Ich soll nicht sauber sein?«

»Kürzlich gingen einige Beschwerden bei uns ein«, fuhr George fort. »Wann war das nochmal ... vor etwa drei Wochen?«

»Damit haben wir nichts zu tun«, sagte Eppy etwas ruhiger. »Damals gehörte uns der Laden noch gar nicht.«

»Ach? Demnach war Lenny der Sünder. Hat er Ihnen das Geschäft verkauft?« George lächelte die Frau, die nun gleichgültig die Achseln zuckte, freundlich an.

»Vor zwei Wochen hat jemand seine Schulden bei uns bezahlt. Danach kamen wir hierher, und in der Woche darauf ...«

»... haben sie aufgeräumt und renoviert«, beendete George für die Frau den Satz. »Und wo ist Ihr Vorgänger jetzt?«

»Ach, wir wissen gar nichts ...«, begann Nick, doch Eppy brachte ihn zum Schweigen.

»Du hast doch keine Ahnung, du Idiot?« kreischte sie und redete dann in ihrer Muttersprache auf ihn ein, der sich offenbar verteidigte. Der Schrei, den George kurz darauf ausstieß, verfehlte die gewünschte Wirkung nicht. Die beiden Streithähne drehten sich zu ihr um.

»Wie Nick eben sagte, wir wissen gar nichts«, erklärte Eppy. »Wir erhielten die Schlüssel und übernahmen den Laden. Die Kunden merken keinen Unterschied, nur das Essen ist besser. Und nächste Woche ...«

»... renovieren Sie«, unterbrach George sie. »Und Sie können mir nichts weiter erzählen? Okay, okay, ich glaube Ihnen. Wie kamen Sie an die Schlüssel? Wer nahm das Geld an sich, und wer kümmert sich um die Pacht und alles andere?«

Eppy hob die Schultern, reckte das Kinn vor und musterte George unter gesenkten Lidern. »Ich bin nur eine einfache Frau, eine Fischbraterin – was verstehe ich denn schon von solchen Dingen? Die Schlüssel wurden mir zugeschickt. Wir erledigen alles schriftlich, telefonisch oder per Fax. Aber das geht Sie nichts an. Die Polizisten stellten auch jede Menge Fragen, aber ich versicherte ihnen, ich sei völlig ahnungslos. Sie haben sich damit zufriedengegeben und sind wieder abgezogen. Warum tut das nicht auch jemand von der Stadtverwaltung?«

»Sie waren also heute morgen hier. Das habe ich mir gedacht!« George nickte zufrieden. »Und Sie haben den Beamten die gleiche Geschichte wie mir aufgetischt?«

Eppy verzog mürrisch das Gesicht. »Genau. Es ist die Wahrheit. Und nun gehen Sie, ja? Es reicht endgültig.«

»Gleich«, erwiderte George, die eine Idee hatte. »Ich schätze, Ihnen wird schon bald wieder einfallen, von wem Sie dieses Lokal gekauft oder gepachtet haben. Vielleicht müssen Sie noch mal überlegen, ob Sie mir das nicht doch mitteilen, hmm? Unter Umständen könnte etwas Geld Sie dabei unterstützen. Was halten Sie davon?«

»Geld?« Das Interesse der alten Frau schien geweckt. »Wieviel Geld?«

»Genug«, antwortete George und rief sich den Inhalt ihres Portemonnaies ins Gedächtnis. Mehr als fünfzig Pfund hatte sie nicht bei sich. Galt es als Bestechung von Zeugen, diese für Informationen zu bezahlen? Wie sollte es? Sie half ihnen doch nur, sich an einige Fakten zu erinnern. Fünfzig Pfund zu verlieren schmerzte zwar, aber Gus würde diesen Verlust schon ausgleichen. Für ihn spielte Geld keine Rolle. Als sie erkannte, daß er sich dadurch strafbar machen würde, fluchte sie insgeheim. Verdammter Mist! Diese Ausgaben ersetzt mir keiner!

»Was für Sie genug ist, muß für mich noch lange nicht genug sein«, erklärte Eppy nach einer Weile. »Zeigen Sie her.«

George seufzte und legte die vier Zehn – sowie die beiden zerknüllten Fünf-Pfund-Noten nebeneinander auf die Theke. »Fünfzig«, sagte sie. »Nur für den Namen Ihres Vorgängers.«

Die Frau sah erst auf das Geld und dann zu Nick. Dieser erwiderte den Blick seiner Mutter, als würde er mit ihr reden. George schaute von einem zum anderen und versuchte, Teile dieses Zwiegesprächs zu verstehen, aber es gelang ihr nicht. Schließlich nahm Eppy die Scheine mit einer einzigen fließenden Bewegung von der Theke. George konnte nicht sehen, wohin sie sie steckte. Sie schienen sich einfach aufzulösen.

»Von einem Immobilienmakler«, murmelte sie. »Dokking Berths. In Millwall. Und jetzt ist Schluß. Ich habe noch zu arbeiten.« Sie machte kehrt und schlurfte davon, um hinter einem Perlenvorhang im hinteren Teil des Lokals zu verschwinden.

»Ich auch«, sagte Nick hastig. Noch bevor George etwas sagen konnte, hatte auch er sich aus dem Staub gemacht.

Sie seufzte und wandte sich zum Gehen. Den Fisch ließ sie auf der Theke liegen. Nachdem sie seinen Geruch so lange hatte ertragen müssen, war er das letzte, worauf sie in diesem Moment Appetit hatte, und zudem bereits kalt.

*

»Chargeable Chippy?« fragte der junge Mann hinter dem Schreibtisch. »O ja. Eigentum. Solches zu erwerben, ist heutzutage reine Glückssache. Sogar in Canning Town. Nun, die Nähe zu Barking spielt so gut wie keine Rolle. Sehr schön.«

»Ist es viel wert?« fragte George beiläufig.

Er wiegte den Kopf. »Nicht übermäßig. Gute Kundschaft, recht günstige Lage, na ja, nicht gerade Spitzenklasse, aber für seinen Zweck eigentlich ganz gut. Etwa hundertfünfzig.«

»Hmm«, machte George und bemühte sich, den Eindruck zu erwecken, als suche sie tatsächlich ein Ladenlokal mit einer dazugehörigen Wohnung. »Aber wohl kaum der geeignete Standort für einen Laden für Trocken- und Seidenblumen, nicht wahr? Meine Partnerin stellt sie her«, fügte sie schnell hinzu, nachdem er Interesse signalisiert hatte. »Ich bin nur das Faktotum. Meine Aufgabe besteht darin, die angebotenen Objekte zu besichtigen und dergleichen.«

»Sie sollten sich weiter nach Westen orientieren«, riet der junge Mann sachlich. »Sogar erheblich weiter nach Westen bis ins tiefe Docklands. Zu den Zeitungsverlagen. Dort sind Seidenblumen sehr gefragt. Vor allem bei den Leuten von den Modezeitschriften. Sie brauchen sie für ihre Photos oder als Geschenke für ihre Frauen, wenn sie mal wieder Überstunden mit ihrer Sekretärin gemacht haben.« Er schaute hoch, bemerkte, daß sie für seine Art von Humor offenbar herzlich wenig übrig hatte, und fuhr schnell fort. »Ich könnte Ihnen einen reizenden kleinen Laden in Tobacco Docks anbieten oder hier unten ... Moment mal.« Er hatte einen Stadtplan auseinandergefaltet und klopfte mit einem Finger, dessen Nagel abgeknabbert war, auf eine Stelle. »Kein besonders großes Anwesen, aber für kaum mehr als hunderttausend erwerben Sie echten Grundbesitz. Geringer Pachtzins, glauben Sie mir, ein lächerlicher Betrag, wenn man bedenkt, wieviel Geld Sie mit Ihrem Laden verdienen würden.«

»Ich werde es mir überlegen«, versprach George und lächelte, obwohl sie ihn insgeheim einen verlogenen Bastard schimpfte. Hält er mich für eine Idiotin? Aber vergiß nicht, ermahnte sie sich, daß du dich wie eine solche anstellst. Also reg dich nicht auf. »Erklären Sie mir doch bitte, warum dieses Objekt« – sie deutete auf den Teil der Karte, durch den die Chargeable Lane verlief – »noch zum Vekauf steht. Sagten Sie nicht, dort sei der Erwerb von Eigentum äußerst schwierig?«

Er schüttelte traurig den Kopf. »Hierbei handelt es sich um ein Überbleibsel aus früheren Zeiten. Damals kauften die Leute Anwesen und verpachteten sie. Dieser Betrieb war ein Familientunternehmen. Fish and Chips, uralte East-End-Tradition. Keiner von den neuen Docklands-Läden.«

»Hmm. Und der Betrieb ist nach wie vor in ihrem Besitz? Ich würde gerne wissen, weshalb sie ihn veräußern.« Sie schaute ihn so unschuldig und fragend wie möglich an. Immobilienmakler, so hatte sie erfahren müssen, neigten besonders dazu, Ausländer zu verachten.

Er fiel darauf herein, lehnte sich in seinem Sessel zurück und hakte die Finger in eine gräßliche Kopie einer Albert-Uhrkette, die sich über seinen schmächtigen Brustkorb spannte. »Ich wünschte, ich wüßte es«, teilte er ihr mit. »Diese Geschichte ist wirklich ein Rätsel. Der Laden wird von einer Gesellschaft betrieben, die ihn von den Eigentümern erworben hat. Wir sollen die Räume vermieten und verwalten. Den ersten Pächter hat die Gesellschaft selbst beigebracht.«

»War das nicht ungewöhnlich?«

Er zuckte die Achseln. »Einige Eigentümer sind schon merkwürdig! Meinen, sie verstünden mehr vom Geschäft als Fachleute. Ich denke, wir hätten ihnen einen besseren Pächter beschaffen können. Selbstverständlich nur, wenn sie gleich zu Beginn mit uns in Kontakt getreten wären. Sie haben es nicht getan. Macht nichts. Wir kassieren für sie die Miete und halten ein Auge auf das Projekt. Irgendwann werden sie ihren Irrtum einsehen und uns mit der Immobilie verfahren lassen, wie wir es für richtig halten.« Er schien vor Stolz in seinem Sessel zu wachsen. »Dann werden sie erleben, wie gut wir verkaufen können! Wir mußten harte Zeiten überstehen, doch die Rezession hat ihren Tiefpunkt erreicht, und laut zuverlässigen Prognosen dürfte sich unsere Branche bald erholen. Wir bei Docking Berths werden dies als erste beweisen.«

»Na ja«, meinte George. »Das alles ist sehr aufschlußreich, aber ich sollte mich jetzt besser verabschieden.«

»Behalten Sie uns in guter Erinnerung.« Der Mann war erneut der Eifer in Person. »In dieser Gegend gibt es einige äußerst reizvolle Objekte. Sobald Sie sich entschieden haben, sind wir bereit, die Verhandlungen in Ihrem Namen aufzunehmen. Kommen Sie einfach vorbei, oder rufen Sie mich an – hier ist meine Karte sowie meine Handynummer –, und ich werde Ihnen und Ihrer Partnerin umgehend zur Verfügung stehen.«

»Meiner Partnerin?« fragte George irritiert, die ihre Tarnung für einen Moment vergessen hatte.

»Die Frau, die die Trockenblumen herstellt.« Er blinzelte vewirrt.

»Natürlich. Meine Partnerin. *Diese* Partnerin. Ich glaubte, Sie sprachen von meiner Freundin.« Sie kicherte und wandte sich zum Gehen. An der Tür blieb sie stehen und lächelte ihn an. »Übrigens, welcher Gesellschaft gehört denn dieses Chargeable Chippy Restaurant?«

Er hatte sich wieder über seinen Schreibtisch gebeugt. »Hmm?« fragte er geistesabwesend. »Oh, das gehört Copper's. Copper's Properties Limited.« Er runzelte die Stirn und warf ihr einen mißtrauischen Blick zu. »Warum wollen Sie das wissen?«

»Ach, einfach so«, ewiderte sie und strahlte ihn gewinnend an. »Reine Neugier!« Damit verließ sie sein Büro.

19

Also, wie finde ich eine Firma, die nicht im Telefonbuch steht?« fragte sie, reichte über den Tisch und lud ihm noch ein wenig Kartoffelpüree auf den Teller. Er schien es nicht zu bemerken. Er saß da und starrte mit leerem Blick auf die gegenüberliegende Wand seiner kleinen Küche. »Gus?«

»Hmm?«

»Ich sagte, ich muß irgendwie an die Leute rankommen, die jetzt die Eigentümer von Lennys Anwesen sind. Vielleicht können sie mir einen Tip gebe, wo er sich zur Zeit aufhält. Aber ihre Firma ist nicht im Telefonbuch verzeichnet.«

»Ich begreife das nicht«, meinte Gus mit einem Ausdruck kindlicher Gereiztheit, die ihn erschreckend verletzbar erscheinen ließ. Sie legte ihre Gabel beiseite, trat hinter ihn und massierte seinen Nacken. Er war völlig verkrampft, und es kostete sie einige Mühe, bis er sich nach und nach entspannte.

»Das ist mir klar. Ich tue es auch nicht. Noch nicht«, gestand sie. »Daran wird sich auch nichts ändern, solange wir nicht ein paar Dinge in Erfahrung gebracht haben, und dann ...«

»Ich meine Lenny. Daß ausgerechnet er mich derart reinlegt. Lenny! Ich kann es einfach nicht fassen. Weißt du, daß ich eine Heidenangst um ihn habe?« Seine Muskeln verkrampften sich erneut, als er sich umdrehte und zu ihr hochsah. »Hast du mir zugehört, George? Meine Nase sagt mir, daß Lenny in großen Schwierigkeiten steckt. Unter normalen Umständen hätte er mir so etwas nicht angetan. Niemals! Nicht Alf Hathaways Sohn! Das ist absolut unmöglich.«

»Du nimmst an, Mike hat es falsch verstanden?« fragte sie leise, und er schüttelte niedergeschlagen den Kopf. »Eigentlich paßt das nicht zu ihm. Mike Urquhart ist ein vernünftiger Bursche. Er gehört nicht zu den Typen, denen Fehler unterlaufen, weil sie Informationen nicht auf ihren Wahrheitsgehalt überprüfen. Wenn er sagt, Lenny sei der Informant gewesen, dann stimmt das auch, verdammt noch mal! Außerdem hat er die richtige Adresse genannt, oder etwa nicht?«

George bestätigte es.

»Und diese Leute aus Zypern, mit denen du gesprochen hast, waren dort ...«

»Erst vor ein oder zwei Wochen.«

»Ja. Also ... Oh, Scheiße, es stimmt wirklich! Jemand hat Lenny aus seinem Geschäft und seinem Heim vertrieben, und ich kann einfach nicht glauben, daß er sich freiwillig zurückgezogen hat. Er muß in Schwierigkeiten stekken. Etwas anderes ist gar nicht vorstellbar.«

»Gus, geh nicht gleich an die Decke, wenn ich einige Ideen laut äußere, okay?« sagte sie behutsam, weil ihr bewußt war, wie weit sie sich vorwagte.

»Warum sollte ich deshalb an die Decke gehen? Denken wir nicht schon die ganze Zeit laut darüber nach, wie ich aus diesem elenden Schlamassel wieder rauskomme?« Obwohl er böse und gereizt klang, hätte sie ihn am liebsten in die Arme geschlossen, aber sie wußte, er würde sich dagegen sträuben.

»Okay. Also, Lenny hatte kein Geld, weder für sich selbst, noch für seine Gläubiger oder für seinen Bruder ...«

»Das hatte ich doch in Ordnung gebracht«, schnappte Gus. »Ich hab's dir längst erklärt. Warum sonst, Teufel noch mal, steht mir jetzt das Wasser bis zum Hals?«

»Du schon. Aber hatte er selbst es schon in Ordnung gebracht? Vielleicht war er ... Nun, ich habe mir den Laden angeschaut. Er ist nicht so wie deiner, einladend und hell. Er ist ein richtiger ...« Sie zögerte.

»Sicher, er ist ein regelrechtes Drecksloch. Aber die Leute in dieser Gegend lassen sich nicht von Äußerlichkeiten blenden. Sie erkennen Qualität auf den ersten Blick, und Lenny hat einwandfreie Ware verkauft. Wie oft habe ich ihm einen Job als Manager und Chefkoch bei mir angeboten, aber er wollte nichts anderes als seine verdammte Unabhängigkeit, sein eigenes Restaurant – wie sein Vater. Er war nicht bereit, für andere Arschlöcher zu schuften.«

»Na schön. Er hatte seine Stammgäste. Aber die Beträge, die er dir in dieser kurzen Zeit zurückzahlte, kann er nicht mit ihnen verdient haben. Ich war zur Mittagszeit dort, aber von einem großen Ansturm kann ich dir nicht berichten.«

»Dann muß sich herumgesprochen haben, daß Lenny nicht mehr dort ist.« Gus blieb stur.

George seufzte. »Laß es mich weiter versuchen, Gus. Stell dir vor, du irrst dich und der Laden lief gar nicht so gut. Er hatte seine Schulden bezahlt, aber jetzt stand er bei dir in der Kreide ...«

»Okay«, unterbrach Gus sie trotzig, »aber er wußte, daß ich ihn nicht drängen würde. Noch nicht einmal Zinsen hatte ich verlangt, verdammt noch mal! Meinetwegen mußte er sich bestimmt keine Sorgen machen.«

»Du sagtest doch, er sei ein Mensch, der seine Unabhängigkeit nicht verlieren wollte«, erinnerte sie ihn. »Aber das ist ja nur Theorie, nicht wahr? Gesetzt den Fall, jemand taucht bei ihm auf und erzählt ihm, er könne all seine Probleme lösen. Oder, Moment mal ...« Sie straffte ihre Schultern. »Dieser Jemand zwingt ihn – womit lassen wir mal dahingestellt –, seinen Laden abzugeben und ...«

»Nein«, erklärte Gus knapp und entschieden. »Das hätte er nur in einer extremen Zwangslage getan. Wäre er ihm nicht so wichtig gewesen, hätte er ihn höchstens Don oder mir angeboten. Er war bemüht, ihn zu verkaufen, schon vergessen? Und zwar zu einem guten Preis. Deshalb hat er sich Geld geliehen. Alles, was er wollte, war, auf eigenen Füßen zu stehen. Er träumte davon, eine Kette wie meine aufzubauen, allerdings auf der anderen Seite des Flusses. Aus freien Stücken hätte er sich von seinem Hauptgeschäft niemals getrennt. Ich wiederhole es noch einmal, das Geld hat er geliehen, um seinen Wert zu steigern. Du bist auf einem total falschen Dampfer!«

»Aber Gus, es muß doch irgend etwas in seinem Leben geben, das ihm mehr bedeutet! Eine Frau? Kinder?«

»Lenny ist kein Freund der Ehe«, entgegnete Gus knapp. »Und er hatte auch nie irgendwelche festen Beziehungen. Das scheidet also aus.«

»Was ist mit seinem Bruder? Ist er verheiratet? Hat er Kinder?«

»Don ist völlig normal«, sagte Gus. »Er hat nie geheiratet, aber er ist ein Hetero. Von Kindern ist mir nichts bekannt – zumindest von keinen, für die er die Vaterschaft übernommen hätte.«

»Nun, wie dem auch sei, er sorgt sich um seinen Bruder, nicht wahr? Ich meine Lenny. Würde eine gegen Don ausgesprochene Drohung nicht reichen, um ihn gefügig zu machen?«

»Was für eine Drohung?« Gus hörte jetzt etwas aufmerksamer zu.

Sie zuckte die Achseln. »Nun ja, du könntest im Zuge deiner Ermittlungen jemandem zu nahe gekommen sein ...«

»Sieh mal, wir hatten hier nie Gangs oder eine Mafia. Okay, auch bei uns gab es Verbrecher, die gerne alles kontrollieren wollten – ich denke an die Kray-Brüder und ihresgleichen. Als die Informationen immer umfangreicher wurden, hatte ich zwar keine Ahnung, wer der Drahtzieher war, daß er einer typisch amerikanischen Organisation angehörte, war mir allerdings sehr schnell klar.« Er verzog mürrisch das Gesicht. »Und jetzt hat man mir meinen eigentlichen Fall entzogen, und die drei, die noch daran arbeiten, sind unfähig, ihn jemals zu lösen. Sie werden all unsere mühsam gesammelten Beweise vernichten, so daß wir die Kerle noch nicht mal vor Gericht bringen können.«

»Deshalb mußten sie dich loswerden«, rief George triumphierend aus. »Begreifst du das nicht? Die einfachste Möglichkeit, dich auszubooten, ist, irgendeine Anklage gegen dich zu konstruieren. Sobald du aus dem Spiel bist, können sie in Ruhe ihre Geschäfte zu Ende führen. Und sie haben Lenny benutzt, um an dich heranzukommen. Irgendwie konnten sie rausfinden, daß du – daß du auf seinen Hilferuf sofort reagieren würdest. Ergibt das für dich keinen Sinn?«

Er sah sie lange wortlos an. Dann nickte er. »Eigentlich schon«, gestand er schließlich. »Wie gesagt, ich habe Angst um Lenny. Diese Typen sind – nun, sie machen mit jedem, was sie wollen. Und wenn sie es tatsächlich geschafft haben, daß Lenny diese Anschuldigung gegen mich erhebt, müssen sie ihn aus dem Weg schaffen, ehe ihm jemand unbequeme Fragen stellen kann.«

»Deshalb ist er verschwunden. Und um zu erfahren, wohin, sollte man genau das tun, was ich anfangs vorgeschlagen habe. Mit den Leuten sprechen, die seinen Laden übernommen haben. Also wie kriegen wir raus, wer hinter dieser Firma Copper's Properties steht?«

»Im Companies House«, antwortete er. »In der City.« Er war mit den Gedanken ganz woanders. »Hat irgend jemand mal nach Don gesucht?«

»Nach seinem Bruder?« fragte George. »Ich nicht, und

Mike auch nicht, glaube ich wenigstens. Ob es die CIB-Heinis getan haben, kann ich nicht sagen. Warum sollten sie auch? Wissen sie denn über ihn Bescheid?«

»Keine Ahnung. Vielleicht. Wenn ich einer von ihnen wäre, hätte ich mich längst darum gekümmert, aber ich kann noch nicht mal beurteilen, ob sie richtig gut sind.« Er runzelte die Stirn. »Theoretisch müßten sie es sein, denn gewöhnlich werden für solche Jobs nur die Besten der Besten ausgesucht.«

»Nun, ihre Qualitäten interessieren uns im Moment nicht. Wie können wir ihn aufstöbern? Er müßte doch wissen, wo Lenny sich aufhält.«

»Das dürfte nicht allzu schwierig sein. Finde raus, wo und wann die nächsten Rennen stattfinden, und sorg dafür, daß ihn jemand abfängt«, sagte Gus. »Mike könnte ...« Seine Lippen verzogen sich zu einem dünnen Lächeln. »Du kannst es nicht.«

»Das ist mir klar«, sagte sie. »Gleiches gilt für dich, oder? Solange die Leute vom CIB ihren Auftrag erfüllen, müssen wir uns alle zurückhalten.«

»O Gott«, stieß er heftig hervor. »Ich drehe durch, wenn diese Geschichte nicht bald ausgestanden ist.«

Sie wagte es, die Arme um ihn zu schlingen, aber er schüttelte sie ab.

»Das ist wohl kaum der richtige Zeitpunkt zum Herumschmusen«, sagte er. »Ich muß nachdenken. Paß mal auf, ich gehe zum Companies House ...«

»Aber Gus, sie werden doch bestimmt ...«

»Selbst wenn sie erfahren, daß ich dort war, können sie mir nichts anhaben. Schließlich bin ich Unternehmer und muß sicherstellen, daß meine Geschäfte weiterlaufen, während dieser Mist andauert. Überlaß das ruhig mir. Wenigstens habe ich dann etwas zu tun. Und ...« Er zögerte. »Vergiß Don Greeson, bis wir Näheres über diese Firma herausbekommen haben.«

»Aber ich könnte mich doch nach den Rennterminen erkundigen«, bot sie an.

»Nein!« Er sagte es sehr laut. »Wenn du durch die Wettbüros ziehst, weiß die ganze Welt sofort, daß irgend etwas im Busch ist. Du bist nicht unbedingt jemand, den man gewöhnlich an solchen Orten antrifft. Außerdem ist es wahrscheinlich ohnehin nicht nötig. Warte ab, bis wir mit diesen Leuten geredet haben. In welcher Branche sind sie überhaupt tätig? Hat der Immobilienmakler etwas davon erwähnt?«

»Nur, daß die Firma Copper's Properties heißt.«

»Hmm«, machte Gus. »Ein interessanter Name. Nun, es wird sich zeigen, ob ich damit etwas anfangen kann.« Er eilte ins Schlafzimmer, um sein Jackett zu holen. George lief ihm hinterher.

»Gus, um Himmels willen, es ist schon halb neun Uhr abends! Um diese Zeit arbeitet auch mitten in der City keiner mehr.«

»Dorthin wollte ich auch gar nicht«, gestand er. »Ich möchte erst mal nachhören, was der örtliche Klatsch hergibt. Er ist mindestens genauso wertvoll wie offizielle Verlautbarungen.«

»Das ist nicht dein Ernst!« empörte sich George. »Oder muß ich dir erst erklären, daß sie es als Behinderung laufender Ermittlungen interpretieren werden? Du mußt dich gedulden, bis du es legal tun kannst. Das weißt du selbst.«

Er starrte sie betrübt an und ließ sein Jackett wieder auf das Bett fallen.

»Ja«, sagte er. »Du hast wahrscheinlich recht.«

*

Ihre Nacht war schlimm gewesen. Gus hatte beteuert, er sei keine besondes angenehme Gesellschaft und unter keinen Umständen bereit, sie in seine Schwierigkeiten hineinzuziehen. Trotz ihres heftigen Widerspruchs, ohne ihn könne sie die Situation noch viel schwerer ertragen, hatte er alleine sein wollen. Daher war sie nach Hause gefahren, um sich vor den Fernseher zu setzen. Tatsächlich hatte sie jedoch immer und immer wieder sämtliche ihr zur Verfügung stehenden Möglichkeiten gedanklich durchgespielt, bevor sie ziemlich früh zu Bett gegangen war.

Nur um davon zu träumen, wie Gus' Versuch, seinen Fall auf eigene Faust zu lösen, kläglich scheiterte: Sie klammerte sich an einen Felsvorsprung und mußte hilflos zusehen, wie ihn gesichtslose Gestalten – es handelte sich um von ihr sezierte Leichen, die mit Messern und Stricken bewaffnet waren und von deren Fingerspitzen Blut tropfte – durch die labyrinthartigen Straßen einer Stadt tief unter ihr jagten. Schweißgebadet und atemlos war sie schließlich hochgeschreckt und sofort aufgestanden, um ihre Unruhe in den Griff zu bekommen.

Auf den Straßen drängten sich jetzt bereits jede Menge Leute, die, wie George selbst, zur Arbeit eilten, sowie einige verbissene Jogger, die, verschwitzt, ihre glasigen Augen auf einen unsichtbaren Punkt gerichtet, an ihr vorbeikeuchten. Sie beneidete sie um ihre Zielstrebigkeit. Wie schön wäre das Leben, hätte sie in ihrer Freizeit nichts anderes zu tun, als in diesem lächerlichen Aufzug durch die Gegend zu laufen! Zum Schutz vor dem frühmorgendlichen Sonnenschein, der bereits heiß auf ihren Rücken brannte, hob George die Schultern und setzte ihren Weg Richtung Krankenhaus fort. Dabei überlegte sie abermals, wie sie Gus bloß helfen konnte.

Wer auch immer diese Anklage gegen Gus erhoben hatte, um sich selbst oder auch eventuelle Komplizen vor seinen weiteren Ermittlungen zu schützen, würde sich gewiß nicht damit zufrieden geben, seine Karriere zu ruinieren. Unwillkürlich fröstelte sie. Hatten diese ominösen Gegner möglicherweise vor, Gus direkt zu attackieren? Ihn sogar zu töten? Würde man ihn früher oder später in einem verkohlten Bett finden, das Gesicht bis zur Unkenntlichkeit verbrannt, und ...

Sie blieb mitten auf dem Bürgersteig stehen und starrte ins Leere. Ein völlig absurder Gedanke, entschied George. Die beiden Frauen konnte nur ein Serienmörder getötet haben. Eine Ewigkeit schien vergangen zu sein, seit sie diesen Verdacht Mike gegenüber erwähnt hatte und ihre einzige Sorge gewesen war, Gus zur Übernahme ihrer sehr ähnlichen Fälle zu bewegen. Beide waren jung gewesen, hatten ihren luxuriösen Lebensunterhalt mit Prostitution bestritten und teure, gediegen eingerichtete Apartments bewohnt.

Ein Serienmörder würde stets den gleichen Opfertyp suchen und denselben Modus operandi benutzen. Selbst eine Verletzung von Gus – etwas Schlimmeres weigerte sich George zu akezptieren – konnte mit ihnen in keinerlei Zusammenhang gebracht werden.

Sie beschattete die Augen vor der immer greller werdenden Morgensonne und versuchte, sich über ihre Empfindungen klar zu werden. Wenn sie bei der Auflösung der letzten großen Fälle zusammen mit Gus etwas gelernt hatte, war es, die Bedeutung ihres Instinkts nicht zu überschätzen. Dieser hatte ihr heute morgen eine Verbindung zwischen den beiden Brandopfern und Lennys Anschuldigungen gegen Gus hergestellt, die sie mit niemandem – am wenigsten mit Gus, der Beweise für jede Theorie forderte – erörtern, aber bei ihrem weiteren Vorgehen berücksichtigen würde.

Erneut kroch kalte Angst in ihr hoch. Gefahr für Gus' Leben war eine zu schreckliche Vorstellung. Etwas entschlossener setzte sie ihren Weg fort. Es gab noch einiges zu tun, und zwar bald. Beim Gedanken an den bevorstehenden Betrieb im Labor biß sich George auf die Unterlippe. Dienstag war gewöhnlich viel zu tun, da die Anforderungen aus der Kardiologie und der Endokrinologie zahlreiche zusätzliche Analysen und Tests beinhalteten. Als ihr einfiel, wie sie ihre Ermittlungen dennoch fortsetzen konnte, eilte sie im Laufschritt zur nächsten Bushaltestelle. Sie würde Ellen bereits erwarten, wenn diese im Krankenhaus eintraf. Das, so ermunterte sie sich selbst, in Erinnerung an ihre weit zurückliegende Zeit in der Laienspielschar ihrer Schule, müßte einer an sich weithergeholten und wenig überzeugenden Geschichte ein gewisses Maß an Glaubwürdigkeit verleihen.

*

»Für wie lange?« fragte Ellen. »Das wird nicht leicht sein. Schließlich ist Alan noch nicht sehr lange bei uns, und ...«

»Ellen, ich weiß es wirklich nicht.« George versuchte, so ehrlich wie möglich zu klingen. »Ich kann Ihnen nicht mehr sagen, als daß sie meine liebste Freundin ist, um die ich mich unbedingt kümmern muß. Seit Antritt meiner Stelle habe ich noch nie um Urlaub aus familiären Gründen gebeten, oder? Ich war nur ein einziges Mal krank, und das liegt auch schon zwei Jahre zurück, nachdem ich mir mit einer Injektionsnadel die Hand verletzt und die Wunde sich entzündet hatte. Insofern sollten ein paar freie Tage kein Problem sein.«

»Zuerst muß ich mit dem Professor reden«, entgegnete Ellen.

»Daß er nichts dagegen hat, wissen Sie genausogut wie ich. Sie sind die Geschäftsführerin und haben in der Personalplanung mehr Erfahrung als alle Ärzte zusammen.«

»Und Mr. Herne ...«

»Den geht das gar nichts an. Er erleldigt seinen Job – ich meinen. Solange der Betrieb reibungslos läuft, ist er wunschlos glücklich.«

»Sie meinen, daß Alan zurechtkommt?«

»Selbstverständlich«, antwortete George und drückte ihm im Geiste die Daumen. »Das wird sogar eine Herausforderung für ihn sein. Außerdem hat er Unterstützung. Sheila ist, selbst wenn sie einem manchmal auf die Nerven fallen kann, der gute Geist des Labors. Es gibt nichts, worüber sie nicht genauestens informiert ist. Und Jerry ...

»Ja«, unterbrach Ellen sie kühl. »Wie konnte ich ihn nur vergessen!«

»Er ist ein prima Kerl!« sagte George schnell. »Vielleicht ein wenig ...«

»Boshaft«, ergänzte Ellen mit einem zuckersüßen Lächeln. »Dr. Barnabas, tun Sie, was Sie nicht lassen können. Ich muß bestätigen, daß eine Post-partum-Depression die reinste Hölle sein kann. Meine eigene Schwester litt einmal darunter. Wochenlang hat sie nur geheult.«

»Dann dürfte es sich um eine Post-partum-Psychose handeln«, erklärte George. »Ihr Mann ist völlig verzweifelt. Sie droht, ihr Baby zu töten und ähnliches.«

»Wäre sie in einer Klinik nicht besser aufgehoben?« Ellen musterte sie prüfend.

»Vermutlich. Das kann ich allerdings erst entscheiden, wenn ich mir ein Bild von ihrem Zustand gemacht habe.«

»Ja ... na schön. Aber ich muß Sie bitten, mir eine Telefonnummer zu hinterlassen.«

»Das möchte ich eigentlich nicht. Ein Anruf zu einem ungünstigen Zeitpunkt könnte für zusätzliche Unruhe in einem ohnehin schon aus den Fugen geratenen Haushalt sorgen. Ich – äh – ich erkundige mich in regelmäßigen Abständen nach eventuellen Neuigkeiten.«

»Und was passiert in Notfällen?« fragte Ellen. »Am besten stelle ich Ihnen meinen Pieper zur Verfügung. Ja, das ist eine gute Idee. Und zwar einen von denen, die wir an die Hebammen im Bezirk verteilen. Ich leihe mir einen von den Human-Resources-Leuten. Können Sie bis dann warten?«

George schaute auf die Uhr. »Was bleibt mir anderes übrig?« erwiderte sie. »Ich muß meinen Leuten ohnehin noch die nötigen Instruktionen geben.« Als sie begriff, welches Lügengebäude sie gerade errichtete, meldete sich ihr schlechtes Gewissen, das ihre Zufriedenheit über dessen Erfolg jedoch sofort verdrängte. »Spätestens um neun muß ich allerdings aufbrechen.«

»Wo wohnt denn Ihre Freundin?« Glücklicherweise holte Ellen in diesem Moment einen Schnellhefter aus der Schublade, denn mit dieser Frage hatte George nicht gerechnet.

Sie brauchte so lange, um hm – äh – in Chislehurst hervorzubringen, daß Ellen irritiert hochblickte. »So heißt der Ort«, fügte sie hinzu und lächelte Ellen entwaffnend an. »Obgleich ich schon an die zwölf Jahre hier lebe, bestimmte englische Ortsnamen kann ich einfach nicht behalten. Ich hatte immer angenommen, Chislehurst sei mindestens genauso leicht zu merken wie Poughkeepsie oder Peoria«, meinte Ellen ein wenig spöttisch. Für den Bruchteil einer Sekunde befürchtete George, Ellen habe sie durchschaut – unbegründeterweise, denn diese fuhr, ohne zu zögern, fort: »Ehe Sie sich auf den Weg nach Kent machen, hätte ich Sie aber noch gerne über den neuesten Stand in Sachen St. Dymphna unterrichtet.«

George atmete erleichtert auf. »Ich bitte darum. Sie wissen doch, wie sehr mich diese Angelegenheit interessiert.«

Und das traf wirklich zu. Die Vorstellung, man könnte das Labor schließen, war ihr nahezu unerträglich. Aber die Sorge um Gus hatte sie derart beansprucht, daß sie kaum noch die Energie aufbrachte, sich um die Belange des Krankenhauses zu kümmern. Sie warf Ellen einen hoffnungsvollen Blick zu. »Sind wir gerettet?«

»Nicht ganz«, antwortete Ellen. »Man hat uns eine Galgenfrist gewährt und die Sache an einen Unterausschuß verwiesen – dazu gehören zwei Verteter vom St. Dymphna, einer aus der Region und zwei unserer NED's – Mickey Harlow und Lewis McCann. Es dürften ein paar Monate vergehen, ehe sie mit brauchbaren Ergebnissen aufwarten können, zumal wir jetzt Hochsommer haben und sich die meisten von ihnen in die Ferien verabschieden. Die Zeit ist zwar auf unserer Seite, aber noch ist die Schlacht nicht gewonnen.«

»Aber bald«, erklärte George mit einer Zuversicht, die sie gar nicht empfand. »Vielen Dank für Ihr Verständnis, Ellen.« Sie verabschiedete sich hastig und eilte, reichlich verwirrt, über den Innenhof zu ihrem Labor. Sie war gleichermaßen begeistert wie beschämt, weil sie so erfolgreich gelogen hatte. Am wichtigsten war ihr jedoch, daß sie sich nun ausschließlich darauf konzentrieren konnte, Gus aus der Patsche zu helfen. Sie würde diese verdammte Schweinerei, um seine eigenen Worte zu benutzen, schon aus der Welt schaffen, auch wenn sie selbst dabei auf der Strecke bleiben sollte. »Ist dir eigentlich klar, George, daß genau das passieren kann?« flüsterte ihr eine innere Stimme zu, aber George ignorierte sie.

20

Nachdem sie sichergestellt hatte, daß Alan und Sheila die darauffolgende Woche auch ohne sie zurechtkämen – wobei sich Sheila bei dem Gedanken, sich so lange als Chefin aufspielen und mit Alan Short besonders eng zusammenarbeiten zu können, wie ein Kugelfisch aufzuplustern schien –, rief sie Mike Urquhart an.

Er unterbrach sie kein einziges Mal, als sie ihm ihren Plan so prägnant wie möglich darlegte.

»Ich weiß nicht, ob das eine so gute Idee ist«, meinte er nach längerem Schweigen. »Sie haben in solchen Dingen wenig Erfahrung, nicht wahr? Und außerdem ...«

»Na prima, Sie sind also bereit?«

»Das ist unmöglich«, erwiderte er. »Ich habe selbst genug am Hals. Außerdem macht mir Inspector Dudley die Hölle heiß, wenn er merkt, daß ich mich nicht ausschließlich um seine Aufträge kümmere. Zur Zeit verhöre ich jede Nutte in der Gegend, um Licht in diese Brandaffäre zu bekommen.«

»Fest steht, daß etwas unternommen werden muß. Sie können es nicht. Gus kann es nicht. Also muß ich es tun.«

»Dafür sehe ich keinen Bedarf«, entgegenete er mit einem leicht scharfen Unterton, worauf George einen Fluch ausstieß.

»Selbstverständlich muß ich es tun. Ich kann nicht zulassen, daß die Leute vom CIB ungehindert ihre Ermittlungen fortsetzen. Vergessen Sie nicht, daß sie im Gegensatz zu mir nach Beweisen gegen Gus suchen.«

»Das ist mir klar. Trotzdem ...«

»Ich tue es«, unterbrach sie ihn. »Sie wollten mir doch diese Adresse besorgen. Monty Ledbetter.«

»Ach die. Natürlich. Er steht auf der Liste. Er wohnt in Gidea Park.«

»Welche Liste?« wollte George wissen, nachdem sie die Anschrift notiert hatte.

»Hm?«

»Sie sagten, er stehe auf der Liste. Was für eine Liste ist das?«

»Ach, wir führen hier eine sogenannte Informanten-Kartei. Sie umfaßt Leute, die uns gelegentlich Tips geben, verstehen Sie?«

»Oh.« Das überrraschte sie nicht im mindesten. Laut Gus kannte Ledbetter Gott und die Welt, und das dürfte auf Gegenseitigkeit beruhen. »Demnach sollte er mir entscheidend weiterhelfen können. Vielen Dank, Mike.«

»Gern geschehen«, meinte er. »Aber bringen Sie sich nicht in Schwierigkeiten. Wenn Sie Unterstützung brauchen, rufen Sie mich an.«

»Gerne. Und wie soll ich Sie erreichen?«

»Ganz einfach. Ich habe stets mein privates Handy dabei.« Er nannte ihr seine Nummer und ließ sich anschließend die ihres Piepers durchgeben.

»Darauf können Sie jederzeit eine Nachricht hinterlassen. Mein Handy ist nämlich defekt.«

»In Ordnung. Seien Sie vorsichtig – und viel Glück.«

»Davon kann ich gar nicht genug haben«, erwiderte George, bevor sie einhängte. Sollte sie direkt nach Gidea Park aufbrechen? Sie betrachtete ihren schlichten plissierten Baumwollrock und die dunkelblaue Polobluse, im Sommer die ideale Kleidung unter ihrem weißen Kittel, und schüttelte unwillkürlich den Kopf. Sie müßte auf jeden Fall erst einmal in ihre Wohnung fahren.

Während sie sich umzog – es war gar nicht so einfach,

eine Kombination zu finden, die sowohl der Hitze als auch dem Anlaß gerecht wurde –, klingelte ihr Telefon. Sie wartete, bis sich der Anrufbeantworter einschaltete. Es könnte Ellen sein, und sie hatte keine Lust, sich erwischen zu lassen. Als ihr bewußt wurde, daß sie wie ein kleines Mädchen reagierte, das die Schule schwänzte, verzog sie unwillig das Gesicht, mußte sich jedoch eingestehen, daß es genau das war, was sie im Augenblick tat.

Aber es war Gus. Sie flog geradezu zum Apparat und erreichte diesen, ehe er auf Band sprechen oder auflegen konnte. »Gus!« rief sie außer Atem und fügte etwas ruhiger hinzu: »Ich habe mir eine Woche frei genommen.«

»Wie bitte? Was hast du vor?« Das Mißtrauen in seiner Stimme war unüberhörbar.

»Du mußt nicht gleich in Panik geraten! Es ist nur so, daß ich nicht meine Arbeit erledigen und mich gleichzeitig mit dieser Sache befassen kann. Das Old East wird also ein paar Tage auf meine wertvolle Anwesenheit verzichten müssen.« Sie wünschte sich irgendeine Reaktion jenes Gus', der auch in den schlimmsten Situationen noch einen Scherz auf den Lippen hatte, aber er war offenbar viel zu bedrückt und verzweifelt, denn er gab lediglich einen undefinierbaren Laut von sich.

»Was willst du denn mit der vielen Freizeit anfangen?«

»Ach, dieses und jenes«, antwortete sie und erkannte plötzlich die Falle, die sie sich selbst gestellt hatte. »Ich möchte nur verfügbar sein, sobald du meine Hilfe brauchst. Du mußt es mir nur sagen.«

Zu ihrer Erleichterung ging er sofort darauf ein. »Ja, die brauche ich tatsächlich. Du könntest dich mit Monty Ledbetter in Verbindung setzen. Am liebsten würde ich es selbst tun, aber im Revier weiß jeder, daß er zu meinen Kontaktleuten gehört. Daher wäre es nicht unbedingt ... Nun, ich wollte mich besser nicht bei ihm blicken lassen. Wärst du dazu bereit?«

»Selbstverständlich«, erwiderte sie. »Ich wollte ihn ohnehin sprechen.«

»Wie bitte?« fragte er scharf. »Was heißt das?«

»Hattest du nicht erwähnt, er kenne Gott und die Welt? Deshalb dachte ich, er könnte uns nützliche Hinweise geben. Außerdem kümmern sich die CIB-Heinis vielleicht doch nicht um ihn und ...«

»Da irrst du dich aber gewaltig. Ich bin überzeugt, daß sie sich sämtliche meiner registrierten Informanten vornehmen. Insofern solltest du Monty lieber nicht aufsuchen. Du würdest unweigerlich in die ganze Sache hineingezogen werden, und das möchte ich unter keinen Umständen riskieren. Es könnte die Situation nur noch verschlimmern. Also halte dich zurück. Diese Affäre muß ich ganz alleine durchstehen. Ich will dich nicht in Gefahr bringen.«

»Aber ich kann dir helfen!«

»Nein!« Er sagte es mit Nachdruck, beinahe aggressiv, aber sie wußte, daß seine Wut nicht gegen sie gerichtet war, sondern nur seine mühsam unterdrückte Panik über seine verfahrene Situation ausdrückte. Er mußte sich vorkommen wie eine Figur in einem dieser Computerspiele, die ständig niedergeschlagen wird, ohne sich dagegen wehren zu können.

»Na schön«, lenkte sie ein. »Ich werde alles vermeiden, was dir Probleme bereiten könnte, Gus.«

Einen Moment herrschte Stille, dann seufzte er. »Ich weiß, Schätzchen«, sagte er. »Ich weiß es nur zu gut! Wo wäre ich ohne dich? Vielleicht sollten wir den ganzen Schlamassel hinter uns lassen – ich verkaufe die Läden, und du kündigst im Old East – und uns auf eine Südseeinsel zurückziehen. Dort sitzen wir den ganzen Tag in der Sonne und lieben uns die ganze Nacht.«

Sein unbezwingbarer Optimismus trieb ihr auch jetzt beinahe Tränen in die Augen. »Das hört sich nach Schwerarbeit an«, sagte sie. »Und wann soll ich mich meiner Schönheitspflege widmen?«

Er rang sich ein schwaches Lächeln ab. »Das soll deine geringste Sorge sein, Schätzchen.« Dann seufzte er wieder. »Ich mache mich jetzt auf den Weg zum Companies House, was ich schon vor zwei Tagen vorhatte, aber ...«

»Kein Aber«, unterbrach sie ihn. »Ich warte, bis du dich meldest. Sei vorsichtig, Gus!« Sie ließ die Sorge um ihn in ihrer Stimme mitschwingen. Es schien zu wirken, denn er klang fast wie früher, als er darauf antwortete.

»Ich schaue erst nach rechts und nach links, ehe ich die Straße überquere, und nehme keine Süßigkeiten von Fremden an.«

»Okay«, sagte sie. Nachdem er aufgelegt hatte, lauschte sie dem Freizeichen und überlegte. War es richtig, gegen seine Wünsche zu handeln? Könnten sich daraus weitere Probleme für ihn ergeben? Sie schüttelte energisch den Kopf. »Was sonst kann ich tun?« sagte sie laut und legte den Hörer auf.

Sie beschloß, ihre Suche in der Nähe von Lennys Restaurant zu beginnen. Dort hatte sie bei ihrem ersten Besuch eine Wettannahme gesehen, von denen es in diesem Teil Londons mindestens genauso viele gab wie Pubs.

George nahm all ihren Mut zusammen, trat durch den Vorhang, der vor dem Eingang hing, und blieb neben der Tür stehen. Mit leichtem Unbehagen schaute sie sich um. Da sie sich nicht für Glücksspiele interessierte, war sie noch nie in einem Wettbüro gewesen, und dieses hier warb denkbar schlecht für diesen Zeitvertreib. Seine in einem langweiligen Beigeton gestrichenen Wände bedeckten handbeschriebene Tafeln. Sie enthielten Informationen, mit denen George absolut nichts anfangen konnte. Die dazwischen angebrachten Fernsehschirme, ein halbes Dutzend an der Zahl, waren noch nicht eingeschaltet. An den Wänden zog sich ein Holzbord entlang. Seine Kanten waren mit

Brandflecken übersät, in regelmäßigen Abständen lagen an dünnen Ketten befestigte Kugelschreiber bereit. Es roch nach abgestandenem Tabaksqualm. Durch eine mit Löchern versehene Trennscheibe am Ende des tristen Raumes konnte sie eine gebückte Gestalt ausmachen. Weitaus selbstsicherer wirkend als sie tatsächlich war, näherte sich George dem Schalter.

»Hallo«, sagte sie betont aufgeräumt.

»Sie sind ein bißchen zu früh dran«, erwiderte die Gestalt vorwurfsvoll. »Das erste Rennen startet heute nicht vor zwei Uhr ...«

»Ich wollte keine Wetten abschließen«, entgegenete George hastig.

Die Frau musterte sie mißtrauisch. Sie war um die Vierzig, ziemlich groß und korpulent und hatte das Haar zu einem mädchenhaften Pferdeschwanz gebunden. Die Frau hatte etwas seltsam Vertrautes an sich, aber George erkannte nicht, was es war. »Was wollen Sie dann?«

George holte tief Luft, um ihre einstudierte Geschichte vorzubringen, wobei ihr schmerzlich bewußt wurde, wie gut sie mittlerweile lügen konnte.

»Ich heiße Bridget Connors und arbeite für eine amerikanische Firma. Unsere Zentrale befindet sich in Las Vegas, wo wir die örtlichen Spielkasinos betreuen. Ich bin die Londoner Repäsentantin. Mein Job besteht darin, Leute anzuwerben, die sich im englischen Wettsystem auskennen, wobei es uns hauptsächlich um das Prinzip der Pferdewetten geht. Über entsprechende Zeitungsanzeigen war es mir gelungen, eine ganze Reihe von Leuten ausfindig zu machen, die ich dazu befragen wollte. Die Adressen und persönlichen Angaben der interessantesten Kandidaten hatte ich auf Diskette gespeichert, die bei einem Defekt meines Computers leider zerstört wurde. Wenn meine Firma erfährt, daß ich keine Sicherheitsdiskette angelegt habe, schmeißt sie mich sofort raus. Und da ich keine Arbeitserlaubnis für England habe, stehe ich praktisch auf der Straße. Hinzu kommt, daß ich mittlerweile einen Freund habe, den ich unter keinen Umständen verlieren möchte. Neue Anzeigen kann ich auch nicht aufgeben, weil meine Firma dann ebenfalls wüßte, was passiert ist. Ich muß diese Leute unbedingt finden. An ihre Namen kann ich mich noch erinnern; ich habe sie hier aufgelistet, und ich dachte, Sie würden mir behilflich sein. Schließlich sind Sie in der Szene tätig und kennen bestimmt einige von ihnen. Auf diese Weise wäre ich doch in der Lage, meine Gespräche mit ihnen zu führen und sie vielleicht für eines unserer Kasinos in den USA zu engagieren.«

Sie lächelte gewinnend. »Wir brauchen dringend englische Experten. Meine Firma ist ziemlich erfolgreich, und wir haben tolle Jobs anzubieten. Ich könnte es nicht verwinden, wenn ich wegen eines solchen Mißgeschicks gekündigt würde.«

George lächelte erneut und schickte ein stummes Stoßgebet gen Himmel, die Frau – sie hatte George während ihrer atemlos vorgetragenen Geschichte, ohne mit der Wimper zu zucken, durch die Glasscheibe angestarrt – möge ihr diese abnehmen. Sie war vor Aufregung in die schleppende Sprechweise der Südstaatler verfallen und konnte nur hoffen, daß die Frau diese nicht von anderen amerikanischen Akzenten zu unterscheiden wußte.

Die Frau starrte sie weiterhin an, dann gab sie sich einen Ruck. »Ich kann Ihnen alles über das Wettgeschäft hier in England erklären«, sagte sie. »Hätten Sie möglicherweise auch für mich einen Job?«

George mußte sich schnell etwas einfallen lassen, denn damit hatte sie nicht gerechnet. »Klar, sicher, das ist durchaus denkbar. Einige Details sollten Sie allerdings jetzt schon erfahren. Die Gehälter sind außerordentlich gut. Deshalb erwarten wir von unseren Mitarbeitern, daß sie Überstunden machen, und zwar eine ganze Menge, denn der Spiel- und Wettbetrieb fängt schon um acht Uhr morgens an und dauert bis in die frühen Morgenstunden. Wegen möglicher Schwindler und Betrüger setzt unsere Firma stets dieselben Leute ein. Sie sind mit den anderen Angestellten in Schlafsälen in der obersten Etage des Hotels untergebracht. Im Sommer ist es dort furchtbar heiß, aber in der Regel sind unsere Mitarbeiter so müde, daß sie davon kaum etwas bemerken. Und wie bereits erwähnt, die Gehälter sind Spitze.«

Die Frau nickte. »Schön, verraten Sie mir, wieviel Sie bezahlen, und ich überlege es mir. Die Bewerbungsunterlagen können Sie mir auf jeden Fall zuschicken.«

»Das tue ich ganz bestimmt«, versprach George überschwenglich. »Sobald ich wieder im Büro bin. Können wir denn jetzt auf mein Anliegen zurückkommen?« Die meisten Namen, die sie ihr nannte, stammten aus dem Telefonbuch, allerdings hatte sie Vor- und Nachnamen willkürlich vermischt.

Die Frau stierte ausdruckslos auf Georges Liste, doch als diese den letzten, Don Greeson, betonter und langsamer als die anderen, vorlas, sah sie George, die sie aus den Augenwinkeln beobachtete, an.

»Ihn kennt jeder hier«, erklärte sie. »Seit der Eröffnung dieses Ladens Ende der siebziger Jahre ist Don beinahe täglich hier gewesen.«

»Das ist ja prima«, meinte George und versuchte, sich ihre innere Anspannung nicht anmerken zu lassen. »Denken Sie, daß er auch heute kommt?«

Die Frau zuckte die Achseln. »Das weiß ich nicht. Er war schon seit über einem Monat nicht mehr hier.«

»Aber sagten Sie nicht, er käme täglich?«

»Klar. Solange er in London ist. Aber er fährt auch zu Rennen und anderen Veranstaltungen. Im übrigen glauben Sie doch nicht, daß ein ernsthafter Wetter seine Geschäfte ausschließlich in einem Etablissement wie diesem macht, oder? Auch wenn er sich in der Stadt aufhält, ist er ständig auf Achse«, erklärte sie, als habe sie eine Schwachsinnige vor sich. »Das heißt, wenn er bei seinem Bruder wohnt, dem das Fish-and-Chips-Restaurant gegenüber gehörte.«

George runzelte die Stirn. »Gehörte? Hat er es denn verkauft?«

»Nee.« Zum erstenmal zeigte das Gesicht der Frau eine Gefühlsregung. »Wir waren alle ziemlich sauer deswegen. Ohne jegliche Vorwarnung ist er von heute auf morgen verschwunden, und dann waren plötzlich diese verdammten Griechen da. Die haben doch keine Ahnug, wie man Fisch brät. Er trieft vor Fett, ebenso die Pommes frites. Sie sind labberig und kein bißchen knusprig.«

»Demnach haben Sie ihn nicht mehr gesehen – wen meinten Sie noch? Mr. Greeson?« Sie spielte die Ahnungslose und warf einen übertrieben interessierten Blick auf ihre Liste. »Ja, Mr. Don Greeson. Den haben Sie auch lange nicht mehr gesehen?«

»Richtig. Das letztemal vor mehr als einem Monat!« wiederholte die Frau. »Aber er wird bald wieder auftauchen. Das tut er immer. Der gute alte Lenny hoffentlich auch – damit wir wieder etwas Anständiges zu essen bekommen.«

»Soll ich nicht bei ihm zu Hause vorbeischauen?« fragte George. »Können Sie mir seine Adresse geben?«

Die Frau musterte sie ungehalten. »Haben Sie nicht zugehört? Jetzt wundert mich nicht mehr, daß Sie Ihre gespeicherten Notizen verloren haben. Ich erzählte Ihnen doch, daß er gegenüber bei seinem Bruder wohnt.«

George errötete und machte ein trotziges Gesicht. »Aber doch nur, wenn er sich in der Stadt aufhält!«

»Das stimmt allerdings. Auf seinen Reisen steigt er in Hotels ab, vorausgesetzt, er ist flüssig. Ansonsten begnügt er sich mit Pensionen. Aber in London wohnt er immer bei seinem Bruder. Er liebt seinen Hund, ist völlig vernarrt in ihn, müssen Sie wissen.«

George spitzte die Ohren. »Seinen was?«

»Er hat einen Hund«, erklärte die Frau nun mit einem Unterton, den sie gewöhnlich für besonders begriffsstutzige Gesprächspartner reserviert hatte. »Eine verdammt große schwarze Bestie. Meistens nimmt er ihn mit; wenn das nicht möglich ist, kümmert sich Lenny um ihn.«

»Der auch schon seit einem Monat nicht mehr hier gewesen ist ...«, sagte George bedächtig.

»Das habe ich Ihnen doch gesagt!«

»Ich erinnere mich. Nun ...« George steckte die Liste in die Tasche. »Okay, ich muß jetzt los. Falls er sich hier blikken läßt ...«

»Wer hat sich nach ihm erkundigt, Madam?« Die Frau grinste sie an. »Wie ist an diesen tollen Job ranzukommen, von dem Sie erzählt haben? Und wen glauben Sie eigentlich damit verarschen zu können, hm?«

George blinzelte. »Wie bitte?«

»Ich fragte, wen Sie verarschen wollen? Denken Sie, ich erkenne einen Privatschnüffler nicht schon zehn Meilen gegen den Wind? Was liegt an? Hat er schon wieder mal eine Frau sitzengelassen? Das tut er doch am laufenden Band. Anschließend ist ihm immer einer von euch auf den Fersen. Bestellen Sie Ihrer Auftraggeberin, daß sie nur ihr Geld zum Fenster hinauswirft. Vor allem wenn sie eine Detektivin wie Sie engagiert, die sofort auffällt und noch nicht mal mit einer halbwegs glaubwürdigen Tarnung aufwarten kann.«

»Oh, Scheiße«, entfuhr es George. Sie machte kehrt, stolperte ins Freie und konnte sich vor Lachen kaum halten. Gus würde sich über ihren Auftritt köstlich amüsieren – das heißt, falls sie jemals Gelegenheit hätte, ihm davon zu berichten.

Der junge Mann im nächsten Wettbüro schluckte ihre Geschichte auf Anhieb und notierte sich den fiktiven Firmennamen und die ebenso fiktive Telefonnummer, die sie ihm nannte, um sich selbst um einen Job zu bemühen. Seinem Beispiel folgten sogar mehrere Kunden, denn im Gegensatz zum ersten Laden herrschte hier trotz dieser frühen Stunde lebhafter Betrieb. Auch hier war Don Greeson bekannt, aber nein, er war seit ungefähr einem Monat nicht mehr hier gewesen, und ja, er besaß einen großen schwarzen Hund, der auf den Namen Meff hörte (»Die Abkürzung einer nicht gerade gebräuchlichen Bezeichnung für Teufel«, klärte der junge Mann sie auf), ziemlich aggressiv war und ein gefährliches Gebiß hatte (»Man sollte verbieten, daß so etwas frei herumläuft!« verlangte eine alte Frau an einem Tisch in einer Ecke).

In den beiden nächsten Wettannahmen hatte sie Pech, doch in der fünften erhielt sie eine weitere Information.

Ihre erheblich gediegene Einrichtung, es gab sogar eine Bar, an der Erfrischungen angeboten wurden, verriet, daß man hier Wert auf Atmosphäre legte. Die Stühle waren keine ramponierten Formholzungetüme, sondern solide und geschmackvolle Modelle aus Chrom. Ihre Wettscheine konnten die Kunden an Tischen ausfüllen, der Schalter, an dem sie diese Wetten abgaben, war statt mit einem Drahtgitter mit Glas verkleidet. Die Teilnehmer- und Siegerlisten flimmerten hier ausschließlich auf Fernsehmonitoren. Bedient wurden die Leute von einer sehr hübschen jungen Frau in dem kürzesten Rock, den George in diesem Sommer gesehen hatte. Sie thronte auf einem hohen Hocker, der dafür sorgte, daß jeder Zentimeter ihrer makellosen Beine voll zur Geltung kam.

Das Märchen von den verlorenen Daten schluckte sie, ohne mit der Wimper zu zucken, über Don Greeson äußerte sie sich bereitwillig.

»Zugegeben, er hat endlich das große Los gezogen.« Sie sprach mit hoher, näselnder Stimme, ihre sinnlichen Lippen waren perfekt geschminkt. Außerdem hatte die junge

Frau die Angewohnheit, ständig den Kopf zu bewegen, so daß ihre blonde Mähne wie in vielen Werbespots für Haarshampoo hin und her wallte. »Erst dieser gutbezahlte Job, und jetzt das noch.«

»Welcher gutbezahlte Job?« fragte George und beugte sich gespannt vor.

»Nun, es muß eine ganz tolle Sache gewesen sein. Er plaziert seine Wetten gerne in verschiedenen Annahmestellen, damit die Buchmacher nicht genauso gut über die Rennen Bescheid wissen wie er. Daher kam er viel herum. Und da er sich gerne elegant kleidet, fiel er überall auf. Nun, als er das letzte Mal hier war – das müßte Anfang Juni gewesen sein, oder nein, eher Ende Juni, denn kurz vorher, am neunzehnten, hatte meine Mutter Geburtstag –, erzählte er mir, daß ihm eine Riesenchance angeboten worden sei. Genaueres mochte er mir nicht verraten, aber, wie gesagt, es muß eine ganz tolle Sache gewesen. Er hielt es für möglich, in die Staaten reisen zu müssen. Sogar seinen Hund nahm er mit – er liebt ihn sehr, ein wirklich schönes Tier. Das war vor einem Monat. Nach seiner Rückkehr wollte er mich zum Essen einladen. Und vielleicht sogar zu noch mehr.« Sie ließ erneut ihr Haar fliegen, das George mehr und mehr an Polyester und Viskose erinnerte. »Sobald er sich bei mir meldet, sage ich ihm, er solle sich mit Ihnen in Verbindung setzen, okay? Hinterlassen Sie mir Ihre Telefonnummer.«

George gab auch ihr dieselbe Phantasienummer wie den anderen Interessenten und hoffte, daß deren unglücklicher Besitzer keinen Nervenzusammenbruch erlitt, wenn er ständig von karrieresüchtigen Buchmachergehilfen behelligt wurde. Sie verabschiedete sich und entschied, daß keine Notwendigkeit bestand, weitere Wettbüros aufzusuchen. Was auch immer mit Don Greeson und seinem Hund geschehen sein mochte, sie hatte guten Grund, von ihm nur noch in der Vergangenheitsform zu sprechen.

21

Kitty knallte vor Gus den Teller auf den Tisch und sagte streng: »Wenn Sie das nicht essen, dann erzähle ich den anderen Gästen, Sie weigerten sich, weil wir Ihnen schlechten Fisch serviert hätten.«

»Das wagen Sie nie«, erwiderte Gus, aber seine Stimme klang nicht allzu sicher. »Und ich will nicht ...«

»Da kennen Sie mich aber schlecht, und es ist mir egal, was Sie wollen. Sie schauen aus, als hätten Sie seit einer Woche nichts mehr zu sich genommen, und das geht nicht. Erklären Sie es ihm, Dr. B. Ich schwöre Ihnen, ich veranstalte einen derartigen Aufstand, daß die Hälfte Ihrer verdammten Gäste das Weite sucht und nie mehr wiederkommt. Es ist einzig und allein Ihre Entscheidung.« Und sie stolzierte in ihrem engen Baumwollkleid davon, wobei die Enden des Schürzenbandes auf ihrem runden Po tanzten.

George grinste Gus an. »Gib dich lieber geschlagen«, riet sie ihm. »Du weißt genau, daß sie es ernst meint.«

Er verzog das Gesicht, griff jedoch nach Messer und Gabel. Obgleich ihm anzumerken war, daß er es mit Widerwillen tat, begann er, den gebratenen Heilbutt in sich hineinzuschaufeln, und sie war Kitty dankbar. Die Bombe, die seine Welt zertrümmert hatte, war zwar erst zwei Tage zuvor geplatzt, dennoch hatte er deutlich an Gewicht verloren. Seine breiten, nach vorne gesunkenen Schultern und seine eingefallenen Wangen ließen ihn nicht nur verwegener aussehen, sondern verrieten ihr auch, daß er sich nicht ausreichend um sein körperliches Befinden kümmerte.

Nach einer Weile war sein Appetit allerdings angeregt, und er verzehrte die zweite Hälfte seines Essens mit sichtlichem Genuß. George lehnte sich in ihrem Stuhl zurück und beobachtete ihn, ohne ihre eigene Mahlzeit anzurühren.

Das Licht der großen Lampen, das von den Chromstühlen und den weißen Tischdecken reflektiert wurde, sowie der köstliche Duft frisch zubereiteter Speisen verliehen dem Restaurant die gewohnte behagliche Atmosphäre. Während Georges Augen über die zufrieden und entspannt wirkenden Gäste wanderten, fragte sie sich: Werden wir uns jemals wieder genauso wohl fühlen wie sie? Ihr letzter Besuch in der Aldgate-Filiale von Gus' Fish-and-Chips-Imperium schien eine Ewigkeit zurückzuliegen. Müßte sie eine weitere Ewigkeit warten, bis sie in ähnlich ausgelassener Stimmung hier beisammen sein würden?

»So«, sagte er abrupt und legte sein Besteck beiseite. »Ich habe alles aufgegessen, okay?«

»Okay«, meinte sie. »Das dürfte Kitty einstweilen besänftigen. Wie ist es heute gelaufen? Hast du irgend etwas rausgefunden?«

»Nicht sehr viel«, antwortete er und schaute finster drein. »Offenbar sind im Companies House die Lahmsten aller Lahmen beschäftigt. Ihr Arbeitstempo hat drei Stufen: langsam, schleppend und Stillstand. Trotzdem hatte ich Erfolg.« Er schüttelte den Kopf, als könne er sein Glück immer noch nicht fassen. »Es ist schon etwas anderes, plötzlich nicht der Jäger, sondern der Gejagte zu sein. Normalerweise zöge ich bei solchen Ermittlungen meinen Ausweis hervor, und schon werde ich bedient. Aber heute – nun, es dauerte seine Zeit.«

»Und was genau hast du rausgefunden?«

»Copper's Properties ist Teil eines ganzen Firmennetzes. Sie handeln sowohl mit Immobilien als auch mit Metallen. Deshalb der Name, schätze ich. Zuerst dachte ich, er sei eine Anspielung auf die Polizei, doch das war ein großer Irrtum. Ich glaube, ich sehe schon Gespenster ... Wie dem auch sei, ich erhielt eine Liste der Direktoren und leitenden Angestellten, die allerdings in verschiedenen Firmen sitzen. Den ganzen Tag verbrachte ich damit, von einer zur anderen zu rennen, aber letztendlich habe ich die Adresse des Hauptgeschäftsführers rausgekriegt. Immerhin!«

Er holte seine Brieftasche hervor, zog einen gelben Zettel heraus und reichte ihn ihr. »Du wirst dich wundern.«

Sie warf einen gespannten Blick darauf und beugte sich vor, um ihn genauer zu betrachten. »Das ist doch die Adresse von Lennys Restaurant!«

»Du hast es bemerkt! Toll, Mylady! Ja, das ist sie tatsächlich. Und sie ist auch alles, was ich auftreiben konnte. Nach fast einem ganzen Tag stehe ich wieder so gut wie am Anfang. Wer immer der Chef von Copper's ist, muß überaus clever sein.«

Stille trat ein, bis sie zaghaft fragte: »Und was nun?«

Er zuckte die Achseln. »Ich stecke in der Klemme. Es ist wie verhext. Die Leute vom CIB lassen mir absolut keine Chance. Wen ich auch aufsuche, sie waren schon vor mir da. Selbst wenn ich wüßte, wer noch auf ihrer Liste steht, könnte ich mir die Betreffenden nicht vornehmen, denn sie würden mir unterstellen, an einer Verschleierungsaktion beteiligt zu sein.«

»Warum läßt du mich das nicht ...«

»Nein«, unterbrach er sie schroff. »Raub mir nicht den letzten Nerv, George. Ich will nicht, daß du ein derartiges Risiko eingehst. Und je mehr ich über diese Sache nachdenke, desto überzeugter bin ich, daß sie äußerst gefährlich ist.«

»Das glaube ich auch«, stimmte sie ihm zu und biß sich

auf die Unterlippe. Sollte sie ihm von den Besuchen in den Wettbüros erzählen? Mußte sie mit einem Wutanfall rechnen, weil er befürchtete, seine Situation könne sich dadurch noch verschlimmern? Oder würde ihn die Tatsache, daß jemand versuchte, ihm zu helfen, mit Hoffnung erfüllen? Ihre Zweifel brachten sie auf eine Idee. Nach einer Weile beschloß sie, diese zu realisieren. »Du mußt mir sagen, was ich tun soll.«

»Häh?«

»Ich möchte, daß du mir eine Farbe nennst. Grün oder blau.«

»Wozu?«

»Wenn ich früher Schwierigkeiten hatte, mich für die eine oder andere Möglichkeit zu entscheiden, bat ich meine Mutter, sich eine Farbe auszusuchen, nach der ich mich dann richtete.«

»Warum hast du keine Münze geworfen?«

»Das beruht doch auf reinem Zufall. Bei meiner Methode ist man beteiligt und beeinflußt indirekt das Ergebnis. Jetzt bin ich in einer solchen Situation. Also nenn mir eine Farbe!«

Er runzelte die Stirn und lachte, zum erstenmal seit seiner Suspendierung befreit und ungezwungen, und ein warmes Gefühl breitete sich in ihr aus. Demnach hatte ihn diese total absurde Anschuldigung doch nicht vollständig gebrochen.

»Du bist ein verrücktes Huhn«, neckte er sie zärtlich. »Aber ich mag dich ...« Er grinste, und sie warf ihren Kopf ebenso stolz in den Nacken wie die junge Frau in der letzten Wettannahme.

»Diese Dick-Emery-Imitation hat ihren Reiz für mich verloren. Nenn mir eine Farbe!«

»Okay. Blau.«

»Mist«, schimpfte sie. »Auch das noch!«

»Was meinst du damit?«

»Daß du mich bestimmt gleich verwünschen wirst.«

»Warum?«

»Weil ich dir jetzt gestehen muß, daß ich mein Versprechen nicht gehalten habe.«

Er straffte seine Schultern und schob den Teller beiseite. Dann beugte er sich vor und fixierte sie. »Welches? Raus mit der Sprache!«

»Die Wettannahmen. Heute morgen.«

»O Gott.« Er schloß die Augen. »Bist du noch zu retten? Etwas Besseres konnte dir nicht einfallen, oder? Du bist wohl völlig verrückt geworden! Stell dir nur mal vor, auch die Leute vom CIB benutzen Don, um Lenny ausfindig zu machen! Wenn die spitzkriegen, daß du dich vor ihnen umgehört hast ...«

»Aber wie kommst du auf George Barnabas?« fragte sie unschuldig. »Es ist Bridget Connors gewesen. Sie wird mir verzeihen. Beim nächsten Anruf beichte ich alles und hole mir ihre Absolution. Ich war Bridget Connors, Angestellte eines Spielkasinobetreibers in Las Vegas und dämlich genug, um bei einem Computerdefekt eine Diskette mit wichtigen Adressen zu zerstören, nach denen sie sich in den Wettbüros erkundigt hat.«

»Dämlich? Das ist noch geschmeichelt. Du bist total verrückt geworden!« wetterte er lauthals, worauf ihr Kitty, die am Nebentisch servierte, einen erleichterten Blick zuwarf. Das war wieder der Chef, den sie kannte. »Was dachtest du denn auf diese Art und Weise herauszufinden, du doofe ...«

Sie wurde ernst. »Eine ganze Menge, was mir auch gelungen ist. Hör es dir an.« Sie senkte die Stimme ein wenig. »In drei von den Annahmestellen war Don Greeson bekannt. Er hat sich seit gut einem Monat nicht mehr dort blicken lassen – genauere Daten konnte mir niemand nennen – und besitzt einen Hund. Seine Beschreibung reichte von großer schwarzer Bestie, wirklich schönes Tier bis hin zu einem guten Kampfhund, der nicht frei rumlaufen dürfte – je nachdem, wen ich dazu befragt habe. Er muß das große Los gezogen haben. Möglicherweise ist er nach Übersee gegangen. Das hatte er der jungen Frau im letzten Wettbüro gegenüber angedeutet und ihr versprochen, sie nach seiner Rückkehr an seinem neuen Wohlstand teilhaben zu lassen. Darauf wartet sie allerdings immer noch.«

Gus schaute sie eine Weile nachdenklich an. »Oh!« war sein einziger Kommentar, bevor er sich zurücklehnte. »Das ist in der Tat alles, was mir dazu einfällt«, fügte er kurz darauf hinzu.

»Nicht mehr?« Er sah sie hoffnungsvoll an. »Keine weiteren Fakten?«

»Reicht das denn nicht? Aber es gibt noch etwas, das du wissen solltest.« Sie zögerte. »Du erinnerst dich doch an den Unterschenkel, der am Flußufer angetrieben wurde?«

»Selbstverständlich! Und glaub ja nicht, ich hätte mich nicht dafür interessiert.«

»Er steckte in einer Seidensocke und einem teuren Schuh. Seine Zehen waren manikürt.«

»Ja.«

»Könnte das zu Don Greeson passen?«

Gus nickte widerwillig. »Er hat immer auf sein Äußeres geachtet und war immer gut gekleidet, wenn es das ist, wonach du fragst.«

»Erraten. Davon war ich nach dem Gespräch mit besagter junger Frau ausgegangen. Sie hat ihn mir als jemand geschildert, der stets gut aussah – wie aus dem Ei gepellt.«

»Denkst du, es könnte Dons Bein gewesen sein?«

»Du weißt noch nicht alles.« Er spielte mit den Brotkrumen auf der Tischdecke, während sie von dem Stück Hundekadaver berichtete.

Danach trat erneut Stille ein. Schließlich gab er sich einen Ruck: »Das ist, ich kann es nicht bestreiten, eine durchaus nachvollziehbare Theorie. Wer immer es gewesen ist, mich hat jemand durch Lenny aus dem Verkehr gezogen, und irgendwie muß das Don zu Ohren gekommen sein. Vielleicht hat er Lenny eingeweiht? Das erscheint mir sehr wahrscheinlich. Und was seine weiteren Bemühungen betrifft ...«

»Ja. Und solange er sich in London aufhielt, hatte er den Hund bei sich. Er war sein ... sein Markenzeichen und ist auf jeden, der Don etwas antun wollte, bestimmt sofort losgegangen. Also haben sie ihn ebenfalls beseitigt.«

»O mein Gott«, flüsterte er. »Lenny. Dieses arme Schwein. Was ist mit ihm passiert, George? Was?«

»Tut mir leid, Gus.« Sie hätte gerne seine Hand gestreichelt, konnte es aber nicht, nicht hier, in einem seiner Restaurants. »Ich finde, wir müssen diese Möglichkeit ins Auge fassen. Immerhin könnten sie mit ihm genauso wie mit Don verfahren sein. Allerdings sind wir im Zusammenhang mit Dons Schicksal nach wie vor auf Vermutungen angewiesen.«

»Es ist aber auch zu schrecklich, nicht wahr? Obwohl ...« Er schnitt eine Grimasse. »Wo, zum Teufel, ist der Rest seiner Leiche abgeblieben? Vom Hund ist auch nur ein Stück aufgetaucht, oder?«

»Ja. Vom Rumpf. Abgehäutet.«

»Abgehäutet? Entsetzlich ...«

»Das ist nicht nur entsetzlich, sondern auch äußerst seltsam. Warum macht sich jemand diese Mühe?«

»Keine Ahnung. Darüber kann ich noch nicht einmal Vermutungen anstellen.«

Sie quittierten Kittys fröhliches Geplapper, die ihnen Kaffee brachte, mit einem schwachen Lächeln und verfielen in Schweigen. Nach einigen Minuten räusperte sich George und meinte: »Ich werde mal bei Monty Ledbetter vorbeischauen, Gus. Selbst wenn es dir nicht recht ist, aber im Moment ist es das einzige, was ich unternehmen kann, und ich werde gewiß nicht untätig rumsitzen. Deshalb brauchst du dir diesmal keine Farbe auszusuchen. Ich gehe einfach hin.«

Er leerte seine Tasse, ohne den Blick von ihr zu lösen. Dann nickte er.

»Du bist einverstanden?« fragte sie.

»Natürlich nicht, aber ich kann dich ohnehin nicht daran hindern. Also warum soll ich mich mit dir streiten?«

»Endlich wirst du vernünftig.«

»Da täuschst du dich aber ganz gewaltig!«

Schuldbewußt reckte sie sich über den Tisch, um seine Wange zu berühren. »Das tut mir leid. Ich wollte dich nicht – laß uns nach Hause fahren, Gus. Zu mir oder zu dir. Ich glaube, du brauchst ein wenig Trost.«

»Nein«, fuhr er sie an. »Nimm das bitte nicht persönlich!« fügte er hinzu, nachdem er ihre betroffene Miene bemerkt hatte. »Ich kann aber nicht anders.« Seine Weigerung, ihre Hilfe anzunehmen, trieb ihr Zornestränen in die Augen. »Dadurch werde ich dir gewiß nicht schaden, oder?«

»Da täuschst du dich schon wieder«, erwiderte er schnell. George beobachtete ihn aufmerksam.

»Wie meinst du das?«

Er überlegte kurz, dann forderte er sie auf, ihm eine Farbe zu nennen.

»Wie bitte?«

»Nenn mir eine Farbe.«

»Blau.«

»Ein blödes Spiel. Man muß Dinge aussprechen, die man eigentlich für sich behalten möchte.«

»Das ist Pech. Blau.«

»Okay. Ich werde überwacht«, begann er. »Ein Polizist merkt das sofort. Seit zwei Tagen ist mir jemand auf den Fersen, und ich – nun, ich will nicht, daß du mit dieser Affäre in Verbindung gebracht wirst. Wir kamen getrennt hierher und sollten auch getrennt wieder gehen. Bevor diese Schweinerei nicht vollständig restlos aufgeklärt ist, läßt sich keiner in der Wohnung des anderen blicken, okay?«

»Was andere von mir denken, interessiert mich absolut nicht. Sie können mich von mir aus auch als die Hure von Babylon bezeichnen, solange es ihnen Spaß macht. Warum, zum Teufel, soll ich ...«

»Oh, George, laß es endlich gut sein!« sagte er. »Ich weiß nicht, ob – ich weiß nicht, wer mich verfolgt, klar? Deshalb ist mir das Risiko zu groß, daß du in die Angelegenheit verwickelt wirst. Und jetzt geh nach Hause. Alleine.« Er beugte sich vor und hauchte einen Kuß auf ihre Lippen. »Ich liebe dich. Aber bitte geh jetzt. Und« – er rang sich ein Lächeln ab – »paß auf dich auf. Monty hat ein Faible für langbeinige Frauen.«

»Schön für ihn!« ewiderte sie mit gezwungener Leichtigkeit. Dann eilte sie zu ihrem Wagen und ließ ihren Tränen freien Lauf, bis sie in ihrer Wohnung angelangt war.

22

Sie quälte sich durch den dichten Verkehr von Barking Richtung Eastern Avenue. Der Stadtplan lag aufgeschlagen auf dem Beifahrersitz, und sie war viel zu sehr damit beschäftigt, den richtigen Weg zu finden, um über ihren bevorstehenden Auftritt nachzudenken. Wegen der zahlreichen Baustellen brauchte sie über eine Stunde. Nachdem sie ihr Ziel endlich erreicht hatte, lenkte sie den Wagen an den Straßenrand, um in Ruhe zu überlegen, was sie Monty Ledbetter sagen sollte.

Er wußte, daß sie Ärztin und mit Gus befreundet war, und er kannte ihren Namen. Deshalb konnte sie ihm nicht derart unsinnige Geschichten wie dem Makler oder den Leuten in den Wettbüros auftischen. Was hatte Edgar Allan Poe gesagt? Oder war es Sherlock Holmes gewesen? Wenn alles Mögliche und Wahrscheinliche ausgeschlossen werden kann, bleibt nur noch das Unmögliche übrig. So oder so ähnlich hatte der Satz gelautet. Mit der düsteren Vorahnung, diesen völlig falsch zu interpretieren, löste sie die Bremse und fuhr weiter, wobei sie nach dem Ledbetter-Haus Ausschau hielt.

Die Straße war breit und von Platanen gesäumt. Die weitläufige, ebenfalls mit Bäumen bestandene Grünfläche auf ihrer linken Seite mochte der Gidea Park sein, dem dieser Vorort seinen Namen verdankte. Die Häuser auf ihrer rechten Seite waren groß, stattlich und zweifelsohne sündhaft teuer. Viele hatten Phantasienamen anstelle von Hausnummern. Beim Anblick eines kunstvoll verzierten, pseudo-antiken Schildes mit der Aufschrift *Green Badge Towers* mußt sie unwillkürlich grinsen. Das war das Domizil eines Taxifahrers, der es geschafft hatte, mutmaßte George, denn von Gus wußte sie, daß jeder Londoner Taxifahrer davon träumte, in dieser Gegend zu wohnen.

Montys Haus, ein wuchtiger Bau mit einer breiten gepflasterten Kutschenzufahrt, nach dem sie Ausschau hielt, hieß *The Better Place*. Der Rasen davor war sorgfältig gemäht. Dazwischen befanden sich einige runde Blumenbeete sowie akkurat gestutzte Ziersträucher. Auffällige Säulen trugen einen Baldachin über der Haustür. Sie waren genauso schneeweiß wie das Löwenpaar, das sie flankierte und große leere Schilde hochhielt. Der Anstrich der Backsteinmauern war perfekt. Ihre Front zierte eine Reihe von Kutscherlampen aus Messing. Selbst Monty, so mächtig und einflußreich er auch sein mochte, war vor Einbrechern nicht sicher, dachte George, während sie die massiven Stahlgitter an den Fenstern betrachtete. Sie bildeten einen seltsamen Kontrast zu den üppig bepflanzten Blumenkästen davor und den rüschenartig gerafften Stores dahinter. Auf George wirkte es wie das Titelbild eines Kataloges für ausgesprochen billige und geschmacklose Do-it-yourself-Möbel aus einem Kaufhaus.

Ich bin schon genauso snobistisch wie diese Briten, schalt sie sich, wenn ich den Geschmack anderer Leute nach solchen Äußerlichkeiten beurteile. Entschlossen drückte sie auf den Klingelknopf.

Im Haus erklang die glockenhaft intonierte Melodie von »Greensleves«, gefolgt von Schritten. Ein junges Mädchen mit einer blonden Mähne im Afrolook öffnete ihr. Dunkelrote Leggings umhüllten seine sehr langen Beine, unter der nahezu durchsichtigen schwarzen Seidenbluse trug es eindeutig nichts.

»Ja?« sagte das Mädchen gelangweilt und starrte die Besucherin an. George brachte ein strahlendes Lächeln zustande.

»Könnte ich Mr. Ledbetter sprechen?« erkundigte sie sich. »Mr. Monty Ledbetter? Das heißt, falls er zu Hause ist.«

»Wer verlangt denn nach ihm?« konterte das Mädchen mit einer Gegenfrage und lehnte sich gegen den Türpfosten, so daß es George unmöglich war, einen Blick in die Halle zu werfen.

»Mein Name ist Barnabas. Dr. Barnabas«, stellte sie sich vor und wurde allmählich ungehalten. Dieses Kind war gerade mal sechzehn, wenn überhaupt, und behandelte sie mit einer Überheblichkeit, die an Impertinenz grenzte. »Ich bin eine Bekannte von Detective Chief Inspector Hathaway vom Polizeirevier in der Ratcliffe Street.«

»Tatsächlich? Schön für Sie!« Das Mädchen bedachte sie mit einem spöttischen Lächeln.

»Nicht wahr?« sagte George und schaffte es, dieses zu erwidern, ohne vor Wut mit den Zähnen zu knirschen. »Könnten Sie denn jetzt mal Ihren Vater ...«

»Onkel«, korrigierte das Mädchen geringschätzig. »Er ist beschäftigt. Ich würde Ihnen empfehlen, das Telefon zu benutzen.«

»Aber ich will ihn nicht anrufen«, entgegnete George im gleichen herablassenden Ton. »Ich will mit ihm persönlich reden. Deshalb bin ich hier.«

»Nun ...«, setzte das Mädchen an, doch in diesem Moment zog jemand die Tür vollends auf und schaute über seinen Kopf hinweg. Es war Monty Ledbetter, und George gelang es gerade noch, einen erleichterten Seufzer zu unterdrücken.

»Mr. Ledbetter, ich hoffe, Sie erinnern sich noch an mich.« Sie strahlte ihn an. »Wir haben uns ...«

»Zusammen mit Gus. Ja, ich erinnere mich«, unterbrach

Monty sie und schob seine Nichte beiseite. »Warum hast du mich nicht gerufen, Jade?«

»Du wolltest, daß ich nachsehe, wer es ist, und den Betreffenden dann abwimmele«, verteidigte sich das Mädchen etwas kleinlaut, aber selbstsicher wie zuvor. »Ich habe nur deine Anweisung befolgt. Es war reiner Gehorsam.«

»Na ja, das mag schon sein. Aber ich habe ganz bestimmt nicht jemanden wie unsere Frau Doktor hier gemeint. Du solltest ab und zu mal deinen gesunden Menschenverstand gebrauchen, Kindchen. Ohne ihn ist deine tolle Schulausbildung mit all den Diplomen wertlos.« Er hielt die Tür mit einer einladenden Geste auf. »Eigentlich ist die Kleine ganz schön helle, Doktor. Die Lehrer halten große Stücke auf sie. In Soziologie ist sie angeblich Klassenbeste. Aber treten Sie doch ein. Es ist mir eine Ehre, Sie in meinem bescheidenen Heim begrüßen zu dürfen. Sie sind herzlich willkommen.«

Jade setzte wieder ihre überhebliche Miene auf und stolzierte davon. Ihre Frisur geriet in hüpfende Bewegung, worauf Monty zu George blickte und kicherte.

»Schauen Sie sich die Kleine nur mal an. Ein Vermögen habe ich ausgegeben, um sie auf die besten Schulen zu schicken, und jetzt ist sie so aufmüpfig. Na ja, die heutige Jugend! Lassen Sie uns doch in den Salon gehen.«

Die Wandvertäfelung im Flur bestand aus hellem Holz, ebenso das auf Hochglanz polierte Parkett, das mit einigen, zweifellos wertvollen Perserteppichen ausgelegt war. Etwas benommen starrte George auf ihr vielfaches Ebenbild, das ihr zahlreiche schmale Spiegel vortäuschten. Monty lächelte freundlich, während er gegen einen von ihnen drückte, der sich als Tür entpuppte.

Der Raum, in den er sie führte, nahm die gesamte rechte Haushälfte ein und hatte gigantische Ausmaße. Das Gegenstück zu den der Straße zugewandten vergitterten Fenstern bildeten Terrassentüren, allerdings ohne Schutzgitter. Der Nachmittagshitze wegen standen diese offen und gaben den Blick auf einen großen Garten mit blühenden Sträuchern und prächtigen Rosen frei, an dessen Ende sich ein riesiger Swimmingpool befand. Die schnurgeraden Streifen eines Rasenmähers ließen auch diesen Teil des Anwesens wie das Ttielbild eines Kataloges aussehen, jedoch eines solchen für Gartenfreunde.

Die Ausstattung des Salons, stellte George fest, war noch exklusiver als die der Eingangshalle: dicke Teppiche, tiefe Sofas und wuchtige Sessel mit Bezügen aus weißem Leder; Beistelltische aus Chrom und silberne Wandleuchter; eine Hausbar, die eine Ecke ausfüllte; ein offener Kamin, in dem Holzscheite aufgestapelt waren; und möglicherweise in Anbetracht der Jahreszeit ein imposanter Strauß aus Seidenblumen. Die vorherrschenden Farben waren rosé und pfirsich, hellgrün und lila, so daß George meinte, in einer Schüssel kandierter Mandeln gelandet zu sein. Während sie sich blinzelnd umschaute, erinnerte sie sich seltsamerweise daran, eine derart teure und geschmacklose Einrichtung in einem Schlafzimmer gesehen zu haben, in dem die Leiche eines ermordeten Mannes gefunden worden war. Sie straffte ihre Schultern und bereitete sich innerlich auf eine, wie sie befürchtete, unangenehme Stunde vor.

Auf den ersten Blick dachte sie fälschlicherweise, der Salon sei voller Menschen, denn auch hier gab es unzählige Spiegel. Tatsächlich waren, sie und Monty eingeschlossen, nicht mehr als ein Dutzend Personen zugegen. Eine große Frau in einem schwarzen Seidenkleid, das für ihre dicken Knie zu kurz war, thronte in einem Sessel rechts neben dem offenen Kamin. Auf dem Servierwagen vor ihr standen silberne Teekannen, Krüge mit heißem Wasser, ein Kessel auf einem Spirituskocher, Sahnekännchen und Zukkerdosen sowie zierliche Porzellantassen und Untertassen nebst Schalen mit Kuchen, Gebäck und kleinen Sandwiches auf Spitzendeckchen. George fand das Arrangement geradezu quälend hübsch.

»Sie kommen genau rechtzeitig«, erklärte Monty Ledbetter herzlich. »Wir brauchen noch eine weitere Tasse, Mutter!«

Die Frau neben dem Kamin wandte sich ihm zu, nickte dann und erhob sich. Ohne George eines Blickes zu würdigen, steuerte sie durch eine Tür im hinteren Teil des Raumes.

»Gestatten Sie, daß ich Sie bekannt mache«, sagte Monty. »Es sind nur ein paar Mitglieder der Familie, wissen Sie. Wir feiern ein wenig.«

»Oh, das tut mir leid.« George war verlegen. Verdammt noch mal, warum hatte sie, selbst auf die Gefahr hin, abgewiesen zu werden, nicht vorher angerufen. Wie peinlich! »Ich wollte nicht stören. Es war nur so, daß ...«

»Sie stören nicht. Wir sind daran gewöhnt. Ständig kommen irgendwelche Leute unangemeldet vorbei, Doktor. Es gab immer welche, und es wird immer welche geben. Heute wollte ich keinen der üblichen Besucher empfangen – deshalb habe ich Jade an die Tür geschickt –, aber Sie sind, nun ja, so etwas wie eine Kollegin. Darf ich Sie meinem Neffen Philip vorstellen? Dr. Cobbett, Dr. Barnabas!« Er schaute strahlend von einem zum anderen, offensichtlich von unbändigem Stolz erfüllt, zwei Mediziner miteinander bekannt machen zu können.

George streckte dem Mann die Hand entgegen und musterte ihn. »Hallo«, sagte sie. »Sehr angenehm.« Trotz seiner überdurchschnittlichen Größe nahm er sich neben seinem Onkel schmächtig aus. Über einsachtzig, schätzte George. Er wirkte so knochig, als hätte er sich zu einer trendigen Hagerkeit heruntergehungert. Sein blondes Haar war nicht ganz so hell wie das Montys und elegant frisiert. Seine Kleidung, ein italienischer Anzug aus sehr teurem

Tuch und eine breite Seidenkrawatte, verriet nicht weniger Geschmack als den seines Onkels, der sich allerdings für Lässigkeit in Form einer Leinenhose und eines seidenen Sporthemdes entschieden hatte.

»Wir feiern ein wenig«, wiederholte Monty. »Heute hat meine Frau Geburtstag, an dem wir uns jedes Jahr treffen, ganz gleich, auf welchen Wochentag er fällt. Philip ist extra von der Harley Street hergekommen.« Sein Gesicht verzog sich dabei zu einem abfälligen Grinsen. »Und das sind meine anderen Nichten und Neffen.« Er ergriff ihren Ellbogen und führte sie durch den Raum, um sie seinen Angehörigen vorzustellen. Diese sahen sie ausdruckslos an, murmelten ein paar Worte und widmeten sich wieder ihren privaten Gesprächen, was Georges Unbehagen nur noch verstärkte.

»Sie haben aber viele Nichten und Neffen«, meinte sie, als sie den Servierwagen erreichten, neben dem seine Frau erneut Platz genommen hatte und Tee ausschenkte. »Für Ihre Kinder muß es sehr schön gewesen sein, mit so vielen Vettern und Cousinen aufzuwachsen.«

»Oh, Mutter und ich haben keine Kinder«, erklärte Monty. Seine Frau hielt den Kopf gesenkt. »Der liebe Gott hat es nicht gewollt. Aber meine Geschwister – sieben an der Zahl – haben welche. Eine ganze Schar sogar.« Er lachte und nickte seinen Leuten zu. »Ich habe sie sozusagen an Kindesstatt angenommen. Nicht wahr?«

Zustimmendes Gemurmel erhob sich unter ihnen. Dann begaben sie sich wieder in ihre Ecken, aßen und tranken und unterhielten sich mit einer Intensität, die nur Menschen möglich ist, die viel Zeit miteinander verbringen. Monty nötigte George, sich auf einen kleinen Puff neben seiner Frau zu setzen, ehe er in einen Sessel ihr gegenüber sank. Mrs. Ledbetter, die immer noch schwieg, reichte George eine Tasse Tee und deutete einladend auf ein Tablett mit buntglasierten Törtchen. Da sie es nicht wagte, dankend abzulehnen, lag die Süßigkeit unbeachtet auf ihrem Teller, den sie auf ihren Knien balancierte, während sie Montys Redeschwall über sich ergehen ließ.

Er sprach von seiner Verpflichtung seinen Angehörigen gegenüber und seiner Sorge um deren Wohlergehen. »Sie sollen nur glücklich und erfolgreich sein«, tönte er und strahlte George an. »Das ist alles,worum ich sie bitte.«

Was für eine furchtbare Last, dachte George und war sich bewußt, daß die anderen, scheinbar in ihre Gespräche vertieft, Monty aufmerksam zuhörten. Wie hätten sie ihn auch ignorieren können, war seine Stimme doch mindestens ebenso imposant und erdrückend wie seine äußere Erscheinung. Mochte er noch so viel für sie getan haben, eine solche Gegenleistung war nahezu nicht zu erbringen und absolut übertrieben.

»Jetzt haben Sie aber genug von meinen familiären Angelegenheiten erfahren, meine Liebe«, meinte er schließlich und hob fragend seine blassen Augenbrauen. »Sie haben mir noch gar nicht verraten, weshalb Sie –?« Offenbar besaß er kein Feingefühl. George blickte unsicher über die Schulter und spürte, wie sich ihr Herzschlag beschleunigte. Sollte sie vor all diesen Leuten auf ihr Anliegen kommen ...

Er schien ihr Dilemma zu erkennen und stand auf. »In meinem Arbeitszimmer können wir ungestört reden. Mutter?« Er schaute auf seine Frau hinab. »Entschuldigst du uns für einen Moment?«

»Ja«, antwortete sie mit tiefer, etwas rauher Stimme. Es war das erste Wort, das George von ihr vernommen hatte. »Mir soll es recht sein, wenn es auch Ihnen recht ist.« Sie warf George einen prüfenden Blick zu. Ihre rotgeränderten und müden Augen musterten George.

»O ja«, bestätigte diese und fügte hastig hinzu: »Die herzlichsten Glückwünsche zu diesem Tag.«

»Vielen Dank.« Die Frau verzog ein wenig das Gesicht. »Es ist allerdings keiner, an den ich gerne erinnert werde. Siebenundsechzig, ein reifes Alter, nicht wahr? Dabei fühle ich mich gar nicht danach.« Seit sie zu sprechen begonnen hatte, war die Bitterkeit aus ihren Zügen gewichen, und George lächelte sie erleichtert an.

»Man sieht es Ihnen überhaupt nicht an«, versicherte sie ihr wahrheitsgemäß. »Ich hätte Sie auf – hm, mindestens zehn Jahre jünger geschätzt. Wenn nicht noch mehr.«

»Hast du gehört, Mutter?« mischte sich Monty ein. »Und das von jemandem, der sich wirklich auskennt.«

»Nun, das mag sein«, räumte seine Frau ein. »Philip würde so etwas nie sagen. Und er ...«

»Was weiß dieser Junge schon?« Monty grinste hämisch. »Wie sollte er auch? Schließlich träumt er davon, dir mit dem Skalpell zu Leibe zu rücken, nicht wahr, Philip?«

Auf der anderen Seite des Salons schaute der elegante Mann mit dem glatten blonden Haar hoch, nickte seiner Gesprächspartnerin zu und näherte sich ihnen.

»Was meintest du?«

»Ich sagte gerade, du würdest dich über das Aussehen deiner Tante bestimmt nicht positiv äußern, wo du doch nur darauf wartest, ein wenig an ihr herumzuschnippeln, um ein dickes Honorar zu kassieren.«

Hektische rote Flecken breiteten sich am Hals des jungen Mannes aus. »Als ob ich jemals auf die Idee käme, euch eine Rechnung zu schreiben – oder ...« Er verstummte, als der alte Mann in schallendes Gelächter ausbrach. »Ich fand das überhaupt nicht komisch«, erklärte er dann. Solche Dinge solltest du noch nicht einmal im Scherz von dir geben.«

George schaute Philip Cobbett entgeistert an. Sein Hals schien mittlerweile zu glühen.

»Ich bin Schönheitschirurg«, murmelte er als Antwort auf die unausgesprochene Frage in ihren Augen. »Onkel

Monty kann es nicht lassen, mich ständig damit aufzuziehen.«

»Und warum sollte ich das nicht dürfen?« konterte Monty. »Habe ich nicht das Recht dazu?« Philip starrte ihn an und rang sich ein Lächeln ab.

»Selbstverständlich. Schließlich hast du sämtliche Kosten für die Harley Street getragen – ist es das, worauf du anspielst? Für mein Empfinden siehst du einfach großartig aus, Tante Maureen. Ich würde nicht die geringste Kleinigkeit an dir verändern.« Er beugte sich zu ihr, um sie zu küssen, worauf Maureen ihren Neffen in die Arme schloß und an sich drückte. Es war eine unheimlich innige Geste, und George wunderte sich, daß sie je den Eindruck gehabt hatte, Maureen Ledbetter sei mißgelaunt oder unzufrieden. In diesem Moment strahlte sie über das ganze Gesicht.

»Verstehen Sie nun, was ich meine, Dr. Barnabas?« griff Monty ihr ursprüngliches Thema erneut auf. »Kann man sich eine schönere Belohnung wünschen, hm? Nicht nur erfolgreich und glücklich, sondern auch noch besonders nett zu seinen alten Verwandten. Wir sind sehr glückliche Menschen. Ich, weil ich über die finanziellen Mittel verfüge, um den Jungen zu helfen, die Jungen, weil ich diese für sie einsetze, und wir alle sind glücklich, weil wir einander haben.« Abermals zeigte er sein vertrautes zähneblecken-des Grinsen, und die anderen murmelten zustimmend, während er einen Arm um Georges Schultern legte und auf die Tür zusteuerte.

»Ich und Dr. Barnabas haben etwas Geschäftliches zu besprechen«, verkündete er und weidete sich an seiner Wichtigkeit. »Geht nicht gleich wieder weg. Es wird nicht lange dauern, oder, Dr. Barnabas?«

»Nein«, erwiderte sie hastig. »Gewiß nicht. Wie schnell kann ich die Situation einem Mann wie diesem erklären, fragte sie sich, während sie die Halle durchquerten.

Das Zimmer, in das er sie führte, war aufdringlich maskulin eingerichtet. Auch hier Ledersofas und -sessel, jedoch in einem sehr dunklen Grün gehalten. Dazu schwere Eichenschränke, holzgetäfelte Wände und eine Unmenge von Büchern. »Wahrscheinlich nach Metern oder Gewicht gekauft!« George schalt sich erneut wegen ihrer Überheblichkeit, obwohl die ledergebundenen Bände in den Regalen bestimmt kein einziges Mal aufgeschlagen worden waren.

»Setzen Sie sich doch.« Er beeilte sich, ihr einen Sessel zurechtzuschieben, der zweifelsohne genauso unbequem wie teuer war. »Was ist der Grund Ihres Besuches? Eine Spende für das Krankenhaus vielleicht? Darum geht es gewöhnlich. Ich gebe ein Vermögen für diese Institutionen aus. Zuerst die Kinder, diese armen Dinger, und jetzt Sie, hm? Weshalb wollten Sie mich sprechen?«

»Bestimmt in keiner Wohltätigkeitsangelegenheit«, gab sie zurück. »Es ist etwas komplizierter. Es hat mit Gus zu tun.«

»Gus? Macht er Ihnen Sorgen?« Monty runzelte die Stirn. »Das enttäuscht mich allerdings. Von ihm hätte ich das nicht erwartet, niemals. Aber man weiß ja nie. Die Frauen, die vor Ihnen in diesem Sessel saßen, erzählten mir Geschichten über das Verhalten ihrer Männer, die ... Nun, Sie würden sie nicht glauben. Aber ich habe allen erklärt, nur ein schwacher Mann schlägt eine Frau, während ein starker hingegen ...«

»Das ist es nicht«, wehrte sie entsetzt ab. »Nicht im entferntesten! Ich hätte besser auf Gus hören und Sie nicht aufsuchen sollen.«

Er runzelte wieder die Stirn und musterte sie eindringlich. Durch seine hellen Wimpern wirkten seine Augen trotz ihrer Größe ein wenig schweinchenhaft. »Demnach sind Sie nicht aus eigenem Antrieb gekommen. Wenn Sie von Gus geschickt wurden, sieht die Sache natürlich anders aus. Welches ist Ihr Problem? Ich schaffe es aus der Welt, was immer es sein mag. Sie müssen mir nur mitteilen, worum es sich handelt.«

23

Lenny Greeson«, sagte Monty nachdenklich. »Klar, kenne ich ihn. Nicht gerade eine Leuchte, was?«

»Keine Ahnung«, erwiderte George. »Ich selbst hatte nie etwas mit ihm zu tun. Er ist ein Freund von Gus.«

»Stimmt. Sein Dad ist mit Lennys Dad aufgewachsen. Deshalb hält er sich für seinen Freund, nicht wahr? Aber er ist wirklich keine große Leuchte vor dem Herrn. Würde er sonst in einer derartigen Klemme stecken?« Er schnaubte verächtlich. Seine Mißbilligung war ihm deutlich anzumerken. »Jemandem Geld zu leihen, damit er seine Schulden bezahlen kann ... Gus hätte sich nicht darauf einlassen dürfen.«

George biß die Zähne zusammen. »Dazu kann ich wirklich nichts sagen«, begann sie. »Alles, was ich ...«

»Wohlgemerkt, hätte er es nicht getan, ich wäre von ihm enttäuscht gewesen, wenn ich bedenke, wie es zwischen seinem und Lennys Dad gestanden hat. Es ist eine dieser Situationen, in denen man eigentlich gar nicht ablehnen kann. Tja ...« Erneut verfiel er in Schweigen.

George, die diesen Besuch zunehmend bedauerte, rutschte auf ihrem Sessel hin und her. »Also wenn Sie mir nicht helfen können ...«

»Habe ich das behauptet? Selbstverständlich kann ich Ihnen helfen. Was in diesem Bezirk auch passiert, ich kann es in Erfahrung bringen, und ich werde Ihnen schon bald mitteilen, was mit Lenny geschehen ist. Und mit Don.« Er hob eine seiner fast unsichtbaren Augenbrauen und fixierte George. »Sie nehmen an, ihm ist etwas zugestoßen, nicht wahr?«

Sie zögerte und nickte dann.

»Nun, das würde mich nicht überraschen. Dieser Kerl ist ein verdammter Narr. Bezeichnet sich selbst als Berufsspieler, und was hat er vorzuweisen? Nichts weiter als die Klamotten, die er am Leib trägt. Läßt sich von seinem Bruder aushalten, pumpt ihn ständig an und ist noch nicht mal in der Lage, das Futter für seinen Hund zu bezahlen. Ein echter Profi kann von seinen Wetten leben und sich ein eigenes Heim leisten.« Seine ausholende Geste umfaßte nicht nur sein Arbeitszimmer, sondern sein ganzes Anwesen. »Ein Mann braucht ein Zuhause, eines, auf das er stolz sein kann.«

Sie neigte ihren Kopf leicht zur Seite und erwiderte seinen prüfenden Blick. »Haben Sie Ihr Vermögen auf diese Art und Weise gemacht?«

Er grinste breit. »Das interessiert Sie brennend, nicht wahr? Nun, es ist mir nicht dadurch gelungen, daß ich allen und jedem von meinen Geschäften erzählt habe. Ganz bestimmt nicht! Aber eines kann ich Ihnen verraten: Ich habe mehr über Hunde und Pferde vergessen, als Don Greeson jemals wissen wird. Es gibt keinen Rennhund im ganzen East End und kein Pferd im ganzen Land, über das ich nicht bestens informiert bin. Und glauben Sie mir, das ist längst nicht alles, was ich weiß. Ich melde mich bei Ihnen, sobald ich rausgekriegt habe, was mit Lenny und seinem Bruder passiert ist.«

Damit war das Gespräch offensichtlich beendet. George biß sich auf die Unterlippe, denn sie wollte noch etwas sagen, hatte jedoch das Gefühl, dies könnte ein Fehler sein.

»Ich melde mich bei Ihnen, okay?« wiederholte Monty. »Wir wollen doch nicht, daß uns irgendwelche neugierigen Cops in die Quere kommen, oder? Nein.« Er lachte wieder auf seine typische Art. »Das wäre nicht sehr gut. Wo wohnen Sie?«

George blinzelte. Plötzlich hatte sie das unerklärliche Bedürfnis, ihre Adresse geheimzuhalten. Sie brauchte vor dem Mann keine Angst zu haben; schließlich war er Gus' Kontaktmann und wie dieser ihr versichert hatte, absolut ungefährlich. Dennoch jagte ihr die Vorstellung, seine massige Gestalt könne ihre kleine Wohnung betreten, leichte Schauer über den Rücken. Sie verdrängte ihre Zweifel und nannte ihm ihre Adresse und ihre Telefonnummer.

Auf dem Weg zur Tür verstaute Monty das kleine Notizbuch, in das er diese eingetragen hatte, in seiner Tasche. »Seien Sie unbesorgt, ich finde Ihren Lenny schon. Sollten irgendwelche schmutzigen Geschäfte laufen, ich finde sie heraus. Aus dem unbezwingbaren Drang heraus, das Haus schnellstens velassen zu müssen, folgte sie ihm. Trotz seiner aufmunternden Worte war sie nach wie vor beunruhigt und zudem überzeugt, ihre Fahrt nach Gidea Park sei völlig nutzlos gewesen.

Die Eingangstür stand offen. Die Nichten und Neffen, die sich auf der Treppe von Maureen Ledbetter verabschiedeten, eilten in die Halle zurück, als sie Monty erblickten, um sich auch von ihm zu verabschieden.

George schaute sich dort um, während sie abwartete, daß sich das Durcheinander legte. Dabei entdeckte sie einen Stapel Kartons in einer Ecke. Jade beugte sich über einen davon und durchwühlte seinen Inhalt. Neugierig reckte George den Kopf und schlenderte dann hinüber, um zu sehen, worum es sich dabei handelte.

Es mußten alte Kleider sein, denn Jade holte gerade einen Mantel heraus und hielt ihn sich vor.

»Tante Maureen?« rief sie, ohne Rücksicht darauf, daß sich diese mit jemandem unterhielt. »Tante Maureen, was ist das für ein Material?«

Maureen blickte über die Schulter und kam zu ihrer Nichte. »Jade, bitte! Die Sachen sind für den Laden bestimmt!«

»Ich weiß, aber das Ding interessiert mich. Woraus besteht es?«

»Das ist – hm – keine Ahnung. Irgendein Fell. Der Mantel stammt von Connie.«

»Oh!« Angewidert ließ Jade das Kleidungsstück wieder in den Karton fallen. Dann ist er ja echt. »Igitt!«

»Natürlich ist er echt!« Maureen klang beleidigt. »Conny ist der Laden ebenso wichtig wie mir. Deshalb überläßt er mir nur gute Ware, für die ich einen vernünftigen Preis verlangen kann.«

Jade rümpfte die Nase. »Wie kann man nur eine echte Tierhaut anziehen? Wenn er aus Kunstfell wäre, hätte ich den Mantel nämlich für mich genommen, aber so würde ich ihn nicht einmal mit einer Kneifzange anpacken.«

»Hat jemand behauptet, du könntest ihn haben, Kindchen?« fragte Monty, der sich nun zu ihnen gesellte. »Kaufe ich dir denn nicht schon genug?«

»Ja, sicher, aber das ist etwas anderes, Onkel Monty. Es ist absolut cool, abgelegte Klamotten zu tragen. Das tut jeder. Aber niemand zieht Pelze an. Sie sind nicht weniger ekelhaft als Felle.«

»Wie deine schwarze Jacke? Für die ich siebenhundert hingeblättert habe?« fragte Monty und zwinkerte George verschmitzt zu. »Die heutige Jugend und ihre Marotten. Es macht ihr nichts aus, sündhaft teure Synthetik zu tragen, sie weigert sich aber, echtes Leder anzufassen.«

»Ich hielt es für Fohlenleder«, sagte Maureen. »Als solches hätte ich es auch angeboten.«

Monty hob den Mantel hoch und betrachtete ihn genau. Er war dunkelbraun, ziemlich kurz und nicht besonders modern geschnitten. Seine kurzhaarige Oberfläche schimmerte leicht. Monty schnitt eine Grimasse.

»Fohlen, Rind, Hund oder Katze oder Maulwurf, was soll's? Wenn die Tiere erst mal tot sind, kann man sie zu etwas Nützlichem verarbeiten. Der Mensch soll sich die Tiere untertan machen. Das steht schon in der Bibel geschrieben.«

»Ich finde es trotzdem ekelhaft«, schimpfte Jade. »Und mich bringt keiner dazu, ihre Überreste als Kleidung zu tragen!«

»Das verlangt auch niemand von dir«, stellte Monty klar. »Und jetzt sieh zu, daß du nach Hause kommst. Dein Dad fragt sich bestimmt, wo du so lange bleibst, und ich möchte deinetwegen keinen Ärger mit ihm haben. Sei ein liebes Kind und gib mir einen Kuß«, sagte er, wobei er in seine Brusttasche griff. Das Mädchen verfolgte seine Bewegung aus den Augenwinkeln heraus und trat, die Brauen anmaßend, aber zugleich erwartungsvoll hochgeschoben, auf ihn zu, und George konnte beobachten, wie er ein Bündel Geldscheine aus seinem Portemonnaie zog und diese Jade in die Hand drückte.

»Jade«, sagte Maureen Ledbetter, als sich das Mädchen anschickte, zur Haustür zu gehen, »kannst du mich morgen fahren? Die Kartons müssen in den Laden, und dort liegen noch Sachen rum, die wieder zu Connie sollen. Außerdem wird es Zeit, das Geld im Krankenhaus abzuliefern.«

»Mein Wagen ist bis Freitag in der Werkstatt, Tante Maureen«, erwiderte das Mädchen und warf Monty einen Seitenblick zu. »Aber ich könnte doch den Mercedes nehmen, oder?«

»Ausgeschlossen!« ertönte Montys Stimme. »Was hast du denn mit deinem Wagen angestellt? Ihn wieder mal vor irgendeine Wand gesetzt?«

»Jemand ist mir reingeknallt«, erklärte Jade. »Es war nicht meine Schuld. Bei all den Idioten heutzutage ist man ...«

»Und du bist einer von ihnen«, unterbrach Monty sie.

»Von deinen Fahrkünsten konnte ich mich schon mehrmals überzeugen. Du selbst hast den Unfall verursacht, leugne es ja nicht. Ich schätze, du erwartest, daß ich die Reparatur bezahle?«

»Das erledigt Dad schon«, entgegnete Jade trotzig. »Wenn Tante Maureen mich nicht gebeten hätte, sie durch die Gegend zu kutschieren, hätte ich es dir noch nicht einmal erzählt.«

»Das ist nicht der Punkt«, brüllte Monty sie an. In diesem Moment hatte George genug von Familienstreitigkeiten. Noch bevor ihr ein passender Vorwand für einen sofortigen Aufbruch eingefallen war, hörte sie sich selbst sagen: Mrs. Ledbetter, morgen ist mein freier Tag, und ich bin gerne bereit, Sie zu fahren. Schließlich dient es einem guten Zweck.«

Sekundenlang herrschte absolute Stille. Alle starrten sie entgeistert an. »Okay, das wäre also geregelt. Ich verschwinde jetzt. Macht's gut!« meinte Jade dann, schlüpfte durch die Tür und schlug diese laut hinter sich zu.

»Das ist sehr nett von Ihnen«, begann Maureen unsicher, »aber ich sollte Ihr Angebot doch nicht ...«

»Ich bestehe darauf«, fiel George ihr ins Wort und haßte sich für ihre eigene Spontaneität. Dadurch würde sie wertvolle Zeit vergeuden, die sie eigentlich für Gus' Affäre nutzen wollte. »Wann soll ich Sie abholen?«

»Nun, neun Uhr wäre ideal, wenn Ihnen das nicht zu früh ist.« Maureens Miene hellte sich auf. »Soweit ich mich erinnere, muß Connie um elf Uhr aus dem Haus, und ich habe ihm versprochen, pünktlich zu sein.«

George war erleichtert. »Dann geht es also nur um den Vormittag?«

»Genau. Obwohl – wir könnten im Krankenhaus zu Mittag essen.«

George schüttelte den Kopf. »Das ist nicht möglich. Darauf sind wir im Old East nicht eingestellt.«

Maureen wirkte erneut leicht verunsichert. »Ich meine

doch nicht das Old East. Ich sammle Geld für das St. Dymphna, für die Psychiatrie. Es ist ein reizendes kleines Krankenhaus und so – nun, es liegt mir sehr am Herzen. Sie sind selbstverständlich mein Gast.«

George lächelte strahlend. »Vielen Dank, Mrs. Ledbetter. Es ist mir wirklich eine Freude, Ihnen helfen zu können. Neun Uhr, sagten Sie? Ich werde Sie rechtzeitig abholen.« Danach verließ sie die Ledbetters, die ihr von der Treppe aus nachwinkten.

Irgend jemand stand ihr zur Seite, entschied George, hatte sie dazu gebracht, ihre Dienste anzubieten. Aus beruflicher Sicht könnte sich ein Besuch im St. Dymphna durchaus lohnen. Und bei Maureen Ledbetter gut angeschrieben zu sein könnte ihren Mann dazu bewegen, sich für Gus noch stärker ins Zeug zu legen. Unter diesen Gesichtpunkten war ihr Besuch doch erfolgreich gewesen.

*

Am nächsten Morgen erreichte sie Gidea Park weitaus schneller. Zum einen kannte sie die Strecke, zum anderen fuhr sie bedeutend zügiger, was nicht zuletzt daran lag, daß sie über sich selbst wütend war. Was sie am Vortag noch für eine vernünftige Idee gehalten hatte, erschien ihr nun als reine Zeitverschwendung. Maureen Ledbetter zu chauffieren! Inwiefern sollte Gus damit gedient sein? Als sie jedoch feststellte, daß Maureen sie bereits ungeduldig erwartete, verflüchtigte sich ihr Unmut im Handumdrehen. Es konnte nicht schaden, jemandem einen Gefallen zu erweisen, selbst wenn weder sie noch Gus die Nutznießer wären. Sie lud die Kartons so schnell sie konnte in ihren kleinen Wagen und forderte Maureen auf, neben ihr Platz zu nehmen.

»Sie werden mir den Weg erklären müssen«, sagte sie. »Ich habe nämlich keine Ahnung, wo sich Ihr Laden befindet.«

»In Barking«, sagte Maureen. »Ich weiß, es klingt nicht gerade nach einer vielversprechenden Gegend, aber Sie würden sich wundern, wie viele Stammkunden wir haben. In Zeiten wie diesen sind erheblich mehr Leute bereit, gebrauchte Kleidung zu tragen.«

»Ich habe schon häufig über Second-Hand-Läden nachgedacht.« George versuchte, auf diese Art und Weise eine Unterhaltung in Gang zu setzen. »Ist es nicht schwierig, die passende Ware zu beschaffen?«

»Oh, das ist kein Problem – jedenfalls nicht in einer wohlhabenden Gegend wie Gidea Park. Die meisten Frauen sind sogar froh, ihre abgelegte Garderobe loszuwerden. Auf diese Weise können sie den Inhalt ihrer Kleiderschränke erneuern.«

George lachte. »Das ist ein raffinierter Trick. Und damit erhalten Sie ausreichend Ware?«

»O nein, ich biete auch billige Teile an. Das bringt zwar nicht viel ein, aber es macht das Geschäft interessanter. Außerdem bekomme ich noch einen gewissen Anteil von Connie.«

»Diesen Namen haben Sie gestern schon erwähnt«, hakte George ein. »Muß ich weiter geradeaus fahren?«

»Ja, bis zum nächsten Kreisverkehr, danach ist Barking ausgeschildert. Connie? Nun, in gewisser Hinsicht ist er das Herz des Ladens – nicht weniger als ich.«

»Er?« George war überrascht. »Ich habe mich damit abgefunden, einen Männernamen zu tragen. Ein Mann mit einem Frauennamen ist mindestens genauso selten.«

»Das ist nur eine Abkürzung. Sein vollständiger Name lautet Constantine Georgiopoulis. Er ist Grieche, wissen Sie. Ein reizender Mensch. Für das St. Dymphna reißt er sich geradezu ein Bein aus.«

»St. Dymphna«, begann George beiläufig. »Kennen Sie das Krankenhaus gut?«

»O ja!« Die Anspannung in Maureens Stimme veranlaßte George, zur Seite zu schauen. Maureen starrte mit leerem Blick durch die Windschutzscheibe. »O ja!« wiederholte sie.

Wenngleich George den Großteil ihres bisherigen Berufslebens als Pathologin tätig gewesen war, hatten sich ihr einige Erfahrungen aus ihrer Arbeit als Ärztin unmittelbar nach dem Grundstudium unauslöschlich eingeprägt. Daher war sie nach wie vor in der Lage, emotionale Not zu erkennen, sobald sie ihr begegnete, und sie reagierte prompt und sachkundig.

»Möchten Sie darüber reden?« fragte sie leise.

»Früher war ich jeden Tag dort«, antwortete Maureen nach einer Weile. »Man sagte mir, es sei sinnlos, sie würde mich niemals wieder erkennen, aber trotzdem ... Jeden Tag.«

»Ja?« sagte George sanft, nachdem das Schweigen lange genug gedauert hatte. Sie konzentrierte sich auf die Straße, so daß sie Maureen nicht ablenken mußte.

»Und was dann?«

»Sie ist gestorben«, erklärte Maureen. »Damit hatte ich schon seit ihrer Geburt gerechnet. Aber sie war widerstandsfähiger als erwartet. Immerhin ist sie fast zwei Jahre alt geworden, obwohl die Ärzte gemeint hatten, sie würde noch nicht einmal ihren zweiten Geburtstag erleben. Insofern hat sie sich doch gut gehalten. Aber sie starb und ... Es war immer noch da, nicht wahr? Das St. Dymphna, und ich hatte mich an die täglichen Besuche gewöhnt. Es war ... Nun, ich bin trotzdem jeden Tag dort gewesen. Sie übertrugen mir die eine oder andere Aufgabe, bald wurde ich Mitglied der Freunde und Förderer, und wenig später habe ich den Laden aufgemacht.«

Sie lächelte und beugte sich vor, um George direkt anzusehen. »Etwas Besseres konnte mir nicht passieren. Er hat mein ganzes Leben verändert. Dieser Laden.«

Erneut war es reine Intuition, die George ihre nächste

Frage stellen ließ. »Und Sie haben ihn nach ihrer Tochter benannt?«

»Natürlich. Ich mußte es tun, oder? Bisher hat er eine halbe Million eingebracht. Damit konnten wir das Schwimmbecken im Keller sowie den Gymnastikraum – die Physiotherapie – und einiges mehr einrichten. Und wir werden auch die jetzt geplante Erweiterung mit finanzieren.« Sie lächelte verträumt. »Vielleicht benennen sie sogar eine der neuen Abteilungen nach ihr. Das fände ich schön.«

»Ich hoffe es für Sie«, sagte George und fügte nach einem Moment hinzu: »Eine erstaunliche Summe, die Sie alleine mit dem Verkauf alter Kleider erwirtschaftet haben!«

»Das finde ich auch.« Maureen strahlte. »Wir hatten eigentlich nie Grund zur Klage. Der Laden lief von Anfang an gut. Selbstverständlich haben auch wir die Rezession zu spüren bekommen; das Geld sitzt nicht mehr so ... nun, die Preise sind gestiegen. Aber im Durchschnitt haben wir rund zweihundertfünfzig Pfund in der Woche umgesetzt. Unmittelbar nach der Eröffnung und in der letzten Zeit etwas weniger, aber in den Jahren dazwischen weitaus mehr. Ich denke, wir können zufrieden sein.«

»Das stimmt«, meinte George, während sie versuchte auszurechnen, wie lange man braucht, um aus zweihundertfünfzig Pfund pro Woche eine halbe Million zu machen? Die Zahlen wirbelten durch ihren Kopf, aber sie schaffte es: Mehr als vierzig Jahre hatte die Frau neben ihr in alten, getragenen Kleidern herumgewühlt, hatte billiges Zeug ge- und verkauft, um das Andenken an ihr totes Kind wachzuhalten. Ein Kind, das schon vor seinem zweiten Geburtstag gestorben war und das seine Mutter, deren eigenen Worten zufolge, niemals erkannt hatte. Es war eine enorme Einnahmequelle für das Krankenhaus, in dem man sich um ihre Tochter gekümmert hatte. Zum erstenmal war

George froh, daß sie Maureen Ledbetter half, nicht weil sie etwas von ihr zu erfahren hoffte, sondern weil es ganz einfach eine gute Sache war. Kurz darauf parkte sie ihren Wagen vor *Carolynn's Charity Shoppe*.

24

George staunte, wieviel Spaß es ihr machte, in dem Geschäft mitzuarbeiten. Sie lud mit Maureen die Kartons aus, und eine kleine emsige Frau in einem pinkfarbenen Overall – eine der freiwilligen Helferinnen, die als Verkäuferin fungierte – hängte die Sachen, die sie geliefert hatten, auf die Kleiderständer, während eine andere, die ihrer Kollegin verblüffend ähnlich war, allerdings einen blauen Overall trug, die Preisschilder schrieb. Maureen wurde nicht müde, Einrichtung und Arbeitsweise des Ladens zu erklären.

»Ah, die lassen sich schnell verkaufen, Dr. Barnabas, wie alle neuen Sachen. Connie besorgt sie, und wir sind ihm sehr dankbar dafür. Von wem er sie bezieht, weiß ich nicht, aber ich habe den Verdacht, daß er neues Rohmaterial nimmt und die Teile von seinen Geschäftspartnern eigens für uns herstellen läßt. Ist das nicht nett? Und dann gibt es natürlich noch den Überschuß.«

»Überschuß?« George war irritiert. »Ich dachte, Sie bieten nur Kleidung und Accessoires an. Sie schaute sich in dem Ladenlokal um. »Verkaufen Sie auch Lebensmittel?«

Maureen lachte belustigt. »Auch Stoffreste werden so bezeichnet, und zwar von den kleinen Betrieben in der Provinz, die für die großen Firmen nähen.«

»Ach so, Heimarbeit«, sagte George. »Eine moderne Form der Sklaverei?«

Maureen zuckte die Achseln. »Ich weiß nicht, ob man das als solche bezeichnen kann. Wie dem auch sei, wir nennen es ZNB-Arbeit. Zuschneiden, nähen und bügeln. Tüchtige Leute sind in der Lage, ein Dutzend zusätzliche Mäntel oder Kleider aus dem Material herzustellen, das für hundert Teile bemessen ist. Dafür können sie jeden beliebigen Preis verlangen. Nun, Connie kauft diesen Überschuß auf und überläßt ihn uns. Er ist so gut zu uns und zu St. Dymphna.«

»Hat er ...« George brach ab, doch Maureen ließ sich nicht täuschen.

»Nein. Er tut es aus reiner Gutmütigkeit. Er ist nicht verheiratet, und er hat auch keine Kinder.«

George schmunzelte. Maureens Naivität hatte etwas Rührendes an sich.

»Ich sage ihm oft, natürlich nur im Scherz, er muß den Sprung ins kalte Wasser wagen, ehe es zu spät für ihn ist. Monty meint ... nun ...« Sie verzog das Gesicht. »Monty meint, ich sollte Connie mal mit einer hübschen jungen Frau bekannt machen, aber ich möchte ihn lieber ganz für mich, um ehrlich zu sein. Er ist wirklich ein guter Freund. Schauen Sie nur!« Sie hielt den Mantel hoch, über den Jade sich aufgeregt hatte. »Manchmal bekommen wir gereinigte Leder- und Wildlederjacken, die Connie aus dem Zeug, das ihm regelmäßig geliefert wird, aussortiert, aber dieser hier scheint neu zu sein. Was meinen Sie?«

George betrachtete das Kleidungsstück und mußte Maureen recht geben. Das grellrote Futter aus Rayon sah noch völlig unberührt aus, und ein schwacher Geruch nach Schneiderseife verriet, das der Mantel noch nicht getragen worden war.

»Könnte das Rindsleder sein?« frage sie und reichte Maureen das Kleidungsstück. »Meine Mutter hatte mal eine Jacke aus Rindsleder.«

»Hundefell«, sagte die kleine Frau im pinkfarbenen

Overall plötzlich. »Als mein Mann noch lebte, wohnten wir auf Teneriffa, und dort wurden solche Mäntel ständig verkauft. Die Leute fanden es nicht fair, Hunde zu halten, vor allem keine großen. Sie stahlen sie ihres Felles wegen, wenn sie sich kein Rindsleder leisten konnten. Es lag an den Kreuzfahrtschiffen, die in der Regel Amerikaner auf die Idee brachte und ...«

George hörte nicht weiter zu, sondern starrte auf das braune kurzhaarige Kleidungsstück, das Maureen mittlerweile aufgehängt hatte, und erinnerte sich an die Worte der Frau in der Wettannahme: *Er hat einen Hund. Eine riesige schwarze Bestie ...*

Sie streckte einen Finger aus, ließ die Hand jedoch wieder sinken. Die Vorstellung war so schrecklich, daß sie sich nicht überwinden konnte, das Fell tatsächlich zu berühren. Sie verzog vor Abscheu das Gesicht, während Maureen unbeirrt weiterplapperte.

»... so, das hätten wir. Dolly, sind die Sachen für Connie fertig? Sehen Sie, Dr. Barnabas, nicht alles, was er uns überläßt, können wir auch verkaufen. Die Reste bringen wir ihm wieder.«

»Hm?« George schaute sie fragend an.

»So verfährt er mit den meisten Wohltätigkeitsbasaren, den Trödel – und sonstigen Läden, die alte Kleider vertreiben: Er kauft sie auf, sortiert die Ware, verkauft sie weiter und nimmt zurück, was nicht veräußert wird. Auf diese Weise profitiert jeder davon. Außerdem ist es ökologisch einwandfrei.« Sie strahlte zufrieden, weil sie ihr kleines Geschäft so erstaunlich modern führte.

»Den Betrieb dieses Mannes würde ich mir gerne ansehen«, erklärte George unvermittelt. Maureen warf ihr einen verstörten Blick zu. Georges scharfer Unterton hatte sie offenbar ein wenig erschreckt.

»Sicher, wir können gleich losfahren«, bot sie an. »Das heißt, wenn Sie noch Zeit haben. Sie sagten doch ...«

»Das schaffen wir schon noch.« George bemühte sich, Maureen nicht zu zeigen, wie erpicht sie darauf war, diesen Mann namens Connie und seinen Betrieb kennenzulernen. »Was kann ich hinaustragen?«

Diesmal wurde der Wagen nicht nur mit Kartons, sondern auch mit Kleidersäcken beladen. Einigen entstieg der muffige Geruch alter Kleider. Unauffällig öffnete George das Seitenfenster, um frische Luft ins Wageninnere zu lassen, und erneut war Maureen aufmerksamer, als George ihr zugetraut hätte.

»Etwas penetrant, nicht wahr? Mich verblüfft es immer wieder, daß man bei Connie nichts von diesem Gestank wahrnimmt. In diesem Punkt ist er sehr empfindlich. Bei ihm riecht es viel stärker nach Krankenhaus als in einem richtigen Krankenhaus.« Sie lachte. »Er benutzt Lysol und Karbol und alle möglichen anderen altmodischen Mittel, um Mäuse und Ratten zu bekämpfen, erzählte er einmal. Dabei hält er sich zu diesem Zweck sogar Katzen.«

»Hmm«, machte George, die nicht konzentriert zugehört hatte. »Sagen Sie – muß ich hier nach links? Ach ja, alles klar.« Sie drehte das Lenkrad herum, und Maureen mußte sich an ihren Sicherheitsgurt klammern, während der Wagen mit quietschenden Reifen um eine Ecke bog. »Verraten Sie mir doch, wie Connies Geschäft funktioniert, damit ich dort keinen zu unwissenden Eindruck hinterlasse. Ich hasse es, als totale Närrin zu erscheinen.«

»Oh, das kann ich durchaus nachvollziehen«, erwiderte Maureen mitfühlend. »Also gut: Die neue Ware wird im Lager erst mal grob sortiert. Das erledigen normalerweise Hilfskräfte, manchmal auch Obdachlose, die sich ein paar Pfund verdienen möchten. Na ja, da zu dieser Arbeit eigentlich kaum jemand Lust hat. Wie dem auch sei, sie werfen die Schuhe auf einen, die Handtaschen auf einen zweiten und alles andere auf einen dritten Haufen. Dann legen sie die Kleider auf ein Fließband. Sie werden staunen, wie lang es ist.« Maureen kicherte schrill. »Anschließend wird es allerdings richtig schwierig. Neben den Leuten am Band stehen große Fässer auf Rädern, in die sie die Sachen für die einzelnen Abteilungen packen.« Maureen konnte ihre Bewunderung nicht verbergen. »Diesbezüglich ist Connie wirklich clever. Er fand heraus, was wo gefragt ist. Daher setzt er am Sortierband Leute aus den verschiedenen Ländern ein. Bei ihm geht es zu wie bei den Vereinten Nationen, nur in einem viel kleineren Rahmen.«

»Heißt das, er beschäftigt Immigranten?«

»Sie haben es erfaßt. Studenten und so weiter. Da in Schichten gearbeitet wird, können sie ihre Arbeitszeit selbst bestimmen. Und sie wissen genau, wie sortiert werden muß. Die Ostafrikaner interessieren sich zum Beispiel für hochhackige Schuhe und leuchtend bunte Kleidung, die die Nigerianer keines Blickes würdigen; andere Sachen wiederum, die sich in Taiwan verkaufen lassen, würde Conny in Hong Kong niemals los. Fahren Sie durch das große Tor dort. Wenn Sie neben der Einfahrt parken, können wir leichter ausladen.«

George folgte Maureens Anweisungen und betrachtete dann den Innenhof. Auf Kleintransportern und Lastwagen türmten sich große Ballen eines Materials, das grauem Verbandsmull glich. Männer liefen zwischen den Fahrzeugen hin und her, sicherten die Ladungen mit dicken Seilen und verglichen diese mit Frachtlisten. Es herrschte eine Atmosphäre konzentrierter Geschäftigkeit.

»Da sind wir!« Maureen war inzwischen ausgestiegen, und George mußte unwillkürlich schmunzeln. In Anwesenheit ihres Mannes und ihrer Angehörigen hatte sie einen beinahe hilflosen Eindruck gemacht. Nun wirkte sie erheblich selbstsicherer. »Guten Morgen, Bert. Ist Connie da?«

Der alte Mann in dem dunkelblauen Kittel nickte und rief nach ihm. Aus dem Inneren des Gebäudes, das an eine dunkle Höhle erinnerte, rief jemand etwas zurück.

»Ich bin's, Connie!« Maureens Stimme hatte einen hohen, schrillen und erstaunlich durchdringenden Klang angenommen. Kurz darauf trat ein hochgewachsener Mann ins Freie. Er trug eine dunkle Hose und ein leuchtend weißes Hemd unter roten Hosenträgern. Sein schwarzes Haar war kurz geschnitten, er hatte sehr dunkle Augen und ungewöhnlich lange Wimpern.

»Das ist Dr. Barnabas«, stellte Maureen ausgesprochen förmlich vor. Sie war sichtlich stolz, ihren Freund vorführen zu können, bei dem sie sich mittlerweile eingehakt hatte. »Sie hat mir geholfen. Ist das nicht nett von ihr? Ich hoffe, du hast ein wenig Zeit, um ihr alles zu zeigen. Sie interessiert sich sehr für deinen Betrieb, nicht wahr, Dr. Barnabas?«

»Hm? O ja.« George lächelte, obwohl ihr gar nicht paßte, daß der Mann das erfuhr. Deshalb versuchte sie, genau jenes Maß an höflicher Neugier zu demonstrieren, das er von jedem zufälligen Besucher erwarten dürfte.

Da er ihr Lächeln erwiderte, mußte ihr dies gelungen sein. Seine Zähne waren, wie George vermutet hatte, von strahlendem Weiß, und sie begriff, weshalb Maureen sich so glücklich schätzte, ihn zu ihren Freunden zählen zu dürfen. Jede Frau hätte das getan, denn er war äußerst attraktiv: Um die Vierzig, möglicherweise auch etwas älter – sie hatte ein paar graue Haare an seinen Schläfen entdeckt – bot er insgesamt einen erfreulichen Anblick.

»Sie wollen sich also zwischen meinen Lumpen umsehen?« Auch seine Stimme war angenehm, tief und kräftig, mit einem nördlichen Akzent, der sie aufschrecken ließ. Er grinste, als er es bemerkte. »Sie haben wohl damit gerechnet, daß ich gebrochen Englisch mit griechischen Brocken spreche, nicht wahr? Nun, geboren und aufgewachsen bin ich in Newcastle. Da staunen Sie, was?«

»Ich kann einen englischen Akzent nicht vom anderen unterscheiden«, log George. »Schließlich bin ich selbst fremd in diesem Land. Aber ich möchte mich tatsächlich zwischen Ihren Lumpen umsehen. Maureen hat mir alles erklärt, und es hörte sich überaus interessant an.«

»Das ist es auch«, bestätigte er und drehte sich um. »Bert? Bring die Klamotten rein. Falls du noch irgend etwas für Mrs. Ledbetter findest, pack es ihr in den Kofferraum. Ein Stapel liegt schon im Büro. Kommen Sie, Doktor, ich führe Sie herum.«

Er machte kehrt, Maureen noch immer an seinem Arm, und steuerte auf den dunklen Eingang zu, ohne sich zu vergewissern, ob George sich ihnen anschloß. Sobald sich ihre Augen an die veränderten Lichtverhältnisse gewöhnt hatten, konnte sie alles deutlich erkennen. Ein Haufen alter Schuhe war das erste, was ihre Aufmerksamkeit fesselte. Er mußte mindestens fünf Meter hoch sein und breitete sich weit über den Boden der Lagerhalle aus. George hätte niemals für möglich gehalten, daß es in London so viele alte Schuhe gab. Dahinter lag ein zweiter, kleinerer, jedoch mindestens genauso beeindruckender Haufen. Er bestand aus Herren- und Damenhüten, Kindermützen und sonstigen Kopfbedeckungen. Sie blinzelte erstaunt.

Conny lachte verhalten. Offenbar hatte er ihre Gedanken erraten. »Erstaunlich, nicht wahr? Die Leute tragen tatsächlich nach wie vor Hüte. Mein Dad hat seinerzeit in Gateshead erheblich mehr Hüte verkauft, aber es kommt immer noch eine ganze Menge zusammen. Die Ledersachen sind dort drüben.«

Während George auf die unzähligen Handtaschen und Reisekoffer etwas weiter im Inneren des Lagerhauses starrte, fröstelte sie unwillkürlich. Mit Schrecken erinnerte sie sich an eine Dokumentation über Adolf Hitlers Konzentrationslager, die im Fernsehen gesendet worden war. Aus reiner Habgier hatten die Deutschen den persönlichen Besitz der Menschen genauso aufgeschichtet wie sie selbst. Obwohl George wußte, daß die Eigentümer dieser Gegenstände nicht das gleiche Schicksal ereilt hatte, verursachte ihr deren Anblick Übelkeit.

Aufgewühlt folgte sie Conny und Maureen, die sich übertrieben vertraulich an dessen Arm klammerte.

»Sehen Sie, Dr. Barnabas?« sagte Maureen, nachdem sie die Mitte eines langen Ganges erreicht hatten. »Hier wird alles sortiert.«

George schätzte die Länge des Förderbandes, das lautstark und nicht gerade langsam in den hinteren Teil der Lagerhalle lief, auf gut zwanzig Meter. Die Augen der Frauen und Männer – einige trugen Gesichtsmasken, um sich, wie George vermutete, vor dem Staub zu schützen –, die im Abstand von wenigen Schritten davor standen, waren auf die alten Kleider gerichtet, die an ihnen vorbeiglitten. In erstaunlichem Tempo holten sie Mäntel, Blusen und Hemden, Hosen und Röcke aus dem Durcheinander. Diese stopften sie in große Fässer auf Rädern, die, sobald sie voll waren, einige Jungen durch leere ersetzten.

»Sehen Sie, Dr. Barnabas? Alles ist ...« Maureen streckte eine Hand nach einem der Fässer aus, auf das jemand mit Kreide »Karibik« gekritzelt hatte.

In diesem Moment drehte sich der Mann, dem es gerade gebracht worden war, um. Er hatte tiefschwarze Haut, war groß und trug eine wollene Rastafarimütze, die er über seine Dreadlocks gezogen hatte. Er grinste George breit an.

»Hey, Doktor, welche Freude, Sie hier zu sehen«, sagte er, während er seine Tätigkeit fortsetzte. »Sie sind aber auch überall anzutreffen.«

George starrte auf seinen Hinterkopf, dann beugte sie sich vor, um ihm ins Gesicht schauen zu können. »Kenne ich Sie?«

»O Gott, ist das nicht ein tolles Gefühl« fragte der Mann seine Nachbarin, eine hochgewachsene schwarze Frau mit einem Turban, die ihm einen Rippenstoß verpaßte, ohne ihren Blick vom Förderband zu lösen. »Man glaubt, sie erkennen einen wieder, dabei tun sie es nie. Eigentlich darf man es ihnen nicht verübeln. Ich kann sie nämlich auch nicht auseinanderhalten.«

George lachte, als sie sich erinnerte. »Mangos«, sagte sie nur.

»Endlich! Ich wäre wirklich enttäuscht gewesen, nachdem Sie mich schon beim letzten Mal nicht wiedererkannt haben.«

»Das ist doch eine völlig ungewohnte Umgebung!« protestierte George. »Man rechnet schließlich nicht damit, jemandem vom Markt ausgerechnet in dieser Lagerhalle zu begegnen.«

»Man muß sein Geld dort verdienen, wo man es kriegen kann.« Die Wollmütze wackelte, als er einen rhythmischen Song anstimmte: »›*A man got to work, pay his debts when he can, every man got to work, eat his dinner where he can ...*‹«

»Dr. Barnabas!« Es war Maureen, die aus einiger Entfernung nach ihr rief, und George stellte fest, daß Connie verschwunden war. Sie tippte dem Mann auf die Schulter und sagte hastig: »Ich muß gestehen, daß mir auch Ihr Name entfallen ist. Allmählich werde ich wirklich alt!«

»Das ist schon okay, Doktor! Immerhin behandeln Sie viele Typen wie mich. Ich bin Gregory, Gregory St. Clair.«

»Hi«, sagte sie dankbar. »Jetzt werde ich ihn für immer behalten. Ich schau' später noch einmal bei Ihnen vorbei. Dann können wir miteinander sprechen. Und entschuldigen Sie meine Vergeßlichkeit!« meinte George, ehe sie Maureen hinterhereilte.

»Connie wurde am Telefon verlangt«, sagte diese mit einem wichtigtuerischen Unterton. »Er bat mich, Ihnen den Rest zu zeigen. Also, wo waren wir gerade ...« Offenbar begeistert von sich selbst, erging sich Maureen in unzähligen Erklärungen. George dachte an die reservierte und verschlossene Frau, die in Gidea Park den Tee ausgeschenkt hatte, und war erneut verblüfft. Kannte Monty Ledbetter diese Seite seiner Gattin überhaupt? Sie wirkte so aufgekratzt, als sei sie schlagartig gut zehn Jahre jünger geworden.

Sie berichtete ihr von den Heimatländern der Helfer, die in der Tat einen bemerkenswerten Anblick boten. Einige von ihnen trugen Saris und Turbane, andere hatten sich für enge Jeans oder Leggings und Hemden entschieden. George hörte nur mit halbem Ohr zu. Gregory St. Clair – warum war er hier? Er besaß einen Marktstand. Hatte er es nötig, in diesem Betrieb zu arbeiten? Die Luft hier war staubig, es herrschte ein penetranter Geruch, der Geräuschpegel war enorm und die Hitze beinahe unerträglich. Sie spürte die Vibrationen des Förderbandes und das Stampfen der Presse, die die Kleider, bevor sie in grobe graue Tücher gewickelt wurden, die ihnen die einheitliche Farbe verliehen, zu jenen Ballen zusammendrückte, mit denen die Lkws beladen waren.

»Die stammen von den Käselaiben und werden aus Kanada importiert«, sagte Maureen, als sie Georges Blick bemerkte. »Hübsch, nicht wahr?« Sekunden später ließ ein durchdringendes Getöse den Boden unter ihren Füßen erzittern. George stockte der Atem, und sie preßte beide Hände auf ihre Ohren.

Maureen grinste und nickte ihr zu. »Ich erkläre es Ihnen gleich«, rief sie. »Haben Sie vom Förderband genug gesehen?«

»Ich denke schon«, rief George und trat hinter Maureen den Rückweg an. Liebend gerne hätte sie noch einmal mit Gregory geredet, obgleich sie dies bei dem Krach für ausgeschlossen hielt. Die Geräusche der Ballenpresse und des Förderbandes erschienen ihr, nachdem das Rattern und Knirschen genauso abrupt abgebrochen war wie es begonnen hatte, geradezu leise.

»Das ist schon besser«, meinte Maureen. »Ich fürchte,

das Ding hat schon wieder seinen Geist aufgegeben. Das passiert ständig. Wenn wir rechtzeitig zum Mittagessen im Krankenhaus sein wollen, sollten wir allmählich aufbrechen.«

George blieb absichtlich hinter Gregory stehen. »Warum ist sie defekt? Und was ist es überhaupt?« fragte sie, weniger aus Interesse, sondern um jede Gelegenheit für ein weiteres Gespräch mit ihm zu nutzen, denn sie wußte, daß seine Anwesenheit an diesem Ort für sie von besonderer Wichtigkeit war.

Nachdem ein hochgewachsener Afro-Karibe ihn abgelöst hatte, reckte und streckte sich Gregory und wandte sich zu George um. »Das war die alte Stoffmühle. Sie verarbeitet die nicht verkaufte Ware zu Lumpen. Das stimmt doch, oder, Mrs. Maureen?«

»Genauso wurde es mir erklärt.« Maureen klang plötzlich irritiert und nervös, als widerstrebe es ihr, mit Gregory zu reden. »Von Connie werden Sie es ganz genau erfahren. Ich selbst habe zu wenig Ahnung davon.«

»Ich hätte gerne einen Blick darauf geworfen«, sagte George, in der Hoffnung, Maureen würde Connie holen, so daß sie ungestört ein paar Worte mit Gregory wechseln konnte.

»Anschließend müssen wir aber wirklich losfahren«, meinte Maureen nach kurzem Zögern und eilte am Förderband entlang.

»Ich zeige Ihnen die Stoffmühle«, bot Gregory an. Er trug nicht Shorts, die er seinerzeit auf dem Markt angehabt hatte, sondern offenbar sehr teure schwarze Designerjeans sowie ein rotes Hemd. Er zupfte die Manschetten zurecht, während er George zu der Tür am Ende des Ganges führte.

»Gefallen Ihnen meine Jeans?« Er strich beinahe zärtlich über den Stoff und schaute grinsend über seine Schulter. »Nicht so toll wie meine Beine, aber auch ganz passabel, eh? Man findet ganz hübsche Sachen auf dem Band, und

Connie hat nichts dagegen, wenn man sich gelegentlich bedient.«

»Er ist sehr nett, nicht wahr?« Der Mann quittierte Georges forschenden Blick mit einem heftigen Nicken.

»Oh, er ist ein guter Boß, einer der besten. Läßt einen mitnehmen, was man will, vorausgesetzt man übertreibt es nicht«, erläuterte er. »Es ist gar nicht so übel, nach einem langen Tag mit einer guten Jeans heimzugehen.«

George war verblüfft. »Bezahlt Connie Sie denn nicht?«

»Natürlich! Aber nicht direkt, denn ich stehe noch in der Kreide bei ihm.« Er lachte. »Sobald ich Bares in den Fingern habe, marschiere ich schnurstracks ins nächste Wettbüro und verlasse es erst wieder, wenn ich blank bin. Das gefällt dem Meister ganz und gar nicht. Damit er sicher sein kann, daß ich meine Schulden bei Connie bezahle, kassiert er meinen Lohn, und ich kriege neue Klamotten. So! Da sind wir.« Gregory lehnte sich über eine schmale Wendeltreppe in einer Ecke des Lagerhauses. »Das Ungetüm, das diesen Höllenlärm verursacht, steht im Keller. Scheint tatsächlich wieder im Eimer zu sein.« Durch die Schlitze in den eisernen Stufen konnte George die Einzelteile deutlich sehen: einen Fülltrichter vorne, mehrere Ballenpressen hinten sowie riesige, wie Korkenzieher angeordnete Messer in der Mitte. Während sie das ölglänzende Monstrum betrachtete, wußte sie plötzlich mit tödlicher Sicherheit, was mit Don Greeson und seinem Hund geschehen war. Und höchstwahrscheinlich auch mit Lenny Greeson.

25

George war stolz auf sich. Sie ließ sich weder anmerken, daß ihr rasender Pulsschlag ihr fast den Atem verschlug, noch zeigte sie übertriebene Neugier. Sie stand einfach da, schaute in den Keller und meinte beiläufig: »Hat jemand was dagegen, wenn ich einen Blick darauf werfe?«

»Normalerweise schon«, sagte Gregory. »Wegen der großen Messer. Sie sind nicht ungefährlich. Aber Sie sind Ärztin. Bei Ihnen werden sie eine Ausnahme machen. Gehen Sie ruhig runter, und sehen Sie sich um! Ich besorge mir derweil Kaffee und einen Hamburger.«

Sie war hin und her gerissen. »Aber ich wollte mit Ihnen reden.«

»Stets zu Diensten, Doktor«, gab Gregory fröhlich zurück, »tun Sie sich keinen Zwang an.«

Sie schaute über die Schulter. Nachdem sich George vergewissert hatte, daß Maureen und Connie noch nicht in Sicht waren, sagte sie hastig: »Ich habe mich nur gewundert, warum Sie hier sind. Ich meine, es war eine Überraschung, Ihnen hier zu begegnen. Besitzen Sie nicht einen Stand in der Watney Street?«

»Besitzen?« fragte Gregory. »Das ist ein schönes Wort. Ich betreibe einen, das steht fest. Aber Sie wissen ja, wie das mit dem Geld so ist, Doktor. Es geht weg wie warme Semmeln. Ein bißchen hierhin, ein bißchen dorthin ...« Er zwinkerte und sog geräuschvoll die Luft durch die Nase ein. Ganz bewußt ignorierte George seine Andeutung. Wofür auch immer er sein Geld ausgeben mochte – Pot, Crack? –, es hatte sie nicht zu interessieren. Er machte einen zufriedenen und verhältnismäßig gesunden Eindruck, und sie hatte nicht das Recht, ihn zu kritisieren. »Aber weshalb gerade diese Arbeit? Konnten Sie keine bessere finden? Besonders angenehm ist sie gewiß nicht, oder?«

»Sie ist widerlich«, stellte Gregory mit Nachdruck fest, dann zuckte er die Achseln. »Trotzdem, der Meister wollte sie erledigt haben, und ich war dazu bereit. Und ich kriege die Jeans, nicht wahr?«

»Welcher Meister?« erkundigte sich George. Er musterte sie argwöhnisch. Seine Augen glänzten.

»Interessiert Sie das?«

»Sehr sogar«, entgegnete George, mittlerweile ein wenig verzweifelt. »Ich bin dabei – nun, einem Bekannten hat jemand in diesem Bezirk übel mitgespielt! Ich möchte ihm helfen und vielleicht – also ich werde das Gefühl nicht los, daß dieser Betrieb irgendwie darin verwickelt ist. Deshalb auch die Frage, warum Sie hier beschäftigt sind. Ich will alles wissen, was mit diesem Laden zu tun hat.«

»Hmm«, machte Gregory. Auch er schaute jetzt Richtung Büro. »Ich hole erst mal meinen Kaffee und meinen Hamburger. Früher oder später treffen wir uns bestimmt auf dem Markt, Doktor!« Und er entfernte sich in dem Moment, in dem Connie und Maureen an ihre Seite traten.

»Sie möchten sich also meine Stoffmühle ansehen?« fragte Conny und lächelte ihr zu. Seine Zähne blitzten im breiten Sonnenstrahl, der durch die großen Doppeltore fiel. »Sie ist doch nur eine große Maschine. Mögen Sie Maschinen, Doktor?«

»Ich liebe sie«, schwärmte George, während Gregroy auf dem Hof verschwand. »Sie scheint riesig zu sein. Mein Großvater war Ingenieur, müssen Sie wissen. Dieses Ungetüm hätte ihm gewiß gefallen.« Sie strahlte, als ihr die

Lüge so leicht über die Lippen kam. »Er war für Textilfabriken tätig und hätte wahrscheinlich auch für eine solche Maschine Verwendung gefunden. Sie zerkleinert doch die nicht verkauften Kleidungstücke, oder? Hat man früher nicht auch Garn aus Lumpen gesponnen?«

»Das stimmt, wenngleich das Verfahren ein anderes war. Meines Wissens stellte man aus Baumwollresten leichte Stoffe her. Diese Maschine hingegen verarbeitet die verschiedenen Materialien unsortiert. Fast alles, was sich zur Weiterverwertung eignet – etwa ein Achtel dessen, was wir reinbekommen – läßt sich in Indien gut absetzen, allerdings nur in zerkleinertem Zustand. Dort wird es für« – er zuckte die Achseln – »alles mögliche genutzt. Als Dämmaterial in Möbeln beispielsweise. Mir ist das völlig egal, solange ich einen vernünftigen Preis erziele. Es war mir ein Vergnügen, Ihnen meinen Betrieb zeigen zu können. Entschuldigen Sie, daß ich Sie zwischendurch alleine lassen mußte. Ich hatte eine wichtige geschäftliche Besprechung, die ich nicht verschieben konnte. Aber Maureen dürfte mich in angemessener Weise vertreten haben ...« Er legte einen Arm um Maureen Ledbetters Schultern und drückte sie, was diese offensichtlich genoß.

»Oh, phantastisch sogar. Ihre Stoffmühle würde ich mir trotzdem gerne näher anschauen«, erklärte sie, drehte sich um und stieg mit vorsichtigen Schritten die enge Wendeltreppe hinunter. Ihre stählernen Stufen waren kalt und rutschig.

»Also ich bin nicht sicher, ob ...« Connie schien keineswegs begeistert, folgte ihr jedoch nach einigen Sekunden.

»Ich komme aber nicht mit!« rief Maureen ihnen nach. »Dr. Barnabas, ich lasse inzwischen die Kartons in Ihren Wagen laden. Ist das okay?«

»Wunderbar!« rief George zurück. Sie hatte bereits den Fuß der Wendeltreppe erreicht und ging auf die Maschine zu. »Ich werfe nur einen kurzen Blick darauf.« Eine weiche Schicht, die wie rosafarbener Schnee aussah, bedeckte den Steinfußboden, und George stellte fest, daß es sich hierbei um die Rückstände der verarbeiteten Stoffe handelte.

Ein Mann spähte ins Innere des Ungetüms, und Connie fragte mit lauter Stimme: »Was ist es denn diesmal, Allen?«

Der Mann richtete sich halb auf und zuckte die Achseln. »Also ich verstehe das nicht«, schimpfte er. »Ich säubere das Ding, öle es, und keine vierundzwanzig Stunden später ist es verstopft. Selbst die Ablaufrohre habe ich gereinigt. Auch sie waren schon wieder völlig zugesetzt. Demnächst müssen wir neue Filter einbauen, das kann ich Ihnen schon jetzt versprechen.«

»Die haben wir doch erst vor ein paar Monaten gewechselt«, erinnerte Connie. »Allen, das ist Dr. Barnabas. Sie interessiert sich für unsere Stoffmühle.«

Der Mann nickte, nahm jedoch keine weitere Notiz von George, die auf den Trichter deutete und Connie fragte: »Aber weshalb muß alles so extrem zerkleinert werden?«

»Vorschriften der indischen Regierung«, antwortete dieser knapp. »Ich hatte es vorhin bereits erwähnt, andernfalls erteilt sie keine Import-Genehmigungen. Doch nun sollten wir Allen mit der Reparatur ...«

Mittlerweile hatte George die Maschine umrundet und gab vor, ihn nicht gehört zu haben. »Und hier kommt das Endprodukt heraus, nicht wahr?«

Dort befand sich eine Art Plattform, die von hohen angenieteten Metallplatten umgeben war, und George wußte sofort, daß die Messer die in den Trichter gefüllten Kleidungsstücke so extrem zerkleinerten, daß sie nicht mehr als solche zu identifizieren waren. George blickte über die Schulter und meinte zu Connie: »Es ist eine sehr leistungsfähige Maschine, stimmt's?«

»Eine der besten, die es gibt – äußerst effizient«, erwiderte er etwas überheblich. »Sie verarbeitet pro Tag mehrere Tonnen Material.«

»Die Kleider müssen bestimmt von Knöpfen und Reißverschlüssen und so weiter befreit werden. Sie könnten doch die Messer ruinieren, oder?

Er lachte beinahe boshaft. »Selbst Eisenplatten kämen als feinste Stahlwolle heraus. Die Reißverschlüsse lasse ich nur heraustrennen, weil sie gutes Geld bringen. Doch ich denke, Maureen wartet sicher schon auf Sie und ...«

Erneut fesselte etwas Georges Aufmerksamkeit. »Und das dort? Diese Rinne? Wozu dient sie?«

»Eine solche Maschine erzeugt extrem hohe Temperaturen«, erklärte er. »Durch dieses Rohr läuft das Kühlwasser ab.«

»In die Themse?« wollte George wissen und sah ihn gespannt an.

Allen, der die Stoffmühle gerade von dieser Seite inspizierte, drehte sich zu ihr um.

»Sie denken, wir verseuchen den Fluß, habe ich recht? Nun, genau das tun wir nicht!« stellte er mit Nachdruck klar. »Solange die Schleusen nicht geöffnet werden, was so gut wie nie passiert, gelangt nur ordnungsgemäß gefiltertes Wasser in die Themse.«

»Demnach führt das Rohr doch in den Fluß.« George bemühte sich so beiläufig wie möglich zu klingen. »Eine gute Idee, ihn als Kühlwasserreservoir zu nutzen, zumal eine Verschmutzung ausgeschlossen ist. Schließlich handelt es sich lediglich um warmes Wasser. Eine wirklich raffinierte Konstruktion.«

Allen schien vor Stolz zu platzen. »Das ist sie in der Tat! Eigentlich sollte die Maschine laufen wie geschmiert. Deshalb bin ich auch so wütend, wenn sie verrückt spielt. Die Klamotten müssen total versifft sein.« Er warf Connie einen vorwurfsvollen Blick zu. »Sie würden staunen, wieviel

Mist ich jedesmal raushole. Außerdem stinkt er wie die Pest.«

»Verdammt noch mal, Allen!« herrschte Connie diesen an. »Selbstverständlich sind die Sachen verdreckt und enthalten Fett und sonstige Flüssigkeiten. Wie oft habe ich Sie schon angewiesen, ein Desinfektionsmittel zu verwenden. Damit sind Sie den Schmutz im Handumdrehen los. Und die Ratten ebenfalls.«

George nickte. Den Geruch nach Karbol und einem Desinfektionsmittel hatte sie bereits beim Betreten der Lagerhalle wahrgenommen, jedoch kein Wort darüber verloren, da sie von Maureen vorgewarnt war. Jetzt begriff sie, daß es nicht die Ratten waren, die Connie störten. Plötzlich drehte sich George der Magen um. Mit verwesenden Körpern und Leichenteilen kam sie gut zurecht. Es war die Abartigkeit, zu der der menschliche Geist in der Lage war, die ihr Übelkeit verursachte.

»Vielen Dank für Ihre kleine Führung, Allen. Sie war wirklich interessant. Ich wünschte, mein Großvater lebte noch, so daß ich ihm davon erzählen könnte. Vielen Dank, Connie, daß ich mich umschauen durfte. Ich hoffe, es macht Ihnen nichts aus, daß ich Sie so nenne? So wie alle es tun?«

»Ganz und gar nicht«, erwiderte Connie freundlich und offensichtlich erleichtert, daß sie sich endlich anschickte, seinen Betrieb zu verlassen. »Wie gesagt, es war mir ein Vergnügen, Sie hier gehabt zu haben, Doktor. Ich muß mich bei Ihnen bedanken, weil Sie Maureen helfen. Sie tut soviel für das Krankenhaus, das auch mir sehr am Herzen liegt. Insofern ist jede Hilfe für sie auch eine Hilfe für mich. Dafür bin ich Ihnen sehr verbunden.«

»Das war doch nicht der Rede wert«, murmelte George. Sie wischte sich die Hände ab, als sie das obere Ende der Wendeltreppe erreichte. »Und ich kann Ihnen nur gratulieren. Es ist alles sehr – umweltfreundlich. Bewundernswert!« Connie strahlte und ergriff ihren Ellbogen, um sie zum Wagen zu bringen. Er stellt sicher, daß nichts unseren Aufbruch verzögert, sagte sich George. Das würde ihm aber nicht viel nützen ...

*

Auf der Fahrt dachte George intensiv nach. Maureens Geplapper ignorierte sie bis auf ihre Wegbeschreibungen. Es war eine teuflische Methode, jemanden umzubringen, aber eine unglaublich effiziente, um eine Leiche loszuwerden. Dieses Abflußrohr mußte eine bewegliche Sperre haben, damit der Reinigungsdienst es säubern konnte, und war breit genug für einen menschlichen Unterschenkel. Und ein Stück Hundekadaver.

Wenn die Stoffmühle einen menschlichen Körper derart gründlich zerkleinern konnte, daß er nur noch in den Ausguß geschüttet werden mußte, um sich schließlich mit dem Schmutz und dem Schlamm im Flußbett zu vermischen, warum hatte man nicht auch den Unterschenkel dieser Prozedur unterzogen?

Weil die Maschine streikte, lautete ihre eigene Antwort. Sie mochte zwar jedes Material, sogar Stahl, verarbeiten, verstopfte jedoch nach einer Weile. Das passierte ständig. Das Stück von dem Bein mußte nach einem solchen Defekt übriggeblieben sein. Da sie keine andere Möglichkeit sahen, es loszuwerden, warfen sie es einfach in das Abflußrohr und glaubten fälschlicherweise, es würde versinken.

Doch wer waren »sie«? George versuchte, sich vorzustellen, wie Connie eine Leiche in den Trichter seiner Stoffmühle steckte und deren Überreste am anderen Ende einsammelte. In Eimern? Wohl kaum, sie wären zu klein. In einem der großen Fässer auf Rädern, die neben dem Förderband standen? Vielleicht. Aber irgend etwas paßte nicht an dem Bild. Sie konnte sich höchstens vorstellen, wie er seine Hose von Staub befreite und die Manschetten seines Oberhemdes zurechtzupfte. Aber er mußte gewußt haben, daß seine Maschine für diesen greulichen Zweck benutzt worden war. Weshalb sonst hätte er sie unbedingt zum Aufbruch drängen sollen? Gab es einen Grund für sein Unbehagen?

»Wir sind da!« verkündete Maureen beschwingt. »St. Dymphna. Ist es nicht ein reizendes Krankenhaus, Dr. Barnabas?«

George betrachtete das gedrungene, wuchtige Gebäude, das gerade hinter einer Kurve auftauchte. Es bestand aus dem gelben Klinker der Jahrhundertwende, über den Fenstern und Türen waren mit dunkleren Ziegeln Muster eingefügt. Auf George wirkte es ausgesprochen häßlich. Man hatte sich bemüht, sein Äußeres mit Pflanzen zu verschönern: Kontoneaster verdeckten die Mauern im unteren Teil, wilder Wein rankte nach oben, Blumenbeete säumten die kiesbestreute Auffahrt.

»Hübsch«, meinte sie. »Darf ich hier parken?«

»Genau dort. Ich habe einen eigenen Platz«, sagte Maureen stolz, und George erkannte, daß sie ihr immer sympathischer wurde. Diese Frau hatte zwar etwas Mitleiderregendes an sich, besaß jedoch Courage und die seltene Gabe, aus wenig viel zu machen. George beugte sich zu ihr, während sie den Motor abstellte, und sagte schnell: »Vielen Dank, daß ich Sie begleiten durfte. Es war eine Ehre, eine besondere Auszeichnung für mich.«

Maureen errötete und blinzelte. Dann lächelte sie und stieg aus. Als George schließlich neben sie trat, gestand sie ihr: »Es war furchtbar nett von Ihnen. Meine Familie hat kein Verständnis für mein Engagement. Noch nicht einmal Monty. Deshalb tut es richtig gut, jemanden zu treffen, der daran Anteil nimmt.«

»Ich fand es faszinierend«, sagte George, erleichtert, daß Maureen nicht wissen konnte, wie interessant der Besuch in Connies Fabrik wirklich gewesen war. Sie folgte ihrer rundlichen Gestalt durch das Hauptportal.

In dem Gebäude roch es nicht, wie George vermutet hatte, nach Wirsing und Minze, sondern nach Bohnerwachs – der Fußboden bestand aus altem, dunklem, auf Hochglanz poliertem Parkett – und Blumen, die in Vasen und Schalen jede freie Fläche zierten. An einer Wand hing eine massive Gedenktafel, in die die Namen der Wohltäter eingraviert waren. Vor einer anderen stand die imposante weiße Marmorstatue eines Mannes. Er trug viktorianische Kleidung, der Anflug eines Lächelns erhellte seine ernsten Züge. In einer kleinen wachhausähnlichen Kabine hinter dem Eingang saß ein Mann, an dessen Uniform Messingknöpfe glänzten.

Er begrüßte Maureen überschwenglich und nickte George gemessen zu, während diese ihm vorgestellt wurde. Dann führte er die beiden zum Lift – er befand sich hinter der breiten geschwungenen Treppe, die die Wand am Ende der Halle beherrschte – und drückte auf den Rufknopf, ehe er gemessenen Schrittes an seinen Arbeitsplatz zurückkehrte.

»Ich weiß, es macht einen reichlich altmodischen Eindruck«, erklärte Maureen etwas kurzatmig. »Aber die Behandlungsmethoden hier sind auf dem neuesten Stand und die Stationen makellos. Möchten Sie sich eine ansehen?«

Statt das Angebot aus Zeitgründen abzulehnen, nahm George es dankbar an. Sie stieß einen stummen Fluch aus, als sie in die oberste Etage fuhren. Schließlich mußte sie Gus so bald wie möglich das Ergebnis ihrer Nachforschungen mitteilen.

Ihr Rundgang erwies sich als interessant. Die Stationen waren tatsächlich gut ausgestattet, blitzten vor Sauberkeit und strahlten Behaglichkeit aus. Die Patienten, nicht nur geistig, sondern auch körperlich Behinderte, wirkten bestens versorgt, und das Personal, wenngleich schon älter, schien überaus freundlich und zuvorkommend zu sein. Dennoch war George wütend auf sich selbst, während sie hinter Maureen hertrottete, die in einem fort die verschiedenen Annehmlichkeiten und Verbesserungen aufzählte, die ihre Wohltätigkeitsaktivitäten ermöglicht hatten. Sie brannte darauf, sich zu verabschieden, um in Ruhe über ihre neuesten Erkenntnisse nachdenken zu können. Selbst wenn sie noch nicht mit letzter Sicherheit wußte, um wessen Unterschenkel es sich handelte und wer ihn aus welchen Gründen in den Fluß geworfen hatte, war ihr immerhin gelungen, herauszufinden, von wo aus und wie dieser sowie das Stück Hundekadaver dorthin gelangt waren.

Mußte sie die Frauen, die in den Flammen umgekommen waren, unterschiedlichen Verbrechen zuordnen? Durchaus vorstellbar, räumte sie ein, wenngleich ihre Erfahrung sie lehrte, daß zwei Mörder so gut wie nie zur gleichen Zeit in der gleichen Gegend ihr Unwesen trieben. Ihr Instinkt sagte ihr zudem, daß zwischen den Feuersbrünsten und ihren Beobachtungen in Connies Fabrik ein Zusammenhang bestehen mußte. Aber welcher?

Gerade als George so taktvoll wie möglich darauf aufmerksam machen wollte, daß sie unter keinen Umständen zum Mittagessen bleiben könne, erreichten sie einen Korridor, und Maureen erklärte: »Dies ist jener Teil der Klinik, der Sie, das nehme ich wenigstens an, ganz besonders interessieren wird, Doktor. Hier befindet sich nämlich unser Labor. Es ist zwar nicht allzu geräumig, aber sehr gut, habe ich mir sagen lassen.« Sie stieß eine Tür am Ende des Ganges auf und hielt sie für George fest.

Diese folgte der unausgesprochenen Aufforderung und fand sich in einem biochemischen Labor wieder. Der Geruch der Chemikalien, die Geräusche der Apparaturen und das leise Summen der Kühlschränke waren ihr vertraut. Was sie sah, hätte sie allerdings niemals erwartet.

Auf einem hohen Hocker, dessen Sitzfläche viel zu klein

für ihn war, thronte Mickey Harlow, Lewis McCann lehnte sich, die Hände in den Hosentaschen und ein leicht spöttisches Grinsen auf den Lippen, gegen einen Tisch zu seiner Linken an einem Fenster, hinter den beiden stand Reggie Lester.

26

Oh!« George fand auf Anhieb keine weiteren Worte, als sie verblüfft von einem zum anderen starrte.

»Sieh mal an, wer da ist«, meinte Mickey Harlow aufgeräumt. »Sie nehmen Ihre Arbeit aber sehr ernst, nicht wahr, Frau Doktor?«

»Wie bitte?« fragte George, die nach wie vor sprachlos war.

»Mir ist klar, daß Sie sich mit der Vorstellung, die pathologischen Untersuchungen des Old East hier durchführen zu lassen, nicht anfreunden können. Dennoch, persönlich hier zu erscheinen ...« Sein Lachen hallte in dem kleinen Raum wider. »Und wer weiß, vielleicht bietet man Ihnen ohnehin einen Spitzenjob an, so daß, sollte es tatsächlich dazu kommen, Ihre Sorgen völlig unbegründet sind.«

Endlich begriff sie, weshalb sich die drei Männer hier getroffen hatten, und lächelte amüsiert. »Sie schätzen die Situation völlig falsch ein, Harlow«, erklärte sie. »Meine Sorgen gelten ausschließlich dem Old East und seinen Patienten. Ich selbst dürfte gegebenenfalls sofort eine neue Anstellung finden. Mein Beruf, müssen Sie wissen, gehört nicht unbedingt zu jenen, die heutzutage nicht mehr gefragt sind.«

McCann kicherte verhalten und ignorierte Harlows strengen Blick. Lester beobachtete sie aufmerksam. »Davon ist auch Harlow überzeugt«, verteidigte er ihn. »Ich für meinen Teil weiß zu schätzen, daß Sie die Zeit erübrigen konnten, um sich selbst einen Eindruck von diesem Haus zu verschaffen – zumal Sie in Ihrem eigenen Labor gewiß nur schwer abkömmlich sind.«

Beim Gedanken an Ellen begann Georges Lächeln zu verblassen. Mußte sie befürchten, daß einer der beiden ihr begegnete und das Zusammentreffen erwähnte? Das dürfte einen ziemlichen Wirbel zur Folge haben.

»Reiner Zufall«, erklärte sie schnell und sah über die Schulter. Zum Glück sprach Maureen in einiger Entfernung mit einer Mitarbeiterin der Pathologie, so daß sich George den beiden Männern nähern und ihre Stimme senken konnte. Warum sollte ausgerechnet Maureen eine ihrer Lügengeschichten mithören?

»Ich betreue gerade eine kranke Freundin, die in der Nähe wohnt. Da ich mir dafür Urlaub genommen habe, möchte ich ihr Blut nicht im Old East untersuchen lassen. Ich dachte, man könnte mir hier behilflich sein. Das ist der Grund meines Besuches.« George lächelte entwaffnend, während sie im stillen betete, ihre Glückssträhne möge lange anhalten, und wechselte sofort das Thema. »Sie hier vorzufinden, hätte ich allerdings nicht erwartet. Sitzen Sie denn auch im Verwaltungsrat des St. Dymphna?«

Harlow verneinte. »Mit dem Old East sind wir ausgelastet, das können Sie mir glauben. Aber wir müssen uns auch um alle Belange des Stiftungsrates kümmern. Ich würde einer Verlegung Ihrer Abteilung nicht zustimmen, bevor ich allen Kollegen die hiesige Einrichtung gezeigt habe. Deshalb sind wir hier.«

»Aha«, sagte George und schaute sich um. »Könnte sie denn die meine schlucken?« In ihrem Bestreben, Gus aus seiner Zwangslage zu befreien, hatte sie ihre eigenen beruflichen Probleme zwar völlig vernachlässigt. Die Gelegenheit, eines der wesentlichen an dieser Stelle anzusprechen, würde sie jedoch unter keinen Umständen verpassen.

»Im derzeitigen Zustand, natürlich nicht«, gab McCann zu. »Aber daran wird sich demnächst etwas ändern, nicht wahr?«

»Selbstverständlich!« lautete Harlows Antwort, womit er eindeutig zu jener Diskussion zurückkehrte, die George unterbrochen hatte. »Wie ich bereits andeutete, sind die Räumlichkeiten keine große Sache. Mir den Planern wird es nicht die geringsten Schwierigkeiten geben!« Er warf George einen abschätzenden Blick zu, ehe er sich erneut an McCann wandte. »Ich will Sie jetzt nicht mit Einzelheiten langweilen, Lewis, aber seien Sie versichert: Die Verträge für den Neubau sind so gut wie unter Dach und Fach! Das Bauland ist vorhanden und ...«

»Das Bauland ist vorhanden«, wiederholte McCann mit einer seltsamen Betonung. »Aber das heißt noch lange nicht, daß es auch für Ihre Pläne zur Verfügung steht, mag der Abschluß der entsprechenden Verträge noch so einfach sein, oder?«

Lester kam auf sie zu. »Das sollte unsere letzte Sorge sein. Es geht einzig und allein um die Qualität der Durchführung, und alle Beteiligten – ich meine wirklich alle – sind, davon bin ich überzeugt, entschlossen, ihr Bestes zu geben.« Seine ruhige, wohlmodulierte Stimme schien Harlows Anspannung noch zu verstärken.

»Nun, darüber müssen wir noch ausführlich sprechen. Können wir uns darauf einigen? Im übrigen sollten wir Dr. Barnabas nicht länger aufhalten. Noch einen schönen Tag, Doktor. Es war mir ein Vergnügen, Sie hier zu sehen.« Und er scheuchte McCann beinahe aus dem Labor. Lester folgte den beiden gemäßigten Schrittes. George schaute ihnen stirnrunzelnd nach. In ihrem Hinterkopf regten sich Erinnerungen, die, geordnet, Fragen werden müßten. Montys Erklärung Gus gegenüber: »*Mit Nieten habe ich mich noch nie abgegeben, und das ist allen bekannt*!« sowie Gus' Zusicherung: »*Und ich halte Augen und Ohren offen, was die Verträge betrifft.*«

War dies die Verbindung? Maureen engagierte sich seit Jahren für das St. Dymphna. Warum sollte sich ihr Mann, der von sich behauptete, die Probleme lösen zu können, nicht auch dafür stark machen? Hatte er McCann und Harlow für irgendeine Intrige, die dem St. Dymphna auf Kosten des Old East gewisse Vorteile verschaffte, gewinnen können? War Connie, ein weiterer eifriger Befürworter des St. Dymphna via Maureen, ebenfalls darin verwickelt? Und ...

Maureens Aufforderung, endlich die Kantine aufzusuchen, holte sie in die Realität zurück.

Bereitwillig schloß sich George an. Unter Umständen gelang es ihr, Maureen noch mehr nützliche Hinweise zu entlocken, denn auch zwischen den beiden Frauen, die in den Flammen gestorben waren, und Connies Fabrik mußte es eine Verbindung zum St. Dymphna geben!

*

Als sie endlich in ihrer Wohnung eintraf, fand sie eine Nachricht von Gus vor: *Bin zum Companies House. Hoffe auf weitere Informationen! Bis später. G.* Also machte George es sich im Wohnzimmer bequem, blickte aus dem Fenster und überlegte ihr weiteres Vorgehen.

Die Unterhaltung mit Maureen hatte sich als wenig aufschlußreich erwiesen – zumindest anfangs. Ihre Entschuldigung wegen des Mittagessens – es gab nur noch Sandwiches mit Räucherlachs und Krabben-Vol-au-vents – war, wie sie ihr versichert hatte, unnötig gewesen. Es hatte George einige Mühe gekostet, ihrem ausführlichen und größtenteils langweiligen Bericht über die Arbeit im Laden zu folgen und dabei Interesse zu bekunden.

Erst als Maureen auf ihre Familie zu sprechen gekommen war, hatte sie sich einigermaßen konzentrieren können. Jade war offensichtlich das Sorgenkind der ganzen Sippe.

»Ihre Mum brannte mit einem anderen Mann durch, als Jade drei Jahre alt war, und ihr Dad – nun, er überschüttet sie seitdem mit allem, was ihr Herz begehrt, um diesen Verlust auszugleichen. Mein Monty und die anderen sind genauso. Ich glaube, sie haben sie völlig verdorben, aber sie wollen nicht auf mich hören. Ich könnte nicht mitreden, behaupten sie. Schließlich hätte ich kein eigenes Kind großziehen müssen.« Sie war kurz in Gedanken versunken, doch dann hatte sich ihre Miene wieder aufgehellt. »Wohlgemerkt, die Jungen sind außerordentlich nett zu mir.«

»Die Jungen?«

»Ja, Patrick, aber vor allem Philip«, antwortete Maureen strahlend. »Mr. Cobbett. Vielleicht sollte ich Dr. Cobbett sagen. Immerhin ist er Arzt.«

»Ach ja.« George stellte ihren Teller auf den Tisch. »Ich würde gerne mehr von ihm erfahren.« Sie sah den hochgewachsenen hageren Mann mit dem blonden Haar und der knochigen Figur in dem eleganten Anzug vor sich. Die Distanz zu seinen Cousins, die auffällige Kleidung bevorzugten und eine Schwäche für dicke goldene Armbänder hatten, schien ihm wichtig zu sein. Dennoch dürfte er sich nicht grundlegend von ihnen unterscheiden. Immerhin, erinnerte sich George jetzt, hatte er eine ziemlich teuer aussehende Uhr getragen. Eine Rolex? Sie vermutete es.

Begeistert und ohne weitere Aufforderung erzählte Maureen von dem jungen Mann, der eindeutig ihr Lieblingsneffe war.

»Er ist unheimlich reizend zu mir, und ich weiß, daß er mich so liebt, wie ich bin, obwohl die anderen sagen, er wolle mir ein neues Gesicht verpassen. Sie behaupten, ich hätte es ihm nicht erlaubt, weil er mich wahrscheinlich noch häßlicher machen würde, als ich schon bin. Das regt ihn natürlich furchtbar auf. Er ist sehr stolz auf seine Arbeit.«

»Das kann ich mir gut vorstellen«, meinte George. »In welcher Klinik ist er denn beschäftigt?«

»Oh, er hat sich in der Harley Street niedergelassen«, erklärte Maureen, beinahe bedauernd, als sei ihr diese Tatsache unangenehm. »Er ist kein Krankenhausarzt.«

George schaffte es, ihre Reaktion – eine Mischung aus Belustigung und Irritation – zu verbergen. »Nun ja, selbst die besten Spezialisten tun Dienst in einem Krankenhaus. Schließlich ist es der NHS mit seinen Hospitälern, dem sie ihren Status als Spezialisten verdanken, und nicht die Adresse ihrer Privatpraxen.«

Maureen beachtete ihren Einwand nicht. »Es war Montys Idee gewesen. Keine halben Sachen, hatte er verlangt. Der Junge sollte der Beste sein und das Beste bekommen. Daher – aber die Einzelheiten möchte ich Ihnen er...« Schuldbewußt brach sie ab. »Das sind Familienangelegenheiten. Ich sollte nicht soviel tratschen.«

»Das tun Sie doch gar nicht«, protestierte George. »Aus Ihnen spricht nur der Stolz auf die Familie, was durchaus normal ist.«

Maureen strahlte erneut. »Ich bin tatsächlich stolz auf ihn. Monty auch. Als er sich in der Harley Street einrichtete, sagte er zu ihm: Mach dir nur einen Namen, das reicht schon. Du mußt mir nichts zurückzahlen. Ich will nur auf dich stolz sein können. Mein Monty! Was für ein herzensguter Mensch! Aber Jade verwöhnt er nach Strich und Faden.«

»Auch das ist durchaus normal«, meinte George diplomatisch und blickte zum wiederholten Mal auf die Uhr. Weitere Einzelheiten über Maureens Nichte könnte sie nicht ertragen. Außerdem muß ich so schnell wie möglich mit Gus reden, dachte sie und warf Maureen ein bestrikkendes Lächeln zu.

»Die Stunden mit Ihnen waren unheimlich aufregend«, sagte sie. »Nochmals vielen Dank, daß ich Sie begleiten durfte.«

»O nein, ich habe *Ihnen* zu danken.« Maureen sprang auf. »Ohne Ihre Hilfe hätte ich das alles niemals geschafft, und Sie waren so nett zu mir. Es ist schön, ein wenig Unterstützung zu bekommen. Sollten Sie jemals wieder etwas Zeit erübrigen können ...«

»Dann melde ich mich bei Ihnen«, hatte George rasch versprochen und im Geiste die Finger gekreuzt. »Jetzt muß ich aber wirklich los. Nein, behalten Sie doch Platz. Ich finde schon alleine nach draußen.«

Und nun, als sie in ihrem Wohnzimmer saß, fühlte sie sich zwar ausgelaugt, aber dennoch irgendwie unruhig. Die Erkenntnisse, die sie am Vormittag gewonnen hatte, wirbelten durch ihren Kopf. Sie mußte ihre Schlußfolgerungen mit jemandem erörtern, um ihren Wert beurteilen zu können.

Spontan eilte sie zu ihrem kleinen Schreibtisch, legte den Stapel Zeitschriften – vorwiegend Ausgaben von *Lancet* und *British Medical Journal* und *Pathology* – auf den Fußboden, zog einen großen Bogen Papier aus einer der Schubladen und stellte den Becher mit Buntstiften daneben. Wie immer, wenn sie sich in einer solchen Situation befand, würde sie eine Art Liste erstellen.

VERBINDUNGEN schrieb sie hastig als Überschrift an den oberen Rand des Blattes. Dann schaute sie aus dem Fenster und richtete ihren Blick in die Ferne, um sich zu erinnern. Nachdem sie die verschiedenen Ereignisse, die in den vergangenen Wochen passiert waren, notiert hatte, betrachtete George ihre Zusammenfassung.

Noch ergab sie wenig Sinn.

Verbindungen

GUS
Untersucht örtliche Verbrecherorganisation.

GUS
Gewährt Lenny Greeson ein Darlehen. Informant behauptet jedoch, er habe Geld von ihm erpreßt. Gus wird deshalb suspendiert.

CONNIE
Besitzt Fabrik mit Stoffmühle, die auch Leichen zerkleinert. Diese streikt häufig, weil sie verstopft ist.

GREESON
Lenny, Don und dessen Hund sind verschwunden.

Verbindungen

GUS
Untersucht örtliche Verbrecherorganisation.

GUS
Gewährt Lenny Greeson ein Darlehen. Informant behauptet jedoch, er habe Geld von ihm erpreßt. Gus wird deshalb suspendiert.

CONNIE
Besitzt Fabrik mit Stoffmühle, die auch Leichen zerkleinert. Diese streikt häufig, weil sie verstopft ist.

GREESON
Lenny, Don und dessen Hund sind verschwunden.

Zunächst stellte sie eine Verbindung zwischen Gus' Fall und seiner Suspendierung her sowie der Tatsache, daß Lenny Greeson, sein Bruder Don und dessen Hund verschwunden waren. Nachdem sie zwei weitere Punkte hinzugefügt und diese mit einem Pfeil verbunden hatte, hielt sie inne. Den vierten Pfeil, den sie kurz darauf zog, versah sie mit einem Fragezeichen, denn sie konnte nicht sicher sein, daß die gräßliche Tat wirklich in Connies Fabrik verübt worden war.

Verbindungen

GUS
Untersucht örtliche Verbrecherorganisation.

↓

GUS
Gewährt Lenny Greeson ein Darlehen. Informant behauptet jedoch, er habe Geld von ihm erpreßt. Gus wird deshalb suspendiert.

→

GREESON
Lenny, Don und dessen Hund sind verschwunden.

BEIN →
Abgetrenntes Bein am Flußufer gefunden. Später Stück von enthäutetem Hundekadaver. (Beides mit den unterschiedlichsten Fasern behaftet.)

MANTEL
Neuer Mantel aus Hundefell geht in Maureen Ledbetters Second-Hand-Laden als Spende für St. Dymphna ein.

↓ ?

CONNIE
Besitzt Fabrik mit Stoffmühle, die auch Leichen zerkleinert. Diese streikt häufig, weil sie verstopft ist.

Hilft mir das irgendwie weiter, fragte sie sich. Bestimmt, wenn es mir gelingt, alle Punkte miteinander in Zusammenhang zu bringen. Habe ich noch nicht alle Elemente aufgeführt, die zu diesem Diagramm gehören?

Wieder sah sie aus dem Fenster, und ihr Blick verlor sich in der Ferne. Es war ein heller Nachmittag, und die Sonnenstrahlen erfüllten das Zimmer mit warmem Glanz. In der leicht vibrierenden Fensterscheibe konnte sie ihr verzerrtes Spiegelbild erkennen.

Und dann tat ihr Geist das, was er früher gelegentlich getan hatte – er arbeitete ohne ihr willentliches Zutun und stellte eigene Verbindungen her. Verzerrte Gesichter ...

Eine andere Idee tauchte in ihrem Bewußtsein auf. Sie blickte erneut auf ihre Aufzeichnungen, ergriff den Stift und ergänzte sie um zwei weitere Punkte.

Verbindungen

GUS

Untersucht örtliche Verbrecherorganisation.

BEIN

Abgetrenntes Bein am Flußufer gefunden. Später Stück von enthäutetem Hundekadaver. (Beides mit den unterschiedlichsten Fasern behaftet.)

MANTEL

Neuer Mantel aus Hundefell geht in Maureen Ledbetters Second-Hand-Laden als Spende für St. Dymphna ein.

?

GUS

Gewährt Lenny Greeson ein Darlehen. Informant behauptet jedoch, er habe Geld von ihm erpreßt. Gus wird deshalb suspendiert.

CONNIE

Besitzt Fabrik mit Stoffmühle, die auch Leichen zerkleinert. Diese streikt häufig, weil sie verstopft ist.

GREESON

Lenny, Don und dessen Hund sind verschwunden.

FEUER

Zwei Frauen sind in Flammen umgekommen. (Gesichter schwer verletzt. Ausbruch des Feuers im Bereich von Gesicht und Oberkörper.)

GESICHTSVERLETZUNG

Monty und Maureen Ledbetters Neffe, Philip Cobbett, ist Schönheitschirurg.

Sie saß da und versuchte, sich einzureden, daß sie von ihren unterschwelligen Überlegungen auf eine falsche Fährte geführt worden war. Aber hatte ihr dieser schreckliche Alptraum nicht bereits bewußt gemacht, daß sie tief in ihrem Inneren davon überzeugt war, daß zwischen den beiden Brandopfern und Gus' Fall eine Verbindung bestand. Dennoch, war das alles nicht zu weit hergeholt?

Sie zog weitere Pfeile und versah zwei davon mit zusätzlichen Spitzen. Es erschien ihr völlig logisch.

Verbindungen

GUS
Untersucht örtliche Verbrecherorganisation.

BEIN
Abgetrenntes Bein am Flußufer gefunden. Später Stück von enthäutetem Hundekadaver. (Beides mit den unterschiedlichsten Fasern behaftet.)

MANTEL
Neuer Mantel aus Hundefell geht in Maureen Ledbetters Second-Hand-Laden als Spende für St. Dymphna ein.

?

GUS
Gewährt Lenny Greeson ein Darlehen. Informant behauptet jedoch, er habe Geld von ihm erpreßt. Gus wird deshalb suspendiert.

CONNIE
Besitzt Fabrik mit Stoffmühle, die auch Leichen zerkleinert. Diese streikt häufig, weil sie verstopft ist.

GREESON
Lenny, Don und dessen Hund sind verschwunden.

FEUER
Zwei Frauen sind in Flammen umgekommen. (Gesichter schwer verletzt. Ausbruch des Feuers im Bereich von Gesicht und Oberkörper.)

GESICHTSVERLETZUNG
Monty und Maureen Ledbetters Neffe, Philip Cobbett, ist Schönheitschirurg.

Anschließend studierte sie das Resultat, unschlüssig, ob sie sich damit überhaupt einen Dienst erwiesen hatte. Daß es einige logische Verbindungen gab, stand außer Zweifel. Aber die Feuer? Befand sie sich nicht im Bereich der Spekulation, wenn sie ernsthaft annahm, Philip Cobbett hätte irgend etwas mit all diesen Ereignissen zu tun? Eigentlich war sie doch nur auf ihn gekommen, weil Maureen heute soviel von ihm erzählt hatte. Und sie streckte die Hand nach der Flasche Tipp-Ex aus, konnte sich jedoch aus irgendeinem Grund nicht dazu überwinden, diesen Punkt zu löschen.

Das war der Moment, in dem zwei Geräusche sie aufspringen ließen. Das eine stammte vom Pieper in ihrer Tasche, das andere Geräusch von ihrem Telefon.

27

George holte den Pieper aus ihrer Tasche und eilte ans Telefon.

Monty Ledbetter war am Apparat.

»Dr. Barnabas? Nun, wie geht es Ihnen? Glänzend, hoffe ich. Ich wollte mich nur bei Ihnen bedanken. Maureen hat mir gerade erzählt, wie nett Sie heute zu ihr waren. Sie ist richtig begeistert. Diese kleine Aufgabe füllt sie aus, sie braucht sie, wissen Sie? Und wenn jemand wie Sie auch noch lebhaftes Interesse daran zeigt, freut sie das um so mehr.«

»Es war mir ein Vergnügen, Mr. Ledbetter«, erwiderte sie, zu sehr damit beschäftigt, den Rufton des Piepers auszuschalten, so daß sein onkelhafter Tonfall sie nicht in dem Maße ärgerte, wie es normalerweise der Fall gewesen wäre. Die Botschaft auf dem schmalen Display lautete: *M. U. anrufen. Dringend.* Sie brannte darauf, das Gespräch mit Monty zu beenden und Michael Urquharts Handy-Nummer zu wählen, konnte sich jedoch nicht mehr erinnern, wo sie diese deponiert hatte. Während Monty fortfuhr, ihr zu versichern, wie sehr Maureen ihre tatkräftige Unterstützung begrüßt hatte, durchsuchte sie die Taschen ihrer Bluse, obgleich sie genau wußte, daß sie bei ihrem letzten Zusammentreffen mit Mike eine andere getragen hatte.

»Du mußt dich nicht zieren. Dr. Barnabas ist genauso wie unser Philip und alle guten Ärzte. Sie möchte nur helfen, das befriedigt sie, habe ich ihr erklärt. Insofern brauchst du kein schlechtes Gewissen zu haben, weil du sie für deine Zwecke einspannst. Damit habe ich doch recht, oder?«

»Hmm?« fragte George zerstreut. »Ja, klar, jederzeit. Äh – wenn Sie mich jetzt entschuldigen würden, ich muß ...«

»Aber nun zu der Angelegenheit, um die ich mich für Sie kümmern sollte.« Seine Stimme klang jetzt tiefer und weicher, als hätte er ihr etwas höchst Vertrauliches mitzuteilen. Wie albern, dachte sie, am Telefon zu flüstern. Es sei denn, natürlich, irgend jemand belauschte ihn. Das könnte durchaus sein. Er liebte es geradezu, seinem Umfeld zu demonstrieren, wieviel Macht und Einfluß er besaß. Vielleicht hatte er im Augenblick Publikum.

»Ich meine den Burschen, den Sie gesucht haben. Den, der – hm – momentan nicht zu Hause anzutreffen ist.« Noch leiser fügte er hinzu: »Es ist der, dessen Bruder sich in der gleichen Situation befindet.«

Wäre ihre Ungeduld, sowohl Mike anzurufen als auch die Ergebnisse von Montys Bemühungen zu erfahren, nicht so groß gewesen, hätte sie über seine Geheimniskrämerei gelacht.

»Die Greesons«, sagte sie. »Lenny und Don.«

»Seien Sie vorsichtig mit Ihren Äußerungen, vor allem am Telefon«, warnte er sie in scharfem Ton. »Denken Sie nur an Lady Di und ihre Kerle. Alle möglichen Leute könnten mithören und tun es wahrscheinlich auch.«

»Das halte ich für ausgeschlossen«, widersprach sie ungehalten. »Ich bin keine Prinzessin, und Sie sind nicht gerade ... Egal, was ist mit ihnen?«

»Um die beiden müssen Sie sich keine Sorgen mehr machen«, antwortete er selbstzufrieden. »Ich weiß aus sicherer Quelle – aus ab-so-lut sicherer Quelle –, daß sie wohlauf sind.

»Welche Quelle?« fragte sie frei heraus.

»Sie können nicht von mir verlangen, daß ich Ihnen meine Mittel und Wege verrate, Doktor!« empörte sich Monty.

»Vertrauen Sie mir einfach. Einer der beiden – der mit dem Hund – ist in Übersee. Im Mittleren Osten. Er hat dort einen sehr guten Job angenommen und ist darüber äußerst glücklich, wie man mir berichtete. Ich weiß das aus ...«

»... der sichersten Quelle«, beendete George. »Aber wie zuverlässig ist diese Quelle?«

»Glauben Sie mir, ich weiß, was ich weiß. Er ist nach Übersee gegangen und rundum froh darüber.«

Sie überlegte kurz, ehe sie sich nach dem Bruder erkundigte.

»Das gleiche!« meinte Monty aufgeräumt. »Wohlgemerkt, er hält sich nicht in Übersee auf, sondern im schönen alten England. In Brighton, um genau zu sein.«

»In Brighton? Was treibt er denn dort?«

»Mir wurde gesagt, er hätte dort einen Job.« Nun hörte Monty sich etwas kühl an. Er mußte überschwengliche Dankbarkeit erwartet haben. Statt dessen bedrängte sie ihn mit Fragen, die ihm offensichtlich ganz und gar nicht gefielen. »Ich vermute, es lag an seinem Betrieb.«

»Er hat ihn einfach verlassen! Aus einer sicheren Quelle weiß ich, daß er das niemals ohne triftigen Grund getan hätte.«

»Den gab es ja auch, oder? Laut meinen Informationen hat man ihm ein Angebot gemacht, eines, das er nicht ablehnen konnte. Er hätte schon absolut verrückt sein müssen, wenn er nicht darauf eingegangen wäre. Dazu gehörte, daß er für eine Weile verschwindet, damit sich die neuen Eigentümer in dieser Gegend einrichten und Fuß fassen konnten. Schätzungsweise wird er schon in Kürze wieder in London sein, aber im Moment sitzt er glücklich und zufrieden in Brighton.«

»Das glaube ich nicht«, sagte George mehr zu sich als zu ihm, worauf Monty in Rage geriet.

»Sie – also, ich hätte niemals gedacht ... Warum glauben Sie es nicht? Gewöhnlich lüge ich nicht oder ...«

»Oh, entschuldigen Sie, Mr. Ledbetter. Das heißt nicht, daß ich *Ihnen* nicht glaube. Ich kann mir nur nicht vorstellen, daß Lenny sein Geschäft freiwillig aufgegeben hat! Nicht nur Gus, auch die Polizei war hinter ihm her, weil er der einzige ist, der ihn entlasten könnte. Und Sie behaupten, er sei nach Brighton gefahren und dort unauffindbar. Das ist unmöglich. Ich meine, wenn ihm bekannt war, daß Gus seinetwegen in Schwierigkeiten steckt, wäre er bestimmt umgehend zurückgekehrt.«

»Nun, wie Sie sehen, hat er es nicht getan. Daß Lenny keine große Leuchte ist, habe ich Ihnen gegenüber doch schon angedeutet. Er ließ sich immer gerne herumkommandieren. Die Menschen ändern sich nicht.«

»Trotzdem, ein Freund, dazu einer, mit dem er aufgewachsen ist, hat ihm ein zinsloses Darlehen gewährt, und alles, was er tun muß, ist, die Wahrheit zu sagen, damit dieser rehabilitiert ist! Niemand kann ein solcher Mistkerl sein, um das zu verweigern!«

»Da täuschen Sie sich aber gewaltig! Manche Leute erreichen alles, was sie wollen, und wenn jemand etwas gegen diesen Burschen hat, stehen seine Chancen schlecht. So einfach ist das. Sie sollten sich aus dieser Sache heraushalten. Viel können Sie ohnehin nicht ausrichten. Ich lebe schon lange genug in diesem Viertel, um diese Typen zumindest teilweise zu verstehen. Alle Tricks und Kniffe ihrer Branche kenne ich zwar nicht, aber ehrlich gesagt, es tut mir auch nicht leid. Je weniger ich mit ihren Geschäften zu tun habe, desto besser für mich. Das sind verdammt harte Kerle! Sie können mir glauben, Lenny ist in Brighton. Geben Sie sich damit zufrieden!«

»Sie meinen also, es gibt Leute, die ein Interesse daran haben, daß Lenny schweigt«, vergewisserte sich George aufgebracht. »Deshalb ist er so plötzlich verschwunden und ...«

»Das habe ich nicht behauptet. Ich kann Ihnen nur versichern, daß die Burschen, nach denen Sie sich erkundigt haben, wohlauf sind. Gus wird seine Probleme schon selbst lösen. Teilen Sie ihm den Inhalt unseres Gesprächs mit, und überlassen Sie alles weitere ihm. Eine Einmischung Ihrerseits könnte seine Situation nur noch verschlimmern.«

»War das eine Warnung?« Georges Stimme überschlug sich beinahe.

Monty schien seine Selbstsicherheit wiedergefunden zu haben. »Dr. Barnabas, ich bitte Sie. Ich habe Ihnen lediglich einen väterlichen Rat erteilt. Ihr Einsatz für Gus ist lobenswert, aber wie ich meiner Maureen ständig klarzumachen versuche: einem Mann ist am meisten damit gedient, daß man sich aus seinen Angelegenheiten heraushält und für sein leibliches Wohl sorgt. Selbstverständlich ist es einzig und allein Ihre Entscheidung, aber ich kann nur wiederholen, daß es diesen Burschen gut geht. Daher noch einmal vielen Dank, daß Sie meiner Maureen geholfen haben. Leben Sie wohl, Doktor!« Es klickte in der Leitung, und es ertönte das stetige Summen des Freizeichens.

Sie hängte ein und eilte ins Schlafzimmer, um die Kleider hervorzuholen, die sie bei Michaels Besuch im Labor getragen hatte. Dabei bemühte sie sich, Montys Worte einzuprägen, um später in Ruhe darüber nachzudenken und, natürlich, so nahm sie sich vor, Mike alles zu berichten. (Seine Nummer fand sie schließlich in einem Fach ihres Portemonnaies, dem letzten Ort, an dem sie nachschaute.) Vielleicht konnte er in Brighton eine Fahndung einleiten und nachprüfen lassen, ob Monty die Wahrheit gesagt hatte. Es dauerte eine Weile, ehe Mike sich meldete. Er befand sich eindeutig außerhalb des Reviers, denn die Funkverbindung war alles andere als zufriedenstellend.

»Hallo, Dr. B.! Ist der Chef da?«

»Mike? Wo sind Sie?«

»In Shadwell. Ich führe Routineuntersuchungen durch und befrage nach wie vor die leichten Mädchen in der Gegend. Wir sind kein bißchen schlauer als vorher, verdammt noch mal! Der Chef – Inspector Dudley – ist gar nicht glücklich.«

»Das bin ich auch nicht«, gab sie zu. »Wenn er mir erlauben würde, ihm zu helfen, könnte ich ihm bestimmt ein paar Hinweise geben. Aber was soll's. Ich gehe meinen eigenen Weg und sage ihm Bescheid, sobald ich am Ziel bin, wo immer das sein mag.«

»Wie bitte?« rief er. »Ich hab' Sie nicht verstanden. Können Sie das noch mal wiederholen?«

»Nicht so wichtig«, rief sie zurück. »Aber warum wollten Sie mich sprechen?«

»Ich habe ein paar Neuigkeiten«, brüllte er. »Sie werden dem Chef – Gus – nicht gefallen, aber er sollte sie wissen.«

»O Gott!« entfuhr es ihr. »Was ist es denn? Ich hoffe, ich treffe ihn später und werde sie ihm weiterleiten ...«

»Am Telefon kann ich nicht darüber reden. Ich komme lieber vorbei. Wann wird er da sein?«

»Himmel noch mal, ich habe nicht die leiseste Ahnung. Schließlich hält er keine festen Dienststunden mehr ein. Können Sie es nicht mir sagen?«

»Das Risiko ist zu groß«, entgegnete er. »Heutzutage weiß man nie, wer ...«

»Ja ja«, unterbrach sie ihn. »Schon klar, Lady Di und Camilla – nun, ich nehme das Risiko auf mich und verrate Ihnen etwas. Erinnern Sie sich an den Mann, der Gus das Geld übergeben hat?

»Dieser Fish-and-Chips-Verkäufer.« Nach einem Knistern wurde Mikes Stimme wieder deutlicher. »Was ist mit ihm?«

»Ich habe einen Tip bekommen, daß er in Brighton ist und dort einen Job hat.«

»Tatsächlich? Mein Gott, wo?«

»Wenn ich das wüßte, wäre ich längst hingefahren, um ihn zu suchen!« Allmählich wurde sie ungehalten. »Zum

Teufel noch mal, Mike, reicht es denn nicht, daß ich seinen Aufenthaltsort herausgefunden habe? Aufgrund Ihrer Kontakte sollte es Ihnen gelingen, ihn aufzustöbern.«

»Falls er seinen richtigen Namen benutzt und in seinem alten Job tätig ist«, räumte Mike ein. Trotz des schlechten Empfangs entging ihr sein bissiger Unterton nicht. »Falls der Mann allerdings dort untergetaucht ist, dürfte sich die Sache etwas schwieriger gestalten. Aber ich werde sehen, was ich tun kann. Ich glaube, in Brighton sind noch ein paar alte Kollegen von der Met Police im Einsatz. Richten Sie Gus aus, daß ich ihn sprechen muß, okay?«

»Sie können sich darauf verlassen«, versprach sie. »Noch was, Mike!«

»Ja?«

»Tut mir leid, wenn ich ein wenig heftig reagiert habe. Es war nicht böse gemeint.«

»Schon verziehen! Das liegt nur am Streß. Sie leisten hervorragende Arbeit, Dr. B. Seien Sie vorsichtig.«

»Keine Sorge!« beruhigte sie ihn und verspürte plötzlich den Wunsch, er könnte bei ihr sein. In Mikes Nähe würde sie sich nicht mehr so alleine und verlassen fühlen, denn sie mußte zugeben, daß sie große Angst hatte. Die ganze Geschichte erschien ihr immer verwirrender. Trotz meines tollen Diagramms habe ich nicht den geringsten Fortschritt gemacht, sagte sie sich, als sie den Telefonhörer auflegte und trübsinnig aus dem Fenster starrte. Was soll ich jetzt tun?

*

Letztendlich beschloß sie, Gus' Abwesenheit für einen Besuch des Marktes in der Watney Street zu nutzen. Wenn er tatsächlich erneut zum Companies House gefahren war, dürfte er es gewiß nicht verlassen, bis sie ihn hinauswarfen, was bedeutete, daß er bestimmt nicht vor ... Sie gab auf abzuschätzen, wann sie mit ihm rechnen konnte. Unter keinen Umständen würde sie bis dahin untätig herumsitzen wie jene Frauen, die Monty Ledbetter bevorzugte, und dafür sorgen, daß er es es bei seiner Heimkehr gemütlich hatte. Das entsprach nicht ihrer Natur. Sie mußte aktiv sein, sich mit irgend etwas beschäftigen.

Als sie in die Watney Street einbog, erwartete sie bereits lebhaftes Gedränge. Mittlerweile herrschte jene brütende Hitze, an die sich die Londoner in diesem Sommer nach und nach gewöhnt hatten. Scharen von Käufern und Bummlern wogten an den Ständen vorbei, feilschten lautstark mit den Händlern und füllten ihre Einkaufstaschen mit Obst und Gemüse, abgeschnittenen Jeans und Trainingsanzügen zum halben Preis (Wahrscheinlich Restbestände aus einem Laden in der City, dachte George, während sie eine der Auslagen betrachtete.) und gaben mehr Geld aus, als sie sich leisten konnten. Es war ein belebender und fröhlicher Anblick, und Georges Laune besserte sich zusehends. Was immer auch passieren sollte, sie und Gus würden diese Krise meistern und ihr Leben wie gewohnt weiterführen. Sie kaufte ein halbes Pfund Kirschen und spazierte dann die Watney Street entlang, wobei sie sich die saftigen Früchte in den Mund stopfte und die Kerne, wie alle anderen, in die Gosse spuckte.

Gregory war nirgendwo zu sehen, als sie sich seinem Stand näherte. Sie war zwar enttäuscht, zwang sich jedoch, realistisch zu sein. Obwohl seine Äußerung in Connies Fabrik für sie wie eine Ermunterung geklungen hatte, ihn hier aufzusuchen, könnte er, nachdem er den ganzen Vormittag dort gearbeitet hatte, zum Schluß gekommen sein, für heute genug geleistet zu haben. Irgendwie würde sie die Stunden bis Gus' Rückkehr schon rumkriegen. Wenn es ihr zudem gelang, nicht an ihr Diagramm zu denken, würde sie vielleicht später etwas Aufschlußreiches erkennen, das ihr bisher entgangen war. So etwas passierte ihr öfters.

Sie hatte gerade ihren zweiten Rundgang beendet, als sie auf Grund der Hitze und der Süße der Kirschen einen brennenden Durst verspürte. Dankbar steuerte sie auf das kleine Café zu, das sie am Rand des Marktes entdeckt hatte. An seiner verwitterten Fassade hing ein Schild mit dem Hinweis auf ›*Warme karibische Küche*‹.

Das Lokal war brechend voll, so daß sie Mühe hatte, an die Bar zu gelangen. Für einen Moment vergaß sie, daß sie eigentlich Perrier meinte und bestellte ein Soda-Wasser. (Ganz gleich, wie lange sie in London lebte, bestimmte amerikanische Gewohnheiten würden sich bestimmt nie ganz abschleifen.) Nachdem eine freundliche Bedienung, über ihren mächtigen Busen spannte sich ein rotes T-Shirt mit der Aufschrift ›*You Dont't Get Many of These to the Pound!*‹, ihr die Flasche mit einem Strohhalm gereicht hatte, drehte sich George um und stützte sich mit einem Ellbogen auf die Theke. Während sie einen Schluck von dem prickelnden Wasser trank, schaute sie sich um.

Jemand schob sich von hinten an sie heran und lachte ihr leise ins Ohr. »Hey, Doktor, wenn wir noch öfter zusammen gesehen werden, fangen die Leute sicherlich an zu quatschen.«

Sie fuhr herum und blinzelte überrascht. »Was für ein glücklicher Zufall! Ich habe Sie nämlich gesucht«, sagte sie erfreut.

»Zufall? Einfach so? Ganz und gar nicht! Ich habe Sie nicht aus den Augen gelassen, seit Sie in die Watney Street einbogen. Süße Kirschen für eine süße Lady, hm? Ich wußte, daß Sie meinetwegen hier sind.«

»Warum haben Sie mich nicht angesprochen?« fragte sie, und er lachte.

»Sie müssen mich für ziemlich dumm halten! Ich spreche Sie doch nicht an. Wenn jeder mich dabei beobachten kann! Nie und nimmer! Falls Sie den Markt verlassen hätten, wäre ich Ihnen gefolgt, aber ich habe damit gerechnet, Sie hier zu treffen. Wo sonst hätten Sie vor der Hitze Zuflucht finden können? Und wie gefällt Ihnen Connies Fabrik?«

»Ist es denn in diesem Café weniger gefährlich, mit mir zu reden?« erkundigte sie sich. Er lachte wieder.

»Nun, schöne Lady. Sehen Sie jemanden, der einem netten Menschen wie mir Probleme bereiten könnte?«

Sie schaute sich um. Niemand schien sich an ihrer Neugier zu stören. Hübsche Mädchen mit Stachelfrisuren, Männer im aktuellen Outfit, engen Spandexhosen und weiten T-Shirts, unterhielten sich angeregt miteinander. In dem Augenblick, in dem sie begriff, worauf er hinauswollte, meinte er leise: »Nicht ein Weißer im ganzen Laden, außer Ihnen, Doktor. Im Gegensatz zu draußen kümmert es hier keinen, mit wem ich rede.« Er deutete mit einem Kopfnikken auf das Schaufenster. Es war so dicht mit Coca-Cola- und Fantaplakaten beklebt, daß niemand hereinsehen konnte.

Ihr stockte der Atem. »Was können Sie mir denn erzählen?«

»Was wollen Sie wissen?« Sein wachsamer Seitenblick verriet ihr, daß ihm nicht das leiseste Zucken in ihrem Gesicht entgehen würde. Plötzlich war ihr unheimlich wichtig, was er von ihr dachte, und sie beschloß, so ehrlich und aufrichtig wie möglich zu sein.

»Mein Freund steckt in Schwierigkeiten«, gestand sie. »Jemand versucht, ihn fertigzumachen. Außerdem befürchte ich, daß jemand ermordet wurde, und zwar mit Hilfe dieser großen Maschine – der Stoffmühle in der Fabrik Ihres Freundes Connie.«

»Er ist nicht mein Freund«, stellte Gregory nach einer längeren Pause klar.

»Na schön, dann eben des Mannes, für den Sie arbeiten.«

»Ich arbeite für mich, nicht für ihn. Er zahlt lediglich für mich ein paar Schulden ab.«

»Oh, Gregory, hören Sie mit diesen blöden Spielchen auf, okay?« herrschte sie ihn unvermittelt an. »Mir ist heiß, und ich bin müde, und ich verliere allmählich den Überblick. Also sprechen Sie offen, verdammt noch mal!«

Er musterte sie einige Sekunden lang, dann nickte er. »Ich glaube Ihnen. Nehmen Sie Platz, Doktor. Noch eine Flasche für die Lady, Melissa«, rief er der Bedienung über die Schulter zu, während er George zu einem Tisch geleitete, an dem kurz vorher noch ein Paar gesessen hatte. Es war beinahe so, als hätte er die beiden zum Aufbruch genötigt, damit er und George sich dort niederlassen konnten.

Die imposante Frau tauchte hinter ihnen auf. Diesmal stellte sie einen Plastikbecher neben die Flasche Perrier. Am liebsten hätte George laut losgelacht. Gregorys Anwesenheit schien ihren Status erheblich aufzuwerten.

»Na schön«, begann Gregory und beugte sich zu ihr. »Sie und die anderen im Old East sind zu mir und meinesgleichen immer gut gewesen. Ihren Einsatz für die Babys mit Sichelzellenanämie haben wir nicht vergessen. Wir sind froh darüber, sehr froh sogar. Nur wenige können sich vorstellen, welches Leid und Elend diese Krankheit mit sich bringt. In manchen Kliniken werden Säuglinge, die vor Schmerzen schreien, nach Hause geschickt oder den Müttern Vorwürfe gemacht, weil sie so dumm waren, mit bestimmten Männern Kinder zu haben. Im Old East ist das noch nie vorgekommen, und dafür bin ich Ihnen und Ihren Kollegen überaus dankbar. Also erzähle ich Ihnen, was ich weiß. Wenn Sie etwas damit anfangen können, prima! Aber ich warne Sie: Ich spreche mit keinem weißen Cop darüber, und ich trete vor keinem Gericht der Weißen als Ihr Zeuge auf, und das muß Ihnen völlig klar sein. Haben wir uns verstanden?«

Sie überlegte kurz, ohne ihren Blick von ihm zu lösen.

Das Weiße der Augäpfel seiner großen Augen war gerötet. In der letzten Zeit dürfte er nicht allzuviel geschlafen haben. Wahrscheinlich arbeitete er jede Nacht bei Connie. Seine Haut schimmerte ebenholzfarben im gedämpften Licht des Cafés, und die grünen und violetten Farbtöne der Lampenschirme verliehen der Szenerie einen derartigen Glanz, daß sie sich plötzlich wünschte, eine Malerin zu sein, die dieses Bild auf einer Leinwand festhalten konnte. Statt dessen sagte sie: »Wie soll ich sicher sein, daß Sie mir die Wahrheit sagen?«

Er lachte. »Gar nicht! Sie müssen mir vertrauen oder es bleiben lassen. Wie dem auch sei, welchen Vorteil hätte ich, wenn ich Ihnen irgendwelche Lügen auftischen würde? Ich sagte doch, daß ich für das Old East eine Menge übrig habe. Sie müssen wissen, daß wir Brüder uns häufig unterhalten. Daher kenne ich die ganze Geschichte. Es ist einzig und allein Ihre Entscheidung, ob Sie sie hören wollen.«

Sie atmete tief durch. »Ich will sie hören.«

»Okay, hier ist sie: In diesem Teil der Welt gibt es einen Kerl, der Ihrem Krankenhaus übel mitspielt. Er bringt bestimmte Dinge von dort zu Connie, der sie weiterverkauft. Nach Indien. Ich wette, er war ziemlich ungehalten, als Sie unbedingt seine Stoffmühle sehen wollten, nicht wahr? Weil er das Zeug, in den Ballen versteckt, aus seinem Betrieb schafft. Völlig problemlos. Niemand überprüft es, bevor es in Kalkutta ausgepackt wird, und wer beim indischen Zoll möchte schon in stinkenden Lumpen herumwühlen, ohne für seine Mühe angemessen entlohnt zu werden? Niemand. Und keiner interessiert sich so sehr für diese Angelegenheit, daß er bereit wäre, dafür zu bezahlen. Also gibt es keine Kontrollen. Connie und der Mann verdienen sich eine goldene Nase – und sie haben nicht die Absicht, in Zukunft auf diese Einnahmequelle zu verzichten. Ich habe ein Gespräch belauscht. Meine Ohren sind gut, und ich bin immer gerne informiert. Diese Sache läuft schon lange, und fast ebenso lange weiß ich darüber Bescheid.«

Nach einer ganzen Weile ergriff George, die zutiefst verwirrt war und sich nicht schämte, es offen zu zeigen, das Wort: »Aber was schmuggelt er? Material, das im Krankenhaus gestohlen wurde? Die Leute lassen ständig etwas mitgehen, aber bei weitem nicht soviel, daß sich damit ein Vermögen machen ließe. Worum handelt es sich?«

»Drogen«, antwortete Gregory.

»Drogen?« George schüttelte den Kopf. »Aber da unten wird doch Opium angebaut und Cannabis und vielleicht sogar Kokasträucher. Warum sollten sie ...«

»Nicht meine Art von Drogen«, unterbrach Gregory sie beinahe verächtlich und lachte leise. »Sondern Ihre Art von Drogen. Steroide und Antibiotika – die ganz neuen Substanzen – und das Spezialmedikament gegen Krebs, und zwar in rauhen Mengen.«

28

Gus starrte aus dem Fenster, als gebe es draußen etwas, das zu betrachten sich lohnte. Über seinen unberührten Teller Spaghetti verlor George kein Wort. Sie war froh, daß er wenigstens die Melone mit Parmaschinken verzehrt hatte, und bemühte sich, ihm nicht zu zeigen, wie sehr er sie verletzt hatte.

Seine Nachforschungen im Companies House waren, das hatte er ihr unaufgefordert berichtet, ein totaler Fehlschlag gewesen.

»Ich habe nicht mehr erfahren als letztes Mal. Es geht um Firmen, die ineinander verschachtelt sind. Um dieses Chaos zu durchschauen, muß man ein Experte sein.« Angewidert hatte er den Plastikumschlag mit den Papieren auf ihr Sofa geworfen. Da sie über Firmenzusammenschlüsse genauso wenig wußte wie er – wahrscheinlich sogar noch weniger –, er ihr Interesse zudem als Einmischung empfunden hätte und darüber verärgert gewesen wäre, hatte sie darauf verzichtet, sich die Unterlagen anzusehen.

Die Ergebnisse ihrer eigenen Ermittlungen, ihres Besuches in Connies Fabrik sowie im St. Dymphna und ihres Gespräches mit Gregory kannte er bereits. Sie war von seiner Gleichgültigkeit, er hatte teilnahmslos und nur hin und wieder genickt, derart enttäuscht gewesen, daß sie das Diagramm, das sämtliche Ereignisse und Personen enthielt, die für seine Misere von Bedeutung waren, noch nicht einmal erwähnt hatte.

»Mike hat eine Nachricht für dich«, meinte sie, als sie das Schweigen nicht mehr ertragen konnte. »Er hat mich über sein Handy angerufen, wollte sich aber nicht weiter dazu äußern.«

»Das war auch besser so«, knurrte Gus. »Dann könnte er nämlich gleich zur BBC gehen und alles in die Welt hinausposaunen.«

»Ich bat ihn, später vorbeizukommen, da ich hoffte, du würdest dann hier sein.« Sie hatte Bedenken, mit Gus über Mike zu reden. Dies dürfte kaum der geeignete Moment sein, um herauszufinden, ob er nach wie vor eifersüchtig war. Doch ihm schien alles egal zu sein, denn er zuckte nur die Achseln.

»Bist du sicher, daß Monty mir ...«, begann sie, aber er schüttelte ungehalten den Kopf.

»Ich hab' zwar keine Ahnung, wem ich überhaupt noch glauben soll, aber das ist völlig unmöglich. Okay, er kann eine große Hilfe sein, weil er jeden kennt und jeder ihn kennt, aber diesmal hat er wohl Mist erzählt. Falls Lenny wirklich in Brighton wäre, wüßten wir es längst. Der Kontakt zwischen der Metropolitan Police und den dortigen Dienststellen ist durchaus gut. Sie hätten schon dafür gesorgt, daß wir informiert werden, sobald ein Gauner aus unserer Gegend plötzlich in ihrem Zuständigkeitsbereich auftaucht.«

»Ist Lenny ein Gauner?« fragte sie und runzelte die Stirn. »Das hast du früher nie behauptet.«

Er verzog leicht das Gesicht. »Kein größerer als die meisten hier im Umkreis. Ab und zu eine kleine Hehlerei, Fisch vom Markt, ein paar Liter Speiseöl aus einem der Restaurants in Soho. Nichts Schlimmes, doch genug, um in unseren Akten geführt zu werden. Auf jeden Fall genug, um aus Brighton unverzüglich Meldung zu erhalten, wenn er sich dort niederlassen würde. Insofern muß Montys Tip falsch sein.«

»Könnte er nicht einen anderen Namen verwenden?« beharrte George. Monty hatte eine Bestimmtheit an den Tag gelegt, die man nur schlecht vortäuschen konnte. »Angenommen, er versteckt sich vor dir und ...«

»Oh, George, denk bitte mal nach, Frau«, unterbrach er sie unwirsch. »Das hat Lenny nicht nötig! Okay, ich bin sauer auf ihn. Ich würde ihm schon ziemlich heftig die Meinung sagen. Aber, was immer er mir antut, ich würde doch nicht handgreiflich werden. Selbst wenn er seine verdammte Schuld nicht abbezahlt hätte, wäre er nicht weggelaufen, nicht vor mir! Und mag er sich manchmal noch so blöde anstellen, so blöde, um das nicht genau zu wissen, ist er bestimmt nicht. Lenny hat nicht den geringsten Grund, auf diesen dummen Trick zurückzugreifen. Dafür ist er einfach zu ... Er hat nicht die – die ...« Er brach ab.

»Laut Monty ist er ein ganz mieser Bursche.«

»Hat Monty das gesagt?«

»Nun, nicht direkt. Nur daß er keine große Leuchte ist.«

»Das stimmt allerdings. Er hat nicht den Grips, um unter falschem Namen unterzutauchen, darauf wette ich. Sonst wäre er niemals aktenkundig geworden. Bei jeder Übergabe von Diebesgut ist er derart dämlich vorgegangen, daß er uns genausogut dazu hätte einladen können.«

»Demnach hältst du auch diese Bestechungsgeschichte für falsch? Daß ihm jemand ein Angebot gemacht hat, das er nicht ablehnen konnte?«

»Mafiamethoden? Ich weiß, daß sie auf diese und ähnliche Weise Fuß fassen wollen, aber daß sie es ausgerechnet hier versuchen sollten, ist völlig absurd. Logischerweise hat Lenny Angst vor dem, der ihn für dieses Spiel benutzt hat, doch was sich Monty da zusammenreimt ... Also ich glaube kein Wort davon.«

»Aber ...«

Das Läuten des Telefons empfand sie als willkommene

Unterbrechung. Gus wurde immer verzweifelter, jegliche Diskussion schien seinen Zustand noch zu verschlimmern. Aber sie durfte doch nicht so schnell aufgeben, oder? Warum war Gus nur so mißtrauisch? Half ihm Montys Information vielleicht? Man konnte fast meinen, dachte sie, während sie nach dem Hörer griff, daß er sich wünschte, schuldig gesprochen zu werden. Ich habe ihn noch nie so unglücklich erlebt.

Es war Mike, der sich erkundigte, ob Gus eingetroffen sei, und versprach, umgehend vorbeizukommen. Sie legte auf und brachte Gus' Teller in die Küche. Den Kaffee, den sie wenig später vor ihn stellte, trank er geistesabwesend, das Gebäck rührte er nicht an.

Um halb zehn, es wurde bereits dunkel, ließ Mikes Klingeln beide zusammenfahren. George eilte zur Tür und machte aus ihrer Freude, ihn zu sehen, keinen Hehl, bereute dies jedoch, als sie ins Wohnzimmer zurückkehrte und Gus' finstere Miene gewahrte.

»Neuigkeiten«, sagte sie lediglich, während sie wieder auf dem Sofa Platz nahm. Ganz gleich, was sie an diesem Tag tat oder sagte, Gus hätte an allem etwas auszusetzen.

»Hallo, Chef«, grüßte Mike.

Gus brummte nur etwas Unverständliches.

»Ich fürchte, ich habe nicht viel Gutes zu berichten.« Mike, der nach wie vor in der Mitte des Raumes stand, klang ausgesprochen reserviert. »Darf ich mich setzen?«

»Natürlich, Sie Blödmann«, fauchte Gus, worauf Mike zurückwich. Jetzt konnte George die Angst und den Zorn und die Hilflosigkeit, die sich in ihr aufgestaut hatten, nicht länger unterdrücken.

»Gus, halt die Klappe!« rief sie, sprang auf, kam um das Sofa herum und baute sich, die Hände in die Hüften gestemmt, vor Gus auf. »Jetzt reicht es mir aber!«

»Eh?« Gus blinzelte und starrte zu ihr hoch. Er wirkte ehrlich erschrocken.

»Den ganzen Abend bist du schon unausstehlich«, schimpfte sie. »Tust so, als wärst du der einzige, dem deine augenblickliche Situation nahe geht. Zerfließt fast vor Selbstmitleid und verwandelst dich nach und nach in ein mickriges Häuflein Elend ...«

»Hey, hey!« Mit ein paar schnellen Schritten war Mike an Gus' Seite. »Dr. B., bitte, hören Sie auf! Sie haben kein Recht, in diesem Ton mit dem Chef zu reden.«

Nun war George diejenige, die erschrak. Verblüfft stellte sie fest, daß jemand Partei gegen sie ergriff, den sie eigentlich hatte beschützen wollen, faßte sich jedoch schnell. »Ich habe jedes Recht, wenn er sich aufführt wie ein verwöhnter Junge, dem man soeben sein Lieblingsspielzeug abgenommen hat«, brüllte sie. »Ich habe es satt, mich ständig wie auf rohen Eiern zu bewegen, weil unser kleiner Liebling nicht einmal den geringsten Schmerz ertragen kann, und ich habe es satt ...«

Mike brüllte nun ebenfalls, aber sie machte all ihrer Frustration, Enttäuschung und Verwirrung Luft und gab ihm mit gleicher Münze, sprich: Lautstärke Kontra. Gus sah – wie ein Zuschauer bei einem Tennismatch – von einem zum anderen und brach plötzlich in schallendes Gelächter aus, das schließlich Mikes und Georges Schimpfkanonaden übertönte. Nach mehreren Sekunden ließ er den Kopf auf seine Brust sinken und stützte sich auf dem Tisch ab.

Mike verstummte als erster und schüttelte besorgt seine Schulter. Langsam richtete sich Gus auf und blickte zu George. Ihre Wangen glühten, auf ihrer Stirn standen Schweißperlen.

Als er erneut zu lachen begann, packte George, die noch nie den Drang verspürt hatte, jemanden zu schlagen, die blinde Wut eines wehrlosen Kindes. Ohne sich dessen bewußt zu sein, holte sie mit dem rechten Arm aus und versetzte ihm einen Schlag ins Gesicht, der so laut klatschte, daß allen dreien der Atem stockte. Gus preßte eine Hand auf seine Backe und starrte sie entgeistert an.

»Donnerwetter«, sagte er nach einer Weile. »Das war – Donnerwetter!«

»O Scheiße!« rief George, stürzte in die Diele und, nachdem sie die Tür zugeknallt hatte, ins Schlafzimmer, dessen Tür sie ebenfalls zuschlug, ehe sie sich, von einem Heulkrampf geschüttelt, dagegen lehnte.

Allmählich beruhigte sich George, schleppte sich durch das Zimmer und fiel erschöpft auf ihr Bett. Vergeblich bemühte sie sich, das leise Stimmengemurmel aus dem Wohnzimmer zu ignorieren. Die Tatsache, daß sich Gus und Mike nicht nur vernünftig unterhielten, sondern auch noch miteinander lachten, entfachte ihre Wut aufs neue. Sie mußte sich beherrschen, um die beiden nicht erneut zu attackieren. Wie waren sie dazu in der Lage, während sie sich hundeelend fühlte, weil sie sich benommen hatte wie eine rasende, nicht ganz dichte ...

Sogar in ihren Gedanken war sie sprachlos. Sie schniefte leise und verfiel in Selbstmitleid. Kurz darauf hörte sie Gus und Mike die winzige Diele durchqueren, hörte, wie die Eingangstür geöffnet und, nach einem kurzen Wortwechsel, wieder geschlossen wurde.

Nur einer, nämlich Mike, hatte die Wohnung verlassen. George zog die Decke über den Kopf und hielt sich beide Ohren zu, denn sie wollte nur noch ihre Ruhe haben.

Wenig später spürte sie, wie sich Gus auf die Bettkante setzte, und sie verspannte sich. Er sollte bloß nicht wagen, aufdringlich zu werden!

»Es tut mir sehr leid, George«, begann er. Seine Stimme drang gedämpft zu ihr, und sie bewegte sich unmerklich, um ihn besser verstehen zu können.

Da sie nicht reagierte, sagte er ein wenig lauter: »George, es tut mir aufrichtig leid. Ich habe dich schäbig behandelt und bitte dich um Vergebung. Bei Mike habe ich mich schon entschuldigt, und er meinte, es sei okay. Bitte, verzeih auch du mir!«

»Du Scheusal!« jammerte sie. »Gibst mir noch nicht mal die Chance, dir zu erzählen, was ich – oh, du bist ein *Scheusal!*«

»Das sagtest du schon.« In seinem zerknirschten Tonfall lag eine Spur von Heiterkeit. »Ehrlich, es tut mir leid, George. Ich verspreche dir, du kannst schimpfen so viel du willst, ich werde mir jeden Vorwurf nicht nur anhören, sondern auch zu Herzen nehmen. Und ich stimme dir zu, und ...«

Sie warf sich auf dem Bett herum und funkelte ihn aus rot verquollenen Augen an. Ihre Wangen waren tränenfeucht und gerötet, ihr Haar breitete sich über das Kissen aus. »Was soll dieser Blödsinn, verdammt noch mal? Ich möchte keinen Mann, der alles schluckt, was ich ihm an den Kopf werfe, und ich möchte auch keinen, der dies von mir erwartet! Ich möchte einen, der – der ...«

»... nicht so selbstsüchtig und verbohrt ist und nicht permanent andere Menschen für seine mißliche Lage verantwortlich macht. Ehrlich gestanden, George ...« Er zögerte und blickte im Halbdunkel des Zimmers, das nur durch das aus der Diele hereinfallende Licht erhellt wurde, auf sie hinab. »Um ganz ehrlich zu sein, du hast mir gezeigt, was ich meinte, haben zu wollen. Ich glaubte, ich wüßte es, aber ich habe mich geirrt. Hör mal, George, wird es nicht allmählich Zeit, daß wir heiraten?«

*

»Was für eine lächerliche Art und Weise, sein Leben zu planen«, sagte sie verträumt und schmiegte sich an ihn. »Absolut verrückt, wahnsinnig. Bescheuert. Ausgeflippt. *Dumm*!«

»Wer plant denn hier?« fragte er träge. »Ich nicht.«

»Hmm!« George seufzte tief. »Wir haben uns ja noch nicht einmal – hm, oder haben wir doch?«

»Was sollen wir getan haben?«

»Das weißt du sehr wohl.«

»Uns geliebt?« hakte Gus nach.

»Was für ein albernes Wort.«

»Besser als ›herumgemacht‹. So bezeichnet ihr Amerikaner es doch. Stimmt's?«

George bemühte sich, einen würdigen Ton zu treffen. »Aber das haben wir doch nicht getan, oder?«

»Nein«, antwortete er ernsthaft. »Haben wir nicht.« Seine Hand auf ihrer Schulter fühlte sich warm an, und sie legte ihren Kopf in seine Halsbeuge. »Ist das schlimm?«

Sie verneinte gähnend. »Überhaupt nicht. Wer hätte denn dazu noch genügend Energie? Sich ständig zu zanken erschöpft einen doch ganz schön. Dadurch wird es ...«

»Ich weiß. Besser. Hm, ernsthafter, bedeutungsvoller.«

»Mmm«, machte George.

»Wie dem auch sei ...« Er kicherte leise in der Dunkelheit.

»Mmm«, machte sie noch einmal und überlegte kurz. »Ich dachte immer, daß ich den Antrag, den ich mir gewünscht habe, auch annehmen würde – nun, ich hatte ihn mir etwas anders vorgestellt.«

»Wie anders?«

»Nicht nach einem Streit«, antwortete sie. »Nie und nimmer!«

»Manchmal ist ein Streit notwendig, um etwas zu begreifen, das man bisher nicht erkennen konnte.«

Als sie nach einer längeren Pause erneut das Wort ergriff, merkte sie, daß er kurz vor dem Einschlafen gewesen war. »Gus, wenn du deinen Job aufgeben müßtest, wärst du dann ...«

»Unmöglich«, unterbrach er sie. »Ich wäre genauso unmöglich wie heute abend, und zwar mindestens einmal pro

Woche. Es gäbe kein Nickerchen, sondern ich würde dich heftigst lieben, und dann ginge es mir wieder gut. Das wäre doch gar nicht so schlecht, oder?«

»Sei wenigstens für einen Moment richtig ernst, bitte! Wärst du dann glücklich?«

Er schwieg eine ganze Weile, ehe er antwortete. »Offen gestanden, ich habe keine Ahnung. Es ist nicht mehr so wichtig wie früher. Jetzt bist du da, und – wie gesagt, es ist nicht mehr so wichtig. Aber ob ich rundum glücklich wäre? Das kann ich nicht sagen. Ich liebe dich, aber ...«

»Schon gut, du Dummkopf«, sagte sie leise. »Ich behalte meinen Job, warum solltest du das nicht tun? Ich liebe dich auch, doch es gibt Dinge, auf die ich nicht verzichten möchte.«

»Ich habe das Geschäft«, sagte er. »Die Fischbraterei. Du brauchst nicht ...«

»Wenn du darauf bestehst, daß ich nicht berufstätig bin, nehme ich mein Wort zurück«, stellte sie klar.

»Sei ruhig! Ich meinte, daß du keinen Job ausüben mußt, der dir nicht zusagt. Du kannst es dir erlauben, wählerisch zu sein, könntest sogar im Old East kündigen, wenn du es wolltest.«

»Aber es gefällt mir dort«, beharrte sie.

»Dann bleib!«

Eine weitere Pause trat ein. »Was ich allerdings am meisten schätze, ist, mit dir zusammen Fälle zu lösen. Möglicherweise verliere ich die Lust daran, wenn du nicht mehr in der Ratcliffe Street bist.«

»Dann geh woanders hin!«

Wieder überlegte sie kurz und murmelte dann: »Ich habe eine bessere Idee. Wir klären diese verdammte Affäre auf, und anschließend kehrst du an deinen Arbeitsplatz zurück. Wie klingt das?«

»Beinahe so gut wie, dich zu heiraten. Geben wir ein großes Fest, oder begnügen wir uns mit einer kleinen Feier? Reicht Aal in Aspik, oder muß es ein rauschendes Fest mit High Society sein?«

»Du bekommst rechtzeitig Bescheid.« Sie richtete sich auf. »Zuerst einmal müssen wir dir wieder zu deinem Job verhelfen.«

»Ich habe mich gerade mit der Vorstellung angefreundet, daß mir die Arbeit scheißegal ist«, sagte er. Als sie über ihn hinwegreichte und die Nachttischlampe anknipste, verzog er das Gesicht und streckte ihr abwehrend die Arme entgegen. »Autsch! Schalt es aus! Ich werde blind!«

»Du sieht ja furchtbar aus«, stellte sie nüchtern fest und betrachtete sein zerknautschtes Hemd sowie sein zerzaustes Haar.

»Dann wirf mal einen Blick in den Spiegel, Lady. Du könntest mit der Hexe von Endor konkurrieren.« Er blinzelte ihr zu. »Sei froh, daß ich dich nehme. So wie du ausschaust, möchte dich bestimmt niemand auch nur geschenkt haben.«

George schwang sich aus dem Bett. »Komm jetzt. Ich habe Hunger und du sicher auch. Nach dem Kaffee sollten wir beschließen, was zu tun ist. Ich habe einiges vorbereitet, das du dir ansehen mußt. Außerdem interessiert mich, was Mike zu berichten hatte.«

Gus richtete sich ebenfalls auf und strich sich das Haar aus der Stirn, ehe er die Füße auf den Boden setzte. »Er hat mir erzählt, von welchem Kollegen ich angeschwärzt worden bin«, sagte er nach einem Moment. Ihre Beine gaben plötzlich nach, und sie sank neben ihn auf die Bettkante. Er hörte sich erneut grimmig und verbittert an, und, zu ihrer Verwunderung, ertappte sich George bei dem Gedanken: Roop, laß es nicht Roop sein! Das würde ihm das Herz brechen.

»Salmon«, fuhr er fort, »Bob Salmon, so scheint es zumindest. Er behauptet, er hätte mich aufgrund eines Hinweises beschattet und die Geldübergabe mit eigenen Augen beobachtet. Ich halte das für ein Mißverständnis. Er kann unmöglich absichtlich – ich meine, wäre er dazu fähig? Vielleicht ist er davon ausgegangen – ich hätte ihm alles erklären sollen, aber ich wäre doch niemals auf die Idee gekommen ... Nun, es ist allein meine Schuld, wenn er mich verdächtigt hat. Das mußte er doch, nicht wahr?«

Sie legte die Arme um seine Schultern und drückte ihn zärtlich an sich. »Liebling, ich habe keine Ahnung. Wir müssen es herausfinden.«

»Das denke ich auch. Es stimmt nicht, George, wirklich, es ...«

»Sag das noch einmal, und ich muß dir schon wieder eine verpassen«, unterbrach sie ihn leise. »Natürlich stimmt es nicht. Das weiß ich genau. Also wo fangen wir an?«

Er warf ihr einen gequälten Blick zu. »Oh, George«, sagte er. »Willst du tatsächlich ...«

»Sei still. Oder lieber doch nicht. Verrat mir, was wir jetzt unternehmen.«

»Mike ist nach Brighton gefahren«, sagte er.

»Wie bitte?« George konnte ihr Erstaunen nicht verbergen. »Aber du hast Monty doch nicht geglaubt, daß ...«

»Ich wollte es nicht glauben«, korrigierte er sie und stand auf. »Ich war nur ... Lenny und ich sind Freunde, seit ich denken kann. Es schien mir einfach nicht ... Nun, egal, auf jeden Fall soll Mike sich dort mal umschauen. Er kennt ihn fast genausogut wie ich. Daher wird er sehen, was zu sehen ist. Ein anständiger Kerl, dieser Mike. Morgen hat er frei, und er macht das nur für mich. Er ist wirklich anständig.«

»Nicht nur er«, meinte George, während sie sich an ihn lehnte. »Auch ich bin es. Gleich zeige ich dir, womit ich den Nachmittag verbracht habe. Dann können wir die verschiedenen Beweise und Indizien gemeinsam unter die Lupe nehmen. Aber erst gibt es Abendessen.« Und sie zog ihn hinter sich her in die Küche.

29

Der Morgen verlief wie der eines seit Jahren verheirateten Paares. Der Wecker klingelte um acht Uhr. Im Badezimmer gingen sie einander sorgfältig aus dem Weg und beschränkten ihre Konversation auf das Allernötigste, während er sich rasierte – mit ihrem lächerlichen kleinen Ladyshave – und sie sich die Zähne putzte. Ähnlich einsilbig verhielten sie sich beim Frühstück. Er verzehrte die Schüssel mit Corn Flakes, die sie ihm servierte, und trank eine Tasse Kaffee, bevor er aufstand, in sein Jackett schlüpfte und zur Tür ging.

»Ich rufe dich irgendwann an«, murmelte er, und sie nickte.

»Okay, falls ich aus dem Haus muß, schalte ich den Anrufbeantworter ein. Es gibt einige Punkte, die ich weiterverfolgen möchte.«

»Die da wären?« Er musterte sie mißtrauisch, aber sie hob abwehrend die Hände.

»Kann ich noch nicht sagen. Ich muß mir alles noch mal gründlich durch den Kopf gehen lassen. Vielleicht gibt mir das Diagramm den entscheidenden Hinweis. Unter keinen Umständen werde ich untätig hier rumhocken und warten, bis ...«

»Ich auch nicht«, unterbracht er sie. »Ich versuche herauszufinden, wann die Anhörung stattfindet, und werde mir einige Notizen für meine Verteidigung machen.« Auf halbem Weg hielt er an. »Ich bin nicht sehr ... Na ja, ich bin eben ein Morgenmuffel. Entschuldige!«

Ihre Lippen verzogen sich zu einem matten Lächeln. »Das habe ich gemerkt. Aber keine Bange. Auch ich brauche meine Anlaufzeit.«

»Aber es tut mir nicht leid.«

»Wovon sprichst du?«

»Daß wir heiraten. Tatsächlich bin ich ...«

Ihr Lächeln verstärkte sich. »Ja?«

»Keine Ahnung.« Er zuckte die Achseln. »Ich glaube, ich versuche nur auszudrücken, daß ich glücklich bin. Mag sein, daß ich im Augenblick nicht so aussehe, aber ich muß über vieles nachdenken, und solange diese Affäre nicht ausgestanden ist, werde ich mich kaum auf etwas anderes konzentrieren können. Verstehst du das?«

»Selbstverständlich«, antwortete George. Sie trat auf ihn zu, küßte ihn und strich ihm über das Haar. »Sehr gut sogar. Kümmere dich nur um deine Angelegenheiten. Bis nachher!«

»Ja«, sagte er dankbar und verließ die Wohnung.

Sie blieb noch eine Weile in der Küche sitzen und starrte aus dem Fenster. Auch heute dürfte es wieder brütendheiß werden. Sollte sie sich irgendwie anders fühlen? Aufgeregt, zufrieden, anders? Am Tag nach Ians Heiratsantrag – Ian, dachte sie, Ian in Schottland; nicht einmal an sein Gesicht konnte sie sich noch erinnern – war sie völlig aus dem Häuschen, wie betäubt gewesen. Sie hatte in einem teuren Hotel in Inverness bei Kerzenschein zu Abend gegessen, unermeßliche Glückseligkeit verspürt und gemeint, auf Wolken zu schweben. Statt dessen empfand sie nun die angenehme Gewißheit, die richtige Entscheidung getroffen zu haben. Warum also sollte sie aufgeregt sein? Die Heirat selbst schien jegliche Relevanz für sie verloren zu haben. Ihre Gemeinschaft mit Gus war enger als die mit Ian jemals hätte sein können, und auch ihr zweiter Versuch, sich an sein Gesicht zu erinnern, mißlang. Bezeichnend, wenn man berücksichtigte, daß ihr Gedächtnis sie nur höchst selten im Stich ließ.

Ein Blick auf ihre Armbanduhr – es war neun – holte sie in die Realität zurück. Noch war sie unschlüssig, was sie unternehmen wollte. Vertrödeln würde sie diesen Tag gewiß nicht. Sie erhob sich, räumte ihre kleine Küche auf und machte das Bett. Anschließend schaffte sie im Badezimmer und im Kleiderschrank Platz, denn Gus würde bestimmt einige Sachen in ihre Wohnung mitbringen. Danach eilte sie ins Wohnzimmer, um die verwelkten Blumen und die Überreste des Vorabends in den Abfalleimer zu werfen. Als sie die Sofakissen aufschüttelte, stieß sie auf Gus' Umschlag. Sie runzelte die Stirn und wurde unruhig. Um sich zu vergewissern, daß er die Unterlagen nicht für seine Termine im Companies House und im Revier brauchte, beschloß sie, diesen zu öffnen. Außerdem bestand die Möglichkeit, daß die Informationen sogar ihr selbst zugute kamen.

Der Umschlag enthielt unter anderem Blätter, die mit seiner gestochenen scharfen Hand- beziehungsweise Kurzschrift bedeckt waren. Bislang hatte sie es versäumt, herauszufinden, was ihn zu diesen speziellen Notizen veranlaßte. Wie oft hatte sie seine verschlüsselten Kommentare, Fragezeichen neben Namen sowie Datums- und Zeitangaben schon gelesen und absolut nichts damit anfangen können. Sogar zusammenhängende Sätze waren ihr unbegreiflich gewesen.

In der Hoffnung, einen Hinweis auf seine rätselhaften Aufzeichungen zu erhalten, überflog sie zuerst die insgesamt zwölf Fotokopien.

Es handelte sich um Namenslisten ihr unbekannter, im Companies House registrierter Firmen und Gesellschaften, deren Direktoren sowie Zahlenkolonnen. Sie seufzte und schüttelte den Kopf. Was hatten Franklin Holdings plc und Jennings P. J. Ltd. Iron Factors und Ludlow and Sons Import/Export mit ihren Nachforschungen zu tun? Absolut nichts! Olaf Jensen Timber Importers; N. H. Blasi Spice

Dealers Ltd.; L. E. T. Hakim and Sons (Metalle) plc.; M. R. H. Market Traders Ltd.; Ashgar and Mamouli Fabrics Ltd., David Gellings plc.

Plötzlich hielt sie inne. Irgend etwas war ihr aufgefallen, und sie nahm sich die Fotokopien ein zweites Mal vor.

Olaf Jensen Timber Importers in Ipswich. N. H. Blasi, die Gewürzfirma, in Shadwell. Gar nicht so weit entfernt! Waren es die Adressen, die mich stutzig gemacht hatten? Reichlich dürftig, oder? L. E. T. Hakim and Sons (Metalle) Ltd. hatten ihren Sitz in Tilbury, ein gutes Stück flußabwärts. M. R. H. Market Traders in der Bond Street. Ziemlich elegant für einen Marktbeschicker, dachte sie, und fuhr fort. Ashgar and Mamouli ... Und wußte schlagartig, was ihre Aufmerksamkeit erregt hatte. Ihr Blick saugte sich daran fest.

M. R. H. Market Traders Ltd. Sie schloß die Augen, während sie sich an die Sitzung des Verwaltungsrates, Ellens diesbezügliche Äußerungen sowie ihr Zusammentreffen mit Harlow, Lester und McCann im St. Dymphna erinnerte. Fieberhaft begann sie dann, die Schubladen ihres kleinen Schreibtisches zu durchwühlen. Sie fand die kleine Broschüre über die neue Stiftung, die nach Einführung der Reformen des NHS sämtlichen Angestellten des Old East übersandt worden war, und blätterte sie bis zur Aufstellung der neuen, externen Stiftungsdirektoren durch.

Michael Roderick Harlow, Market Traders Ltd., las sie nochmals. Seinen eigenen Worten zufolge besaß dieser Mann mehr Marktplätze und -stände, als sie zählen konnte. Warum stand der Name seiner Firma unter jenen der Eigentümer von Copper's Properties, die Lenny Greesons Laden übernommen und – die Verbindung war nicht zu weit hergeholt – aus ganz persönlichen Gründen Don Greeson und seinen Hund mit Hilfe von Connies Stoffmühle beseitigt hatten?

Trotz ihrer Nervosität zwang sich George, sich auf Gus'

Liste zu konzentrieren. Vielleicht entdeckte sie Angaben, die die Verbindungen noch verdeutlichten.

Nach einer Weile hatte sie seine Intention begriffen: Gus war auf der Suche nach jenen Firmen gewesen, die gemeinsame Direktoren hatten. J. R. Harlow und L. F. N. Harlow, eindeutig Familienangehörige, dürften als solche Mikkeys Anweisungen befolgen. E. Pike, einer der weiteren Direktoren, tauchte in den Verwaltungsräten von drei anderen Unternehmen auf, deren Mitglieder wiederum in jenen anderer Firmen saßen. Nachdem sie alle Namen verbunden hatte, ergab sich eine Linie, die zwischen Copper's Properties und M. R. H. Market Traders hin und her ging und zudem fünf weitere Firmen und zahlreiche Namen einschloß. Unfaßbar, entfuhr es George. Dennoch, je länger sie darüber nachdachte, desto glaubwürdiger erschien es ihr, daß all diese Leute nichts weiter als Befehlsempfänger waren. Hätten sie sich, falls ihre Vermutung zutraf, anläßlich eines Mordes verbündet? Wenn ja, warum? Und aus welchem Grund sollte Mickey Harlow an Don Greesons Tod interessiert gewesen sein, was logischerweise das Ergebnis ihrer Überlegungen wäre, und weshalb ...

Ihr Kopf brummte. Sie hatte sich eindeutig verschätzt. Ihre anfänglichen Ermittlungen waren auf einen abgetrennten Unterschenkel und vielleicht zwei verbrannte Frauen beschränkt gewesen. Der Sumpf großstädtischer Betrügereien und Intrigen, in den sie dabei offensichtlich geraten war, verwirrte sie zutiefst. Im Sezieren von Leichen, erkannte sie trübsinnig, bin ich gut, aber der Umgang mit lebenden Gaunern bringt mich völlig aus dem Konzept.

Geschäftemacher, dachte sie. Geld und Mord! Sie lehnte sich in ihrem Sessel zurück und starrte gedankenverloren aus dem Fenster.

Laut Gregory verdiente sich Connie eine goldene Nase, indem er Medikamente des Old East nach Indien schmuggelte und dies zudem als krisenfeste Einnahmequelle betrachtete. Unsinn! Hätte jemand damit derart hohe Gewinne erzielen können, wäre sie und das gesamte Krankenhaus längst darüber informiert gewesen. So eine Angelegenheit hätte man niemals geheimhalten können. Sie erinnerte sich an die Serie von Diebstählen vor zwei Jahren: Es hatte keinen einzigen Mitarbeiter gegeben, der nicht von allen anderen verdächtigt worden wäre.

Nach und nach trat ein entschlossener Ausdruck in ihre Augen. Einige Nachforschungen waren nötig. George selbst konnte diese nicht anstellen, jedenfalls nicht während ihres unbezahlten Urlaubs. Außerdem würde man ihr den Zugang zu jenen Orten, die durchsucht werden mußten, ohnehin verwehren.

In der Gewißheit, auf diese Weise den größten Erfolg zu erzielen, ließ sie ihren Gedanken freien Lauf. Erinnerungen an Familiengespräche, in ihrer Kindheit überaus langweilig und unverständlich, brachten sie auf neue Ideen und ergaben nun einen kuriosen Sinn. Während sich George Connies Fabrikhof sowie dessen Namen auf den Lieferwagen vergegenwärtigte, griff sie langsam nach dem Telefonhörer. Wenn sie das völlig neue und sehr verführerische Muster, das ihr Geist entwickelt hatte, richtig interpretierte, lieferte es ihr die Antwort. Es war ein reines Glücksspiel, aber es konnte funktionieren.

*

»Schön, daß es ihr besser geht.« Ellens Stimme am anderen Ende der Leitung klang ein wenig spöttisch. »Heißt das, Sie sind demnächst wieder zurück?«

»Sobald ich kann, Ellen«, versprach George. »Wie läuft die Arbeit im Labor?«

»Ich gestehe es Ihnen nur ungern, aber absolut reibungslos. Alan macht sich hervorragend, und Sheila frißt ihm aus der Hand. Bisher hat es nicht den geringsten Streit gegeben. Ich vermute, Sie haben dafür gesorgt, daß die forensischen Untersuchungen vom anderen Polizeilabor durchgeführt werden.«

»Nun, ich habe Bescheid gesagt, daß ich nicht im Dienst sein würde«, gab George zu. »Das war doch in Ihrem Sinn, oder?«

»Selbstverständlich«, meinte Ellen. »Das versetzt uns in die Lage, uns während Ihrer Abwesenheit ausschließlich auf die normale Krankenhausarbeit zu konzentrieren. Nach Ihrer Rückkehr kann die ursprüngliche Abmachung wieder in Kraft treten.«

»Okay.« George zögerte. »Ellen, ich hatte hier – meine Freundin schläft sehr viel, müssen Sie wissen – Zeit nachzudenken. Ich ... zum Teufel, wie soll ich es nur erklären?«

»Am besten von vorne«, riet Ellen, die sich plötzlich gespannt anhörte. »Was ist es?«

»Also«, begann George, »in gewisser Weise betrifft es das St. Dymphna.«

»Ach?« fragte Ellen scharf.

»Mmm. Ich – äh, letzte Woche hatte ich einen freien Tag – die Nachbarin meiner Freundin ist für mich eingesprungen – und diesen für einen Besuch im St. Dymphna genutzt.«

Einige Sekunden lang herrschte Stille. Dann: »Sie haben deswegen den weiten Weg von Chislehurst auf sich genommen und nicht bei uns reingeschaut?«

»Ich weiß.« George fühlte sich entsetzlich. Ihr Hang zum Lügen ließ sie im Stich. Vielleicht beinhaltete das, was sie Ellen erzählen wollte, zuviel Wahrheit? Hastig fuhr sie fort: »Die Pläne des Verwaltungsrates haben mir einfach keine Ruhe gelassen. – Sehen Sie, Ellen, ich habe dort etwas erfahren, das ... Nun, es betrifft auch das Old East. Ich kann jetzt schlecht ins Detail gehen.« (Lieber Himmel, ich schaffe es nicht, schoß es ihr durch den Kopf. Es wird immer komplizierter. Was soll ich mir denn noch aus den

Fingern saugen, damit Ellen mich nicht durchschaut?) »Also werde ich mich kurz fassen. Es könnte sein ...« Sie zögerte erneut. »Es könnte sein, daß jemand Medikamente aus dem Old East entwendet. Und zwar in rauhen Mengen. Keine Narkotika«, fügte sie eilig hinzu, als sie Ellen schwer atmen hörte. »Steroide, Antibiotika, Krebsmittel – teure therapeutische Substanzen.«

»Gütiger Himmel!« entfuhr es Ellen nach einer Weile.

»Der Punkt ist, daß ich nicht sicher bin – anders ausgedrückt – fänden solche Diebstähle tatsächlich statt, würden wir alle darüber informiert sein, oder?«

»Allerdings, darauf können Sie Gift nehmen«, erklärte Ellen mit Nachdruck. »Ich halte es für ausgeschlossen, daß irgendwelches Material in größeren als den üblichen Mengen verschwindet, ohne daß wir davon wüßten. Wir alle vom Kostenmanagement achten wie die Schießhunde auf unsere Budgets. Die Apotheke fällt in mein Ressort, und seien Sie versichert, es ist absolut unmöglich, daß ich bestohlen werde. Ich nicht.«

»Daran habe ich nicht den geringsten Zweifel«, sagte George. »Trotzdem, könnten Sie das nicht doch überprüfen?«

»Nun?«

»Zu meinem Verständnis: Wie erfolgt die Bestellung von Pharmazeutika?«

»Mit Bestellformularen. Wie sonst?«

»Über irgendwelche Großhändler?«

»Nein. Als großes Krankenhaus können wir direkt vom Hersteller kaufen, der uns zudem Rabatt gewährt.«

»Das hatte ich gehofft! Geroge war so aufgeregt, daß es ihr beinahe den Atem verschlug. »Okay. Wie läuft das genau ab?«

»Was? Ach so. Ich stimme die Wünsche sämtlicher Abteilungen und Stationen aufeinander ab und fülle die Formulare aus. Diese leite ich einmal im Monat an die Buchhaltung weiter, wo sie von dem Beschaffungsexperten geprüft werden.«

»Und dann?«

»Zuerst erhalten wir eine Auftragsbestätigung mit der Adresse und dem Namen der Person, die berechtigt ist, die Bestellung entgegenzunehmen und ihre Richtigkeit zu bestätigen. Dann trifft die Ware ein, begleitet von einem Lieferschein. Diesen vergleiche ich mit der Rechnung, die uns die Firma kurz darauf übersendet. Falls alles korrekt ist, gebe ich sie an die Buchhaltung, die ihre Bezahlung veranlaßt. Das ist alles.«

George holte tief Luft. »Ellen, was würde passieren, wenn jemand im Namen des Old East bestellt, die Lieferung jedoch an eine andere Adresse verfügt?«

»Dann würde sie auch dorthin erfolgen«, antwortete Ellen verblüfft. »Das ist nicht ungewöhnlich. Wir haben eine Art Filiale, einige ausgelagerte Abteilungen, draußen in Sussex, wie Ihnen vielleicht bekannt sein dürfte. Sie wird stets direkt beliefert.«

»Hab ich's mir doch gedacht! Und die Rechnungen? Werden sie ins Old East oder an den Bestimmungsort der Ware geschickt?«

»Immer an die Lieferadresse«, sagte Ellen knapp. »Dort werden sie, wie hier, mit der eingegangenen Ware verglichen und an die Buchhaltung weitergeleitet.«

»So funktioniert das also«, murmelte George halblaut.

»Wie bitte?« Als George nicht antwortete, hakte Ellen ein wenig lauter nach: »Wovon reden Sie?«

»Schon gut, Ellen. Entschuldigen Sie«, sagte George. »Es war das reinste Puzzle. Ich wußte zwar, daß nur ordentliche Krankenhäuser und Ärzte Bestellungen ordern können, doch ich hatte keine Ahnung, wie diese abgewikkelt werden. Demnach ist es ein Kinderspiel, die Bezahlung zu unterschlagen oder?«

»Wenn Sie meinen«, sagte Ellen.

»Und ich hatte angenommen, ich besäße keinerlei Gespür für solche Dinge. Aber das war offensichtlich ein Irrtum, nicht wahr?«

»Das kann ich nicht beurteilen, solange ich Ihre Mutmaßungen nicht kenne«, bemerkte Ellen spitz. »Noch halte ich diese Äußerung für völligen Unsinn. Wenn Sie so freundlich sein können und ...«

»Es tut mir leid.« George triumphierte innerlich. »Besagte Person im St. Dymphna hat sich mißverständlich ausgedrückt. Nicht das Old East, sondern der Hersteller wird geschädigt. Logischerweise bezweifelt keine der pharmazeutischen Firmen die Echtheit der Bestellungen – schließlich ist das Old East eine Institution! Die Auftragsbestätigung fängt jemand hier ab und veranlaßt, daß die Lieferungen an eine andere Adresse erfolgen. Und ich wette, wer immer beim Hersteller dafür sorgt, daß die Bezahlung unter den Tisch fällt, wird für seine Mühe fürstlich entlohnt. Das ist es! Jemand schmuggelt große Mengen an Medikamenten nach Übersee und verkauft sie dort zu horrenden Summen. Ein verdammt lukratives Geschäft!«

»Wie kann jemand ...«, begann Ellen. »Also ich halte das für reichlich verrückt.«

»Das ist mir klar. Aber mir ist auch klar, daß es tatsächlich passiert. Sie würden staunen, wie dreist manche Diebe sind. Ich bin überzeugt, daß meine Schlußfolgerungen den Tatsachen entsprechen. Sie sind absolut logisch. Sie erklären zwar nicht, warum die beiden Frauen sterben mußten. Aber auch zu ihnen muß es eine Verbindung geben. Ich weiß nur noch nicht, welche.«

»Welche Frauen?« Ellen schien der Verzweiflung nahe. »George, geht es Ihnen gut? Sie reden ziemlich viel ... hm, entschuldigen Sie ... Blödsinn.«

»Keine Sorge, Ellen«, beruhigte George ihre Gesprächspartnerin. »Alles ergibt wirklich einen Sinn, glauben Sie mir. Vielleicht bin ich schon nächste Woche wieder zurück. Prüfen Sie mal nach, ob Sie irgendwelche Beweise für meine Behauptungen finden, ja? Sie werden sehen, daß ich mich nicht irre. Vielen Dank für Ihre Hilfe.« Und sie legte den Telefonhörer auf, reckte die Arme hoch und stieß einen Jubelschrei aus.

30

Danach war es ihr unmöglich, still zu sitzen. Sie wanderte durch die Wohnung, schüttelte perfekt plazierte Kissen auf und rückte Bilder an den Wänden zurecht, so daß sie am Ende schief hingen. Gus nicht erzählen zu können, wie sie die Verbindung zwischen dem Old East und Connie aufgedeckt hatte, empfand sie als einzige Qual. Ebenso schnell, wie sie in Euphorie geraten war, verfiel sie wenig später in einen Zustand tiefster Verzweiflung, denn durch ihre neuen Erkenntnisse war Gus bei seiner Auseinandersetzung mit dem CIB absolut nicht geholfen. Allein Lenny Greeson konnte ihn aus seiner Zwangslage befreien. War Mike bereits auf eine Spur gestoßen? Konnte sie ihn anrufen? Ihn nach dem neuesten Stand fragen?

Ein Blick auf ihre Armbanduhr zeigte ihr, daß er gerade mal in Brighton eingetroffen war. Sie mußte sich irgendwie nützlich machen.

Gus' Unterlagen fielen ihr ein. Sollte sie diese in seine Wohnung bringen? Obwohl sie wußte, daß er sich mit dem Super im Revier treffen wollte, um einige Punkte seiner Verteidigung abzuklären, wählte sie seine Privatnummer. Erwartungsgemäß meldete sich der Anrufbeantworter, und sie verzichtete darauf, eine Nachricht zu hinterlassen.

Sie griff nach dem Plastikumschlag, um erneut einen Blick auf die Liste der Firmen zu werfen. Plötzlich erschien es ihr sinnlos, Gus' Aufzeichnungen zu nutzen. Sie mußte ihre eigenen Ermittlungen fortsetzen, und im Moment konnte sie nur eines tun. Sie holte ihre Handtasche und eine leichte weite Leinenjacke, die zu ihrer Hose und zu ihrer kurzärmeligen Bluse paßte, denn sie wollte einen einigermaßen eleganten Eindruck hinterlassen und eilte, in der Hoffnung, ihr Gedächtnis möge sie nicht im Stich lassen, zu ihrem Wagen.

Als sie nach zwei Fehlversuchen Barking erreichte, entdeckte sie ungefähr fünfzig Meter vom Laden entfernt einen Parkplatz. Das ist ein gutes Omen, sagte sie sich, während sie die Uhr mit Münzen fütterte. Dann lenkte sie ihre Schritte Richtung Carolynn's Charity Shoppe.

*

»Welche Freude, riesig, Sie so bald wiederzusehen!« flötete Maureen atemlos. »Damit hätte ich nun wirklich nicht gerechnet!«

»Ich fand Ihren Betrieb ungemein faszinierend«, erwiderte George. »Die Art und Weise, in der Sie ihn führen, und der Umsatz, den Sie erzielen, hat mich sehr beeindruckt.« Endlich wieder ehrlich sein zu können, empfand sie nach ihren ständigen Lügengeschichten als wohltuende Abwechslung.

»Das ist furchtbar liebenswürdig von Ihnen!« säuselte Maureen. »Nicht wahr, Mädels?«

Die drei grauhaarigen Frauen in den Sechzigern, sie trugen den gleichen hellbraunen Overall, den auch die Frauen am Vortag getragen hatten, lachten und nickten strahlend. Auf Maureens Bitte hin entfernte sich eine von ihnen, um Tee zuzubereiten.

»Außerdem könnte ich Ihnen doch etwas zur Hand gehen«, fuhr George fort. »Schließlich habe ich mitbekommen, daß hier eine Menge zu tun ist.« Sie vollführte eine vage Geste. »Die neuen Kleider müssen sortiert, aufgehängt und ausgezeichnet werden.«

»Alle sind so freundlich zu mir.« Maureen schaute sich ein wenig hilflos in ihrem Laden um. »Ich weiß nicht, ob ich Sie bitten kann ... ich meine, um ihren Wert bestimmen zu können, muß man schon etwas Erfahrung haben.« Sie warf George einen hoffnungsvollen Blick zu, die sofort gestand, keinen blassen Schimmer von Preisen für Secondhand-Kleidung zu haben. »Das war mir eigentlich klar. Nun, mal sehen ...« Wieder schaute sich Maureen um, dann lächelte sie erleichtert. »Natürlich! Das ist es! Genau das Richtige bei Ihrer Ausbildung und Ihrem Wissen.«

Sie eilte zu einem Pappkarton in einer Nische des Ladens, hievte ihn auf die Theke und zog sich einen hohen Hocker heran. »Setzen Sie sich, und werfen Sie doch mal einen Blick darauf. Mit Romanen, Liebesgeschichten und Krimis kenne ich mich aus, aber diese Bücher sind etwas ganz Spezielles, und ich habe nicht die geringste Ahnung, wieviel ich für sie verlangen kann.« Ein zufriedenes Lächeln umspielte ihre Lippen. »Sie sind von Philip! Er hat seine Bibliothek ausgemistet, mir diese Exemplare zur Verfügung gestellt. Ist das nicht furchtbar nett von ihm?« meinte sie, obwohl sie etwas besorgt wirkte. »Er scheint sich verändern zu wollen. Wie dem auch sei, sagen Sie mir, was Sie von den Büchern halten. Auf mich machen sie einen ganz hervorragenden Eindruck.«

Als George in den Karton griff, fragte sie sich, worauf sie sich einließ. Die Bücher, sie waren großformatig, schwer und hatten bunte Umschläge, mußten sehr teuer gewesen und intensiv benutzt worden sein. Sie befaßten sich mit Mode, Schmuck sowie Schönheitspflege, Frisuren, Make-up, Maniküre und Pediküre, Aromatherapie, Reflexologie und jeder anderen obskuren Gesundheitslehre. Amüsiert betrachtete George die stark geschminkten Schmollmünder und unglaublich kleinen, vorwiegend leicht nach oben gerichteten Nasen knochiger und mürrisch dreinblikkender Mannequins.

»Sie sehen alle seltsam aus.« Georges Kommentar war nicht für Maureen bestimmt gewesen. »Ihre Nasen sind völlig unproportioniert. Sie müssen alle operiert sein. Verrückt, nicht wahr?« Im selben Moment stockte ihr der Atem. Sie biß sich auf die Unterlippe und schaute schuldbewußt zu Maureen hoch. »Mrs. Ledbetter, verstehen Sie mich nicht falsch. Selbstverständlich weiß ich die Arbeit von Schönheitschirurgen zu schätzen. Für Menschen mit schweren Gesichtsverletzungen, beispielsweise, ist sie unverzichtbar. Es lag mir fern, Kritik an Ihrem Neffen zu üben.«

»Das ist schon in Ordnung«, beruhigte Maureen sie. »Philip würde Ihnen sogar zustimmen«, fuhr sie in vertraulichem Ton fort. »Ähnliches hat er mir gegenüber erst vor kurzem erwähnt. Mit mir redet er nämlich mehr als mit allen anderen. Ich sei die beste Freundin, die er sich nur vorstellen kann, behauptet er.« Hektische Flecken breiteten sich jetzt auf ihren Wangen aus. »Ist das nicht reizend von ihm?«

»Ja«, bestätigte George, erleichtert, daß sie die Gefühle der Frau nicht verletzt hatte. Ihre persönliche Ansicht über die Spezialisten in der Harley Street durfte Maureen nicht im mindesten interessieren, und diese zu äußern, käme mangelnder Selbstkontrolle gleich.

»Er zieht in Erwägung, diese Richtung aufzugeben, hat er mir neulich anvertraut. Monty möchte zwar unbedingt, daß er Chirurg bleibt, doch Philip selbst meint, für seine momentane Tätigkeit nicht sonderlich geeignet zu sein. Vielleicht steigt er auf die Dermatologie um. Sie ist ein Spezialgebiet, das ihn fasziniet und auf dem er gewiß einiges leisten kann.« Sie kicherte. »Seltsam, daß er das erst jetzt erkennt, nicht wahr? Er wollte nach Amerika gehen, aber ich habe mich so sehr darüber aufgeregt, daß er mir fest versprach, es nicht zu tun.« Ihr Gesicht hatte sich schmerzlich verzogen. »Sein Onkel werde sich früher oder später mit seiner beruflichen Veränderung abfinden, habe ich ihm versichert. Solange er seinen Job wirklich gut mache, wovon ich überzeugt bin – er ist ja so klug – sei Monty zufrieden. Ich habe ihm allerdings geraten, Monty jetzt noch nichts davon zu erzählen. Wie auch immer, Philip will definitiv keine Schönheitsoperationen mehr durchführen.« Sie tippte auf das Buch in Georges Hand. »Seine Patientinnen haben immer darin nachgeschlagen, um sich Anregungen für ihr künftiges Aussehen zu holen. Ich wäre Ihnen äußerst dankbar, wenn Sie einen Preis dafür festsetzen könnten.«

Es war lächerlich. Total absurd, sagte sich George, als Maureen sie mit den Abbildungen perfekt geformter Gesichtspartien zurückließ, um nach dem Tee zu sehen. Es ist die verrückteste Idee, die ich jemals hatte, und zum Teufel mit dem, was man als Intuition bezeichnet. Mich verleitet sie zur Überheblichkeit und der Annahme, ich könne mich gar nicht irren. Das muß völlig ...

Genau! Absolut und vollkommen richtig, flüsterte ihr eine innere Stimme zu. Du hast recht, du hast recht, du hast recht. Erinnere dich doch nur, wie sich das Feuer ausgebreitet hat und wie einseitig die beiden Frauen verbrannt waren. Kannst du dir einen anderen Grund vorstellen als den, der dir gerade in den Sinn gekommen ist?

Mit einem flüchtigen Dankeschön nahm sie ihre Tasse von Maureens Helferin entgegen, trank in kleinen Schlukken und dachte nach. Ihre Schlußfolgerung erschien ihr absolut logisch: Der ehrgeizige Monty ist erpicht darauf, den kurz nach der Ausbildung stehenden Philip an die Spitze seines Berufsstandes zu bringen. Er hält das sechsjährige Grundstudium für ausreichend und ist, wie viele Laien, der Meinung, ein Mediziner werde durch den Ort, an dem er seine Tätigkeit ausübt, zum Spezialisten. Ohne ihm Gelegenheit zu geben, sich die dafür nötigen Kenntnisse anzueignen, richtet er ihm an einem solchen eine elegante Praxis ein und prahlt mit ihm vor seinen Freunden: »Mein Neffe, der Schönheitschirurg in der Harley Street.« Wer hatte Philip letztendlich dazu gebracht, diese Laufbahn tatsächlich einzuschlagen? Sein Onkel, der, nachdem er höchstwahrscheinlich die gesamten Ausbildungskosten getragen hatte, Dankbarkeit in Form von sofortigem Erfolg forderte, oder aber seine geliebte und ihn anbetende Tante, die ihm permanent versicherte, der klügste und erfahrenste Arzt zu sein, der jemals praktiziert hatte? Letzteres, lautete Georges Antwort, als sie erneut feststellte, daß Maureen, die sie zu Hause gehemmt, unscheinbar und still erlebt hatte, in ihrem kleinen Reich absolut glücklich und selbstbewußt wirkte. Und Philip liebte sie.

Du hast keine Zeit für Sentimentalitäten, ermahnte sich George. Versuch lieber rauszufinden, was tatsächlich abgelaufen ist. Wie war es Philip ohne Krankenhausanstellung, die ihm einen gewissen Bekanntheitsgrad verschafft und den einen oder anderen Allgemeinmediziner veranlaßt hatte, ihm seine Patienten zu überweisen, gelungen, sich eine florierende Praxis aufzubauen?

Kein Problem, folgerte George. Dafür hatte Onkel Monty gesorgt. Sie konnte sich lebhaft vorstellen, wie dieser in seinem Lieblingspub saß, freundlich und gewinnend seine Weisheiten verkündete und die Rolle eines lokalen Guru, Quell allen Wissens, Führerpersönlichkeit, Philosoph und Freund eines jeden Zeitgenossen in diesem Teil Londons, in vollen Zügen genoß. Sie sah ihn mit jenen Frauen sprechen, die sich am meisten für Gesichtskorrekturen interessierten und sich diese auch leisten konnten. Frauen, deren Kapital ihr Aussehen und die Illusion von Jugend war. Käufliche Frauen. Leichte Mädchen. Nutten.

In irgendeiner privaten Klinik, einem Hospital, das nicht nachfragte, von wem die Operationssäle und Behandlungsräume gemietet waren, hatte der junge Philip seine Fertigkeiten an ihnen ausprobiert und kläglich versagt. Vielleicht waren ihre Gesichter danach schief gewesen – so etwas passiert gelegentlich sogar erfahrenen Schönheitschirurgen –, weil er einige Nerven verletzt hatte, was zu erschlafften Muskeln, herabhängenden Augenlidern oder gelähmten Mundwinkeln führte. Vor Georges geistigem Auge tauchte die darauffolgende Szene auf: Erboste und enttäuschte Patientinnen, die ihm mit einer Klage wegen Körperverletzung drohten. Ihnen gegenüber Philip, der, bestürzt und erschüttert, an die Reaktion seines Onkels dachte, an die der Öffentlichkeit und vor allem an die seiner geliebten Tante.

Konnte sie, selbst wenn ihre Vermutung zutraf, daraus folgern, daß er sich seiner Kunstfehler tatsächlich auf eine derart brutale Weise entledigt hatte? Sie versuchte, sich vorzustellen, wie Philip Cobbett in ihre Häuser einbrach, eine brennbare Flüssigkeit auf die Kissen der schlafenden Frauen schüttete und sie anzündete, ehe er auch ihre Gesichter damit übergoß, um sowohl alle Beweise für sein Unvermögen zu vernichten als auch eine Entlarvung völlig auszuschließen. Es gelang ihr nicht. Der furchtsame, nervöse Philip hatte sie bestimmt nicht umgebracht. Eine solche Grausamkeit traute sie ihm nicht zu. Im übrigen konnten die Frauen nicht bei Bewußtsein gewesen sein. Kein Mensch bleibt ruhig in seinem Bett liegen, wenn er zu verbrennen droht.

Hatte Philip jemanden beauftragt, die Opfer zu betäuben, und ihn mit der dafür nötigen Substanz versorgt? Sie kniff die Augen zusammen und sah ihn die entsprechenden Rezepte ausstellen, doch dann verschwamm dieses Bild. Nein, so konnte es nicht gelaufen sein! Wahrscheinlich hatte er ihnen von einem Narkotikum mit minimalen Nebenwirkungen erzählt, das den Eingriff zu Hause ermögliche, ihn weitaus erträglicher und, vor allem, kostengünstiger mache. George sah, wie er den Frauen, die ihm vertrauten, das angepriesene Mittel injizierte – in der Gewißheit, daß dieses, auf Grund der starken Schädigung des Gewebes, bei einer Autopsie nicht nachgewiesen werden konnte. Nach Durchführung seiner »Theorie« sah sie Philip die Wohnungen verlassen, denn das Risiko, daß die Flammen durch sein Verschulden doch nicht sämtliches Belastungsmaterial gegen ihn vernichten, wäre er niemals eingegangen. Insofern hätte ein Experte dafür sorgen müssen, daß sein Versagen nicht publik wurde, um ihn vor der katastrophalen Niederlage eines sensationell aufgemachten Gerichtsprozesses zu bewahren, indem er nicht nur die Spuren der ursprünglichen Operation, sondern auch jene seiner aktiven Beteiligung am Tod der Frauen beseitigte.

Je länger sie über ihre Theorie nachdachte, desto einleuchtender und verführerischer erschien ihr diese. George vertraute darauf, daß sie die richtigen Schlüsse gezogen hatte. Aber es gab nur einen Weg, sich letzte Gewißheit zu verschaffen, sagte sie sich, während sie blicklos auf das Buch in ihrem Schoß starrte. Sie mußte ihn fragen. Direkt, von Angesicht zu Angesicht.

Trotz der Panik, die sie bei dieser Vorstellung erfaßte, blieb sie still sitzen und bemühte sich, ihre Nervosität unter Kontrolle zu bekommen. Wie albern, davor solche Angst zu haben! Sie mußte Philip doch nur unter irgendeinem Vorwand aufsuchen und ihm eine ihrer Phantasiegeschichten erzählen. Damit hatte sie bisher immer Erfolg gehabt. Sie würde es schaffen, ihm irgendwelche Hinweise zu entlocken. Oder etwa nicht?

Und dadurch vielleicht auch seinen Komplizen verunsichern. Weshalb hatten sie Lisa und Shirley ermordet? Brachte ihnen der Tod der beiden irgendwelche Vorteile? Konnte Philip einen professionellen Killer bezahlen? Durchaus möglich, aber hätte er dies auch getan? Wäre er durch einen Mitwisser nicht in noch ärgere Bedrängnis geraten? Nein! entschied sie. Es mußte eine andere Erklärung dafür geben, daß jemand bereit gewesen war, Philips verhängnisvolle Patienten umzubringen. Hatte dieser Jemand, im Vertrauen auf gegenseitige Verschwiegenheit, damit eine Schuld bei ihm beglichen? Ein glaubwürdiges Motiv, dachte George und wurde ruhiger. Auf jeden Fall mußte sie im Umgang mit Philip vorsichtig sein.

Ihr wurde bewußt, daß sie an seiner Mittäterschaft nicht den geringsten Zweifel hatte. War das angemessen? Während sie das gesamte Szenario noch einmal im Geiste ablaufen ließ, wuchs ihre Überzeugung, daß sie eine weitere Verbindung aufgedeckt hatte. Nicht die letzte, aber eine sehr wichtige. Ihr Diagramm wäre vollständig, könnte sie herausfinden, wer Philip aus welchem Grund geholfen hatte.

»Wie kommen Sie mit den Büchern voran, Doktor?« rief Maureen ihr aus einiger Entfernung zu. George lächelte, nickte und bemerkte erst jetzt, daß sich mittlerweile mehrere Kunden im Laden befanden. Sie preßte die Lippen zusammen. Offenbar liebte es Maureen, mit den Qualifikationen und der Position ihrer Mitarbeiterinnen zu prahlen, denn die Betonung ihres Titels war ihr nicht entgangen. Sie konnte sich gut vorstellen, wie Maureen ihren Lieblingsneffen umschmeichelte. Seine Tante war eine leicht zu durchschauende Persönlichkeit, die ihre Befriedigung in solch unwichtigen Dingen fand, daß sie auf eine fast kindliche Art reizend wirkte. Maureen Ledbetter zu gefallen, mußte sehr einfach sein, dachte George, und kramte in ihrer Tasche nach einem Stift. Sie besaß die Macht der Schwachen und Hilflosen, und diese, begriff George, als sie sich an ihre Mutter erinnerte, war unumstritten groß.

Ohne lange zu überlegen, versah sie die ersten Seiten aller Bücher mit Preisen zwischen fünf und sieben Pfund fünfzig Pence und brachte sie Maureen. Diese thronte wichtigtuerisch hinter der Kasse, während die Helferinnen bemüht waren, getragene Jacken und Hosen Pensionären aufzuschwatzen, die deren Wert kannten und ohnehin nicht gewillt waren, mehr als die Hälfte der geforderten Preise zu bezahlen.

»Schon fertig?« fragte Maureen erfreut und warf einen Blick in einige Bücher. »Oh, ist das nicht ziemlich teuer? Diese Gegend ist nicht sonderlich wohlhabend.«

»Die Leute, die wirkliches Interesse daran haben, würden sogar noch mehr ausgeben«, sagte George mit einer Überzeugung, die sie gar nicht empfand. »Ist es nicht vernünftig, alle Preise höher anzusetzen? Egal, wieviel man verlangt, die Kunden bieten immer weniger, also sollte man sich doch die Chance offenhalten, mehr zu erzielen, als man insgeheim veranschlagt hat. Ich wäre gerne noch geblieben, aber mir ist eben eingefallen, daß ich noch etwas Wichtiges zu erledigen habe.« Beiläufig deutete George auf die Bücher. »Sie stammen also von Philip?«

»Richtig!« bestätigte Maureen stolz. »Die Räumlichkeiten sind einfach phantastisch, total renoviert und mit wunderschönen Möbeln ausgestattet. Das Wartezimmer ist ein Schmuckstück. Sie sollten es sich mal anschauen.«

»Nichts lieber als das«, erklärte George und warf Maureen einen unschuldigen Blick zu. »Ich kenne einige Leute, die sich vielleilcht zu Philips Behandlung begeben möchten. Er praktiziert doch noch in der Harley Street, oder?«

Rote Flecken erschienen auf Maureens Wangen. »Nun, wie ich Ihnen erzählte, will er sich demnächst auf die Dermatologie konzentrieren.«

»Genau deshalb hatte ich gefragt«, beeilte sich George zu erwidern. »Wenn Sie mir nun seine Adresse und seine Telefonnummer nennen könnten?«

»Selbstverständlich!« erbot sich Maureen eifrig und zog eine cremefarbene Visitenkarte aus ihrer Brieftasche. »Ich habe immer welche bei mir. Hübsch, nicht wahr? Äußerst geschmackvoll.«

Das fand George keineswegs. Die Karte hatte eine goldene Schrift, paßte jedoch eher zu einem Bordellbesitzer als zu einem Arzt, stellte sie ein wenig überheblich fest.

»Monty hat sie entworfen und drucken lassen, zweitausend Stück, damit er einen guten Start hat. Wirklich hübsch, oder?«

»Ja.« George lächelte zurückhaltend. »Nun, es war schön, Sie wiederzusehen. Aber jetzt muß ich endlich aufbrechen. Und, Maureen, was immer geschieht, ich wünsche Ihnen alles Gute.«

Ihr schlechtes Gewissen rührte sich. Diese Frau verehrt ihren Neffen. Meine Bemühungen, ihn als Mörder zu entlarven, werden ihr das Herz brechen, erkannte George. Dennoch schaffte sie es, erneut zu lächeln. »Auf Wiedersehen«, sagte sie und beugte sich nach kurzem Zögern vor, um Maureens schlaffe Wange zu küssen.

»Sie sind ja so reizend zu mir!« Wieder strahlte Maureen, und George, die ihr keine Sekunde länger in die Augen schauen konnte, verließ ihren Laden beinahe im Laufschritt.

31

Diesmal überlegte sie, bevor sie in ihren Wagen stieg. Eigentlich hatte sie vorgehabt, direkt zu Philip Cobbett zu fahren. Ihr gesunder Menschenverstand sagte ihr jedoch, daß dies ziemlilch riskant sein könnte, falls er tatsächlich zumindest Komplize sorgfältig geplanter und kaltblütig ausgeführter Morde war. Während die Bilder der Brandopfer vor ihrem inneren Auge auftauchten, bemühte sich George, logisch zu denken. »Du stellst dich an wie die Heldin eines schrecklich kitschigen Melodrams«, murmelte sie laut.

Am klügsten wäre es, wenn Gus sie als offizieller Polizeibeamter und Beschützer begleitete. Da er mit dem Super in der Ratcliffe Street zusammensaß, schied diese Möglichkeit aus. Rupert Dudley, den nächstliegenden Beamten (zumindest würde Gus ihn vorschlagen, erkannte sie ein wenig verärgert) könnte sie kaum bitten, also blieb nur Mike übrig. Diese Vorstellung heiterte sie auf, sie setzte sich ans Steuer und legte den Gang ein. Von der nächsten Telefonzelle aus würde sie ihn anrufen.

An der Ecke Cotton Street und East India Dock Road war es so laut, daß George Mühe hatte, ihn zu verstehen.

»Ich wollte gerade die Nummer Ihres Piepers wählen«, sagte Mike Urquhart. »Offenbar sind Sie unter die Hellseher gegangen.«

»So was ähnliches. Folgendes Mike, ich muß zu ...«

»Es hat geklappt, Dr. B.! Ich habe ihn ausfindig gemacht!« unterbrach er sie aufgebracht.

Als ein schwerer Lastwagen vorbeidonnerte, drückte sich George einen Finger ins Ohr. »Was? Lenny?«

»Richtig!« jubelte Mike. »Ich habe in der Stadt verbreiten lassen, sein Bruder sei in Schwierigkeiten. Das hielt ich für die beste Möglichkeit, Lennys Interesse zu wecken, und ich hatte recht. Diese Kerle fackeln nicht lange rum! Offenbar hat er in einer Kemp Town-Filiale als Fischbrater gearbeitet, und zwar unter dem Namen Lenny Barking. Nicht besonders einfallsreich, oder? Wie dem auch sei, in Brighton wußten genügend Leute aus der Szene, woher er kam und daß er darauf achtete, nur ja nicht aufzufallen. Aber sie übermittelten ihm diese Neuigkeit über Don, und es funktionierte.«

»Konnten Sie mit ihm sprechen?« erkundigte sich George.

»Leider nein.« Bedauern schwang in Mikes Stimme mit. »Er ist getürmt. Nach London, meinte sein Brötchengeber, um seinen Bruder zu suchen!« Eine kurze Pause entstand. »Er muß sehr hektisch gewesen sein.«

»Wohin in London?« fragte George.

»Das hat er ihm nicht gesagt. Nach Hause, das vermutet zumindest der Mann vom Fischladen.«

»Wo er kein Zuhause mehr hat, oder?« rief George verzweifelt. »Oh, Mike, wir sollten doch selbst an ihn herankommen! Schließlich muß er mit den Leuten im Revier die Hintergründe für das Darlehen von Gus erläutern. Damit haben wir absolut nichts erreicht!«

»Das stimmt doch nicht!« widersprach Mike beleidigt. »Jetzt steht wenigstens fest, daß der Mann am Leben ist und sich noch im Lande aufhält! Ihm hätte sonstwas zustoßen können! Jetzt sind wir sicher, daß es in London einen Zeugen gibt, der für Gus aussagen kann. Daher ...«

»Entschuldigen Sie, Mike«, bat George und hielt den Telefonhörer an ihr linkes Ohr, weil ihr rechtes von dem Druck des Zeigefingers zu schmerzen begann. »Es ist ...

Ich kann Sie nur bruchstückhaft verstehen. Passen Sie auf, Mike, fahren Sie nach London zurück und ...«

»Sie werden es nicht glauben, aber ich bin bereits am Bahnhof«, unterbrach Mike sie scharf. »Ich weiß schon selbst, was ich nun zu tun habe.«

»Ich bin einfach unverbesserlich!« gab George zu. »Tut mir leid, Mike, ich wollte mich nicht beklagen. Verraten Sie mir, was Sie jetzt vorhaben.«

»Ich sehe mich in seiner alten Nachbarschaft um.« Mike schien ein wenig beschwichtigt. »Lenny ist nicht gerade der hellste Zeitgenosse, wie ich schon erwähnte. Bestimmt geht er davon aus, Don dort zu finden, wo er am meisten anzutreffen war. Und genau dort werde ich mich umschauen. In den Wettannahmen beispielsweise.«

»Das ist eine gute Idee«, ermunterte sie ihn. »Entschuldigen Sie meine heftige Reaktion, Mike. Aber ich mache mir solche Sorgen um Gus.«

Jetzt schmolz Mike total dahin. »Nun, das tue ich auch. Wenn mir Lennys Ziel bekannt wäre, könnte ich bereits vor ihm dort sein. Im Moment ...«

»Hören Sie, Mike!« Sie klang plötzlich aufgeregt. »Ich weiß, wer uns einen Tip geben kann.«

»Tatsächlich? Wer denn?«

»Monty Ledbetter! Er war es nämlich, der mir mitgeteilt hat, daß Lenny in Brighton untergetaucht ist.«

»Schon möglich«, räumte Mike zweifelnd ein. »Aber ist Ihnen noch nicht der Verdacht gekommen, daß Ledbetter derjenige sein könnte, vor dem er geflüchtet ist? Typen, die überall mitmischen, verfolgen häufig auch eigene Interessen. Obgleich der Chef ihn als Spitzel benutzte, habe ich diesem Mann niemals völlig getraut. Der Chef meinte zwar, ich hätte nicht ganz unrecht, aber er wisse, auf wen er sich einlasse. Daher ist Vorsicht geboten. Unter keinen Umständen möchte ich schlafende Hunde wecken, wenn ich es mal so ausdrücken darf. Unseren Kenntnissen zufolge ist Ledbetters Behauptung, Don habe sich nach Übersee abgesetzt, eine Lüge. Die Gründe dafür, daß jemand besser informiert ist als alle anderen, sind nicht immer harmlos, falls Sie mir folgen können.«

»Monty!« George starrte in den fleckigen Spiegel über dem Münztelefon, in dessen Rand die örtlichen Prostituierten ihre Visitenkarten geklemmt hatten, und sah Montys bleiches Gesicht und seine Schweinchenaugen mit den hellen Wimpern vor sich. Monty! War er etwa der Mann, der hinter allem steckte? Derjenige, der ... Sie schüttelte den Kopf.

»Dr. B.? Sind Sie noch dran, Dr. B.?« Mikes Stimme klang blechern.

»Mmm, ja, natürlich. Wollen Sie damit andeuten, daß ... O nein, Mike, das glaube ich nicht.«

Noch während sie antwortete, arbeitete ihr Geist auf Hochtouren, setzte Montys Namen in die Lücken ihres Diagrammes ein und zeigte ihr, wie er mit Philip die beiden Frauen tötete. Falls Monty sein Komplize war, welches Motiv hatte Philip dann? Sie war davon ausgegangen, er habe die Ermordung seiner verhängnisvollen Patientinnen in die Wege geleitet, um die Wahrheit vor seiner Familie geheimzuhalten. Wenn diese bereits eingeweiht war, weshalb ...

»Geld«, sagte sie laut. Um sich vor den Schadensersatzzahlungen, die das Gericht den Frauen zusprechen würde, zu drücken und weiterhin praktizieren zu können, denn daß er den Prozeß verloren hätte, stand außer Zweifel. Folglich hatte er nach wie vor ein Motiv, und zwar das gleiche wie Monty, der wahrscheinlich sämtliche Rechnungen würde bezahlen müssen. »Geld«, wiederholte sie.

»Was haben Sie gesagt?« Mittlerweile konnte sie Mike kaum noch hören.

»Das war nicht so wichtig«, rief sie. »Steigen Sie in den nächsten Zug, und versuchen Sie, Lenny in den Wettbüros aufzustöbern. Ich hatte gerade eine Idee, die ich weiterverfolgen möchte. Sobald sich eine Gelegenheit ergibt, rufe ich Sie an, okay?«

»Wie bitte?« fragte er noch, aber George fand es sinnlos, Mike in ihren Plan einzuweihen. Er würde sich über das Risiko, das sie auf sich nehmen wollte, furchtbar aufregen. Nun, auch sie war aufgeregt, aber sie mußte es darauf ankommen lassen. Sie hatte keine andere Wahl.

*

Das Haus unterschied sich nicht von den anderen in der langen, noblen Straße. Seine Fenster waren diskret mit Gardinen verhängt, zwei oder drei Stufen mit Geländer führten zu einer wuchtigen hochglanzlackierten Haustür, an der eine Vielzahl von Messingschildern angebracht war. Als sie darauf wartete, daß eine Gruppe Araberinnen in vollständiger orientalischer Kleidung inklusive Gesichtsschleier, die sie wie Vögel mit besonders kleinen Schnäbeln aussehen ließen, eine Limousine bestieg und abfuhr, damit sie parken konnte, stellte sie sich vor, was geschehen würde, wenn sich die Eigentümer aller Messingschilder gleichzeitig hier einfänden. Ihre Phantasie zeigte ihr die von Schreibtischen und Couchen gesäumten Gehsteige, an denen ernst dreinblickende Ärzte ihre Sprechstunden abhielten, während Taxis und Kleinlaster an ihnen vorbeibrausten. Es war ein Szenario, das ihr mißfiel, denn diese Mediziner, dachte sie überheblich, agierten im Gegensatz zu jenen, die sie schätzte, eher als Kaufleute. Nun, nicht alle, räumte sie gnädig ein, als der imposante und bereits betagte Bentley endlich auf die Straße rollte. Einige Kollegen vom Old East, die für ein oder zwei Tage pro Woche hier Praxisräume gemietet haben, sind durchaus als Kapazität zu bezeichnen. Aber die Anzahl jener Ärzte, die, wie Philip Cobbett, dem sogenannten Alternativ-Lager angehörten und mehr Geschwätz als echte Erfahrung zu bieten haben, ist zu groß. Erst als George ihren Wagen abschloß und auf das Haus zuging, wurde ihr bewußt, daß ihre Überlegungen, die hochgeschätzten Harley-Street-Spezialisten betreffend, sie daran gehindert hatten, sich auf das bevorstehende Gespräch vorzubereiten. Die Tatsache, alleine hierhergekommen zu sein, mußte Probleme heraufbeschwören, die nicht zum geringsten Teil aus Gus' rasendem Zorn bestehen dürften. Es war nicht nur ihre eigene Ungeduld, die sie dennoch vorwärtstrieb, sondern auch der Gedanke an Gus, der im Tintagel House zu erfahren trachtete, ob der Disziplinarausschuß seinen bisherigen Erfolgen als hervorragender Polizist mehr Gewicht beimaß als der durch keinen Beweis erhärteten Aussage eines rangmäßig weit unter ihm stehenden Beamten. Gus wurde dem Dritten Grad ausgesetzt, erinnerte sie sich. Wie die verbrannten Frauen, murmelte sie und preßte die Lippen zusammen. Schluß jetzt, ermahnte sich George, konzentrier dich auf den Anlaß deines Besuches! Mit schnellen Schritten eilte sie zur Treppe.

Vor dem Eingang blieb sie stehen und betrachtete das Praxisschild. *Philip Cobbett*, stand darauf, *MB, BSc, LRPC, LRCS.* Es sah gut aus und dürfte Leute anlocken, die nicht wußten, daß es sich hierbei keineswegs um besondere Qualifikationen handelte, sondern lediglich um jene, mit denen man sich nach dem Grundstudium niederlassen konnte. Sie dachte an ihre eigenen Abkürzungen, vor allem an ihre FRCPath, die Fellowship of the Royal College of Pathologists, für deren Erwerb sie hart gearbeitet hatte, und lächelte grimmig.

Ich muß mich vor ihm nicht fürchten, flüsterte sie, während sie etwas zaghaft die Hand ausstreckte und auf den Klingelknopf drückte. Das ist ein Ärztehaus in einer belebten Straße. Am hellichten Tag kann er mir hier nichts anhaben.

Die junge Frau, die ihr öffnete, schien Werbung für eine amerikanische Hämorrhoidensalbe zu machen. Ihr figurbetonter Kittel, ihre Schuhe und ihre Strumpfhose waren von strahlendem Weiß. Ebenso die gestärkte Spitzenhaube, die auf ihren sorgfältig frisierten blonden Locken saß. Sie hatte blaue Augen und eine Stupsnase – ob von Geburt an oder dank eines Eingriffs konnte George im Moment nicht beurteilen. Ihr Äußeres, mutmaßte sie, entsprach jenem, das sich Philip Cobbets Patientinnen wünschten. Auf George wirkte sie wie ein Barbie-Klon, der mit den Schwestern in den zerknautschten blauen Trachten, abgewetzten schwarzen Schuhen und Strümpfen und mit den haubenlosen müden Köpfen, die sie aus dem Old East kannte, absolut nichts gemein hatte. Sie nickte der jungen Frau zu und trat über die Schwelle, ohne ihre Aufforderung abzuwarten.

»Zu Mr. Cobbett, bitte«, sagte sie. »Bestellen Sie ihm, daß Dr. Barnabas ihn sprechen möchte.

»Oh«, sagte die junge Frau. »Äh – haben Sie einen Termin?«

George schaffte es, eine überhebliche und zugleich belustigte Miene aufzusetzen. »Haben Sie mich nicht verstanden, Kindchen? Ich bin *Doktor* Barnabas.« Hoffentlich läßt sie sich beeindrucken, dachte George, und führt sich nicht wie ein Drachen auf, der das Tor seines Herrn bewacht.

Sie tat es nicht. »Oh!« sagte sie etwas verwirrt, machte kehrt und entfernte sich. In der geräumigen und hellen Eingangshalle nahm George den Geruch von Bohnerwachs, Blumen und, ganz schwach, von einem altmodischen Antiseptikum wahr. Man hat dafür gesorgt, daß es sowohl einladend als auch leicht beunruhigend nach Krankenhaus riecht, stellte George fest, Verkaufsstrategie oder Zufall? Sie tippe auf ersteres.

Die Sprechstundenhilfe war hinter der Treppe am Ende der Halle verschwunden, und George hob den Kopf, um zu lauschen. Im Haus war es auffällig still. Keine entfernten Stimmen, keine klingelnden Telefone, keine ratternden Fahrstühle. Vorsichtig näherte sie sich einer Tür auf der rechten Seite, drückte sie auf und betrat den Raum. Maureens Worte fielen ihr ein: »*Das Wartezimmer ist ein Schmuckstück. Sie sollten es sich mal anschauen*!«

Donnerwetter, entfuhr es ihr, während ihre Fingerspitzen über die pfirsichfarbene Stofftapete glitten. Es mußte Rohseide sein. Der Teppich auf dem etwas dunklen Fußboden war so flauschig, daß George das Gefühl hatte, darin zu versinken. Sogar an diesem heißen Sommertag loderten und knisterten künstliche Holzscheite im Kamin aus weißem Marmor, der eine Wand beherrschte. Die dicht gerafften Gardinen waren im Farbton der Tapeten gehalten, zahlreiche matt erleuchtete Spiegel erfüllten den Raum mit warmem hellgelbem Licht. Auf einem ausladenden Tisch stapelten sich Bücher, wie George sie in Maureens Laden gesehen hatte, nebst Magazinen und Illustrierten. Mehrere kleine Tischchen, Sofas und Sessel mit pfirsichfarbenen Samtbezügen, deren Kanten mit Goldbrokatschnüren eingefaßt waren, vervollständigten die Einrichtung. Es war die Tatsache, daß der Raum unbenutzt wirkte, die ihm trotz seiner extravaganten Ausstattung eine gewisse Kälte verlieh.

Erschrocken fuhr George herum, als jemand sie ansprach.

»Dr. Barnabas?«

»Oh! Ja. Hallo, ich hoffe, Sie erinnern sich noch an mich?«

»Hm, ja, natürlich.« Philip Cobbett war wachsam. Sein kantiges Gesicht war bleich, seine Augen ließen nicht erahnen, was er dachte.

»Wir sind uns neulich im Hause Ihres Onkels begegnet.«
Er zog die Brauen hoch und starrte sie an.

»Na schön«, meinte George und bemühte sich, einen

lockeren und selbstsicheren Eindruck zu erwecken. »Bestimmt wäre es vernünftiger gewesen, meinen Besuch telefonisch anzukündigen. Insofern muß ich mich bei Ihnen entschuldigen.«

Während er sie nach wie vor ausdruckslos anstarrte, rang er sich ein Lächeln ab. Georges Schultern verkrampften sich, denn es glich einer Grimasse und schien ihm Schmerzen zu bereiten. »Konsultieren Sie mich als – als Arzt oder als ...«

George quittierte seine Frage mit einem Achselzucken, womit sie ihre Muskeln zu entspannen versuchte. »O nein, nicht als Patientin«, erklärte sie dann. »Für mich können Sie gewiß nichts tun. Ich bin ein hoffnungsloser Fall.« Halt den Mund, warnte sie eine innere Stimme. Noch fischst du im Trüben!

Bevor er etwas erwidern konnte, fuhr sie hastig fort: »Nein, mein Besuch ist rein beruflicher Natur.« Sie kramte ihr Notizbuch aus ihrer Umhängetasche hervor, blätterte mit gesenktem Kopf darin herum, als suche sie eine bestimmte Seite, und sagte: »Ich bin im Zusammenhang mit zwei Fällen auf Ihre Unterstützung angewiesen.«

»Ach?« Sein Blick signalisierte Interesse. »Aber ich dachte, Sie – ich meine, was ist Ihre – Sie sind doch am Old East, nicht wahr?«

»Ja ja«, antwortete sie. »Aber woher wissen Sie das? Ich kann mich nicht entsinnen, es Ihnen gegenüber erwähnt zu haben.«

»Das haben Sie auch nicht«, bestätigte er. »Meine Tante hat es mir erzählt. Sie sagte, Sie, äh, seien sehr nett zu ihr gewesen.«

»Es ist mir stets ein Vergnügen, jemandem zu helfen, der so fleißig und selbstlos ist«, erklärte George und lächelte ihn an. War dieser Mann immer so stocksteif? Der spießige dunkle Anzug und das sorgfältig gescheitelte blonde Haar ließen ihn um die Hälfte älter aussehen als er tatsächlich war. »Ich mag sie sehr. Leider gibt es in dieser Welt nicht genug Maureen Ledbetters.«

Er pflichtete ihr bei. »Die gibt es wirklich nicht.« Zum erstenmal schien er sich ein wenig zu entspannen, und sie hakte sofort nach.

»Hat Ihre Tante Ihnen auch erzählt, welchen Job ich dort ausübe?«

»Hm, nein, ich glaube nicht.«

»Ich bin Pathologin«, sagte sie und beobachtete ihn aufmerksam. Er erwiderte ihren Blick, ohne mit der Wimper zu zucken. Oder war er noch vorsichtiger, noch wachsamer geworden? Sie vermochte es nicht zu beurteilen. »Wie gesagt, ich brauche Ihre Hilfe, Philip«, fuhr sie im lockeren Konversationston fort. »Vielleicht sollten wir Ihr Behandlungszimmer aufsuchen. Sie werden bestimmt Ihre Krankenakten einsehen müssen. Außerdem kann hier jeden Moment eine Patientin auftauchen.«

»Wir haben zur Zeit keine dringenden Termine«, sagte er. »Im übrigen ist mein Gedächtnis, was die Krankenakten betrifft, außerordentlich gut.«

Der arme Teufel! Obgleich George von seiner Schuld überzeugt war, empfand sie beim Anblick von Philips Konterfei, das sich in der glänzenden Oberfläche des Tisches spiegelte, kollegiales Mitleid. Schätzungsweise war ihre Anzahl zu gering, um eine von ihnen vergessen zu können.

»Na schön.« George schaute nur kurz in ihr Notizbuch, damit ihr seine Reaktion nicht entging. »Leider konnte ich keinen anderen Arzt ausfindig machen, bei dem die beiden noch in Behandlung waren. Da ich ihre Akten mit den pathologischen Befunden versehen muß, habe ich mich an Sie gewandt.«

Wenn er das glaubt, ist er ein Narr, dachte sie, aber er ist so unerfahren, daß ihm das nicht bekannt sein dürfte.

»Nun, wenn Sie mir ihre Namen nennen würden«, forderte Philip sie ungerührt auf. George holte tief Luft.

»Lisa Zizi und Shirley Candrell«, sagte sie laut und deutlich, ohne ihn aus den Augen zu lassen.

Für einen Moment erstarrte er, dann schüttelte er langsam den Kopf und stieß hervor: »Mein Gott, ausgerechnet diese beiden. Arme Dinger. Was ist ihnen denn jetzt zugestoßen?«

32

George riß erschrocken den Mund auf, unfähig, einen Laut hervorzubringen. Philip starrte sie besorgt an. »Dr. Barnabas? Was ist mit den beiden? Haben Sie die Angelegenheit nicht regeln können?«

Sie schluckte, denn ihre Kehle war wie zugeschnürt. »Ich – nein, sie ... sie sind tot«, stieß sie hervor.

Sie hatte ihm nicht so direkt antworten wollen, war jedoch von seiner Reaktion derart überrascht gewesen, daß sie die Kontrolle über diese Situation völlig verloren hatte. Nun war er es, der erschrak.

»Tot? Mein Gott, warum? Was ist passiert? Beide waren doch noch so jung. Das muß ein ...«

»Sie sind in einem Feuer umgekommen«, unterbrach George ihn. »Würden Sie mir jetzt mitteilen, woher und wie gut Sie sie kannten?«

»Mit Vergnügen«, erbot sich Philip. Er wirkte weitaus entspannter, als sei das Eis, mit dem er sich selbst geschützt hatte, durch ihr Verhalten geschmolzen. »Wollen wir uns nicht setzen? Ich würde mich ja gerne in meinem Sprechzimmer mit Ihnen unterhalten, offen gestanden hatte ich in letzter Zeit so wenige Termine, daß ich es für eine Weile – äh – einem Kollegen zur Verfügung gestellt habe. Das bringt einen Zuschuß zur Miete, und – insofern kann ich nur hier mit Ihnen reden.«

Dank seiner Ehrlichkeit fühlte sich George in seiner Gesellschaft wohler. »Das ist schon in Ordnung«, sagte sie und schaffte es zu lächeln. Nachdem sie in einen der Sessel gesunken war, ließ er sich auf der Kante des Tisches vor ihr nieder. Er faltete die Hände und betrachtete sie mit dem gleichen wachsamen Ausdruck, der, so entschied sie, absolut normal für ihn war.

»Lisa und Shirley«, begann er. »Ich glaube, das fällt allerdings unter die Schweigepflicht, sie sind – sie waren Prostituierte.«

»Tatsächlich«, fragte sie matt. »Woher wissen Sie denn das?«

Er runzelte die Stirn, zuckte dann die Achseln. Nun ja, sie hatten eine bestimmte Art, sich auszudrücken und sich zu bewegen. Irgendwie gekünstelt, verstehen Sie? Wie dem auch sei, sie waren an einen echten Quacksalber geraten – in einer dieser Collagen-Kliniken. Ein Freund hatte die Operation bezahlt, das erzählten sie zumindest. Sie sind übrigens nicht gemeinsam zu mir gekommen, waren jedoch flüchtig befreundet und hatten das gleiche Schicksal erlitten. Shirley war die erste, die mich aufsuchte. Sie berichtete mir, was ihr widerfahren war. Anschließend nahm sie ihre Sonnenbrille und einen Schal ab, den sie sich um das Gesicht geschlungen hatte. Sie können sich nicht vorstellen, wie verunstaltet sie war. Dieser Stümper hatte die Tränensäcke und die Falten um die Lippen mit irgendeiner synthetischen Masse gefüllt, die an mehreren Stellen durchgesickert war und Knoten sowie Flecken hinterlassen hatte. Ihr Mund war schief und zuckte, denn er hatte zudem einen Nerv eingeklemmt. Ich war schockiert und riet ihr, einen kompetenten Kollegen zu konsultieren. Allzulange bin ich auf diesem Gebiet noch nicht tätig, und – um Ihnen die Wahrheit zu sagen – ziehe ich ernsthaft in Erwägung, es völlig aufzugeben. Dafür bin ich einfach nicht geeignet. Dermatologie finde ich erheblich interessanter und nutzbringender. Melanome zu heilen, das ist richtige Medizin, nicht das Geschäft mit dem Eitelkeitswahn. Aber das nur nebenbei! Zwei Tage später erschien die andere Frau. Zizi hieß sie, ein seltsamer Name. Ja, Lisa Zizi. Sie erklärte, eine Freundin habe ihr empfohlen, sich an mich zu wenden. Sie war zwar nicht ganz so übel zugerichtet, aber ebenfalls in einem Zustand, an den ich mich niemals rangewagt hätte. Deshalb riet ich auch ihr, sich diesem Kollegen anzuvertrauen. Danach habe ich die beiden weder gesehen noch von ihnen gehört. Nun muß ich von Ihnen erfahren, daß sie tot sind. Einem Feuer zum Opfer gefallen? Die Armen.«

»Verschiedenen Feuern«, stellte George klar, »die sich eindeutig auf ihre Gesichter konzentrierten.«

Sein Blick verdüsterte sich. »Wollen Sie damit andeuten ... Allmächtiger Gott! Vorsätzlich?«

»So in etwa«, bestätigte George, ehe sie fragte: »Haben Sie irgend etwas mit den Bränden zu tun?«

»Ich?« Er glotzte sie an. »Ich? Wie könnte ich – oh!« Nachdem er das volle Ausmaß ihrer Worte erfaßt hatte, lief er puterrot an, was ihm das seinem Alter entsprechende Aussehen verlieh. »Allmächtiger Gott – ich? Aber wie? Ich meine, warum? Um Himmels willen, weshalb sollte ich ...« Seine Stimme überschlug sich beinahe. Entsetzt starrte er George an.

»Die beiden müssen noch einmal bei Ihnen gewesen sein«, fuhr sie fort. »Sie wohnten in Wapping. Ihr Onkel, der dort jeden kennt, wird schon dafür gesorgt haben, daß Leute, die einen Schönheitschirurgen brauchen, bei Ihnen landen.«

»Das kann ich nicht leugnen«, sagte Philip in einem scharfen Ton. »O Gott, wie peinlich! Na schön, ich war einverstanden, daß er mir hier eine Praxis einrichtete, obgleich ich verdammt genau wußte, daß er es nicht meinetwegen tat und mich die wenigen Gesichtsrekonstruktionen, die ich durchgeführt hatte, hierfür noch nicht mal andeutungsweise qualifizierten. Aber Onkel Monty ist nun mal eine Naturgewalt. Es fällt schwer, seine Vorschläge abzulehnen. Ein einziges Mal hatte ich Interesse an diesem Fachgebiet bekundet, und schon war er nicht mehr zu halten gewesen. Ich werde mich neu etablieren – diesmal ohne prominente Helfer. Mit dem Dermatologischen Institut habe ich bereits Kontakt aufgenommen. Früher oder später wird er sich damit abfinden. Er hat gar keine andere Wahl. Ich kann seine Bevormundung nicht länger ertragen. Er ist ein guter alter Mann, aber ich werde nicht akzeptieren, daß er weiter über mein Leben bestimmt.« Philip preßte die Lippen aufeinander und verfiel in Schweigen.

»Ich habe verstanden«, begann George kurz darauf. »Wir sollten die Angelegenheit zusammen klären. Ihr Onkel hat die beiden also zu Ihnen geschickt.«

»Ja.«

»Nach ihrer Behandlung in besagter Klinik?«

»Ja.«

»In welcher? Wo?«

Er hob die Schultern. »Diese nicht zu verklagen, wurde ihnen zur Bedingung gemacht.«

»Bedingung?«

»Wie bereits erwähnt, hat jemand die Kosten für ihre Eingriffe übernommen«, antwortete er.

»Könnte Ihr Onkel dieser Jemand gewesen sein?« hakte George nach.

Er starrte sie mit großen Augen an. »Was um alles in der Welt hätte ihn dazu bewegen sollen?«

Sie überlegte einige Sekunden lang. »Das weiß ich nicht«, gestand sie. »Im Moment weiß ich gar nichts mehr. Ich war mir Ihrer Beteiligung an der Sache so sicher, und jetzt ...«

»Nun, Sie haben sich geirrt. Und es würde mich sehr wundern, wenn Onkel Monty etwas damit zu tun hätte. Seiner Familie gegenüber ist er äußerst großzügig, und er steht auch allen Fremden jederzeit zur Seite, aber Geld hat er noch für keinen von ihnen ausgegeben.« Philip grinste.

»Er ist durch und durch ein Cockney, das kann ich Ihnen versichern.«

»Wie auch immer«, meinte George. »Sie haben Shirley und Lisa an einen Kollegen überwiesen.«

»Richtig.«

»Und sind die beiden bei ihm gewesen?«

»Keine Ahnung. Ich habe doch nichts mehr von ihnen gehört.« Er erhob sich. »Das müßte sich allerdings nachprüfen lassen.«

»Ich bitte darum«, sagte sie. Nach einem Nicken verschwand er, um zu telefonieren, wie sie annahm, was ihr Gelegenheit bot, ihre reichlich verwirrten Gedanken zu ordnen.

Ihre absolut nachvollziehbare Theorie hatte sich zerschlagen, rekapitulierte sie traurig. Wer außer Monty oder Philip konnte die Frauen umgebracht haben? Und aus welchem Grund? Stand ihr Tod mit den Verbrechen an Don und Lenny Greeson sowie dessen Anschuldigungen gegen Gus in irgendeinem Zusammenhang? George war ratlos. Im Geiste zerriß sie ihr Diagramm und wurde unruhig.

Als sie in der Halle nach Philip Ausschau hielt, tauchte er hinter der Treppe auf.

»Oh«, entfuhr es ihr, und sie errötete ein wenig. »Ich war gerade ...«

»Entschuldigen Sie, daß es so lange gedauert hat. Eigentlich wollte ich nur seine Daten für Sie notieren – hier« – er reichte ihr ein Blatt Papier, auf das er einen Namen und eine Adresse geschrieben hatte – »aber ich hielt es für sinnvoll, ihn sofort anzurufen. Er behauptet, weder Shirley noch Lisa hätten einen Termin mit ihm vereinbart.«

»Erstaunt Sie das nicht auch?« Sie runzelte die Stirn. »Immerhin sahen beide so schlimm aus, daß sie zu Ihnen kamen. Was sollte sie daran gehindert haben, Ihren Rat anzunehmen?«

»Das entzieht sich meiner Kenntnis«, sagte er.

»Wäre es vorstellbar, daß sie erneut Ihren Onkel aufgesucht haben, um sich über besagten Kollegen zu erkundigen?«

Philip verneinte. »Er hatte mich bereits nach beiden gefragt. Mit meiner Erklärung, sie hätten einen anderen Facharzt gebraucht – es war einfacher, als ihm die Wahrheit zu sagen –, sowie der Gewißheit, daß sie Hilfe bekämen und er der erste gewesen war, den sie darum gebeten hatten, war er zufrieden und hat nicht mehr an sie gedacht. Ich auch nicht – bis Sie hier auftauchten.«

Sie nickte. »Können Sie sich entsinnen, wann die Frauen das erste Mal in Ihrer Praxis erschienen?«

»Allerdings«, antwortete er, erneut leicht verlegen. »Es passiert nicht sehr häufig, daß man mich weiterempfiehlt. Shirley Candrell kam am Morgen des 21. Juni, Lisa Zizi einige Tage später, und zwar am Nachmittag.«

Sie hatte in ihrem Notizbuch geblättert und blickte ihn jetzt gespannt an. »Einige Tage? Wie viele exakt?«

»Hmm, ja. Das kann nur – Sekunde.« Er blinzelte, während er überlegte. »Das kann nur am Donnerstag, dem 23. Juni, gewesen sein. Ich täusche mich bestimmt nicht, denn am nächsten Tag hatte ich meine Miete zu bezahlen. Meine Verfassung war alles andere als gut. Zum einen wußte ich, daß ich wieder zu Onkel Monty gehen mußte. Zum anderen zwang mich meine eigene Unzulänglichkeit auch noch, Patienten abzuweisen. Das war der Zeitpunkt, zu dem ich endgültig begriff, daß ich mich verändern mußte. Und ich begriff auch, daß ich von meinem ursprünglichen Plan, in die Staaten zu gehen, Abstand nehmen mußte. Deshalb habe ich mich, wegen einer weiteren Ausbildung, mit dem Dermatologischen Insitut in Verbindung gesetzt. O ja, ich erinnere mich genau an das Datum.«

Sie musterte ihn argwöhnisch. »In jener Nacht brach das Feuer aus. Das erste, in dem Lisa Zizi ums Leben kam.«

Stille trat ein. »Ich glaube, ich muß mich setzen«, murmelte er nach einer Weile, taumelte ins Wartezimmer und sank in einen pfirsichfarbenen Sessel. George blieb neben ihm stehen und gab ihm die Möglichkeit, sich von seinem Schock zu erholen. »Entschuldigen Sie!« preßte er heiser hervor. »Es ist nur – mein Gott, ich fühle mich dafür verantwortlich.«

»Das ist völlig verrückt!« widersprach George. »Warum sollten Sie Schuld an dieser Entwicklung tragen?«

»Nun, wäre ich imstande gewesen, sie zu behandeln, könnte sie vielleicht ... Statt dessen mußte ich sie zu jemand anderem schicken. Sie war bestimmt überzeugt, daß ihr niemand mehr helfen kann. Die Menschen tun sehr merkwürdige Dinge, wenn sie verzweifelt sind.«

George hätte beinahe schallend gelacht. »Denken Sie etwa an Selbstmord? Auf diese schreckliche Art und Weise? Ich bitte Sie! Das ist nicht Ihr Ernst! Selbstverständlich müssen Ärzte für das Schicksal mancher Patienten geradestehen, aber das halte ich in diesem Fall eindeutig für überzogen.«

Er warf ihr einen düsteren Blick zu. »Meinen Sie das wirklich?«

»Ich weiß es«, erklärte sie mit Nachdruck. »Beide sind in ihren Betten gestorben und haben nicht den geringsten Versuch unternommen, sich zu retten, obwohl ihre Körper die Brandherde waren. Niemand hätte einen derart qualvollen Tod ohne Gegenwehr erwartet, es sei denn, ihm wäre ein starkes Beruhigungsmittel verabreicht worden. Und genau das muß geschehen sein. Die Autopsien haben keinerlei Hinweise auf irgendwelche Drogen ergeben. Allerdings waren ihre Leichen derart geschädigt, daß ich von vornherein ausschloß, überhaupt irgendwelche Spuren zu finden. Diese beiden Frauen wurden ermordet, daran besteht absolut kein Zweifel. Jemand hat sie, womit auch immer, betäubt, mit einer brennbaren Flüssigkeit übergossen und ...«

Aus seinem Gesicht war jegliche Farbe gewichen, und George drückte seinen Kopf ein wenig nach unten, um die Durchblutung zu fördern.

»Tut mir leid, wenn ich Sie mit den Details erschrecke, aber sie entsprechen nun mal den Tatsachen. Lisa und Shirley haben sich nicht selbst umgebracht. Atmen Sie mehrmals tief durch – gleich werden Sie sich besser fühlen.«

Wenig später richtete er sich langsam auf. Er sah zwar immer noch ziemlich angegriffen aus, aber seine Wangen hatten sich wieder leicht gerötet.

»Danke«, sagte er. »Entschuldigen Sie, daß ich so – ich sollte mich wirklich nicht mit Medizin befassen. Solche Situationen überfordern mich einfach.«

»Und trotzdem sind Sie Chirurg geworden!« meinte George leise, worauf er abwehrend die Hände hob. »Das war einzig und allein der Wunsch meines Onkels«, stellte er bitter klar. »Nun, er wird sich damit begnügen müssen, mit seinem Neffen, dem Hautarzt zu prahlen. Kann ich Ihnen in irgendeiner Form behilflich sein? Sie wollen diese beiden Todesfälle aufklären, nicht wahr? Gehört das denn zu den Aufgaben eines Pathologen? Ich dachte immer, abgesehen von der Obduktion, sei die Polizei dafür zuständig.«

»Hm«, machte sie. »Tja, das stimmt natürlich. Aber in diesem Fall habe ich ein ganz persönliches Interesse, und außerdem ...« Sie zögerte. Beinahe wäre ihr herausgerutscht, daß Gus der Grund hierfür war, doch sie konnte sich noch rechtzeitig bremsen. Schließlich kannte sie diesen Mann kaum, hatte ihm bis vor kurzem noch die Mittäterschaft an zwei Morden unterstellt. Wenngleich seine Reaktion dagegen sprach, war es zumindest wahrscheinlich, daß es sich dabei nicht um die eines unschuldigen Menschen, sondern um die mimische Glanzleistung eines brillanten und kaltblütigen Schauspielers gehandelt hatte. Sie betrachtete ihn aufmerksam und versuchte zu ergründen, wie ehrlich er gewesen war. Ihr Instinkt sagte ihr, daß er zu einer derartigen Täuschung nicht fähig war. Trotzdem hatte sie nicht vor, ein Risiko einzugehen.

»Wie dem auch sei, ich interessiere mich dafür. Es sind überaus komplizierte Fälle, die mit anderen in Zusammenhang stehen, und ich würde gerne selbst Licht in dieses Dunkel bringen. Darf ich mal Ihr Telefon benutzen?«

»Selbstverständlich.« Er schaute auf seine Armbanduhr. »Können Sie sich noch ein paar Minuten gedulden? Mein Kollege müßte seine Sprechstunde jeden Moment beenden. Haben Sie soviel Zeit?«

»Ich weiß nicht so recht ...« Sie hatte kaum ausgesprochen, als am Ende des Korridors ein Geräusch zu vernehmen war.

»Augenblick noch«, sagte Philip erleichtert und eilte zur Tür. George folgte ihm dichtauf.

Das Hämorrhoidensalben-Model stöckelte vor einer gebeugt gehenden Frau, die etwas verwirrt wirkte, über den Flur und flötete: »Kommen Sie bitte ins Büro, Mrs. Henderson. Ich schreibe eben die Rechnung. Zahlen Sie bar oder mit Kreditkarte? Dr. Agula zieht ersteres vor, wenn das möglich ist.«

Die Einrichtung von Philips Büro im Tiefparterre beeindruckte George nicht weniger als die des Wartezimmers. Seine Wände waren in einem klinisch hellen Cremeton gehalten, Chrom und funkelndes Glas erzeugten eine kalte Atmosphäre. Vor dem großen Fenster, durch das gelegentlich auf der Harley Street vorbeieilende Füße zu sehen waren, standen tiefe Sessel und ein riesiger Schreibtisch aus hellem Holz. Der Mann, der dahinter saß, trug einen weißen, an der Schulter zugeknöpften Kittel. Darin hätte auch er für irgendein Produkt werben können, allerdings für ein noch intimeres als die Sprechstundenhilfe, dachte George.

»Stört es Sie, wenn ich in zwei meiner Krankenakten

schaue, Agula? Ach ja, und meine Bekannte hier muß mal telefonieren. Dr. Barnabas, Dr. Agula.«

»Sehr angenehm. Wie geht es Ihnen, Dr. Barnabas?« Agulas Stimme war volltief und paßte perfekt zu seinen großen dunklen Augen sowie seinem schmachtenden Gesichtsausdruck. George überlegte, welches sein Spezialgebiet sein mochte, hatte jedoch keine Lust, sich danach zu erkundigen. Er fuhr fort, sich Notizen zu machen.

»Nur zu, Cobbett. Anschließend müssen wir uns noch kurz unterhalten. Mrs. Henderson hat sich Termine für ein halbes Jahr geben lassen«, berichtete er in selbstzufriedenem Tonfall.

»Wir sprechen noch darüber«, entgegnete Philip vage und warf George einen unbehaglichen Seitenblick zu. »Aber nicht jetzt. Ich bin ziemlich in Eile.«

»Um welche Behandlung geht es denn?« fragte George unschuldig, und Agula zwinkerte ihr zu.

»Intensive Darmspülungen«, antwortete er. »Diese verklemmten Tanten lieben sie. Außerdem tun sie ihnen gut. Nun, ich muß mich verabschieden. In einer Viertelstunde werde ich in der King's Road erwartet. Die weiteren Arrangements klären wir telefonisch, okay, Cobbett?«

»Aber ja, klar doch«, sagte Philip und beugte sich über die halboffene Schublade eines Aktenschrankes in der hinteren Ecke des Zimmers. Nachdem Agula in Georges Richtung genickt und das Sprechzimmer verlassen hatte, nahm sie seinen Platz hinter dem Schreibtisch ein.

»Intensive Darmspülungen«, murmelte sie.

Philip warf ihr einen weiteren Seitenblick zu. »Agula war der einzige, der sich auf meine Annonce gemeldet hat«, erklärte er. »Sollte ich sie unterbinden, wenn sie einigen Leuten gefallen?«

»Ich glaube nein. Widerlich, finden Sie nicht? Ich meine, Ärzte, die mit den bizarren Phantasien ihrer Patienten ihr Geld verdienen.«

»Ich habe es mir zum Prinzip gemacht, nicht über andere Menschen zu urteilen«, antwortete Philip, und George spürte, daß sie vor Verlegenheit errötete.

»Ich weiß, manchmal kann ich unangenehm kritisch sein. Okay. Nichts mehr über Agula. Kümmern wir uns lieber um die Angelegenheit, die mich zu Ihnen geführt hat.« Sie griff nach dem Hörer und wählte Mikes Nummer.

Besetzt! Sie hängte ein und biß sich auf die Unterlippe. Und jetzt? Vielleicht hatte Gus mittlerweile die Vorbereitung für seine Anhörung beendet. Es war immerhin schon Nachmittag, und er hätte bestimmt nichts dagegen, wenn sie im Revier anrief, oder? Wenn ja, es dürfte ihm äußerst peinlich sein, wenn sie an den »Falschen«, nämlich an Rupert Dudley, geriete.

Philip brachte zwei Schnellhefter an. »Ich will mal nachsehen, ob sie irgendwelche Informationen für Sie enthalten, die nützlich sein könnten«, sagte er. Er las laut vor: »Lisa Zizi, Nummer sieben Ropemakers' Fields House, Wapping. Alter siebenunddreißig. Nein, ich hatte Ihnen alles über sie erzählt. Gleiches dürfte auf Shirley Candrell zutreffen. Adresse, St. Saviour's Yard 11–17, Bermondsey. Alter vierundzwanzig. Sie klagte über ...«

Er fuhr fort, doch George hörte nicht mehr zu. Sie schaute ihn an, ihre Stirn in tiefe Falten gelegt.

»Was haben Sie eben gesagt?«

»Wie bitte?« Er hob den Kopf und fixierte sie. »Oh, eine Schwellung in der linken orbitalen Fossa ...«

»Nein. Davor. Ihre Adresse.«

»St. Saviour's Yard 11–17«, wiederholte er.

»Aber sie hat doch in Lisas Nähe gewohnt. In Wapping. Das ist dort, wo ...« Fassungslos brach sie ab.

Nach einem Moment sagte er: »Könnten sie nicht dort gearbeitet haben? Manche Patienten ziehen es vor, ihre Privatadresse zu verschweigen.«

»Möglicherweise haben Sie recht«, stellte George trokken fest. »Prostituierte üben ihre Tätigkeit überall aus.«

»Das hatte ich völlig vergessen.« Philip wurde rot. »Dumm von mir. Nun, es könnte auch die Wohnung einer Freundin gewesen sein. Oder eine Art Deckadresse.«

»Nein«, wiedersprach George. »Weder noch! Ich weiß, was es war: Connies Betrieb.«

»Wer?« fragte Philip völlig ahnungslos.

»Das ist nicht so wichtig.« George strahlte plötzlich übers ganze Gesicht. »Oh, Michael, Michael, leg endlich auf!« Sie wählte erneut seine Nummer und flehte insgeheim, die Leitung möge frei sein. Vergeblich!

Sie fuhr sich mit beiden Händen durch die Haare, eine Geste, die ihre Unschlüssigkeit über ihr weiteres Vorgehen verriet. Fest stand, daß sie Connies Fabrik aufsuchen mußte, um zu hören, weshalb Shirley Candrell sie als ihre Adresse angegeben hatte. Sie brannte zwar darauf, sich sofort auf den Weg dorthin zu machen, doch ihr gesunder Menschenverstand riet ihr, dies nicht zu tun, ehe sie Mike in ihren Plan eingeweiht und ihn gebeten hatte, sie zu begleiten. Die Leute dort konnten ihr durchaus gefährlich werden. Schließlich hatten sie den Eigentümer des Unterschenkels, bei dem es sich mit hoher Sicherheit um Don Greeson handelte, sowie dessen Hund getötet. Ein Blick auf die Uhr zeigte ihr, daß sie nicht länger warten konnte, wollte sie Connie an diesem Freitagnachmittag noch in seinem Betrieb antreffen.

Als Philip sie anblinzelte, wußte sie augenblicklich die Lösung ihres Problems.

»Mr. Cobbett«, begann sie. »Dieses Telefon hat doch eine Wahlwiederholung, nicht wahr?«

»Was? Ach ja. Selbstverständlich.«

»Dann versuchen Sie bitte weiterhin die Nummer, die ich gewählt habe, ja? Und wenn Mr. Urquhart sich meldet, teilen Sie ihm mit, ich hätte eine dringende Nachricht für ihn. Ich sei unterwegs zum St. Saviour's Yard – geben Sie ihm die Adresse in Shirleys Akte – und bitten Sie ihn, so schnell wie möglich dorthin zu kommen. Sagen Sie ihm außerdem, daß die Antwort auf alles bei Connie zu finden sei. Verstanden?«

»Bei Connie«, wiederholte er wie ein Kind, das in der Schule eine Lektion lernt. »Verstanden.« George sprang auf, schnappte ihre Tasche und stürmte aus dem Haus.

33

Die andauernde Hitzewelle, die den Londoner Asphalt aufweichte und jedermann in einen reizbaren und verschwitzten Zustand versetzte, hatte den Verkehr zu Beginn des Wochenendes fast vollständig zum Erliegen gebracht. Sie brauchte über zehn Minuten, bis sie sich durch das Einbahnstraßensystem von der Harley Street zur Marleybone Road gekämpft hatte, um sich nach Osten Richtung City und Tower Bridge wenden zu können. Als sie sich endlich in die beinahe stillstehende Autoschlange auf der Marleybone Road einfädelte, war sie dem Zusammenbruch nahe. Das Haar klebte in feuchten Strähnen an ihrer Stirn, ihre Bluse war schweißnaß, aber sie hatte nicht die Absicht zu kapitulieren. Mochte es sie noch so viel Zeit kosten, nichts würde sie an ihrem Vorhaben hindern. Sie sprach ein stummes Bittgebet, noch jemanden in Connies Fabrik anzutreffen, der sie einließ, denn sie war zum Schluß gekommen, daß es mindestens zwei gute Gründe gab, diese als Mittelpunkt ihrer Ermittlungen zu betrachten. Der eine Punkt war die Stoffmühle, der andere die Aussicht, daß Lenny Greeson auf der Suche nach seinem Bruder früher oder später dort auftauchte. Im Gegensatz zu ihr mußte er nämlich über die Verbindung zwischen Connie und Don Bescheid wissen. Obgleich sich ihre ähnlich beharrlich vertretene Theorie über Philip Cobbetts Rolle in diesem Fall als nicht zutreffend erwiesen hatte, klammerte sie sich an diese Möglichkeit.

Selbst wenn ich mich irren sollte, ermunterte sie sich, während der Verkehr, träge und schleppend, wieder zu fließen begann und sie auf die Abfahrt zur Euston Road-Unterführung zusteuerte, die Tatsache, daß Shirley Candrell Connies Fabrik als ihre Adresse angegeben hatte, rechtfertigt meinen Versuch, Antworten auf meine Fragen zu finden, allemal. Und irgend etwas sagt mir, daß Eile geboten ist.

In der Hoffnung, auf der anderen Seite des Flusses zügiger voranzukommen, verwarf sie ihre ursprünglich geplante Route und bog an der Ecke Euston Road in die Kingsway ein, um die Adelphi zur Waterloo Bridge zu nehmen. George staunte über sich selbst. Nach nur wenigen Jahren kannte sie die meisten Straßen ihrer neuen Heimatstadt und hatte sich die Tricks der Londoner angeeignet, um sich schnellstmöglich durch die Metropole zu schlängeln.

Um kurz nach sieben erreichte sie die Jamaica Road, und als sie in das Gewirr enger Straßen und Sträßchen eintauchte, das zum Fluß und zu Connies Fabrik führte, fröstelte George. Lauerte Gefahr auf sie? Bestimmt würde Mike, sobald er ihre Nachricht erhielt, aufbrechen, um sie in der Fabrik zu treffen. Das allein war schon ein Schutz. Sollte sie doch Gus anrufen? Sie scheute davor zurück, denn sie mußte damit rechnen, daß er sich furchtbar aufregte. Seine Empfehlung, im Befehlston ausgesprochen, würde unweigerlich lauten, derartige Schritte Profis, nämlich ihm selbst und seinen Kollegen, zu überlassen.

Und genau das ist unmöglich, flüsterte sie, während sie durch die Windschutzscheibe auf Connies Hof starrte. Schließlich ist Gus zur Zeit vom Dienst suspendiert. Jetzt herrschte kein geschäftiges Treiben.

Die Lieferwagen und Transporter schienen für die Dauer des Wochenendes dort abgestellt zu sein. Sie runzelte die

Stirn und rief sich ihr Gespräch mit Gregory St. Clair ins Gedächtnis. Hatte er nicht erzählt, daß in Schichten, also rund um die Uhr, gearbeitet wurde? So sehr sie sich auch anstrengte, sie konnte sich nicht erinnern, ob er das auch von den Wochenenden behauptet hatte, und entschied, einfach davon auszugehen.

Trotz der vielen freien Parkplätze fuhr sie in die nächste Querstraße und stellte den Citroën zwischen einem ramponierten alten Ford Capri und einem älteren weißen Lieferwagen, der stark nach Fisch roch, ab. Das gibt mir ein gewisses Gefühl der Sicherheit, redete sie sich ein. Im mächsten Moment stieß sie einen Fluch aus. Verdammt nochmal! Der Standort meines Wagens hat nicht den geringsten Einfluß auf meine Sicherheit. Am hellichten Tag muß ich mich in einer so großen Stadt wie dieser nirgendwo fürchten. Angst, in welcher Form auch immer, ist unnötig und hinderlich.

Sie schlug den Kragen ihres Leinenmantels hoch und klemmte ihre Tasche fest unter den Arm, bevor sie zielstrebig – nicht zu schnell und nicht zu langsam – in den Fabrikshof marschierte. Sie sah keine Veranlassung, dies heimlich zu tun oder vorzugeben, etwas anderes als eine Ermittlerin zu sein. Im übrigen hatte Connie sie unmißverständlich eingeladen, sich jederzeit bei ihm umzuschauen, oder etwa nicht? Nun war sie auf sein Angebot zurückgekommen.

Forsch schritt sie auf die großen Doppeltüren zu. Sie waren verschlossen, ihre Griffe mit einem Vorhängeschloß gesichert. In einem davon entdeckte sie eine kleine Tür, an deren Klinke George jetzt vorsichtig ihr Glück versuchte. Sie bewegte sich, und die Tür ließ sich öffnen.

George blieb in ihrem Rahmen stehen, bis sie im gedämpften Licht etwas erkennen konnte. Ein gutes Stück vor ihr brannten Lampen, und in den Laufgängen neben dem Förderband – es war außer Betrieb – mußte eine Art

Notbeleuchtung eingeschaltet sein. Ein leises Summen war das einzige Geräusch, das sie vernahm. Litt sie plötzlich an einem Tinnitus? Nachdem sie sich für einen Augenblick die Finger in die Ohren gesteckt hatte, wußte sie, daß sie keiner Sinnestäuschung erlegen war. Irgendwo in der Lagerhalle lief ein elektrisches Gerät.

George zögerte nur kurz. Dann zog sie die kleine Tür hinter sich zu, worauf sich die Dunkelheit verstärkte. Sie hatte nicht vor, die Raffinierte zu spielen – ich doch nicht! Unnötigerweise auf sich aufmerksam zu machen würde sie dennoch vermeiden. Zugegeben, sie hatte keinen blassen Schimmer, worum es sich handelte, doch vielleicht fand sie, wonach sie suchte, ehe Connie ihre Anwesenheit überhaupt bemerkte. Das wäre unheimlich toll!

Sie wartete noch einige Sekunden, damit sich ihre Augen an die neuen Lichtverhältnisse gewöhnen konnten. Anschließend huschte sie, dank ihrer weichen Sommerschuhe, nahezu lautlos über den schmutzigen Steinboden zum Laufgang. Nach der seit Tagen andauernden Hitzewelle war die Luft in der Halle heiß und stickig. Der Gestank nach muffigem Stoff und Schweiß, durchsetzt von der penetranten Süße verwesender organischer Masse, nahm ihr fast den Atem. Im Leichenschauhaus könnte es nicht schlimmer sein, dachte sie, und wechselte die Tasche auf die andere Schulter, um leichter neben dem Förderband entlanglaufen zu können.

Es war auch jetzt mit Kleidungsstücken bedeckt, doch die Sortierplätze, an denen bei ihrem ersten Besuch geschäftige Arbeiterinnen und Arbeiter die schmuddeligen Berge durchwühlt hatten, wirkten einsam und verlassen. An einigen standen Hocker, deren Sitzflächen mit Stoffetzen abgepolstert waren, über anderen hingen persönliche Erinnerungsstücke: zerknitterte Geburtstagskarten, Aufnahmen von Familienangehörigen, zum Beispiel lachende

Gesichter aus Sierra Leone, wie die Beschriftung eines Fotos verriet, oder Ablichtungen großbusiger Frauen mit unwahrscheinlich langen Beinen und dicken Schmollmündern aus diversen Nacktmagazinen. Sie alle hatten etwas Rührendes, etwas ungemein Menschliches an sich und waren ein Zeichen von Einsamkeit. Plötzlich empfand George tiefes Mitleid mit den Arbeitern.

Gegen Ende des Förderbandes wurde es zusehends heller. Als sie es erreichte, schaute sich George prüfend um. In der gegenüberliegenden Wand entdeckte sie eine winzige Tür, durch die ein Lichtstrahl auf den mit Stoffresten übersäten Boden fiel.

Hatte sie eben eine Stimme gehört? Sie war nicht sicher, denn ihre Entfernung betrug vierzig Meter, wenn nicht mehr. Welche enorme Länge die Halle hatte, war ihr letztes Mal nicht aufgefallen. Ihre Breite – sie paßte zwischen die Straße, die in den Fabrikhof führte, und den Fluß dahinter – war mit geschätzten fünfzehn Metern vergleichsweise gering. Kein langer Weg für die Ablaufrinne, die die Stoffmühle im Keller mit dem Fluß verband, der an dieser Stelle eine starke Strömung aufwies ...

Warum sollte sie nicht nachsehen, wer sich in dem Raum hinter der Tür aufhielt? Schließlich hatte sie sich nicht gewaltsam Zutritt verschafft.

Trotzdem bewegte sie sich so leise wie möglich darauf zu. Das Summen nahm ab. Folglich mußte sich, was immer dieses verursachte, im Keller befinden. Sie spähte in die Dunkelheit. Auf der anderen Seite des Förderbandes konnte sie eine Wendeltreppe ausmachen, die nach unten führte. War die Stoffmühle in Betrieb? Diese Vorstellung jagte ihr eisige Schauer über den Rücken, und sie zog den Kragen ihres Mantels hoch, obwohl sie wußte, daß es Angst war, die sie plötzlich frieren ließ.

Nun konnte sie tatsächlich Stimmen vernehmen. Es war ein schwaches Gemurmel, stetig und leise, ohne besondere Betonung, ohne Schwankung der Lautstärke. George hielt inne, um vielleicht den ein oder anderen Gesprächsfetzen aufzuschnappen, aber es gelang ihr nicht. Sie ging weiter, bis sie nur noch wenige Meter von der Tür trennten.

Das war nicht der Moment, in dem sie sich hätte bemerkbar machen können, sondern auch jener, in dem sie unsicher wurde. Was glaubst du denn, hier in Erfahrung bringen zu können, höhnte eine innere Stimme. Sie mußte zwar zugeben, daß sie nach wie vor keine Ahnung hatte, vertraute jedoch darauf, es in dem Augenblick, in dem sie es sah, zu erkennen. Zudem war sie mittlerweile überzeugt, des Rätsels Lösung, die Gus endlich aus seiner prekären Lage befreien würde, müßte hier zu finden sein.

»Und woher sollen wir das wissen?« fragte jetzt jemand etwas lauter, und George hielt den Atem an. Kannte sie die Stimme wirklich? Oder bildete sie sich das nur ein, weil sie es so sehr wünschte? Sie konnte es nicht beurteilen. Ebensowenig konnte sie sich von der Stelle rühren, geschweige denn anklopfen. »Alles, was wir getan haben, war, ihm einen Job zu besorgen. Er war damit zufrieden, also warum bist du es nicht?«

»Er hat weder angerufen noch geschrieben.« Diese Stimme klang völlig anders, und obgleich George sie noch nie zuvor gehört hatte, zweifelte sie nicht länger. Es war die Lenny Greesons! Das Jammern und Quengeln, das in ihr lag, paßte zu allem, was man ihr über diesen Mann erzählt hatte. Ich muß näher heran, um die beiden besser zu verstehen, unter Umständen sogar einen Blick auf sie zu werfen, dachte George.

Nach einem winzigen Schritt zur Seite konnte sie einen langen, stellenweise unterbrochenen Lichtstreifen erkennen und begriff, daß sie die Rückenansicht eines Mannes vor sich hatte, der an einem Schreibtisch saß. Wieder runzelte sie die Stirn und kramte in ihrem Gedächtnis. War es

Connie? Nein! Er hatte kräftiges, gelocktes und dunkles Haar. Der mausgraue Haarkranz am Hinterkopf dieses Mannes kam ihr zwar vage bekannt vor, aber sie konnte ihn nicht einordnen. Der Schatten einer zweiten Person, sie war groß und hatte breite Schultern, fiel auf den Schreibtisch.

»Er bleibt immer in Kontakt mit mir«, beharrte die jammernde Stimme. »Immer! Es ist das erste Mal, daß er sich nicht regelmäßig gemeldet hat. Jetzt ist er schon so lange weg, und ich habe noch kein Lebenszeichen von ihm. Das gefällt mir nicht; deshalb habe ich Sie aufgesucht.«

Der Tonfall, in dem er den letzten Satz hinzugefügt hatte, bereitete George Unbehagen. Wer sein Gesprächspartner auch sein mochte, er dürfte nicht allzu freundlich reagieren. Er wird in Zorn geraten, und davor fürchte ich mich.

»Bist du seine Mutter oder sein Bruder?« fragte der andere Mann. Schneidender Hohn färbte seine Stimme. Ich hatte recht, triumphierte George. Es ist Lenny. Und der andere Mann ist wütend. Ich hatte recht.

»Aber ich mag keine ängstlichen Leute«, fuhr dieser, wieder leise und völlig eintönig, fort. »Wir werden sehen, was wir für dich tun können.«

»Das würde mich freuen«, meinte Lenny eifrig.

Könnte ich doch nur einen Blick auf ihn werfen, dachte George abermals. Ich muß wissen, wer es ist.

»Von unserer Familie sind nur noch Don und ich übrig, verstehen Sie? Und ich werde unruhig, wenn ich nicht weiß, was er vorhat, denn er steckte zu oft in Schwierigkeiten. Schon als kleines Kind war er leichtsinnig, und ich mußte immer auf ihn aufpassen.«

»Ja.« Der andere Mann sagte es so leise, daß es sich wie ein Seufzer, ein Ausatmen anhörte. Dann veränderte sich der Lichtstreifen, und George stellte fest, daß sich der Mann vom Schreibtisch erhoben hatte. Jetzt, nahm sie sich vor, jetzt muß ich die Tür aufziehen und mich bei ihnen bemerkbar machen.

Statt dessen ging sie einen Schritt nach rechts und preßte sich gegen die Wand, und zwar an einer Stelle, die, so hoffte sie, im Schatten liegen müßte, sobald die Tür ganz geöffnet wurde. Lieber Gott, flehte sie, laß meinen Mantel nicht heller als die Wand sein ...«

Gleich darauf wurde die Tür aufgestoßen. Hinter einer gebückt dahinschlurfenden Gestalt, bei der es sich offensichtlich um Lenny Greeson handelte, verließ ein überdurchschnittlich großer Mann in Jeans den Raum. Diese betonten seine kräftigen Beine. Das Netzhemd, das er darüber trug, zeigte überaus muskulöse Arme.

Der kurze Blick, den George auf seinen Rücken erhaschen konnte, bevor die Tür zufiel, ließ das Blut in ihren Adern regelrecht gefrieren. Sie starrte in die Dunkelheit und versuchte, die soeben gewonnene Erkenntnis zu verarbeiten.

Salmon? Detective Sergeant Bob Salmon, verdammt noch mal! Aus welchem Grund war er hier? Hatte er die Verbindung bereits aufgedeckt? Noch während sie sich fragte, ob auch er sich bemühte, den Fall aufzuklären, wußte George, daß dies ausgeschlossen war:

Bob Salmon hatte Lennys Anschuldigung gegen Gus unterstützt. Bob Salmon war Gus' Team zugeteilt worden, um die Front der örtlichen Kriminellen aufzubrechen, die enger zusammengearbeitet hatten, als der Polizei lieb gewesen war. Bob Salmon, bis über beide Ohren in die Angelegenheit verwickelt, hatte Zugang zu allen darüber bekannten Informationen. Unbändige Wut stieg in ihr hoch. Es gelang ihr nur mit Mühe, dem Drang zu widerstehen, sich auf ihn zu stürzen und ihm all ihren Ekel und ihren Haß ins Gesicht zu schreien.

Sie wollte gerade ihr Versteck verlassen, als die Tür erneut aufgestoßen wurde. George verharrte stocksteif. Da der Mann, der nun in die Halle trat, das Licht ausschaltete, während die Tür aufschwang, konnte sie nur einen Schatten erkennen, der diese schloß und den beiden mit energischen Schritten hinterhereilte. Connie? Vielleicht.

Nach einer Weile holte George tief Luft und folgte den drei Gestalten. Beim Förderband wurde das Summen des fernen Elektromotors wieder lauter. Sie hatte gerade die Mitte des Laufganges erreicht, als ein greller Lichtstrahl sie blendete und, wie ein in die Enge getriebenes Tier, zurückweichen ließ.

Jemand hatte im Keller Licht gemacht. Die drei Männer, die wenig später die Wendeltreppe hinabstiegen, verrieten durch nichts, ob sie George bemerkt hatten.

Plötzlich ließ ein ohrenbetäubendes Getöse die gesamte Halle erzittern. Beinahe hätte sie einen Angstschrei ausgestoßen, überzeugt, daß sie doch auf sie aufmerksam geworden waren. Nachdem sie begriffen hatte, daß die Stoffmühle den Lärm verursachte, lief sie zur Wendeltreppe und spähte in den Keller. Aus ihrem Blickwinkel wirkten die beiden Gestalten verblüffend klein: Bob Salmon stand neben der Maschine und vor ihm, seine Augen auf diese gerichtet und eine von Unsicherheit geprägte Haltung einnehmend, jener Mann, bei dem es sich um Lenny Greeson handeln mußte.

Während sie die Treppenöffnung umrundete, tauchte hinter diesem die dritte Gestalt auf. Was immer dieser Mann zwischen seinen Händen verbarg, es bereitete ihr Unbehagen. Als sich George vorbeugte, um eine bessere Sicht zu haben, rutschte die Tasche von ihrer Schulter und schwang über dem Kopf des Mannes hin und her.

Er schaute hoch, und George wußte, daß er sie ebenso deutlich sehen konnte wie sie ihn. Das Licht im Keller war einfach zu stark. Ein Gefühl des Triumphes erfüllte sie, während sie den Mann erstaunt musterte. Sie hatte sich nicht getäuscht und diesen erstaunlich gleichmäßigen und vornehmen Tonfall seiner Stimme wiedererkannt. Der Stolz, den Mann entlarvt zu haben, verdrängte ihre Angst, und sie lächelte ihn strahlend an.

»Hallo, Mr. Lester. Mr. Reggie Lester. Hätten Sie gewettet, mich hier anzutreffen?«

34

Die Schnelligkeit seiner Reaktion sollte sie niemals vergessen. Er richtete sich auf, vollführte einen Sprung, griff nach ihrer Tasche und zog kräftig daran. Instinktiv hielt George sie fest, während sie sich an das Geländer klammerte, um nicht kopfüber die steile Wendeltreppe hinabgezerrt zu werden. Mittlerweile hatte Bob Salmon die Situation erfaßt und die Treppe bereits zur Hälfte erklommen.

In diesem Moment ließ sie ihre Tasche los und wich zurück. Dabei stolperte sie über ein Stück Stoff und stürzte. Noch bevor sie wieder auf den Beinen war, hatte Salmon das Ende der Treppe erreicht und streckte die Hände nach ihr aus.

Sie schaffte es gerade noch, ihm zu entkommen, und verfluchte sich selbst, als sie bemerkte, daß sie sich für die falsche Richtung entschieden hatte. Blindlings und von Angst getrieben, rannte sie ins Innere der Halle. Irgendwann prallte sie gegen eines der mit Rädern versehenen Fässer und wäre beinahe erneut gestürzt, aber es gelang ihr, sich zu fangen und ihm einen heftigen Tritt zu verpassen. Sie hörte ihren Verfolger toben, als es kurz darauf sein Schienbein traf. Das munterte sie auf und ließ sie schneller rennen, zumal die gespenstische Schwärze, nachdem sich ihre Augen an sie gewöhnt hatten, ihren Schrecken verlor.

Allmählich brannte die Luft, die sie in hektischen Zügen einatmete, in ihren Lungen. Sie umrundete das Ende des Förderbandes und hastete auf der anderen Seite zurück.

Jetzt mußte sie nur noch seinen Anfang erreichen und um die Ballonpresse herumlaufen – von ihrem ersten Besuch hatte sie eine vage Erinnerung an ihre Form und an ihren Standort –, um durch die kleine Tür in einem der Torflügel ins Freie zu gelangen. Auf der Straße könnte sie bestimmt jemanden um Hilfe bitten.

Lester hatte sie völlig vergessen. Erst als sie über einen weiteren Stapel Lumpen stolperte und hinfiel, bemerkte sie, daß er kehrtgemacht hatte, um ihr von vorne den Weg abzuschneiden. In der Finsternis mußte er an ihr vorbeigerannt und offensichtlich mit Salmon zusammengestoßen sein, der ihr nach wie vor auf den Fersen war. Was die beiden Männer einander daraufhin zubrüllten, konnte sie durch den Lärm der laufenden Stoffmühle nicht verstehen. Sie wälzte sich unter den Überhang der Ballenpresse, wo sie sich erst mal in Sicherheit wähnte. Während George beide Arme über den Kopf legte, schickte sie, mit der Verzweiflung eines zu Tode erschrockenen Kindes, ein Stoßgebet gen Himmel, irgendein Zauber möge sie unsichtbar machen.

Im nächsten Moment vernahm sie auch schon die Stimmen der beiden Männer, die in gebückter Haltung auf sie zukamen, wobei sie mit ausholenden Armbewegungen den Raum unter dem Förderband abtasteten. In wenigen Sekunden würden sie die Ballenpresse erreichen, und George erkannte, daß sie in einer Falle saß und ihr keine Chance zur Flucht blieb. Sie kniff die Augen zusammen, bis sie schmerzten, und wappnete sich gegen die Hände, die sie gleich ergreifen mußten, indem sie sämtliche Muskeln anspannte. Aber in diesem Augenblick setzte ein weiteres Geräusch ein. Sie drehte den Kopf ein wenig, um besser hören zu können, und kroch schließlich aus ihrem Versteck.

»Ihr verdammten Schweine!« Die hohe, quengelige Stimme war so laut gewesen, daß sie das Getöse der Maschine übertönt hatte. »Ihr verfluchten Mörder, ich bringe euch um! Ich mache euch kalt, ich ...«

George blinzelte und stellte fest, daß die kleine Tür offen war. Die Strahlen der späten Nachmittagssonne fielen direkt auf Salmon und Lester.

Sekunden später stürzte sich Lenny auf sie, und die beiden gingen mit einem dumpfen Knall zu Boden. George packte das nächste Bein, das sie zu fassen bekam, und zog und zerrte aus Leibeskräften daran. Sie vergeudete keine Zeit, um herauszufinden, ob der Schmerzensschrei, den jemand kurz darauf ausstieß, durch ihre oder durch Lennys Attacke verursacht worden war, sondern rappelte sich auf und hetzte zum Ausgang.

Dort stand ein alter Mann, der sie, als versuche er, damit seine eigene Angst zu überspielen, unwirsch anfuhr.

»Was zum Teufel haben Sie hier verloren? Diese Halle sollte eigentlich geschlossen sein! Wer macht sich an den Maschinen zu schaffen? Ich konnte es deutlich bis über die Straße hören.«

»Polizei«, keuchte sie. »Rufen Sie um Gottes willen die Polizei.« Sie stützte sich gegen den Türrahmen, denn plötzlich konnte sie sich kaum noch auf den Beinen halten. Alles, was ihr noch gelang, war, ihre Bitte zu wiederholen. Als der Mann – es war Bert, der Vorarbeiter, der seinerzeit Maureens Lieferung überprüft hatte – sie nur anstarrte, aktivierte sie ihre letzten Energiereserven, um erneut zu sprechen.

»Rufen Sie die Polizei, Sie Idiot!« krächzte sie. »Die Polizei!« Dann taumelte sie ins Freie, sank gegen die sonnenbeschienene Wand, schloß die Augen, rang schluchzend nach Luft. Selbst wenn sich Salmon und Lester jetzt auf mich stürzten, wäre ich nicht in der Lage, mich von der Stelle zu bewegen, erkannte sie verwirrt. Ich bin wie gelähmt. O Gott, laß mich zu Atem kommen ...

Über den Hof drangen Laute an ihre Ohren. Irgendwann blinzelte sie ins helle Sonnenlicht. Verschwommen sah sie einige Leute, die von der Straße aus zu ihr schauten. Möglicherweise Passanten, die ihr Gekreische angelockt hatte, dachte sie trübsinnig, und stellte fest, daß sich Bert verdrückt hatte. War er in der Halle verschwunden? Wohin sonst hätte er in der Zwischenzeit gehen sollen? »Jemand muß die Polizei verständigen!« stieß sie hervor.

Einer der Schaulustigen, ein magerer junger Mann, lehnte sein Motorrad an den Gitterzaun und eilte auf sie zu. »Die ist bereits alarmiert«, erklärte er in wichtigtuerischem Tonfall und spähte zur offenen Tür. »Kaum daß Sie – oh!«! Er drehte sich um. »Da, man braucht nur vom Teufel zu sprechen.«

Das hektisch rotierende Blaulicht, entschied George, während sie wieder die Augen schloß, war der wundervollste Anblick, an den sie sich seit Jahren erinnern konnte.

*

Mehrere Uniformierte stürmten das Gebäude, ehe der Wagen richtig zum Stehen gekommen war. »Wo?« hatte einer von ihnen ihr zugerufen, und es war ihr immerhin gelungen, mit einer Kopfbewegung über ihre Schulter zu deuten. Nun bemühte sie sich, gleichmäßig zu atmen, und öffnete die Augen. Der Polizist, der neben ihr stand, hatte eine Hand auf ihren Arm gelegt und sprach gerade in sein Funkgerät.

»Der Krankenwagen muß jeden Moment hier sein«, sagte er dann. »Die Sanitäter werden sich sofort um Sie kümmern.« Er musterte sie forschend. »Hey, hatte ich nicht schon mal das Vergnügen?«

»Durchaus möglich«, antwortete sie heiser. »Ich bin Pathologin. Haben Sie eine ...«

Das Sirenengeheul von zwei weiteren Streifenwagen, die in den Hof einbogen, ließ sie verstummen. Aus dem ersten sprang Mike, und zu ihrem eigenen Ärger brach George in Tränen aus, als sie ihn erkannte. Der Polizist an ihrer Seite murmelte einige beruhigende Worte, ergriff ihren Ellbogen und brachte sie zu ihm.

»Sie sollten sich hinsetzen, Miss«, riet er. »Doktor, meine ich natürlich. Sie sehen nicht gerade gut aus. Können Sie mir verraten, was da drin eigentlich los ist?«

»Mike«, stammelte George, schniefte und hörte auf zu weinen. »Tut mir leid. Hören Sie, die beiden sind Lenny auf den Fersen. Sie wollten auch mich schnappen, aber ich konnte fliehen, als Lenny nach oben kam und ...«

»Sie brauchen mir nichts zu erklären«, unterbrach Mike sie. »Lange werden sie sich nicht mehr verschanzen können. Wir haben alle verfügbaren Einsatzkräfte angefordert.«

Sie blickte über seine Schulter, als weitere Polizeifahrzeuge eintrafen. Endlich konnte sie wieder normal atmen, und sie spürte, wie ihre Knie weich wurden. Sie ließ sich auf den Rücksitz des Wagens sinken, und Mike kauerte sich vor ihr auf den Asphalt und schaute zu ihr hoch.

»Kann ich Sie kurz alleine lassen?« fragte er. »Ich will mich nur nach dem Stand der Dinge erkundigen. Natürlich bleibe ich, wenn Sie ...«

»Oh, sehen Sie um Gottes willen zu, daß Sie diese Schweine schnappen!« rief sie. »Und kümmern Sie sich um Lenny. Ich fürchte, sie wollten auch ihn in diese schreckliche Maschine stecken.«

»Ich bin gleich zurück«, versprach er, bevor er verschwand. Sie schmunzelte. In diesem Moment erinnerte er sie an einen kleinen Jungen, der darauf brannte, die Gäste einer Party zu begrüßen. Sie schloß die Augen. Gleich geht es dir besser, beruhigte sie sich. Hab nur etwas Geduld.

War sie sekundenlang eingenickt? Sie wußte es nicht. Als sie die Augen wieder aufschlug, stand der Fabrikshof voller Streifenwagen, und Gus kauerte, wie Mike kurz zuvor, auf dem Asphalt und schaute ängstlich und gespannt zu ihr hoch. Sie streckte einen Arm aus und ergriff seine Hand.

»Oh, Gus«, sagte sie. »Oh, Gus, ich glaube, ich habe es geschafft, mein Diagramm zu vervollständigen.«

35

Nachdem sie die beiden Männer in Gewahrsam genommen hatten, die Prozedur von Rechtsbelehrungen, Verhören und Aussagen hinter sich gebracht und die Haftbefehle für die anderen – Mickey Harlow und Connie und die Frau in der Apotheke des St. Dymphna Hospitals – besorgt hatten, war es fast ein Uhr morgens. In der Hoffnung, als Kronzeuge glimpflicher davonzukommen, war Bob Salmon nur allzu gerne bereit gewesen, die Frau nicht nur als Hauptkomplizin bei der Beschaffung der geschmuggelten Medikamente, sondern auch als Quelle der Beruhigungsmittel für die von Lester ermordeten Frauen zu benennen. »Lester ganz allein ist für ihren Tod verantwortlich«, hatte Salmon unter Tränen beteuert. »Er hat sie umgebracht, nicht ich. Ich wurde nur gezwungen, ihm dabei zuzuschauen.« (»Er ist wirklich ein glänzender Schauspieler«, hatte Gus ihr angeekelt zugeflüstert.)

George trat aus dem Revier in der Ratcliffe Street und blickte in den Nachthimmel. Trotz ihrer bleiernen Müdigkeit empfand sie eine tiefe Selbstzufriedenheit.

Ich hab's geschafft, dachte sie, während sie verträumt den einzigen Stern betrachtete, der sich in der Schwärze der Nacht gegen den gleißenden Lichtschein der Londoner City behaupten konnte. Meine Schlußfolgerungen waren richtig, und Gus ist rehabilitiert. Am Montag, sobald sie alles erfahren haben, werden sie sich bei ihm entschuldigen müssen. Ich hab's tatsächlich geschafft ...

Gus, der ihr gefolgt war, hakte sich kameradschaftlich bei ihr unter. »Er singt wie eine verdammte Nachtigall«, sagte er voller Abscheu. »Es gibt nichts, was er uns nicht verraten hätte. Regelrecht ausgekotzt hat er sich. Davon kann einem schlecht werden. Klar will er auf diese Art und Weise nur seine Strafe verkürzen, aber ...«

»Weshalb beklagst du dich?« George war sich sehr wohl bewußt, daß sich Salmon von dem Moment an, als Mike seine sonst so sorgsam gewahrte Zurückhaltung aufgegeben und ihn in eisernen Griff genommen hatte, geradezu überschlug, jede Frage so detailliert wie möglich zu beantworten. »Macht er denn dein Leben nicht leichter?«

»Selbstverständlich. Trotzdem kommt es mir bei jedem einzelnen seiner Worte hoch. Es ist schon schlimm genug, wenn ein Polizist die Fronten wechselt, aber dies als Gauner zu tun, schlägt dem Faß den Boden aus. Lesters Schicksal dürfte somit besiegelt sein.« Gus lachte. »Er hat sich alle Mühe gegeben, seinen Mund zu halten und alles seinem Anwalt zu überlassen, und dann präsentiert Salmon alles in kleinen Appetithäppchen auf einem Silbertablett. Lester könnte einem fast leid tun. Du hättest sein Gesicht sehen müssen, als sie ihm brühwarm erzählten, was Salmon von sich gegeben hatte.«

Sie streckte sich. »Demnach habe ich also richtig gehandelt, oder?« fragte sie und musterte ihn unter halbgeschlossenen Lidern.

»Das hängt davon ab, was du darunter verstehst«, erklärte er. »Falls du damit sagen willst, du hättest es diesmal im Alleingang ...«

»Warum sollte ich nicht?« ereiferte sich George. »Selbst wenn sich meine Vermutungen als etwas zu gewagt erwiesen, war ich es schließlich, die nicht nur die Verbindung zwischen Philip und den verbrannten Frauen aufgedeckt hat, sondern auch, woher die Drogen für Connies und Lesters schmutzige Geschäfte stammten. Was ist mit dem angeschwemmten Unterschenkel und dem Stück Hundekadaver? Wer hat denn herausgefunden, daß Don nur in Connies Betrieb getötet worden sein konnte. Und habe ich nicht auch ...«

»Das bestreite ich auch nicht«, unterbrach er sie. »Du hast hervorragende Arbeit geleistet.« Er beugte sich zu ihr und hauchte einen Kuß auf ihren Nacken. »Ich bin dir sehr dankbar.«

»Oh«, sagte sie verblüfft. »Das ist ... in Ordnung. Ich meine, ich freue mich, daß ...«

»Leistung habe ich immer anerkannt«, sagte er in einem schulmeisterlichen Ton und schaute sie verschmitzt an. »Ich hoffe, du tust das auch.«

»Habe ich Grund dazu?« Sie schob trotzig ihr Kinn vor, was ihn zum Lachen brachte.

»Nun, ich bin Harlow und Lester auf die Schliche gekommen. Sie haben Copper's Properties nur als Tarnung im Companies House registrieren lassen und diesen E. Pike – du erinnerst dich? – als ihr Werkzeug in allen Verwaltungsräten benutzt. Sie manipulierten den Wert des Geländes hinter dem St. Dymphna, das übrigens Harlow gehört, indem sie Monty dazu brachten, sein Komitee zur Erteilung der Baugenehmigung zu überreden. Sie haben dem alten Idioten Honig um den Bart geschmiert, und ob du es glaubst oder nicht, er hatte nicht die geringste Ahnung, was sie im Schilde führten.

Zwischenzeitlich versuchten sie zu erwirken, daß das Old East sämtliche pathologischen Untersuchungen dort durchführen läßt. Damit hätten die beiden rund eine Million einstreichen können. Ein hübsches Sümmchen, nicht wahr? Ich war ihnen verdammt dicht auf den Fersen, bis Lester dafür sorgte, daß man mich aus dem Verkehr zog. Salmon war schon seit Jahren sein polizeiinterner Spitzel und Tipgeber. Er hatte ihn wegen irgendeiner alten Geschichte in der Hand. Und Salmon veranlaßte, daß die Untersuchung gegen Lester und seine Machenschaften eingestellt wurde.«

»Du wußtest also, daß du hinter Lester herwarst?« erkundigte sich George. »Sein Name ist mir absolut nicht geläufig. Von einem Buchmacher hast du allerdings des öfteren gesprochen.«

»Seiner ist nicht der einzige Name, den du nicht kennst. Hast du denn die geplante Schließung deiner Abteilung jemals erwähnt? Wäre ich darüber informiert gewesen, hätte ich alles bestimmt viel schneller aufklären können! Also beschwer dich nicht, weil ich dir nicht alles erzählt habe. Wie sollte ich zwischen meinem Fall und dem abgetrennten Unterschenkel und diesen Brandopfern eine Verbindung sehen? War sie nicht reichlich verschlungen?«

»Du lenkst ab. Das steht überhaupt nicht zur Debatte!« Sie gab sich einen Ruck, und langsam stiegen sie zusammen die Stufen zur Straße hinunter. »Als ich dich bat, das Bein und die Brandopfer zu übernehmen, hast du dich auf den Fall deines Lebens berufen und mir klipp und klar erklärt, du könntest deine wochenlangen Ermittlungen nicht einstellen. Du warst noch nicht einmal bereit, mit mir darüber zu reden, sondern hast die Morde Roop und diesem Whitman überlassen.«

»Ich wünschte, du würdest ihn nicht so nennen«, sagte er. »Er findet es ganz in Ordnung, wenn ich es tue; bei dir regt es ihn allerdings auf.«

»Das ist mir klar«, sagte sie. »Deshalb tue ich es auch. Aber jetzt weich nicht schon wieder aus, Gus! Gib endlich zu, daß du dich geirrt hast. Wenn du nicht so stur gewesen wärst, hättest du die ganze Angelegenheit erheblich früher abschließen können. Du wärst dahinter gekommen, daß sich Lester und seine Firmen Lennys Anwesen unter den Nagel gerissen haben, weil es seine Adresse war, die sie angegeben hatten. Dir wäre nicht verborgen geblieben, daß Lesters Leute dich beschatteten, um zu gewährleisten, daß du ihnen nicht ins Handwerk pfuschst. Du hättest herausgefunden, daß es sich bei Don Greeson um Lesters Gorilla handelte, der wieder mal pleite und gewillt war, alles zu tun, um seine Wettleidenschaft zu finanzieren, und schließlich, als seine Gier ins Unermeßliche ging, von Lester in diese Stoffmühle gesteckt worden war.«

Gus staunte. »Das hat Connie doch eben erst gestanden. Weshalb bist du ...«

»Ich habe mich mit Mike unterhalten«, gab sie zu und schaute ihn von der Seite an. »Im Gegensatz zu dir weiß er, auf wessen Tips er sich verlassen kann. Wenn ich Philip Cobbett nicht aufgetragen hätte, ihn anzurufen, wäre er nicht an den Verhaftungen in Connies Fabrik beteiligt gewesen. Und er hätte niemals ...«

»Friede«, bat Gus und blieb stehen. »Hör mal, Liebes, wir sollten jetzt nicht Trophäen verteilen wie bei einem sportlichen Wettkampf. Sagen wir einfach, es war eine ziemlich verwickelte und äußerst häßliche Geschichte, und wir haben sie aufgeklärt. Wir beide zusammen.«

»Tatsächlich?« meinte sie verträumt. »Mal sehen, ob ich alles richtig begriffen habe. Einiges konnte ich den Gesprächen mit Mike entnehmen, aber nicht alles.«

»Ich wette, es war eine ganze Menge!«

Sie verzichtete auf einen Kommentar. »Hauptperson ist dieser Reggie Lester, ein Mann, der hinter allem her ist, das er in die Finger kriegen kann. Ihm gehört diese Lumpenfabrik, und er läßt Connie als eine Art Strohmann fungieren, weil ...«

»Weil er bei Lester so hoch in der Kreide steht, daß er gar keine andere Wahl hat. Lester ist seit Jahren der Geldverleiher im Bezirk und berechnet ganz schön happige Zinsen. Das war Ausgangspunkt meiner Nachforschungen.«

»Du wolltest doch, daß wir unsere Erfolge nicht gegeneinander aufrechnen. Also halt dich gefälligst daran«, verlangte George mit Nachdruck. »Okay, bei Lester hat alles angefangen. Er bringt in Erfahrung, daß es in Indien einen Markt für teure Medikamente aus dem Westen gibt, und nutzt sein Insiderwissen als Angehöriger des Trust Board – mir ist schleierhaft, wie er zu diesem niedlichen Posten kam –, um in den Besitz der Ware zu gelangen. Er allein war es übrigens. McCann und Harlow haben nichts Illegales getan, außer sich von ihm täuschen und in seine Machenschaften reinziehen zu lassen. Wie dem auch sei, Lester übt Druck auf Connie aus, der ihm ein kleines Vermögen schuldet, und zwingt ihn, die Medikamente nach Indien zu schmuggeln. Diese besorgt er sich sowohl über das St. Dymphna als auch über das Old East, und zwar mit Montys Hilfe. Armer alter Monty!«

»Ja«, bestätigte Gus ernst. »Kein einziges krummes Ding hat er in seinem ganzen Leben gedreht. Er liebt es nur, anzugeben und den großen Macher zu spielen. Und jetzt schau dir an, wohin es ihn geführt hat. Er konnte nie widerstehen, wenn er um einen Gefallen gebeten wurde. Mag er noch so viel Macht und Einfluß haben, bei Geschäften muß er stets derjenige sein, der am meisten absahnt. Erinnerst du dich an den Millionär, dessen Frau für eine Filmgesellschaft arbeitete? Letztes Jahr waren alle Zeitungen voll davon. Er hat jemandem durch einen Insidertip über eine geplante Firmenübenahme, den er von seiner Frau bekam, zu einer Menge Geld verholfen. Für ihn war in diesem Deal überhaupt nichts drin. Er wollte sich nur wichtig machen. Genauso wie Monty.«

»Ich entsinne mich«, sagte George. »Diesen Kerl halte ich nach wie vor für ein richtiges Arschloch. Monty hingegen kann ich verstehen. Muß er jetzt mit Schwierigkeiten rechnen?«

»Selbstverständlich! Als Vorsitzender eines wichtigen öffentlichen Komitees sollte man sich nicht in Machenschaften verwickeln lassen, wie Reggie sie betrieben hat, auch wenn man daraus keinerlei Vorteile zieht und es nur getan hat, um als toller Hecht zu gelten. So etwas kann sich keiner erlauben. Monty wird einige Zeit hinter schwedischen Gardinen verbringen. Und die arme Närrin von einer Ehefrau dürfte nicht weniger leiden als er selbst.«

»Meinst du wirklich?« fragte George. »In Maureen steckt mehr, als man auf den ersten Blick vermutet. Sie ist einer jener Menschen, die immer jemanden finden, der sich um sie kümmert.« George lächelte in die Dunkelheit, als sie sich erinnerte. »Jedermann ist stets nett und hilfsbereit zu ihr, weißt du?«

»Wenn du es sagst.« Gus klang nicht sonderlich überzeugt.

»Okay«, fuhr George fort. »Wo waren wir stehengeblieben? Ach ja, Lester benutzt Connies Firma als Deckmantel für alles – zur Not auch für einen Mord, wenn es sein muß. Aber warum diese Feuer? Die Tatsache, daß sie vorwiegend ihre Gesichter in Mitleidenschaft zogen ...«

»Darauf kann ich dir keine Antwort geben«, unterbrach Gus sie. »Connie könnte es. Lester gehört die Klinik, in der die beiden Frauen mit Collagen behandelt wurden.«

»Oh!« entfuhr es George. Nach kurzer Überlegung nickte sie jedoch. »Das leuchtet ein. Sie geraten an einen Stümper und begeben sich auf die Suche nach einem Arzt, der die Schäden behebt ...«

»Und Lester befürchtet einen teuren Gerichtsprozeß gegen seine Klinik«, fügte Gus hinzu. »Die Frauen zu beseitigen ist nicht nur billiger, es bereitet Lester auch keine Probleme. Im Augenblick rast er vor Wut über seine Festnahme, weil Salmon gerade dabei ist, ihm eine Riesenfalle zu stellen, um ihn anschließend hineinzustoßen, aber denk ja nicht, daß er auch nur einen Anflug von Reue zeigt.«

»Aber warum hat Shirley Connies Fabrik als ihre Adresse genannt? Das war der Hinweis, aufgrund dessen ich dorthin gefahren bin und der letztendlich zur Aufklärung des Falles geführt hat.« George schüttelte den Kopf und seufzte. »Die armen Dinger. Was für ein schrecklicher Tod! Es waren die schlimmsten Verbrennungen dritten Grades, die ich jemals gesehen habe.«

»Ja!« pflichtete Gus ihr bei. »Einfach gräßlich! Aber Lester schienen solche Dinge überhaupt nicht zu berühren. Er injizierte ihnen hohe Dosen von den Beruhigungsmitteln, die er für Indien gesammelt hatte, und benutzte Spiritus, um die Feuer zu entfachen. Wie bei einer Grillparty, erzählte Salmon. Er schwor, er sei nur ein unbeteiligter Beobachter gewesen und habe ihn nicht daran hindern können. Das werden wir allerdings genau überprüfen, denn ich vermute, Salmon war *doch* direkt beteiligt, und zwar beide Male. Er ist einfach zu gut über den Hergang informiert. Was immer er auch behauptet, er hat sich der Begünstigung schuldig gemacht – wenn nicht sogar der Beihilfe.«

»Ich wundere mich nur, weshalb Lester nicht auch sie durch diese schreckliche Maschine gejagt hat«, sagte George. »Das wäre doch viel unauffälliger gewesen als die Feuer.«

»Vielleicht konnte er sie nicht so ohne weiteres in die Fabrik locken«, mutmaßte Gus. »Wahrscheinlich sind sie nicht gerade häufig dort gewesen, wenn überhaupt.«

»Und warum hat Shirley die Fabrik dann als ihre Adresse genannt?« hakte George nach. »Das ergibt doch keinen Sinn.«

»Tut es doch! Die Fabrik war ihr als Lesters Aufenthaltsort bekannt. Er bezahlte die Operationen, und sie wollte eine neutrale Adresse. Ihre eigene hat sie niemals angegeben. Shirley legte äußersten Wert auf ihre Privatsphäre. Das war der Grund, zumindest laut Salmon.«

»Salmon.« Sie schüttelte erneut den Kopf. »Was für ein Bastard.«

»Das ist er wirklich. Und Lester ist der kaltblütigste Mörder, der mir je begegnet ist.«

»Er hat« – sie zählte an den Fingern ab – »Lisa Zizi, Shirley Candrell und Don Greeson umgebracht und war nahe dran, auch Lenny zu töten.«

»Tja. Der arme alte Don; seine Spielsucht ist ihm zum Verhängnis geworden. Um sich Geld für seine Wetten zu beschaffen, ließ er sich sogar auf Geschäfte mit Lester ein, und als er aussteigen wollte, möglicherweise weil ihm nicht gefiel, was er sah ...«

»Wurde er durch den Fleischwolf gedreht«, beendete George nüchtern.

»Ja.«

Eine kleine Pause trat ein, ehe Gus fortfuhr. »Hätte die Maschine an jenem Abend nicht gestreikt, so daß nur noch ein Bein übriggeblieben war, hätten wir Lester vielleicht nicht geschnappt. Was meinst du, wie viele Menschen er auf diese Art und Weise schon ins Jenseits befördert hat? Salmon zufolge sind eine ganze Menge unbequemer Zeitgenossen im Fluß gelandet.«

Plötzlich fröstelte George. »Mir wird übel, wenn ich nur daran denke«, sagte sie. »Es ist einfach entsetzlich!« Sie schwieg eine Zeitlang, dann räumte sie ein. »Obgleich es eine unglaublich effiziente Methode ist. Eine Leiche wird in Haschee verwandelt, praktisch so fein zerhackt, daß ...«

»Erspar mir die Details«, bat Gus hastig. »Soll ich dir sonst noch etwas erklären?«

»Ja«, sagte sie. »Warum mußte der Hund sterben?«

»Er spielte verrückt, als sie Don umbrachten, daher haben sie auch ihn beseitigt«, antwortete Gus.

»Oh.« Wieder schwieg sie kurz. »Mich würde noch interessieren, ob Connie aus dem Fell tatsächlich einen Mantel hat schneidern lassen. Zutrauen würde ich es ihm.«

»Ich kann ihn fragen«, erbot sich Gus. »Wenn es für dich so wichtig ist.«

»Ich glaube, ich will es gar nicht wissen.« George erschauerte. »Wie dem auch sei, weswegen wird man Connie verklagen? Mir tut er fast leid. Er hat sich nur um seine Lumpen gekümmert und seinen Betrieb Lester und seinen Leuten überlassen. Warum sollte er ...«

»Wegen Beihilfe«, unterbrach Gus sie. »Er mag ja versucht haben, sich aus allem herauszuhalten, aber daß dort irgend etwas im Gange war, muß er gewußt haben. Denk doch nur an die häufigen Defekte der Maschine, an den Gestank und an die Ratten. Sich blind zu stellen paßte ihm zwar gut in den Kram, es befreit ihn jedoch nicht von seiner Schuld. Als sie Lester und Connie faßten, war er ebenfalls fällig.«

»Okay«, meinte George, während sie ihren Heimweg fortsetzten. »Das wäre also auch geklärt.Was nun? Bleibt mir denn nur noch mein Kampf gegen die Schließung meiner Abteilung, damit ich auch in Zukunft einigermaßen glücklich und zufrieden bin? Mittlerweile besteht die reelle Chance, daß die Vorschläge des St. Dymphna zu den Akten gelegt werden. Daher, was nun?«

Er streifte sie mit einem Seitenblick. »Ich muß an meine Prüfung denken, wenn das CIB im Tintagel House am Montag erfährt, daß ich eine weiße Weste habe und Salmon an meiner Stelle am Haken hängt.«

»Ja!« sagte George mit tiefer Genugtuung. »Hoffentlich zappelt er noch lange daran – und erstickt am Ende.«

Gus konnte seine Überraschung nicht verbergen. »Was ist in dich gefahren, George? Du warst noch nie rachsüchtig, mochte sich jemand noch so schäbig benommen haben.«

»Es ist mein gutes Recht, für den Menschen Rachegedanken zu hegen, der deine Misere verursacht hat. Du kannst dir gar nicht vorstellen, wie elend und bemitleidenswert du ausgesehen hast, solange du vom Dienst suspendiert warst«, sagte sie und schmiegte sich ein wenig enger an ihn.

»Und ob ich das kann«, sagte er leise und drückte ihren Arm. »Sehr gut sogar!«

»Du warst derart durcheinander, daß du mir einen Heiratsantrag gemacht hast«, sagte George, ohne ihn anzuschauen. »Ich meine, in welchem Zustand muß ein Mann sein, daß er auf so eine Idee kommt?«

»Hmm.« Gus sog die warme, vom Geruch des Flusses erfüllte Luft ein. Die Leuchtreklamen schimmerten bonbonfarben durch die Dunkelheit; die Lichter der Fahrzeuge reihten sich zu Ketten. »Ja, das ist eine gute Frage. Darüber werden wir uns noch ausgiebig unterhalten müssen, findest du nicht?«

Und er schickte sich an, die Straße zu überqueren und auf die Tower Bridge zuzugehen. Von dort hatten sie es nicht mehr weit bis nach Hause.

Im Januar des Jahres 1944 halten vier Menschen das Schicksal der Welt in ihren Händen: ein amerikanischer Arzt, eine deutsche Krankenschwester, ein zionistischer Attentäter und eine junge jüdische Witwe. Im Auftrag des britischen Premierministers Winston Churchill sollen die vier eine Mission erfüllen, die ihnen allen den Tod bringen kann.

In einem Gefangenenlager in Mecklenburg arbeiten die Deutschen fieberhaft an der Herstellung zweier Giftgase, deren Einsatz den Krieg zugunsten Deutschlands entscheiden soll. Die Briten verfügen ebenfalls über diese Wunderwaffe, und Churchills Plan ist einfach – aber auch perfide: Die vier Auserwählten sollen das britische Giftgas in dem deutschen Lager zur Anwendung bringen und die Pläne der Nazis zunichte machen ...

ISBN 3-404-14421-X

BASTEI LÜBBE